작품과 시간

임규찬(林奎燦)

1957년 전남 보성에서 출생.
성균관대 독문과 및 동 대학원 국문과 졸업.
현재 성공회대 교양학부 교수.
계간『창작과비평』편집위원.
평론집『왔던 길, 가는 길 사이에서』(1997)와 저서『한국 근대소설의 이념과 체계』
(1998), 편역서『일본 프로문학과 한국문학』(1987) 외 다수의 논문과 평론이 있음.

작품과 시간

1판 1쇄 인쇄 2001년 5월 1일
1판 1쇄 발행 2001년 5월 10일

지은이 / 임규찬
펴낸이 / 박성모
펴낸곳 / 소명출판
편집고문 / 김호영
등록 / 제13-522호
주소 / 137-878 서울시 서초구 서초동 1621-18 (란빌딩 1층)
대표전화 / (02) 585-7840
팩시밀리 / (02) 585-7848
somyong@korea.com / somyong@chollian.net / somyong@hitel.net

ⓒ 2001, 임규찬

값 14,000원

ISBN 89-88375-63-7 03810

임규찬 문학평론집

작품과 시간

소명출판

첫 평론집 『왔던 길, 가는 길 사이에서』를 낸 지 어느덧 4년이 흘렀다. 첫 평론집이 십 년 세월을 담고 있음을 생각하면 너무 빠르지 않나 생각되어 부끄러운 마음이 들기도 한다. 더구나 제목을 떠올리면 이제 확실히 '어딘가로 가고 있는 길'의 모습을 보여주어야 할텐데, 이번 평론집이 과연 그만한 위상을 갖고 있는지 솔직히 자신은 없다.

그러나 지난 4년간의 글들을 모아놓고 추려보니 미약하나마 그 나름의 시간성과 구심력은 느껴진다. 두 번째 작품집 제목을 '작품과 시간'으로 정한 것도 그 때문이다. 우선 평론가로서 작품을 앞세우는 겸손을 조금은 깨달은 듯하다. 예전에는 치기어린 비평가적 오만이랄까, 그런 것이 알게 모르게 늘 앞장을 서 안으로 들여다보기보다 바깥으로 선긋기에 더 열중했다. 그러나 닭이 알을 품어 새 생명을 키워낼 때처럼 뜨겁지도 차지도 않는, 말 그대로 따뜻한 온기, 무엇보다 그 지속의 사랑에 조금씩 눈떠 가고 있는 듯하다. 그렇다고 해서 무조건 작품을 우선시 한다는 뜻은 아니다. 오히려 시를 아는 것이 시를 짓는 것보다 더 힘들다는 옛사람의 표현처럼 진정한 '작품'

을 찾아 거기다 터를 잡고 뿌리를 내리려는, 안으로 통하는 대지의 세계를 내심 꿈꾸고 있다.

사실 오늘의 시대처럼 정신적 가치가 사회에 활력을 불어넣지 못한 시절도 일찍이 없을 것이다. 오로지 물질적 진보만이 보람 없는 삶을 감추는 포장지처럼 우리를 휘감고 있다. '지식'이나 '정보'가 '지혜'나 '깨달음'을 지워버리는 일이며, '좋아한다'는 말이 '존경한다'는 말을 압도해 버리는 것도 그런 예가 될 것이다. 지난 젊은 시절과 이제 육체적으로나 정신적으로나 작별하며 내가 통절하게 깨달은 것 중 하나가 '외부의 변화' 못지 않게 '내부의 변화' 또한 중요하다는 평범하다면 평범한 진실이다. 아니 그것들의 온전한 융합과 상호 반응이야말로 진정한 변화라는 생각을 조용히 품고 산다. 그리고 그러면서 '문학'이 다시 보였고, '작품' 또한 다시 보였다.

이 평론집에서 작품론을 전면에 내세운 것도 그런 이유에서였다. 그리고 여기 자리잡고 있는 작품들이 요즘의 유행이나 상투화된 주류적 작품과는 다르게 하나의 숲을 이루고 있다는 것도 눈 여겨 보아 주었으면 한다. '작품'과 함께 '시간'이란 말을 제목에 품은 것도 그 때문이다. 시간을 견뎌낸다는 것. 이 말은 작가와 작품에게 하는 말이기도 하지만, 무엇보다 내 자신에게 하는 말이기도 하다. 시간의 속도감이 너무도 무서운 세상이기에, 그리고 그 속도에 빠르게 모든 것이 지워지기에 그것을 견뎌내는 뿌리의 힘을 생각하고 있다는 뜻이다.

글을 모아놓고 보니 되풀이되는 몇몇 이야기가 있었다. 눈앞에 구체적으로 감각화된 모습으로서가 아니라 바람과 햇빛이라는 생명의 근원적 동력으로서 '풍경(風景)'을 보자는 이야기도 그 하나인데, 그런 사유가 요즘의 나를 붙들고 있다. 눈앞의 새것보다는 앞뒤를 길게 살펴 장구한 세월 속에 자연스럽게 우러나온 근원적 힘을 생각하고,

그러한 '오래된 미래성(未來性)'에 기반하여 더디더라도 긴 호흡으로 나의 시간을 숨쉬자는 다독거림이다.

이 평론집이 거기에 발맞춰 정제된 진액 덩어리로 온전히 뭉쳐졌다고는 여기지 않는다. 더 긴 시간을 통해 더욱 정제되어야 할 것이고, 또한 좋은 진액을 얻기 위해 더 많은 투망질이 필요하다는 생각이다. 알짜배기 진액이 무수히 반복되는 과정을 통해서 점진적으로 이루어지는 것이라면, 이 평론집도 그런 단계의 어디쯤을 통과하는 과정으로서 성격을 가질 것이기에 그런 눈으로 어여삐 봐 주었으면 하는 마음이다. 제1부는 비교적 최근에 발표된 소설들을 대상으로 쓰여진 평문들이고, 제2부는 그보다 앞선 시기에 발표된 소설들에 관한 비평들이다. 그리고 제3부는 시에 관한 글들이며, 제4부는 일반론에 해당하는 평론들이다.

스스로 되돌아 봐도 꽤나 굴곡진 지난 시절이었지만, 오히려 그런 젊음의 고비를 넘기면서 제 뿌리로 스스로 키를 높여 열매를 맺는 나무처럼 살 수 있도록 내 삶에 많은 도움을 준 분들의 은혜를 잊을 수 없다. 모교 성균관대 국문과의 여러 은사님들, 그리고 계간 『창작과 비평』의 어르신들, 또한 형제와 같은 나의 문우들께도 이 자리를 빌어서나마 고마움을 표시하고 싶다. 아울러 평론집 출간을 흔쾌히 허락해준 소명출판 박성모 사장님을 비롯하여, 하나의 생명체로 모양을 가지게끔 정성스럽게 갈무리해준 편집부 식구들에게도 고마움을 전한다.

2001년 5월, 어느 좋은 봄날에
임규찬

차례

작품과 시간

책을 내면서 / 3

1부

·자아'를 넘어선 ·자기의 우주' ——— 13
: 박완서와 박정요의 근작소설

·본사'와 ·대강' 그리고 ·응당'의 사람살이 ——— 32
: 이호철 소설집 『이산타령 친족타령』

어린 혼과 부활하는 역사 ——— 47
: 현기영 장편소설 『지상에 숟가락 하나』
  1. 작가의 모태, 작품의 모태 • 47
  2. 자연의 아들, 아이의 자연 • 51
  3. 참새떼, 아이떼 • 59
  4. 봉햇불, 방햇불 • 63
  5. 어머니, 어머니 • 66
  6. 병아리, 중병아리 • 69

전투적 민중성과 ·오월'의 정치학 ——— 73
: 송기숙 장편소설 『오월의 미소』
  1. '역사의 장부'로서의 송기숙의 삶과 문학 • 73
  2. 항쟁의 소설화─변형과 창조의 새로운 필요성 • 75
  3. 과거로 묻지 않는 현재화된 '광주'의 그림자 • 77
  4. 그늘의 세계에서 발견하는 숨은 행동의 서사 • 79
  5. 작중 화자의 독특한 소설적 위치와 '광주'의 상처 • 83
  6. '민중적 폭력'의 복원과 역사적 정치학 • 88
  7. 화해에 담긴 또 다른 민중적 지혜─민중성의 다양한 측면 • 91

폭설 같은 미학, 신생(新生)의 영혼 ——— 94
: 박범신 장편소설 『침묵의 집』

야생의 모유(母乳)로 빚은 삶의 서사 ——— 110
: 김승희 소설집 『산타페로 가는 길』

과학, 대학, 젊음의 합주 ——— 125
: 김도현 장편소설 『로그인』

2부

'판문점', '소시민', 그리고 '큰 산' ——— 139
: 이호철의 문학세계

박완서와 6·25 체험 ——— 158
: 『목마른 계절』을 중심으로
　1. 전쟁의 상처와 자기 구제로서의 글쓰기 · 159
　2. 『목마른 계절』의 사실적 측면과 미학적 측면 · 162
　3. 6·25 체험의 의미와 성과 · 168
　4. 삶과 이데올로기 · 177

작품과 시간 ——— 179
: 조정래 장편소설 『태백산맥』
　1. '『태백산맥』 현상'과 80년대 · 179
　2. 『태백산맥』의 역사적 성취와 문학적 성취 · 182

3. 『태백산맥』의 미학성과 내적 모순 • 185
4. 결론 – 반성의 대상으로서 『태백산맥』 • 198

불행한 역사가 만든 존재의 그늘 ——— 200
: 한승원 소설집 『누이와 늑대』

1980년대 노동운동과 인물 창조 ——— 218
: 안재성 장편소설 『파업』 · 『사랑의 조건』
1. 80년대 노동운동의 소설적 모형 – 『파업』 • 218
2. 80년대가 낳은 삶과 사랑의 변증법 – 『사랑의 조건』 • 227

3부

한반도와 '남+북' ——— 239
: 고은 시집 『남과 북』

웅혼(雄渾)한 생명의 대서사 ——— 253
: 고은 장시 『머나먼 길』
1. 생명의 탄생과 성장, 죽음의 유장한 흐름 • 253
2. 제행무상(諸行無常)의 세계인식에 기초한 대서사시 • 255
3. '화엄의 변증법'의 현재 • 257
4. 대순례의 고행을 촉구하는 시의 기백 • 260
5. 삶의 통찰이 빚어내는 보석 같은 편린들의 광채 • 262

우리네 슬픔에 맞는 사랑의 갈구 ——— 266
: 정희성 시집 『답청』

소처럼 선림(禪林)에 누웠구나 ────── 283
: 이상국 시집 『집은 아직 따뜻하다』

삶의 결핍이 빚어낸 순정한 마음의 결정체 ────── 298
: 고재종 시집 『그때 휘파람새가 울었다』

4부

세계사적 전환기에 민족문학론은 유효한가 ────── 317
  1. 들어가는 말─위기와 이행 · 317
  2. 80년대 민족문학론의 깊은 뿌리 하나 · 320
  3. 90년대의 문제적 징후 두 가지 · 325
  4. 민족문학론의 미래와 전망 · 333

20세기 한국과 리얼리즘론의 공과 ────── 342

1990년대 소설의 환상적 · 신비적 경향 ────── 364

1980년대 민족문학 논쟁 ────── 380
  1. 80년대 민족문학 운동과 이등변 삼각형 구조 · 381
  2. 논쟁의 출발로서의 채광석의 민족문학론 · 385
  3. 한계 드러낸 특정 현실의 추상적 논리 · 390
  4. 현실에의 진지한 응전과 이론의 자기 발전 과정 · 394

제 1 부

'자아'를 넘어선 '자기의 우주' | 13
박완서와 박정요의 근작소설

'본시'와 '대강' 그리고 '응당'의 사람살이 | 32
이호철 소설집 『이산타령 친족타령』

어린 혼과 부활하는 역사 | 47
현기영 장편소설 『지상에 숟가락 하나』

전투적 민중성과 '오월'의 정치학 | 73
송기숙 장편소설 『오월의 미소』

폭설 같은 미학, 신생(新生)의 영혼 | 94
박범신 장편소설 『침묵의 집』

야생의 모유(母乳)로 빚은 삶의 서사 | 110
김승희 소설집 『산타페로 가는 길』

과학, 대학, 젊음의 합주 | 125
김도현 장편소설 『로그인』

'자아'를 넘어선 '자기의 우주'

박완서와 박정요의 근작소설

1.

요즘 들어 영어 'ART'의 역어로 보편화된 '예술(藝術)'이란 말이 자꾸 못마땅해진다. 그보다는 차라리 옛날에 사용되기도 했다는 '예도(藝道)'라는 말이 훨씬 정겹고 알심 있는 용어로 다가온다. 아무래도 근래의 문학적 풍정과 맞물려 뭔가 투정을 부리고픈 마음이 용어까지 시비를 걸고 싶은 게다. 1990년대 들어 큰 변화와 전환이 이루어지고 있음은 분명한데, 정작 그것을 대변한다는 90년대의 새 얼굴들에 왠지 낯이 활짝 펴지지 않는다. 그래서인지 '예술'이란 말 가운데 '예(藝)'보다는 '술(術)'이란 글자가 자꾸 더 크게 보인다. '재주[藝]'가 본래 '잘할 수 있다'는 것 일반으로서의 '예'

나 '기교'를 뜻하는 것인데, 거기에 '꾀[術]'까지 덧붙음으로써 단순한 기술이나 기교, 나아가 일시적인 술수나 잔꾀 등 자꾸 부정적 의미로만 치닫는 느낌을 주는 것이다. 대신 '예도'라는 말 속의 '도(道)'가 주는, 방법이란 의미와 함께 사물의 존재양식과 내적인 연관을 맺으면서 근원의 생명을 중시하는 용어 자체의 진정성이 새삼 각별하게 다가온다.

어찌 보면 우리의 90년대는 엄청난 변화를 동반했으면서도 어느 때보다 자기 색채를 지니지 못한 채 그 마지막 지점을, 더구나 한 세기의 마지막 분기점을 지금 통과하는 중이다. 그런데 변화의 강도에 비해서 변화의 질이 잘 가늠되지 않는 이 역설이야말로 실인즉 오늘이 거대한 전환기라는, 아니 전환기의 미궁에 빠졌다는 사실을 정직하게 보여주는 것은 아닐까? 그렇다면 아직 제 얼굴을 만들지 못한 저 미완의 새로움들을 한결 넉넉한 자세로 따뜻하게 보듬을 줄 아는 열린 마음이 필요하지 않겠는가?

그러나 그보다는 외부로 솟구쳐 오르는 현상의 새로움에서 생성보다는 파괴의 측면을 더 많이 보아서일까? 전환기의 소음시대에도 흔들림 없이 제 길을 가고 있을 심연의 말없는 흐름이, 솔직히 말해 무척이나 그립다. 그렇다, 근래 나온 소설작품들을 읽다가 내 곁을 쉬 떠나지 않는 박완서 소설집 『너무도 쓸쓸한 당신』(창작과비평사, 1998)과 박정요 장편소설 『어른도 길을 잃는다』(창작과비평사, 1998)가 내게는 그런 그리움에 대한 하나의 응답으로 다가왔다. 나도 모르게 '바로 이 맛이야' 하는 내부의 자발적인 목소리 앞에서 혹여 사실일지도 모를 편벽됨마저도 무심하고 싶다.

실제로 이들 작품이 지금의 시대가 요구하는 어떤 현재적 의미망을 즉각 구성하는 것이라고는 할 수 없다. 새로운 실험성이나 세계관을 내세운 것과는 더더욱 무관하다. 오히려 이들 작품은 지금 우리가 상실해버린, 뭔가 파묻히고 파괴된 삶의 터, 이를테면 '고향'으로 은유되는 어떤 과거적 층위를 강력하게 상기시킨다. 물론 그렇다고 그것이 일반적인 시공간 의미에서 단순한 옛날 자리로의 복귀를 의미하는 것은 아니다. 물론 소설의 시공간은 박정요의 경우 과거의 유년 세계이고, 박완서의 경우 현재의 노년 세계이다. 그러나 이들은 함께 일종의 '타향화되어 가는 고향으로의 귀향'이라 할 만한 삶의 세계를 보여준다. 박정요는 지나간 시절의 농부 그대로의 모습으로, 박완서는 현재 우리가 살고 있는 도시의 농부로 귀향하여, 존재했고 존재하고 존재해야 할 세계를 경작하는 것이다.

2.

사실 박정요와 박완서는 기질상 매우 이질적이다. 소소한 면에서의 기법이나 서술방식뿐만 아니라 다루는 소재나 주제 면에서도 양자의 차이는 크다. 그러나 그런 차이에도 불구하고 두 사람은 근원적인 서사의 대지적 차원에서 닮았다. 물론 박완서의 명성에 견주어 박정요는 세상에 별반 알려진 게 없다. 박정요가 지금껏 보여준 창조물 또한 별반 없다. 그러나 『어른도 길을 잃는다』

한 편만으로도 그는 우리에게 많은 것을 들려준다.

　『어른도 길을 잃는다』에서 우리가 쉽사리 포획할 수 있는 문학적 성취는 저 1960년대 후반, 1970년대 초반의 농촌 풍경과 유년 세계의 내밀한 풍정에 대한 풍속화로서의 면모이다. 섬세한 필치로 복원된, 소설 초두를 여는 정월 대보름날의 여러 풍습에서부터 고무신·영화관·종달새·술에 얽힌 일화나 다양한 풍속, 바닷가 땅끝 마을의 아름다운 자연, 그리고 이런 유의 작품에 감초맛인 걸쭉한 남도사투리 등은 그 자체로 하나의 문학적 성과다. 거기에 덧붙여 딸 부잣집 막내아이 '행남'을 중심으로 한 하나의 가족사소설, 또 성장소설로서의 면모 또한 주목할 만하다. 한국전쟁의 와중에 광기의 폭력 앞에 생의 무언가를 놓아버린 듯한 아버지, 남아선호의 가부장적 질서에 자연스럽게 편승한 오빠와 남동생, 그런 집안 분위기에 부단히 갈등하는 언니들, 또 역사의 격랑 속에서 가족을 지키기 위해 능란한 처세술을 구사할 수밖에 없는 할머니 등으로 이루어진 대가족 속에서, '가시낭년 저것'으로 표징된 여자 막내아이가 빈궁과 남녀차별의 굴레를 뚫고 조금씩 스스로의 삶에 눈떠 가는 과정은 슬프도록 핍진하다. 또한 사회소설로서의 측면도 간과할 수 없는데, 정부 주도의 강력한 산업화, 월남 파병, 비인간적 반공주의로 상징되는 '박정희 시대'의 실상이 날카롭게 묘파된다. 특히 이러지도 저러지도 못할 '역사의 함정'에 빠진 소녀의 아버지가 보여주는 침묵에 가까운 조용한 모습과, 자식들을 잃어버린 바닷가 노부부가 이승의 생을 초월한 듯 담담히 살아가는 자세가 자연과 한데 어우러져 지펴내는 삶의 형상은 가히 묵화와 방불하다. 그리고 그런 침묵과 여백이 역으로 현상(現像)하는 짙은 어둠이야말로 우리 현대사의 지울 수 없는 그림자인 것이다. 소설 속에 은닉된 서사의 중심축이랄 수 있는 좌익연루자와 그 가족의 삶에서 보이는 침묵의 역사와 유대 또한 시사하는 바 크다. 가령 아버지가 행방불명되었던 친구(그는 끝내 남파간첩이 되어 찾아오면서 아버지는 파멸에 이르고 만다. 그리고 이와 더불어 소설의 분위기 또한 급속히 반전된다)의 덜떨어진 아들 수걸이를 거두어 키우려고 하면서 할머니와 주고받는 대화는 이 시대를 살았던 '길을 잃은 어른들'의 그림자 의식을 전형적으로 보여준다.

> 어무니, 지금은 아리랑 부른다고 잡아가는 일제시대도 아니고 청오산에서 반란군이 내려오는 어지러운 세상도, 군인들이 총 들고 다니는 전쟁시도 아니란 말이요. 가뭄 들었다고 나라에서 구호미 나오는 평화로운 공화국 시대란께라. 제발 아무 걱정 마시고 저 하자는 대로 잠 봐주시란 말이요 예? 어무니! (106면)

> 아이고 이 철없는 사람아, 넘의 전쟁 끝나는 그날이 바로 우리 전쟁 시작되는 날이란 걸 왜 몰라. 왜놈들 가고 난께 눈깔 노란 미국놈들이 설치고 되놈에 로스께놈들까장 왔다갔다한 지가 바로 엊그제 아녀. 바로 그저께도 모의간첩인가 뭣인가 잡는다고 저 코흘리개 행남이랑 제남이 같은 국민학상들까장 훈련시키는 것 잠 봐. 평화는 대체 뭔놈의 평화냐고 글쎄에. 이렇게 조용할 때일수록 이리저리 사방을 둘러봄시롱 살아야 한다게로오. (108면)

말하자면 동학혁명에 실패해 땅끝 마을까지 밀려온 사람들이 한국전쟁을 거쳐 고착된 분단 체제와 함께 경제개발 5개년 계획으로 점차 파괴되어 가는 농촌에서 겪게 되는, 그 멀지 않은 현대사의 틈새를 어린 소녀의 눈으로 이만큼 감동적으로 묘파한 작품도 흔치 않을 것이다.

어쨌든 이런 예시만으로도 『어른도 길을 잃는다』가 가히 총체성에 값할 만한 다채로움을 가진 작품이라는 것을 쉽사리 짐작할 수 있을 터이다. 그러나 무엇보다도 이 모든 것이 하나의 온전한 세계로 농밀하게 응축되었다는 점이 사줄 만하다. 마치 자연과 같은 크기로 삶의 세계를 포회(包懷)하면서 저절로 형성된, 그리하여 소설적 액자가 절로 그림에 어울려지는 것 같은 느낌이다. 자연이 팔을 뻗어 사람을 포옹함으로써 작가의 생각에 마찬가지의 크기를 부여한 것처럼, 실제로 작품 전체의 독후감은 시간이 흐를수록 하나의 풍경화로 정적화된다. 바닷가 농촌 마을의 자연을 배경으로 한 소녀가 걷고 있다. 그리고 그 가까이 혹은 약간 멀게 아버지나 할머니 등 식구들, 그리고 노부부, 폐병장이 쌕소폰 아저씨 등이 거멍숲과 들과 바다와 거의 같은 색깔로 동화되어 원경화되어 있다.

그러나 뭐니뭐니해도 필자는 소녀 '행남'의 형상을 주목하고 싶다. 융(C. Jung)은 아이들을 치료하지 않았다고 한다. 왜냐하면 아이들 자체에는 본래 억압된 문제 같은 것이 없기 때문이다. 아이들에게 나타나는 문제는 곧바로 어른들의 문제이다. 어른들이 해결하지 않았던 일은 무의식적으로 아이들에게 전해져 아이들의 문제가 되어 나타난다. 아이들은 무심하고 유유한 자연적 존재이다. 현실을 자세히 들여다보면 어른들이 아이들보다도 훨씬 더 억압된 무의식 투성이의 존재이다. 작품 속의 어른들은 분명 일종의 집단적 가면 속에 살고 있다. 반면에 '행남'은 여자로서 천형적인 차별을 받지만 그에 굴하지 않는 천덕꾸러기로서 순진무구함과 당참을 함께 가진 형상이다. 우리가 곧잘 연상하는 '천사표'와는 거리가 멀다. 또한 그녀가 여성성으로만 일면화되지 않고 이른바 남성성이라 할 만한 요소까지 함께 겸비하면서 표출하는 독특한 인간적 힘도 주목할 필요가 있다. 이러한 면모가 아이의 천성과 자연스럽게 결부되면서 소설 전체를 장악하는 주인공으로 오롯이 부각되는 것이다.

물론 이런 성취는 작가적 역량의 문제와 뗄 수 없다. 대다수의 소설이 경험론에 근거하지만, 박정요의 소설에서 만져지는 것은 요즘 유행하는 주관주의적 감각주의와는 확실히 구별된다. 경험이 어떤 명료한 감각인상들과 함께 시작하고 그것들의 정신적 종합으로 끝난다는 견해는 미적 경험에 대한 더 이상의 진전된 탐구 의욕을 꺾어 버린다. 그러한 가정하에서는 '미적인 것'으로 기술되는 경험들은 철저하게 사적(私的)인 것으로 남기 때문에 "취미에는 논쟁의 여지가 없다"는 저 낡은 격률 이상의 무엇이 주장될 여지가 없을 것이다. 가치라는 것도 이러한 감각주의에 근거하면 결국 주관적인 상태의 파생물에 불과하며, 흔히 욕구나 욕망의 차원으로 설명될 뿐이다.

그런데 박정요는 이와 달리 경험의 본질이 가치경험임을 보여준다. 느껴진 요소들 하나하나는 사적인 주관성의 세계에 속하지 않는다. 그것들은 주어진 경험상황 내의 객관적으로 증명 가능한 다른 성분들과 마찬가지로 실재적이다. 그렇기 때문에 경험은 '실재로 존재하는 세계'에 대한 정보가 되고 이때의 세계는 인식의 주체를 통합의 한 부분으로 포함하는 그러한 세계이다. 실제로 작품에서 되살아나는 경험은 경험의 내용 가운데 상당 부분을 누락시킨 결과로 생겨난 것이다. 선택과 차별화, 그리고 배제를 통한 정화작용이 이루어진다.

바로 그 주체가 행남이라는 어린 소녀이다. 그녀는 분명 어떤 외적 현실(어른들의 세계)을 투사하는 창으로서의 도구나 방편이 아니라 바로 작가 자신이라 할 수 있다. 이처럼 뱀이 허물을 벗듯이 자신의 나이를 벗어 던지고 인생의 어느 시기에서든지 아이가 될 수 있는 작가의 삶의 밀도가 중요하다. 아마도 여기에 부합되는 적절한 화음은 에머슨(R. W. Emerson)의 이런 말이 아닐까. "진실을 말한다면, 성인으로서 자연을 볼 수 있는 안목을 가진 사람은 거의 없다. 대부분의 사람은 태양을 보지 않는다. 그들은 본다 해도 피상적인 관찰에 머무르고 만다. 어른의 경우 태양은 그 눈을 비추는 정도이다. 그러나 어린이의 경우 그 눈을 꿰뚫고 그 마음속까지 환하게 비춘다. 자연을 사랑하는 사람은 내부의 감각과 외부의 감각이 여전히 서로 참된 조화를 이루는 사람, 말하자면 성인이 되어서도 유아기의 정신을 간직한 사람이다. 이런 사람에게 대지와 하늘과의 만남은 그가 먹는 나날의 음식의 일부가 된다. 자연을 앞에 두면, 그는 아무리 슬픈 일이 있더라도 야생의 환희가 온몸을 관류함을 느낀다."(『자연』)

하나의 예로, 누구나 거론할 법한 이 작품의 가장 아름다운 장면의 하나인 영혼이 빨려들어 가는 민들레 이야기를 보자.

쪼그리고 앉자 바로 눈앞에서 민들레 하나가 방긋 웃으며 나를 쳐다보았다. 너무나 귀여운 얼굴이었다. 나는 만져주려고 손을 내밀었다. 그런데 그 순간이었다. 너무나 이상한 일이 벌어지고 있었다. 동그랗게 한 송이를 이룬 담황색의 수많은 꽃이파리가 갑자기 뭉글뭉글 구름처럼 피어나는 것이다. 빛의 덩어리들이 뭉글뭉글 피어나는 것 같기도 했고 뭉게구름이 떠다니는 하늘까지의 그 공간이 다 들어간 웅덩이 같기도 했다. 어떤 거대한 빛으로 된 세계 같았다. 나는 놀라서 하늘을 쳐다보았다. 그러나 하늘은 벌써 그 빛 속으로 뭉글뭉글 들어가버리고 없었다. 소리를 내며 흐르던 사천의 물줄기도, 저 멀리 거멍숲도 뭉글뭉글 사라지고 새벌에서 쟁기질하던 아버지도 아재도 수걸이도 모두 사라지고 없었다. 그리고 나도 없었다. 나는 놀랍다는 생각도 이상하다는 생각도 없이 그냥 없었다. 그냥 민들레면서 빛인 그 자체가 되어버린 것 같았다. (129~30면)

일종의 황홀감이라 할 이 장면은 황당무계한 과장이나 단순한 문학적 장치만은 아니다. 현실의 생활로부터 멀리 떨어져 있으면서, 무의식의 환상적 세계를 향해 마음이 열려 있는 아이들에겐 하나의 산 현실이다. 사실 들과 숲이 제공하는 최상의 즐거움은 인간과 식물 사이의 신비스러운 관계에 대한 암시이다. 나는 혼자가 아니고, 버려진 채 있는 것도 아니다. 식물은 나에게 고갯짓을 하고, 나 또한 그들을 향하여 고개를 끄덕인다. 비바람 속에서 나뭇가지가 흔들리는 것은 오래된 일이지만 새롭게 보인다. 자연은 항상 영혼의 여러 색깔로 치장을 한다. 재앙으로 시달리는 사람은 자기가 피운 불의 열기에서도 슬픔을 느끼는 법이다.

인간이 자연을 자기 내부에 가진다는 것의 중요성을 이처럼 명료하게 삶의 실체와 결부한 작품도 근래 찾아보기 힘들 것이다. 또한 일종의 불교적 체관(諦觀)이랄 수 있는 삶의 통찰이 소설 전편을 휘감고 있다. 고난도 억압도 그 모든 삶의 한계를 한계 자체 안에서 넉넉히 다독일 줄 아는 품격이야말로 이 소설의 참된 진경이다. 작가는 마치 달처럼 일견 냉담한, 그러나 근원적으로 따사로울 수밖에 없는 빛의 시선으로 저만치 지켜보면서 존재의 생성과 사멸 과정을 조용히 펼쳐 보인다. 한마디로 자연과 아이의 마음이 함께 펼치는 인생에 대한 비가이다. 그 속에서 저 그림자 같은 어른들, 그 삶의 덧없음마저도 아름다워지는 자비의 그늘이 만들어진다.

그러나 작품의 후반부, 그리고 결말에 이를수록 갑작스레 호흡이 가팔라지고 메말라지는 게 아무래도 큰 흠이다. 작품 내의 세계가 당연히 요청할 법한 형상도 궁핍해지고, 전체적인 균형이 흔들릴 만큼 힘의 위축이 느껴진다. 이 작품뿐만 아니라 과거로 향한 대다수 소설들이 소설 내의 시간 속에서 현재와 가까워질수록 힘이 약화되는 게 하나의 문학적 현실이다. 어떤 의미에서는 근대 이전이 훨씬 더 안과 밖으로 열린 균형의 시대였다고도 할 수 있을 것이다. 그렇다고 해서 옛사람들이 정신적으로 풍요롭고 삶을 살 만한 세계를 가지고 있었다고는 단언할 수 없다. 아무리 티 없고, 멋진 동심으로 흘러 넘치는 아이들의 세계라 해도 그것이 그대로 어른의 세계로 연장되는 것이 좋다고 할 수 없듯이. 그런 만큼 우리는 현재와 더더욱 힘든 승부를 벌여야 하며, 동시에 진정으로 어른다운 어른의 세계를 위해 고투를 벌일 수밖에 없다.

3.

박완서 소설집 『너무도 쓸쓸한 당신』은 출간되자마자 빠르게 무척이나 빠른 속도로 사람들의 마음을 감염시키고 있는 듯하다. 스타시스템이 문화유통의 주요 수단인 것을 어느 정도 감안하더라도 박완서 소설집의 이러한 반향은 상당히 의미 있는 어떤 현실을 환기한다. 이 자리에서 자세히 이야기할 수 없지만, 난마처럼 얽힌 지금의 정신적·소비적 문화환경을 생각한다면 권위를 가진 작가가 큰 문학으로 대중의 마음을 제대로 장악하는 것이 다른 어느 때보다도 필요한 시점 같다.

「마른 꽃」·「환각의 나비」·「너무도 쓸쓸한 당신」, 이 세 작품은 이번 소설집에서 뿐만 아니라 근래의 소설들 속에서도 단연 돋보인다. 이 작품들은 모두 노인의 삶을 다루고 있다. '인간(人間)'이 '인생(人生)'과 '세간(世間)'의 줄임말이라 할 때, 그 점에서 문학을 인간학이라 부르는 것은 적절하다. 한 사람이 태어나서 늙고 병들어 죽기까지의 생애와, 세계와의 만남에서 연유되는 무수한 관계와 그 관계가 주는 세상살이의 희로애락이야말로 문학의 영원한 화두이기 때문이다. 그러나 우리는 인간의 삶이 한시적이라는 사실을 곧잘 망각한다. 그래서 생(生)을 중심으로 생각하지 그것의 반면이자 그림자인 사(死)에 가까이 서 있는 노병(老病)을 피하고 싶어하는 것이다. 아니 삶의 절정을 향한 등정과는 거리가 먼 하산의 어쩔 수 없는 운명으로 쉽게 치부하고 만다. 그러나 박완서는 자신의 늙음에 맞대면함으로써 오히려 삶의 빛나는 물색과 한계를 당당하게 우리 앞에 펼쳐 보인다. 사실 이 소설집의 특징에 대해서는 작가 자신이 서문에 숨김없이 잘 말해 놓았다. "여기 수록된 단편들은 젊은이들 보기엔 무슨 맛으로 살까 싶은 늙은이들 얘기가 대부분이다. 늙은이 불쌍해 마라, 늙어도 살맛은 여전하단다, 그래주고 싶어 쓴 것처럼 읽히기도 하는데 그게 강변이 아니라 내가 아직도 사는 것을 맛있어하면서 살고 있기 때문에 저절로 우러난 소리 같아서 대견할 뿐 아니라 고맙기까지 하다. 물론 내가 맛있다고 말할 수 있는 게 단맛만은 아니다. 쓰고 불편한 것의 맛을 아는 게 연륜이고, 나는 감추려야 감출 길 없는 내 연륜을 당당하게 긍정하고 싶다."

「마른 꽃」은 남편을 먼저 보낸 할머니 '나'의 연애담을 1인칭 시점으로 다룬 소설이다. 이 작품에 대해서 필자는 일찍이 어떤 글에서 연령의 숫자보다는 연륜의 밀도가 진정 중요하다는 것을 깨달았다고 말한 바 있다. 아마도 작품을 읽은 사람이라면 경탄을 금치 못했을 몇몇 대목들만 예시해도 이 작품의 그런 성취는 한눈에 들어오리라.

> 나의 일상적인 행동 중 거기(남편의 무덤-인용자) 가고 싶다는 것처럼 완전에 가까운 자유의사는 없었다. 거기서 느끼는 깊은 평화에다 대면 일상에서 일어나는 아무리 큰 기쁨이나 슬픔도 그 위를 스치는 잔물결에 지나지 않았다. 결코 죽은 평화가 아니었다. 거기 가면 풀도 예쁘고 풀 사이에 서식하는 개미, 메뚜기, 굼벵이도 예뻤다. 그의 육신이 저것들을 키우고 있구나, 나 또한 어느 날부터인가 그와 함께 저것들을 키우게 되겠지, 생각하면 영혼에 대한 확신이 없이도 죽음이 겁나지 않았고, 미물까지도 유정했다. 진이 빠지게 풀들과 곤충들을 키우고 난 찌꺼기는 화장하여 훨훨 산하를 주유하도록 해주기를 자식들에게 부탁할 작정이다. 그 보장된 평화와 자유로부터 일탈할 어떤 유혹도 있을 수가 없었다. (41면)

한마디로 "그의 육신이 저것들을 키우고 있구나"라는 말에서 풍기는 어떤 달관, 미물까지도 유정하다고 표현하는 저 자비심. 애정의 문제를, 갈애(渴愛)로 치닫기 쉬운 애정의 문제를 이렇게 갈무리할 수 있는 것은 석가가 말한, "갈애의 밑바닥에도 '자비'의 마음이 묻혀 있으니 이 자비심을 일으켜라"라는 것에 다름 아닐 것이다. 그리고 뒤이어 우리는 '각로(覺老)'의 한 경지를 접하게 된다.

> 지금 조박사를 좋아하는 마음에는 그게 없었다. 연애감정은 젊었을 때와 조금도 다르지 않은데 정욕이 비어 있었다. 정서로 충족되는 연애는 겉멋에 불과했다. (…중략…) 아무리 멋쟁이라고 해도 어쩔 수 없이 닥칠 늙음의 속성들이 그렇게 투명하게 보일 수가 없었다. 내복을 갈아입을 때마다 드러날 기름기 없이 처진 속살과 거기서 우수수 떨굴 비듬, 태산 준령을 넘는 것처럼 버겁고 자지러지는 코곪, 아무데나 함부로 터는 담뱃재, 카악 기를 쓰듯이 목을 빼고 끌어올린 진한 가래, 일부러 엉덩이를 들고 뀌는 줄방귀, 제아무리 거드름을 피워봤댔자 위액 냄새만 나는 트림, 제 입밖에 모르는 게걸스러운 식욕, 의처증과 건망증이 범벅이 된 끝없는 잔소리, 백살도 넘어 살 것 같은 인색함, 그런 것들이 너무도 빤히 보였다. 그런 것들을 아무렇지도 않게 견딘다는 것은 사랑만 있다고 되는 것은 아니다. 적어도 같이 아이를 만들고, 낳고, 기르는 그 짐승스러운 시간을 같이한 사이가 아니면 안되리라. 겉멋에 비해 정욕이 얼마나 아름다운 것인지 이제야 알 것 같았다. (43~44면)

지혜는 자기의 내면으로 쏠리는 눈이다. 이 눈이 흐려지면 자기의 존재를 받치는 자기 속의 또 하나의 자기를 불감(不感)한다. 작가는 자기 작품에 말랐다는 표현을 쓰지만(「마른 꽃」) 향기가 난다. 족(足)한 줄 아는 지혜의 빛이 배경이 되어 소설이 아연 환해진다. 외부의 강요로 인한 만족이나 혼자만의 자위가 아닌 자족(自足)의 본 의미대로 자기 발치를 보며 자기 스스로를 발견할 줄 아는 눈, 비늘을 떨어낸 눈, 그 눈부셔오는 '자기의 빛'이 여기 있지 않은가. 물론 소설의 대부분은 난숙한 솜씨가 뿜어내는 일상성·세태성의 산문화이다. 여기서 작가는 노련하게 독자의 허를 찌르며 소설의 흐름을 자유자재로 이끌다가 이처럼 지혜의 샘으로 우리의 영혼을 인도하는 것이다.

이 점 「환각의 나비」 역시 마찬가지이다. 치매노인의 삶을 다룬 이 작품은 발표되자마자 "전설적 아름다움 이상의 거의 신화적인 광채에 둘러싸인 뛰어난 소설"(염무웅)로 평가받았다. 그러나 신화적인 광채는 아주 느릿하게, 지루할 정도의 더딘 일상적 포복 끝에 느닷없이 마주하는 별천지 속에서 비로소 형체를 드러내며 소설 전체를 휘돌리듯 감싼다. 「마른 꽃」이 야멸 차고 앙증맞다고밖에 표현할 수 없는 자재로운 화법으로 노년의 심사를 표출한 정공법의 소설이라면, 「환각의 나비」는 그와 달리 매우 평탄한 두 갈래의 길을 세태적으로 느긋하게 끌고 가다 뭔가 지루하다 싶을 즈음, 두 길을 하나로 합치며 대반전의 불꽃을 피우는 것으로 마무리하는 우회법의 소설이라 할 수 있다.

> 부처님 앞, 연등 아래 널찍한 마루에서 회색 승복을 입은 두 여자가 도란 도란 도란거리면서 더덕껍질을 벗기고 있었다. 더할 나위 없이 화해로운 분위기가 아지랑이처럼 두 여인 둘레에서 피어오르고 있었다. 몸집에 비해 큰 승복 때문에 그런지 어머니의 조그만 몸은 날개를 접고 쉬고 있는 큰 나비처럼 보였다. 아니아니 헐렁한 승복 때문만이 아니었다. 살아온 무게나 잔재를 완전히 털어버린 그 가벼움, 그 자유로움 때문이었다. 여지껏 누가 어머니를 그렇게 자유롭게 행복하게 해드린 적이 있었을까. 칠십을 훨씬 넘긴 노인이 저렇게 삶의 때가 안 낀 천진덩어리일 수가 있다니. (89면)

치매노인을 "날개를 접고 쉬고 있는 큰 나비" "삶의 때가 안 낀 천진덩어리"로 승화시킨 이 빛은 도대체 어디서 온 것일까? 두 갈래 길을 끌고 왔던 노인의 딸과 처녀점쟁이였다가 비구니가 되어가는 '마금이'의 세속적인 삶을 일거에 반전시키는 불성(佛性)의 현현 같은 이 비의성은 무엇일까? 아마도 이 소설의 감동은 치매노인과 대비되는 자식들과 마금이의 삶이 결코 부도덕하거나 불성실하다고 할 수 없는 데서 더더욱 증폭된다. 아마도 이 지점에서 소설집에 대한 염무웅의 평을 다시 한번 상기할 필요가 있을 것 같다. "그러나 이 소설집에서 작가가 심혈을 기울여 우리에게 던지는 질문은, 「환각의 나비」와 「꽃잎 속의 가시」 같은 작품에 잘 그려진 바, 풍요와 편리를 좇아 미친 듯 질주해온 지난 30여년 동안 우리의 삶이 어떻게 왜곡되었고 무엇을 잃어버렸으며 마침내 우리 손에 남겨진 것은 무엇인가 하는 것이다." 더불어 김종철(金鍾哲)이 지적한 '성실성'과 구별되는 '진정성'의 문제도 사려 깊게 헤아려보는 것이 이 작품의 참 가치를 해명하는 데 도움이 될 법하다.(「인간·흙·상상력」) 그는 성실성을 우리 의지의 작용에 의해서 이루어질 수 있는 자질로 본 데 비해, 진정성은 우리의 마음속 깊은 곳에 있는 어둡고 비합리적이며 무의식적인 자아의 요구와의 합치라고 파악했다. 말하자면 기억상실증의 상태에서야 겨우 가능해진 '평화와 안식의 이미지'나 그런 살아 있는 현실을 '환각의 나비'로 바라볼 수밖에 없는 사태야말로 인간이 가져야 할 근본적인 자질, 어떤 세계를 우리 모두가 상실했다는, 그 누구를 탓할 수도 없는 우리 시대의 근본적 재앙이 아닌가 하는 반문인 것이다.

한편 「너무도 쓸쓸한 당신」은 표제작답게, 아마도 이 소설집에 수록된 전체 작품을 놓고 보았을 때 작가 자신의 잘 알려진 얼굴을 다시금 또렷하게 입증해준 소설이라고 할 만하다. 이 작품의 방향(芳香)은 무엇보다 독자로 하여금 희로애락의 감정이 한 무더기로 음악처럼 넘나들게 하는 뛰어난 연주력에 있다. 이 수완 앞에 우리가 아는 현실은, 자아의 덫 속에서 적당히 치장한 우리 자신은, 그럴 법한 통념과 행위들은 우리에 갇힌 가축처럼 숨을 길이 없다. 물론 이 작품도 노년의 삶과 남편에 대한 새로운 이해라는 각로의 깨우침이 없지 않다. 그러나 작가가 만든 언어의 집은 마치 외양부터 멋들어진 건축처럼 내부로 들어가기 전에 먼저 그 주위를 맴돌게 만든다. 청승이나 궁상은 딱 질색이라는 듯 일체의 감상성을 배제한 그의 언어들은 마치 마른 장작이 타듯 타닥타닥 한다. 등장인물들의 도발적인 심리와 행태를 천연덕스럽게 혹은 얄밉도록 묘사하는 문체는 마치 쥐를 다루는 고양이의 발길질을 닮았다.

물론 이번 소설집에 수록된 모든 작품이 다같이 온전한 성취를 이룬 것 같지는 않다. 박완서의 남다른 묘법도 적절한 대상을 만나 제 물색을 찾지 못했을 때 의외로 범범한 작품을 만들고 있음도 여타의 작품에서 보게 된다. 그러나 소설집 『너무도 쓸쓸한 당신』은 전체적으로 법도를 떠나지 않으면서 또한 법도에 구속되지 않은 대가의 기풍이 서려 있다. 산다는 것의 송가(頌歌)로서, 일상성이 곧 여래장(如來藏)임을 절묘하게 연출할 수 있는 작가를 가지고 있다는 것도 삶의 한 행복이 아닐까.

4.

　사실 서두에서 이야기한 '바로 이 맛이야' 하는 말 속에는 새로운 음식물에 어느 정도 호기심을 느끼다 금방 식상하여 다시 '옛 맛'을 그리워하는 정서도 담겨 있다. 요즘 확산되는 회고조와 복고풍에도 일종의 유행 같은 측면이 없지 않을 것이다. 그러나 성장과 풍요가 일군 달콤한 미혹의 거품에 대한 반성이 일면서 상실한 과거와 다시 선을 이으려는 사회심리적 욕구 또한 있다고 본다. 아니 어쩌면 '이것은 아니다'라는 현재적 공복감의 표출일지도 모를 일이다. 더구나 발전이나 진보 속에 드리워진 직선적 시간관 속에서 낡은 것과 새 것이라는 우리의 분별심이 야기한 분열과 간극을 생각한다면 상황은 더욱 복잡해진다. 이를테면 상품의 노예란 자조적인 비명이 들린 지 오래건만 우리는 상품신화의 유혹을 이겨낼 영혼의 잠금쇠를 이미 잃어버렸는지도 모른다. 그러기에 생태계 파괴라는 절체절명의 위기 앞에서도, 성장의 재창출 구호는 무소불위의 권능으로 여전히 우리 머리 위에 장막을 치고 있지 않은가.

　어쨌든 이런 총체적 분열과 간극을 넘어서기 위해서는 인류를 떠받치는 대지의 혼, 그리고 인류의 머리 위에 내리비치는 우주의 빛이 되살아나야 할 것이다. 그리고 그런 혼과 빛의 자장력 안에서 우리 자신은 '인간'이란 유기체가 가져야 할 참된 생명성을 어떻게 발현할 것인가를 궁구해야 한다. 90년대 소설을 두고 내면 탐사니 자아와 욕망에 대한 추구니 하고 곧잘 이야기되어 왔다.

이 역시 인간에 대한 탐구 그 이상도 그 이하도 아니다. 더구나 이 경향 속에는 이전까지의 문학에 대한 강력한 항거가 담겨 있다고 주장된다. 과거의 문학이 지나치게 외부의 현실만을 지향하여 인간의 현재적 실체로부터 멀어졌다는 지적이다. 그러나 그 결과 우리에게 보복처럼 되돌려진 것 중의 하나가 서사성의 왜곡이나 상실이다. 대다수의 소설이 새로운 무언가를 던지지만 눈앞의 즐거움과 쾌감, 혹은 감각만이 잠시 나타날 뿐 '예도'라는 말이 갖는 삶의 길[道]이란 항로가 부재하다. 앞서 보았듯이 인간이라는 존재는 다른 동물들과 달라서 시간관념이 있고, 타자들과 매우 영속적인 관계를 맺고 그 관계 속에서 생활하는 사회적 동물이다. 시간성과 사회성, 거기에 자리하는 과정과 관계야말로 서사성의 영원한 주춧돌이다.

그런데 지금까지는 대립으로 보든 공생으로 보든, 인간 자신을 보는 눈은 세계와의 분별로서 자기 정체성을 설정하는 이원론적 사고의 틀에서 근본적으로 벗어나지 못했다. 그리고 거기에 알게 모르게 자리잡고 있는 것이 '자아(ego)'에 입각한 접근이었다. "유독 이른바 나라는 것은 그 성품이 달아나기를 잘하여 드나듦에 일정한 법칙이 없다. 아주 친밀하게 붙어 있어서 서로 배반하지 못할 것 같으나 잠시라도 살피지 않으면 어느 곳이든 가지 않는 곳이 없다"는 정약용(丁若鏞)의 적절한 지적처럼, 변하기 쉬운 것이 '나'임에도 불구하고 주체성이란 이름하에 완전한 자아동일성을 추구함으로써 자기 내부에 영구불변의 무엇인가가 있을 것이라고 과신하거나, 아니면 그것이 아예 불가능하다는 생각하에 찰나적 욕망의 무제한적 방일(放逸)로 치닫기 십상이었다.

그러한 이원론적 사고의 틀을 근본적으로 넘어서는 인간의 진정한 자기이해 또한 우리 시대의 중요한 화두임에 틀림없다. 그 점과 관련하여 필자는 융의 견해를 경청하고 싶다. 융은 자아(ego)를 초월하는 자기(Self : 그래서 영아靈我라 불리기도 하는)를 찾아야 한다고 말한다. 말하자면 자기란 자아를 중심으로 하는 주체적인 '나'라는 존재와는 별개의 것으로서 그 자체의 자율성을 가지고 활동하는 하나의 세계(field)이다. 흔히 우리는 이런 것이 있다면 자신의 내부에 있다기보다는 외부에 존재하는 것처럼 생각하지만, 그것은 내부의 세계, 거의 무한한 넓이를 가지는 내적인 세계로서 인간의 마음 안에 존재하는 것이다. 이런 것들이 마음 내부에 있다면 인간은 자기의 마음속에 타인과 같은 이미지와 이성, 어머니, 아버지, 그 밖의 온갖 다른 인격을 가지고 있는 것이다. 필자로서는 진정한 문학적 힘이 구사하는 상상력, 환상 또한 이것의 발현이라고 생각한다. 서사성의 진정한 원천도 마찬가지이다. 말하자면 우주 속에서 '나'라는 하나의 개체는 자그마한 것에 불과하지만 그 속에 무한한 넓이를 가지고 우주와 상통한다. 이런 의미에서 작은 것은 큰 것을 내장하고, 큰 것 역시 작은 것을 반영하면서 상호 관계와 작용 속에서 존재하는 것이다. 이런 '자아'를 넘어선 '자기의 우주'의 징후를 박완서와 박정요, 두 작가의 작품에서 감히 보았다면 지나친 과언일까? 허언일까? 착각일까?

'본시'와 '대강' 그리고 '응당'의 사람살이

이호철 소설집 『이산타령 친족타령』

1.

올해 칠순을 맞는 이호철 선생이 또다시 싱싱한 작품집 『이산타령 친족타령』(창작과비평사, 2001)을 선사한다. 1955년에 등단했으니 어언 46년 세월. 직접 만나본 사람이라면 그가 어느 만큼 정력적인가를 한눈에 알 수 있지만, 시단에서는 '현역 원로'가 그래도 많은 반면 소설적 몸체에 걸맞은 육체성을 유지하기가 힘들어서인지 소설계에서 그만한 노익장은 찾기 힘들다. 어쨌든 이 점만으로도 작가 이호철은 우리에겐 하나의 축복이다. 일찍이 프랑스 작가 씨몬느 드 보부아르는 노년에 대한 일반의 고정관념에 대해서 실존인물을 사례로 들어 논박한 일이 있다고 한다. 플라톤의 실례를 들어 노년이 아니면 얻지 못하는 철학적 수확을, 또 80세에 대로마를 이끈 카토의 정치적 정력을, 그리고 80세에도 왕성한 작곡 활동과 연주여행을 다녔던 베르디의 창조력과 활동력을 증거로 내세운 것이다.

그런데 그 가운데 가장 인상적인 사람은 베르디였다. 그를 찾아온 사람들에게 음악의 열정이 퇴색하는 기미가 보이지 않던가, 리듬 잡는데 규칙성이 해이하지는 않던가, 앙상블에 무신경하지 않던가, 육체의 유연성이 굳어 보이지 않던가 등 자신의 연주에 대해 조목조목 따져 물었다. 그러고 나서 베르디는 '늙음 속에 음악은 아무런 반응을 일으키지 않는다'고 말했다 한다. 작가 이호철에게서도 그러한 사고방식이나 행동방식을 만날 수 있다. 그리고 그것을 실증해주는 것이 이 작품집 『이산타령 친족타령』이다.

2.

겉으로 드러낸 적은 없지만 개인적으로 좋아하는 시가 있다. 아니 좋아한다기보다는 이따금 불쑥 떠올라 말없이 읊조려보는 그런 시다. 롱펠로우의 「비오는 날」. "날은 춥고 쓸쓸한데 / 비 내리고 바람 그칠 줄 모르네 / 담쟁이덩굴은 무너져가는 담벼락에 / 아직도 매달린 채"로 시작되는 조금은 쓸쓸한 시다. 그 중에서 마지막 연이 가슴에 참 와 닿는다. "진정하라, 슬픈 가슴이여! 투덜거리지 말라 / 구름 뒤엔 아직도 태양이 빛나고 있으니 / 너의 운명도 모든 사람의 운명과 다름없고 / 어느 삶에든 얼마만큼 비는 내리는 법 / 어느 정도는 어둡고 쓸쓸한 날들이 있는 법!"

삶의 근본적인 쓸쓸함을 위무하고, 오히려 그것을 인정하면서 삶의 또 다른 밝은 면으로 눈길을 돌리게끔 토닥거리는 삶에 대한 통찰이 쉽사리 떠오를 것이다. 그러나 나는 그렇게 해석된 시로서가 아니라 시 자체가 풍기는 쓸쓸한 분위기에 자기도 모르게 취한다. 그것은 어쩐지 사람마다 고유한 감정의 무늬와 연결되는 것 같다. 때로 성격으로 지칭되기도 하지만, 그보다는 사람마다 대개는 겉으로 잘 드러나지 않는, 스스로도 잘 드러내지 않는 자아의 숨은 그늘이라고 해야 더 옳지 않을까 싶다.

그런데 이런 시를 읽고 어떤 이들은 껄껄 웃으며 시 자체가 풍기는 그런 그늘을 싹 지우고 밝게 얼굴을 펴는 사람들도 있다. 가령 시 자체를 부정하거나 무시하는 것이 아니라 "그래 삶은 그런 것"이라며 시 속의 '태양'을 현실 전면에 내세우는 낙관적이고 쾌활한 기운. 새삼 이렇게 말머리를 내세운 것도 소설 역시 작가의 체취대로 제가끔 문양을 내기 마련이며, 지금 이곳의 주인공인 이호철도 예를 든 시풍에 손사래를 치며 '웬 청승' 하는 듯한 기질의 소유자가 아닐까 싶어서이다. 그것은 그의 첫 작품 「탈향」에서부터 느껴진다. 전쟁중 식구들과 떨어져 낯선 이방으로 홀로 월남한 어린 젊음들이 화차간에 기거하며 추운 겨울을 힘들고 쓸쓸하게 보내는데 그중 가장 여리고 약한 하원이 울먹이며 하는 말도 그 힘듦과 쓸쓸함에 견주어 고작, 그러나 매우 느닷없는 "야하, 부산은 눈두 안 온다, 잉"이다.

이런 기질의 대표자로 나에게 강력하게 각인된 사람은 김학철 선생이다. 자서전 『최후의 분대장』을 읽으면서 더 분명해졌지만 그의 낙관적 태도와 그로부터 배태된 강인함은 실로 놀라웠다. 실제로 그는 일제치하에서도 이런 낙관성과 강인함이 있기 때문에 항일투쟁도 가능했다고 이야기한다. 우리는 이런 유의 삶을 대하면 알게 모르게 비장해지기 마련이지만, 그는 단호하게 삶 자체를 낙관할 때만이 모든 어려움도 감수할 수 있고, 삶의 희로애락 또한 동시에 맛볼 수 있다고 단언한다.

3.

물론 작가 이호철에게는 강인함보다는 낙관성이 훨씬 압도적이다. 어떤 비관적인 환경에 처하더라도 그 환경에서 어느 정도 예견할 수 있는 비장감이라고는 거의 맛볼 수 없다. 오히려 유유자적이라 표현할 만한 분위기가 형성된다. 흔히 이호철 소설의 특징으로 거론하는 상황성 역시 이와 연관하여 이해할 필요가 있다. 말하자면 소설이 행위에 의해 지배되지 않고 상황이 주는 분위기가 지배하는 가운데 거기에 대한 인물의 반응이 소설의 중심축을 이루게 된다. 여기서 비장감이 보이지 않는다는 것은, 상황 자체가 압도적인 무게로 당연한 세계인 양 전제되며 그에 따라 작가가 등장인물들을 각자 어찌 대처할 것인가 하는 순응과 적응의 각도에서 바라보기에, 읽는 이들은 알게 모르게 낙관주의의 정조를 느끼게 되는 것이 아닐까. 가령 이 점은 장편소설 『소시민』에서 서술자의 목소리를 빌려 작가의 의중을 진술한 다음과 같은 대목에서 어느 정도 드러나지 않나 싶다.

> 모든 상황은 그 상황 자체의 논리를 좇아 뻗어 가는 것이고, 일단 그 상황 속에 잠긴 사람들은 어쩔 수 없이 그 상황의 논리에 휘어들게 마련일 것이다. 이른바 상황의 메커니즘이라는 것이다. 그 상황의 메커니즘이 급한 소용돌이를 이루면 이룰수록 그 속에서 사람들이 변모해 가는 과정도 속도를 지니게 된다.
> ─『소시민・살』, 문학사상사, 1993, 216면

이번 소설집의 중심을 이루는 작품들도 6・25(혹은 그 전후)라는 소용돌이 국면에서 발원하고 있다. 가령 부대 내 불사신의 명물로 꼽히는 세 사람의 군인을 중심인물로 내세워 전쟁기간의 야수적 행동양태를 그린 「사람들 속내 천야만야」는 '구조의 해체가 폭발성을 지닐수록 그 속에서의 인격의 해체도 폭발성을 지'님을 전형적으로 드러내준다. 소설의 화자(김하사)와 나머지 두 사람(안중사와 송중사)은 체질적으로 아주 대조적이다. 안중사와 송중사는 화자가 보기에 세상에 드문 악종 중에도 극악종에 해당하는 '망나니'들이다. 수색 중 외딴집에 여자만 있으면 젊고 늙고를 따지지 않고 겁탈하는 이들이 바로 그 두 사람이었다. 작품에 나오는 두 삽화는 읽기에도 섬뜩한 장면들이다. 어쨌든 그 점에서 그들과 다른 화자 김 하사가 왜 이들과 함께 어울리는가가 읽는 이로서는 자연 관심거리다. 분명 소설 속에서도 김 하사는 단순한 관찰자가 아니다.

오히려 두 중사의 삶처럼 '맹탕으로 조잡하게 들끓을 사람살이와 도깨비판처럼 되어갈 사람들 관계', 한마디로 망나니들이 온통 활개치는 괴이한 세상 속에서 이들을 물끄러미 쳐다보며 방관할 수밖에 없는 대다수 사람들의 형상에 가깝다. 그 역시 '본시 저들 생긴 대로, 자기 절로, 제 깜냥대로, 하루하루 살아갈 수만 있으면, 그 이상 더 바랄 것이 없겠다는 쪽의 성향으로 대강 태어난 사람'이다. 여기서 '본시'와 '대강'이 의미하듯 모든 것이 네모 반듯하게 규격이, 각이 져 가는 답답한 북쪽보다는, 저 생긴 대로 자연상태로 한량없이 들끓는 남쪽 세상이 좋아 남쪽으로 왔다가 그 속에서 얻은 연줄에 따라 국방군에 자원 입대한 사람이다. 그리고 악종들이 자신을 붙여주어 함께 어울리게 된 것이다. 이야기는 그런 악종 두 사람이 끝내 제 명대로 못 살고 비명횡사하는 장면을 목도하는 것으로 끝난다. 화자 자신이 '으레껏 전쟁이라는 것은 이런 것이겠거니, 이런 것이려니, 앞으로도 이런 것이 되겠거니, 하고 심상하게 받아들'일 정도로 '대강'의 사람이며, 따라서 '대강'의 사람이 본 전시의 한 인간풍속인 것이다.

그러한 가운데서도 등장인물들의 관계 속에서 개별 인간들을 향한 작가의 미묘한 서술전략을 눈여겨볼 필요가 있다. 대개의 등장인물들이 보여지면서 감춰진 실제 인물들의 모습을 담지하고 있다. 그러나 작가는 이것을 확연히 구별지어 접근하는 것이 아니라 어느 순간 감춰진 본성이 한순간 적나라하게 드러나는 현장성을 극적으로 포착하여 인물의 심층을 파고드는 전략을 취한다. 그 점에서 베르그쏭이 말한 '표층자아'와 '심층자아'의 속성에 견주어 보는 것도 이해에 도움이 될 것이다. 사회생활을 가능케 하는 일상적 자아로서 공간화되고 양적이고 병렬적인 자아인 표층자아와, 생명의 질적 연속의 실재로 끊임없이 변화해 가는 표상으로 지칭되는 심층자아의 자연스런 통합이야말로 한 개인의 인간적 기질이라는 것이 베르그쏭의 생각이다. 우리가 일반적으로 보고 듣는 일상적 자아를 끌어안고 그것을 더 깊이 파고들어 가는 심층자아의 특성을 중시해야 한다는 것인데, 실제로 이런 범주에서 포착되는 특성이야말로 이호철 소설의 고유한 형상적 질료이다. 이를테면 인격 전체가 단순성의 한 점에 수렴되고, 이미 있는 이미지와 새로 들어오는 이미지가 서로 침투 융합하여 자기의 독특한 개성을 부단히 유지하며 전개해 가는 심층자아의 성격이 이호철 소설의 수맥을 이룬다. 작가 스스로 이와 비슷하게 발언한 적도 있다.

> 인간이 시대상황에 의해 규정되는 사회적 존재인 것은 아무도 부정할 수 없고 내 문학 속 인물들 또한 이같은 존재로서 그려졌습니다. 그러나 개개의 인생은 이보다 더 깊은 어떤 본래적 원형(운명)의 시대상황에 대한 발현태 또는 변용태입니다. 이것을 날카롭게 꿰뚫어 적절하게 반영하는 게 문학이라는 것이 문학에 대한 정열의 밑바닥에 놓인 내 평소의 문학관입니다.
> ─정호웅·이호철 대담, 「단독자의 삶과 문학」, 『반영과 지향』, 세계사, 1995

물론 좀더 자세히 견주어보면 이호철의 인간관은 베르그쏭과는 다르다. 지속을 생명의 본질로 파악하는 것은 유사하지만 베르그쏭은 자신 속으로 주의를 집중하여 자아의 깊은 바닥에 놓여 있는 생명의 가장 내적인 것을 찾아내어 그것을 행동화하는 자기창조의 길을 강조하였다. 그러나 이호철의 '본래적 원형(운명)'은 이와 차원을 달리한다.

이번 소설집을 눈여겨보면 아주 자주 부딪치는 짧은 문장 하나가 있다. "응당 그랬을 것이다"라는 문장이 그것이다. 가령 이런 문장은 다음과 같은 상황묘사와 서술로 이어진다.

그러노라니 언제 어디서 삼팔선을 넘었는지도 모르게 어느새 북한땅으로 들어서 있었지만, 북상한 국군을 대하는 현지 백성들만은 남이고 북이고 전혀 차이가 없더라는 것이다. 응당 그랬을 것이었다. 같은 조선사람, 한국사람이었으니 어찌 안 그랬을 것인가. (강조─인용자)
─「비법 불법 합법」, 11면

적어도 이런 측면에서 무의식적인 삶의 형식으로서 어떤 보편적 인간 기질을 상정하지 않을 수 없다. 그것은 앞 문장에서 볼 수 있듯이 오랜 역사 속에서 무의식적으로 누적된 인간성, 민중성의 성격이라 지칭할 만한 속성이다. 그리고 이런 기질적 성격은 개인·지역(고향)·민족·인류 차원으로 다양하게 범주화되며 그때그때 상황 속에서 당연시되며 작동된다.

이를테면 「비법 불법 합법」이 이에 대한 설명으로 적당할 것이다. 작가는 화자의 입을 빌려 6·25에 대해 설령 몇 십 권으로 소상히 극명하게 기술된 전사(戰史)를 읽는다 하더라도 오십 년이 지난 우리 감각에 와 닿은 것은 없다며 일반민중이 처해 있던 실제 정황을 하나의 삽화로 예시해나간다. 사실 이 삽화는 콩트에 가깝다고 할 것이다. 힘든 전투로 지쳐 있는 상황에서 다시금 공격명령이 하달되어 연대장이 예하부대에 이를 전달하는 과정에서 피곤에 지친 장교가 잠결에 지시를 전달받다 명령이 실종되어 버린다. 통신병이었던 화자가 이 과정을 전부 목도하게 되었지만, 결국

이 건으로 군법회의가 열리고 책임당사자인 곽 소령 대신 엉뚱한 원상사가 즉결처분으로 사형선고를 받기에 이른다. 하지만 이때 화자는 증인으로서 어정쩡하게 행동한다. 요행히 원상사는 구사일생으로 살아남고, 소설 막바지에 어떤 모임에서 이제는 변호사가 된 화자는 원상사와 다시 조우하게 된다. 작가는 원상사의 입을 빌려 도발적인 민중적 특징을 유감 없이 드러낸다.

"너도 잘 알다시피 그 옛날 전쟁중에 그렇게 비법(非法)으로 살아남았으니, 그 뒤로는 불법(不法) 저지르는 게 내 본업이나 다름없었다. 그러니 꾀죄죄하게 법조문이나 주무르면서 소위 합법적으로만, 합법을 가장하면서만 살아온 느네들 같은 조무래기들이야, 내 눈에 제대로 사람처럼 보였겠느냐 말이다."(42면)

이때 들은 이야기지만 원 상사는 그 후 격전지에서 우연히 곽 소령을 만나 '임기응변'으로 사살해버렸다. 그리고 원 상사는 제대 이후 노동판에서의 생활 역시 전선의 연장이었다며 "난 이렇게 늘 이 대한민국의 가장 발가벗은 현장 한가운데 있었다"고 항변한다. 그리고 그의 마무리 말이야말로 통일에 대한 지적 채색이 아닌 원색적인 토로이자 '민중적' 육성이라 할 만하다. "나 같은 이런 독종이 우리 대한민국 오십여년의 최저변을 사실상으로 버티고 왔듯이, 지금 북에도 북 세상을 최저변에서 사실상 버팅겨온 나 같은 동류항 독종이 분명히 있을 것인데, 지금 내 심정은 북쪽의 그런 자 하나와 만나, 권커니 잣거니 술이라도 한잔 나누고 싶다, 이것이다. 느네들 좋아하는 그런 잘난 소릴랑 일절 없이…… 남북간의 그런 독종들끼리 진짜배기로 화해가 이뤄지기까지는 아직 멀었다, 멀었어."(44면)

4.

이처럼 기질의 정도 혹은 상황성 자체에 따라 상호 대조되는 측면이 강화되면서 독특한 역사성을 형성하기도 한다. 가령 '민중성'에 대해 작가는 "본시 우리네 민중이라나 백성이라나 하는 쪽의 중요한 덕목으로는 참을성과 절제말고도, 인간 품격의 근간의 하나로 볼 수 있는 순종이라는 미덕도 끼여 있었던 것이다. 그리고 이 순종이라는 덕목에는 본시 '힘세고 큰 것'에 기대어서 그 비호 밑에 저들대로의 조촐한 자유와 안정된 생활을 누려보자는 나름대로의 지혜가 숨겨져 있었다"(「아버지 초」)라고 말한다. 말하자면 역사의 시간은 역사를 소유한 자들의 시간이고, 그렇지 못한 자들은 각자의 삶의 영역에서 진행시키고 있는 삶의 리듬에 따라 적절하게 순응하며 적응하며 자신을 유지하는 시간을 갖기 마련이라는 것이다. 그러므로 일반인들에게 시간은 정치에서 흔히 그러하듯이 흘러가면 그만인 직선적인 연대기의 시간이 아니라 순환적인 공동체적 시간에 가깝다. 가령 월남민의 한 생애를 그린 「살(煞)」에서 서서히 변두리 인생으로 밀려나며 말수도 적어지고 과묵해지는 '재훈 씨'의 한 돌발적인 모습은 순환적 시간관에 기초한 심층 원형의 한 발현일 터이다. 일흔서너 살이 되면서 북에 두고 온 딸 덕주를 만나기 위해 '김일성 씨를 꼭 만나보아야겠다'는 엉뚱한 생각이 생겨났다. 결국 유관기관에 조사를 받게 되는데, 여기서 진술한 재훈 씨의 발언은 묘한 울림을 준다.

난 나름대로 혼자서 조사도 해봤소 초대 대통령 이승만씨는 자식이 없고, 2대 대통령 윤보선씨는 치나마나고, 현대통령 박정희씨는 1남2녀로, 그런대로 가족끼리 단란허게 살드면. 김일성씨는 자식을 몇이나 두었는지도 알고 싶고, 내 눈으로도 직접 확인도 허고 싶소 저는 그렇게 살멘서, 나더러는 안 된다고 허면, 그 당장에 귀싸대기를 갈길 거요. 지가 뭔데, 무슨 권리로 인륜의 기본을 막아. 그러고나서, 괜헌 딴소릴랑 말라고 할 거요. 통일? 그런 건 난 모르오. 인륜의 기본을 어기면서, 통일은 무슨 놈의 통일이고, 무슨 딴소리가 있어? (220면)

결국 한 사람은 행려병자로, 또 한 사람은 급사로 재훈 씨 부부가 유명을 달리하는 것으로 이야기는 끝나지만, 기본적인 삶의 순환고리를 막는 정치 체제의 반민중성을 작가는 숨김없이 드러내고 있다. 반민중성에 대한 비판은 물론 앞서 본 「비법 불법 합법」에서처럼 '먹물'에 대한 강한 반감에서부터 출발한다. 심지어 아버지에 대한 회상을 그린 「아버지 초(抄)」에서도 이 점은 나타난다. 아버지에 대한 연민을 전반적으로 깔고 있지만 그에 대해서도 '먹물기'만큼은 그냥 지나치지 않는다.

아버지는 백번 죽었다가 다시 태어나도 도저히 그러지는 못할 사람이었다. 그것이 아버지 나름의 염치를 챙기는 처신이었을 것이지만, 지금의 내 나이로 천착해 들어가면, 바로 그 점이야말로 당시 아버지 나름대로의 '먹물기' 같은 것이 아니었나 싶어진다. 대강 먹물기 동네에 그런 식의 상투성 같은 것으로 떠돌아다니던 부화뇌동성(附和雷同性). (194면)

덧붙여 작가는 남북 분단 체제를 그 각도에서 '먹물들이 박래(舶來) 쪽으로만 지향'한 데 주된 탈이 있었고 그 폐해가 막심하다는 것을 말한다. 오히려 그 점에서 작가는 통일을 위한 기반도 일반

대중들의 '눈치' '지혜' '반(半)본능'에 기반해야 함을 주장한다. 말하자면 분단과 6 · 25, 거기에 내재된 이데올로기 갈등에서 시작하여 이후 분단된 상황에서 다시 통일을 지향하는 일련의 역사적 궤적에서 작가는 오히려 보통의 삶에 드리운, 끊임없이 과거에서 현재로 혹은 그 역으로 순환하면서 정제되어 가는 어떤 일관성과 단순성을 주목한다. 그리고 그 해결을 향한 작가의 시선은 직선적 시간이 갖기 마련인 탄생과 몰락의 저편에 놓인 시간의 무심한 망각을 겨냥한다.

이 점을 잘 드러내주는 작품이 「이산타령 친족타령」이다. 중국에서 해방을 맞이하고 귀국하다 아이들 모두를 한꺼번에 배에 태우지 못해 이웃해 살던 과수댁에게 큰아들을 맡겼다가 이 과수댁이 뒤따라오지 않아 아이와 생이별한 부부의 이야기이다. 그 후 큰아들을 찾기 위해 모든 방법을 동원하여 수소문하였으나 아무 소식도 알 수 없어 그들은 캐나다로 이민까지 했다. 1970년대 중엽에 이르러서야 아들의 행방을 찾게 되고, 몇 번의 서신교환 끝에 1970년대 말에 캐나다 현지교포의 고국 방문단에 끼여 어언 사십 줄에 접어든 큰아들을 만날 수 있었다. 이야기의 중심은 바로 이후의 가족상봉에 있다. 남편의 시선으로 자기 아내와 그 과수댁의 만남을 그려나가는데, 30년이 넘는 세월은 일거에 사라지는 시간의 무심한 망각을 토로한다.

정말로 내 쪽에서는 보기 민망할 정도로 어처구니가 없고 우스운 것이, 그렇게 두 할망구가 얼싸안고 한바탕 울기부터 하는데, 가만히 보아하니, 저간의 그 아들 찾던 일, 삼십년간 죽을 둥 살 둥 오직 그 일 한가지로만 노심초사 갖은 고생을 해왔던 그런 일은 두 사람간에 눈 녹듯이 사라져 있는 것이 아닙니까. (……) 이런 경우에 닥쳐보니까 사람이라는 것처럼 불가해한 동물도 달리 없는 것 같더라구요. 그러니까 두 할망구는 만나자마자 대번에 저 옛날 상해시절 앞뒷집으로 살면서 조곤조곤 정분을 나누었던 그 시절의 그 두 사람 사이의 '단순한 관계'로만 문득 되돌아간 것이더라구요. 그동안의 삼십여년이라는 세월과 그러저러한 세사, 잡사들은 말짱 깨끗이 증발이 된 채로요 (84~85면)

'단순한 관계'에 따옴표를 치고 있는데 이 자체가 사실 작가가 강조하는 관점이다. 작가는 여기서 '사람 살아가는 것이 별것이 아니라 대강 이런 것이더라'는 식으로 두 사람이 걸어왔던 세월을 계속 개진해나가는데 그것을 통해 작가는 이처럼 보통사람들에게서 보여지는 '눈치'·'지혜'·'반본능'이야말로 사람 살아가는 일의 핵심임을 말하고 있다.

그런데 여기서 하나의 은유적인 지점이 있다. 당시 피란길에서 과수댁이 왜 뒤따라오지 않았는가 하는 원인에 대한 시선이다. 작가는 작중화자의 입을 빌려 "그깐 일, 지금에 와서 깐깐하게 알아본들 무슨 소용이 있을 것이오. 그 점으로 말하더라도 우리 내자는 내가 보기로 사람이 됐더라구. (……) 그런 데 비하면, 조금 전에 당신은 뭐랬지요? 뭐? '그렇게 됐던 그 원천이 바로 그 지점' 어쩌고? 그런 것이 내가 보기로는 왈, 설익은 치졸함이고 촌스러움이라는 거요. 그렇게 문자 섞어 어쩌고 저쩌고…… 당신 아직 멀었구먼"이라 하며 이를 '먹물적 사고'라고 비판한다. 말하자면 '치졸함'·'촌스러움'의 의미반전이 이루어진다. 이 점은 분단의 형성원인과 극복방안에 대한 작가 나름의 소설적 대응이기도 한 것이다.

5.

실제로 작가는 우리가 통상 아는 소설문법을 뒤집는 반전의 미학을 즐겨 구사한다. 앞에서 언급한 말처럼 원인과 결과를 세밀히 탐사하는 논리적 서사구조에서 벗어나 있다. 인간의 삶 자체가 모두 말과 행동으로 귀결되지 않는 무언과 방관의 세계도 있듯이 논리만이 아닌 비논리의 구조에 더 넓게 기반해 있다는 생각이다. 오히려 무언과 방관 속에 깊숙이 똬리를 틀고 있는 '본시'와 '대강' 그리고 '응당'이 의미하는 것, 그리고 그렇게 일상에 곤두서 있는 '사람들 속내 천야만야'를 불쑥불쑥 들추어내는 특이한 서술전략이다. 그런 예기치 못한 발언과 이야기가 한마디로 소설적 재미를 부추긴다. 비교적 작가의 개입이 많고, 묘사보다 장황한 서술 또한 많은 듯하면서도 그런 돌발적인 일상성의 분출은 심층에서 불쑥 솟구치는 예민성을 담고 있기에 독자의 신경을 자극하는 기습의 효과를 갖는다. 더구나 큰 서사는 없더라도 분단상황이라는 민족적 조건을 항시 문제삼고 있는 탓에 늘 현재성과 현장성을 내장하게 되는 것도 이호철 소설이 우리들의 관심을 끌게 하는 중요한 요소이다.

특히 이번 소설집은 6·25의 체험을 다양한 형태로 모아내어 그것을 나름대로 통일지향의 현재에까지 이어나감으로써 더욱 의미 있게 다가온다. 물론 논리 대 비논리의 문제가 갈림길의 문제일 수 없기에 작가의 보이지 않는 단순성의 미학은 은연중 다른 한쪽에 대한 배제의 논리를 깔고 있기도 하다. 이를테면 지식인을 둘러싼 '먹물'의 문제나 이데올로기와 체제 문제 등이 근원적으로 민중과 거리가 있는 문제일 수만은 없다. '본시'와 '대강' 그리고 '응당'이란 말이 때로 문제적일 수 있듯이…… 그럼에도 이념형 민중이 아닌 생짜 민중의 형상을 나름대로 구현하고자 하는 노작가의 노력은 체험과 깊은 관련을 맺으면서 여전히 자기만의 독특한 세계를 구성하고 있음을 이 작품집을 통해서도 확인하게 된다.

어린 혼과 부활하는 역사

현기영 장편소설 『지상에 숟가락 하나』

1. 작가의 모태, 작품의 모태

『지상에 숟가락 하나』(실천문학사, 1999. 이하『지상에』)는 소설가 현기영의 자전적인 이야기이다. '소설' 대신 '이야기'라고 말한 것은 『지상에』가 책의 표지에 쓰여진 대로 '장편소설'이냐는 의구심을 가질 법도 하기 때문이다. '소설'하면 연상되는 '픽션'과는 거리가 먼 작가 자신이 직접 나서 자신의 어린 시절을 수필처럼 조각조각 갈무리하고 있으니 말이다. 그러나 우리에겐 박완서의 『그 많던 싱아는 누가 다 먹었을까』류 앞에 붙여준 '자전소설'이란 용어가 없지는 않다.

하지만 『지상에』는 분명 소설 이전의 것이다. 작가는 '소설을

만들려' 애썼다기보다는 지나온 '과거의 삶을 불러오려' 혼신의
힘을 기울였다. 이순(耳順)이 그리 멀지 않은 작가가 자기 내부에서
불러온 50여 년 전의 어린 영혼과 함께 빚어낸 1백 30여 개의 삽
화가 대략적인 시간 순으로 새끼를 꼬듯 길게 엮어져 있다. 더구
나 하나 하나의 편린들은 저 혼자는 못 견디겠다는 듯 서로 꼬리
를 물고 한데 어울리니 참으로 백화난만(百花爛漫)한 서사이다. 그
래서 필자는 굳이 소설이란 테두리로 이 작품을 가두기보다 작가
자신이 자기를 부르는 가장 근원적이고 원초적인 글쓰기라 명명
하고 싶다.

  어쨌든 『지상에』를 읽고 난 지금, 나의 심중은 맛깔진 반찬들을
한꺼번에 너무 많이 시식한 느낌이다. 그래서 내 안에서는 이것도
먹어봐, 저것도 맛 좀 봐봐 하는 소리로 가득하다. 대체 이럴 때는
어떻게 그 느낌을 전달해야 할까. 햇빛 맑은 날 반짝거리는 사금
파리처럼 저 빛나는 유년의 보석들 앞에서 내 존재 또한 고무풍선
마냥 덩달아 한껏 탱탱하게 부풀고 있으니……

  실제로 평론을 하다보면 좋은 대목들을 고스란히 들려주고 싶
은, 설명보다는 제시 자체가 훨씬 효율적이고 설명이 오히려 군더
더기일 것 같은 그런 작품들이 있다. 이 작품이 정말 그러하다.

  아버지가 숨을 거두시던 날, 나는 두 아우와 함께 수의를 입히기 앞서, 향
삶은 물로 시신을 깨끗이 정화시켰다. 영혼을 벗어버린 시신은 뻣뻣하게 굳
어, 한 토막의 마른 등걸처럼 이미 물질로 돌아가고 있음을 실감케 했다. 바싹
말라 뼈가래는 앙상하고 피부는 마른 명태껍질처럼 광택을 잃고, 골절상을
입었던 아랫도리는 몹시 뒤틀려 있었다. 그 서러운 몸을 향물로 정성껏 닦던
나는, 마지막으로 두 가랑이 사이로 손이 갔을 때, 그만 격정에 못 이겨 후둑

눈물을 떨구고 말았다.

난생 처음 보는 아버지의 성기, 그 부위를 닦을 때의 감촉과 긴장감은 3년
이 지난 지금에도 생생한 느낌으로 남아 있다. 나의 존재가 거기에서 비롯되
었다는 사실, 너무 자명하여 오히려 추상적으로 느껴졌던 그것이 그 순간 엄
청난 무게의 실감으로 나를 압도했던 것이다. 존재의 한 점 씨앗, 나라는 존
재의 우연을 발생시킨 그곳, 그러나 그 생명의 원천은 이제 폐허로 돌아가 있
었다. 그 폐허가 아버지의 죽음, 그의 영원한 부재를 예리한 통증으로 나에게
확인시켜 주었다. 그리고 그 죽음은 조만간에 찾아올 내 죽음의 실체도 함께
느끼게 했다. (6~7면)[1]

작품은 뜻밖에도 3년 전 작고한 아버지의 죽음을 맨 첫 장면에
올려놓는다. 그리고 거기 이렇게 인상적인, 아니 인상적이라고 표
현하기에는 너무나 엄중한 하나의 장면이 제시된다. 일종의 '작가
의 말'에 해당되는[2] <아버지>(이하 소제목은 < >로 표시한다)란 소
제목이 붙은 이 대목은 작품 전체의 성격을 여러모로 가늠케 해준
다. "아버지의 목숨은 단절된 것이 아니다. 자식인 나에게 이어진
것이다. 종말은 단절이 아니라, 그 속에 시작이 있다는 것, 따라서

---

1) 이 장면은 작품 안에서 '불씨'로 또 다르게 상징화된다. 조상 전래의 방식이
었던 재 속에 묻어둔 불씨로 아궁이 불을 일구는 것처럼 불멸의 씨앗을 의미
한다. 바로 가랑이 사이에 있는 불씨를 의미하기도 하는 것이다. "훗날 내가
첫아기를 낳고, 그리고 얼마 안 되어 할머니가 돌아가셨는데, 그때 아버지는
통나무로 무덤을 다지면서, '인생 인생 우리 인생 불 전하러 온 인생 어이어이'
하고 슬프게 달구질 노래를 불렀다."(244면)
2) 사실 『지상에』는 보통의 작품 단행본에서 좀처럼 볼 수 없는 형식을 가지고
있다. '목차'도 없고 '작품 해설'도 없고, '작가의 말'마저 없다. 그야말로 작품
자체만이 덩그러니 하나의 숲처럼 도사리고 있다. 굳이 장·절을 나누지 않고
소제목만 나열했기에 '목차'가 필요 없고, 굳이 해설이 필요 없기에 '작품해설'
도 없을 수 있다. 그런데 '작가의 말'마저 없다는 것은 왜일까. 아마도 작가는
이미 작품으로 모든 것을 말했기 때문에 '작가의 말' 같은 통념적 장치를 하나
의 가식으로 생각했을지도 모른다.

나의 존재는 단독의 개체가 아니라 혈족이라는 집단적 생명의 한 연결고리로서 의미가 있는 것이다."(8면) 아버지의 죽음을 통해 작가는 인간 존재의 형식을 발견한다. 그러기에 뒤이은 장면에서 "나는 아버지의 봉분으로부터 발걸음으로 거리를 재어 장차 내가 묻힐 자리에 서 보았다. 그러자 내 눈길이 자연스럽게 대학 1년짜리 큰아들 쪽으로 가는 게 아닌가!"(8면)라고 말하지 않는가.

살아온 날들보다 살아갈 날들이 훨씬 적어졌다는 냉엄한 사실을 온몸으로 수락하면서 작가는 이제 자기 존재의 시원으로 복귀를 시도한다. '장애물로 서 있는 제 아비를 박차고 나아갔던 그 소년이 이제 심신이 피로한 중늙은이가 되어 다시 모태로의 회귀를 시험해 보고 있는 것'이다. 그러므로 이 글쓰기는 '잊혀진 어린 시절을 글 속에서 다시 한 번 살아보자는' 또 다른 생체험의 산물이다. 소설가 현기영이 누구던가. '제주도 작가' '4·3 작가'로 이제는 고유명사가 된 작가가 아니던가. 그런 작가가 그 고유명사를 온 몸으로 흡입했던 어린 시절로 복귀하는 마당이니 "지금의 나에게 과거란 오직 고향 땅에서 보낸 유년·소년 시절만이 광휘를 발할 뿐, 나머지 세월은 무의미한 일상의 연속처럼 여겨진다"라고 말할 정도로, 유년의 어둔 심연을 쫓는 작가의 눈길은 마치 혼을 부르는 만신을 방불한다.

실제로 이 작품의 깊이는 무엇보다 작가 자신이 과거 속으로의 존재 여행과 거기 투여되는 고행에 가까운 접신(接神)의 노력 속에서 솟구쳐 올라오는 어린 영혼의 부활에 있다. 자연 이 작품의 최대 가치는 어린 시절에 대한 놀랍도록 풍요로운 복원과 성찰에 있다. 더구나 해방 직후의 궁핍함과 4·3 사태 등 정치적 변란이라는 역사적 시·공간의 특수성까지 들어있기에 우리들의 눈은 더욱 휘둥그레진다. 확실히 경지란 말로 그 성취의 눈금을 새길만한 최근의 우리 문학이 거둔 한 수확이다.

2. 자연의 아들, 아이의 자연

『지상에』가 우리에게 내뿜는 가장 광휘로운 빛은 자연과 아이가 한데 어울려 빚어내는 삶 속에 있다. 작가 스스로 사람들만이 나를 키운 것이 아니라며, 무엇보다 자연에 젖줄 대고 성장하였다고 말한다. "나의 유년은 어머니와 대지, 그 두 모체에 예속되어 있는 시기였던 셈이다. (…중략…) 나를 결정한 것은 인간만이 아니었고 자연의 몫 또한 컸으니, 부모를 비롯해서 그때까지 내가 겪은 모든 사람과 내가 젖줄대고 자란 대자연, 그 모든 것의 총화가 바로 나라는 존재였던 것이다."(82면)

여기서 보듯 작가는 인간 세계와 자연계 두 요소 모두 자기 삶을 이루는 요소로 강조하고 있지만, 서술 속에서 자연계에 은연중 무게를 두는 마음자리를 슬핏 내 보인다. 이런 점은 아마도 대미를 장식하는 다음의 구절과 대비시켜 보면 더욱 확연해질 것이다.

죽음이 궁극적으로 나를 자연으로 데려다 줄 것이다. 이렇게 귀향연습을 하는 것도 그 때문이다. 자연으로 돌아가기 위해 귀향 연습을 하고 있는 지금의 나에게는 그 동안의 서울생활이란 부질없이 허비해 버린 세월처럼 여겨진다. 저 바다 앞에 서면, 궁극적으로는 내가 실패했음을 자인할 수밖에 없다. 내가 떠난 곳이 변경이 아니라 세계의 중심이라고 저 바다는 일깨워준다. 나는 한시적이고, 저 바다는 영원한 것이므로 그리하여, 나는 그 영원의 말씀에 귀를 기울이기 위해 모태로 돌아가는 순환의 도정에 있는 것이다. (388면)

그래서 작가는 이 작품을 쓰면서도 수없이 고향을 찾아갔고, 그 귀향 행위 자체가 작품이 되어 과거를 불러오고 그 속을 살아갔던 것이다. "지금은 행인의 발자취가 끊긴 용연못으로 가는 오솔길을 풀숲 속에서 찾아내 걸어보고, 그 근처 가스락당(堂)의 해묵은 팽나무 뒤에서 붉은 열매들이 다닥다닥 붙은 보리수를 다시 찾아내 쾌재를 부른다. 나의 유년과 소년이 투영된 자연 속의 사물들, 나는 거기에서 잊혀진 나의 어린 자아를 되찾아보는 것이다."(10면)

그가 특히 만나고자 한 것은 무엇보다도 자연의 아들이었다.

우리는 곤충을 잡아 가지고 놀기도 했다. 장대 끝을 쪼개 벌려놓고 거기에 끈끈한 거미줄을 잔뜩 감아 잠자리채로 썼는데, 수놈을 잡으면 꽁지에 황토 흙을 발라 암놈으로 꾸며놓고 다른 수컷을 유혹해서 잡았다. 냇가 풀숲에는 메뚜기, 여치들이 많았다. 여치는 잡기 쉬워서 잠깐 사이에 한 꿰미 만들 수 있었다. 바랭이 풀대를 뽑아 꿰미로 썼는데, 그 가느다란 풀대로 살아 있는 여치의 연한 몸을 톡 뚫을 때의 감촉은 아직도 내 손끝에 아련히 남아 있는 듯하다. 여치들은 풀대에 몸이 꿰었어도 죽지 않고 연상 허공에 뒷발질해 차오르곤 했다. 정말 생명이 질긴 놈이었다. 자칫 잘못해서 여치에게 물릴 때도 있었는데, 피가 날 정도는 아니지만 꽤 아팠다. 손가락을 물고 놓지 않는 여치를 대번에 눌러 죽일 수도 있지만, 나는 일부러 아픔을 참으면서 천천히 꽁무니를 잡아당겨 몸을 찢어버리기를 잘했다. 그것은 나에게 아주 자연스런 행위여서 불쌍하다는 생각은 조금도 없었다. 나는 징그런 지네도 맨손으로 잡아 죽일 수 있게 되었다. 발발 기어가는 지네의 머리 부분을 손끝으로 날렵

하게 찍어 누르고는, 지네가 몸을 비틀며 거꾸로 기어올라 손등을 할퀴는 것
도 아랑곳 않고 퍼런 독을 뿜는 양 이빨을 뚝뚝 문질러놓곤 했다. 지금의 나
로서는 끔찍해서 도무지 엄두도 안 날 일을 그렇게 자연스럽게 해치웠으니,
아무래도 그때의 나는 지금과는 다른 부류의 인간이었던 모양이다. 그것은
아무래도 자연에 밀착된 아이만이 할 수 있는 능력이리라. (83~84면)

우리는 곧잘 아이들을 두고, 그리고 우리들의 유년을 두고 '순
진무구'라는 말을 많이 쓴다. 그리고 그 표현 안에 일종의 선악의
관점에서 악을 배제하는 논리를 집어넣는다. 그러나 위 예문에서
보듯 작가는 '아이들 무리 속의 일부였고 대자연 속의 한 분자'였
던 한 아이의 천진한 양태를 이렇게 있는 그대로 숨김없이 드러낸
다. '자연의 일부'였으므로 '부끄럼 없고' '죄 없이 무구한' 어린
시절의 가식 없는 영상이라고나 할까. 자연의 본성이 가진 약육강
식의 경쟁과 공존의 대법칙을 고스란히 담지한 자연의 산물이라
는 것을. '어미 몸에서 갓 나온 송아지가 땅에 닿자마자 곧 와들랑
몸을 일으켜 일어나는 것을 보고 마치 대지의 분출로 송아지가 탄
생하는 듯한 느낌'을 받았다고 작가 스스로 말하듯 아무리 험난한
시절이라도 대지의 아들로서 살아낸 이 기억의 재생이야말로 '아
스팔트 사회'의 오늘에 전하는 의미가 크다.3) 사실 기억의 재생이
펼쳐 보이는 아름다움은 대목대목의 삶의 희노애락과 버물려져
풍요 자체라고밖에 할 수 없는 대장관을 곳곳에서 연출한다.
　물론 어린 시절 가식 없는 복원에서 우리가 느끼는 희열은 천
의무봉(天衣無縫)으로 펼쳐내는 작가의 필력에 힘입은 바 크다. 아

---

3) 작가는 「아스팔트」란 단편에서 '아스팔트'가 제주도의 과거를 깔아 봉해 버
　리는 은폐물로, 또 대지가 자본주의로 물신화되는 상징물로 그려낸 바 있다.

마도 그 최대 광경은 <돼지오줌통>(109~112면) 대목과, <가뭄> · <비 마중> · <그신새 도깨비> · <아침빛 속의 제비떼> 등 자연 자체가 펼치는 웅장한 서사 대목(172~183면) 등이 아닐까. 이해를 돕기 위해 약간 길지만 돼지 잡는 장면을 인용해본다.

아무리 흉년이라고 해도 조상의 젯상에 육고기 몇 점은 올라가야 했기 때문에 명절이 되면, 온 동네에서 돈을 추렴해서 돼지 한 마리를 잡았다. (…중략…) 명절 전날, 동네 어디선가 느닷없이 터져나오는 돼지 비명 소리, 꽤액! 꽤액! 그 소리가 들려오면, 온 동네 아이들이 소리치며 그곳으로 모여들곤 했다. 돼지의 비명 소리가 우리의 기쁨이었다니!

올가미에 목졸린 채, 먹구슬나무에 매달려 버둥거리는 돼지, 그 옆에서 마침 돼지 임자와 칼잡이가 담배를 피워 물고 잠시 숨을 돌리고 있는 중이다. 비명 소리가 끊긴 돼지의 목구멍에서 구룩구룩 숨넘어가는 소리가 들린다. 이윽고 버둥거리던 돼지의 뒷다리가 아래로 축 처진다. 구룩거리는 소리도 그치고, 벌어진 아가리에서 밥솥 끓듯이 흰 거품이 부글부글 끓어오른다. 아직 죽지 않았다. 이때 죽은 줄 알고 밧줄을 풀었다간 돼지가 살아서 도망간다. 우리는 생침을 삼키며, 숨을 헐떡거리며 잠시 더 기다린다. 칼잡이가 숫돌에 슥슥 칼을 갈기 시작한다. 마침내 돼지의 꽁무니에서 똥자루가 길게 빠져나온다. 된똥 끝에 딸려나오는 반드러운 배냇똥. (…중략…)

"야 이놈늘아, 비켜라, 비켜!"

돼지 임자와 칼잡이가 아이들을 쫓으면서 밧줄을 풀어 돼지를 보릿짚 깔린 땅바닥에 털썩 내려놓는다. 그러고는 보릿짚에 불붙여 돼지 몸통의 털을 그슬리기 시작한다. 털 태우는 고소한 누린내, 그 냄새에 오랫동안 잊었던 돼지고기 맛이 기억나서 우리는 연상 코를 벌름거린다. 돼지고기 한 점 맛볼 수 있는 기회는 일 년 중 조상에 제사를 지낼 때뿐이다. 털뿌리가 숭숭 박힌 고깃점, 그 고소한 비계 맛, 내일이면 그 맛을 보게 된다. 돼지 몸통 위로 보릿짚 불이 활활 기세좋게 타오른다. 귓속 · 겨드랑이 · 사타구니 같은 데는 따로 불을 밀어넣어 털을 그슬린다. 그렇게 몸의 털을 말끔히 그슬려 없앤 다음, 노릿노릿하게 구워진 발톱들을 마치 양말을 벗기듯 맨손으로 쑥쑥 뽑아낸다.

(…중략…)

　먼저 앞다리 한쪽을 도려낸 다음, 뒷다리를 쳐들어 몸통을 거꾸로 세우자 선지피가 쿨럭쿨럭 쏟아지고 그걸 돼지 임자가 자배기로 받아낸다. 칼잡이의 손놀림이 더욱 민첩해진다. 잠깐 사이에 나머지 다리 세 짝을 거뜬히 해치우고 나서, 머리통을 자른 다음, 내장이 터지지 않게 조심해서 뱃살 가운데로 칼집을 낸다. 울컥, 뿌연 김과 함께 밖으로 쏟아져 나오는 싱싱한 내장 꾸러미! 칼잡이는 손을 깊숙이 집어넣어 뱃속의 내장들을 마저 우벼낸다. 꾸역꾸역 밀려나오는 내장 들 속에 간덩이도 오줌통도 함께 딸려나온다. 간은 돼지 잡는 어른들이나 맛볼 수 있는 것이고, 아이들 몫은 언제나 냄새나는 오줌통 뿐이다. "간은 더울 때 먹어사 제 맛이주" 하면서 두 어른이 일하다 말고 생간을 큼직큼직하게 썰어서 한 점씩 입에 넣고 달게 씹어먹는다. 생침을 꿀꺽 삼키면서 그걸 부러운 눈으로 바라보는데, 칼잡이가 오줌통을 잘라 우리 앞으로 휙 던진다. "옛다. 느네들 이거나 갖고 놀아라." (109~111면)

　현재형의 단문체로 하나의 사건이 완벽하게 재현된 이런 장면 앞에서는 더 이상의 설명이 필요 없다. (그런데 자연이 펼치는 일기변화의 대드라마 장면은 더욱 압권이다. 감히 말한다면 우리 문학사가 기억해 두어야 할 명 장면의 하나가 될 것이다.) 절로 장면에 몰입되면서 그저 눈앞의 산 현실을 보듯 재체험하면 된다. 물론 모든 과거가 이렇게 현재형의 박진감 넘치는 묘사로 재현되는 것은 아니다. 이 경우는 몇 번의 누적된 체험이 하나의 단일한 영상으로 결집되어 마치 한번의 사건인 것처럼 자연스럽게 펼쳐지는 때이다. 그런데 때로는 과거형으로 구사되기도 하고, 때로는 시제가 혼재되어 나타나는 경우도 있고, 작가의 현재가 교차되기도 하는 등 다양하게 구사된다. 말하자면 『지상에』는 작가 자신이 쓰면서 어린 시절을 다시 사는 행위 자체의 투영이다. 무릇 이 시절이란 '기다림이 많고, 무료함을 주체 못하여 쉴 새 없이 팔랑개비처럼 잰 몸을 놀리며 성장에 바빴던' 시절이다. 그런 만큼 까마득한 과거의 숨가쁜 질주를 온전히 재현하는 행위가 쉬울 리가 없다. 과거와의 조우, 그리고 그것의 현재적 재현에 대한 어려움을 작가는 이렇게 말한다.

그러므로 이 기록에 나오는 어떤 사물·사건, 어떤 관념, 말 그리고 그것들의 환경을 이루는 빛·소리·냄새 같은 것들은 어느 특정한 날에 고유한 것이라기보다는 다른 여러 날의 것들이 시간 순서도 무시한 채, 거기에 함께 섞여 들어와 있는 셈이다.

그리고 이 기록은 당시 어린 내가 일일이 겪고 생각한 그대로를 옮겨놓은 것도 아니다. 그럴 정도로 내가 특별히 뛰어난 기억력과 감수성을 지녔던 것도 아니다. 아마 느낌만은 분명 있었겠지만, 당시 내가 겪은 경험들의 의미를 제대로 깨달은 것은 어른이 된 후였다. 그래서 어떤 장면, 어떤 관념에는, 성인이 된 내가 틈틈이 고향 섬을 방문하면서 보고 느꼈던 것들도 함께 어우러져 있을 것이다. 기억된 과거의 이미지들은 지금의 시각에서 보면, 당시에는 못 느꼈던 전체적 윤곽이 드러나기 때문에 그것들에 대한 재해석이 불가피한 것도 사실이다. 그리고 기억력의 한계를 메우기 위해 상상력 발동이 불가피한데, 그래서 어떤 장면들은 실제보다 더 부풀려 있기도 할 것이다.

그러므로 과거의 편린들, 암흑 속에 아무렇게나 흩어져 있는 그 이미지 파편들은 어떻게 찾아내고, 그들을 어떻게 조직해서 하나의 온전한 형태를 만들어내는가가 이 글의 과제인 것이다. (159면)

따라서 작가가 작품 속에 구현하는 과거의 재현방식은 매우 다채롭다. 그때그때 떠올려지는 과거사에 대해 작가 자신이 집필하는 순간 어떻게 마주하고 있는가에 따라서 다양하게 변주되는 것이다. 구체적으로 예시된 하나의 예를 보자. 작가는 어느 날 텔레비전 화면에서 제주도 출신 여성해병대원들의 모습을 본다. 이미 할머니가 되어버렸지만 그 중에 한 분이 예전의 담임선생님임을 알게 된다. "45년 세월을 단숨에 뛰어넘고 전광석화처럼 나에게 달려온 그 이름, 그 생생한 이름과 함께 주름진 노인의 얼굴은 어느덧 스무 살 안쪽의 아리따운 처녀 선생의 모습으로 변하지 않던가! 그것은 형언하기 어려운 벅찬 감동이었다. 그렇다! 내가 이 글을 쓰면서 보람을 느낀다면, 잊혀진 과거로부터 기적처럼 다시 태어나는 그러한 순간들 때문이다. 이 글을 쓰는 행위가 무의식의 지층을 쪼는 곡괭이질과 다름없을진대, 곡괭이 끝에 과거의 생생한 파편이 걸려들 때마다, 나는 마치 그때 그 순간을 다시 한 번 사는 것처럼 희열에 휩싸이는 것이다."(135면)

가령 이런 방식의 재현도 있다.

> 아, 보인다. 원색의 그 푸른 공간, 그 밑바닥에 꼬물꼬물 움직이는 그 아이가. 그 아이가 있는 물가에서 시작해서 드넓게 퍼져나간 바다, 바다와 하늘이 서로 푸른빛을 다투며 멀리 수평선까지 퍼져나가 만나고 있는 그 광활한 공간, 그리고 작열하는 태양, 거기에 어린 내가 한 점 살아 있는 미물로서 물가를 뿔뿔 기어다니고 있다. 뿔뿔 기어다니는 한 마리의 게나 다름없는 야생의 작은 생명, 눈의 흰자위만 하얗고 고름 짜낸 종기 그루터기만 분홍빛이던 그 깜둥이 아이……. (122~123면)

궁핍의 시절, 이제 성장한 자기가 되짚어 봐도 연민을 갖지 않을 수 없는 자기의 옛 존재에 대한 영접은 이렇게 하나의 이미지로 먼저 정적화되어 자기 내부로부터 아스라이 떠오른다. 그러나 그것이 하나의 풍경화로 망막 속에 가득 찰 때 과거는 일순 타임머신을 탄 듯 살아 있는 현실의 동영상으로 아연 활기를 내뿜는다. 인용된 예문에 뒤이어 작가는 "그 아이는 지금 큰 갯바위를 돌며 게 사냥에 한창 정신이 팔려 있는 중이다. 이파리를 훑어낸 듬북(해초 일종) 줄기 끝에 미끼로 고동 알맹이를 달고서 게들이 숨어 있는 바위틈을 노린다. 바닷물이 울컥거리며 연상 드나들고 있는 그 바위틈에서 게 두 마리가 미끼를 따라 슬슬 밖으로 기어 나온다. 바싹 긴장한다"(123면)고 하여 마치 지금 당장 눈앞의 현실처럼 숨가쁘게 그때의 한 모습을 뒤쫓는다.

그런데 작가는 자기 자신의 고유한 사적 경험들을 되살리는 데 있어 이성보다는 오히려 오관의 감수성에 의하여, 그것들이 망각 밖으로 드러나는 수가 더 많은 것 같다고 말한다. 이를테면 시각을 통한 연상 작용은 흔한 일이지만, 냄새·소리·맛·피부 감각도 잊혀진 과거를 일깨우는 단서가 된다는 것이다. 그 예로 작가는 존 스타인벡의 단편 「도주」를 읽다가 탄환 냄새에 대한 서술에서 불현듯 예전에 맡았던 부싯돌 냄새를 고스란히 재생한다. 또 이런 대목도 마찬가지이다. "당시의 곤궁한 생활을 나는 나의 미각에 남아 있는 기억으로 미루어 짐작한다. 오랫동안 비린 것을 못 먹어서 그랬으리라. 보리짚 불에 구워 재티가 까맣게 붙은 갈치 한 토막, 그것이 어찌나 맛깔스럽던지, 그 강렬한 자극을 내 혀는 아직도 잊지 못한다. 그 무렵 내 주변에 출몰했던 사물·사건들에 대한 기억은 별로 없는데 반해, 잠깐 혀를 자극하고 사라진 그 갈치 맛만은 유독 기억에 생생하다."(15면)

3. 참새떼, 아이떼

어쨌든 이렇게 부활된 어린 시절을 대하는 가운데 우리에게 또다른 의미에서 깊은 울림을 주는 것은 유년의 삶이 갖는 독특한 아우라에 대한 작가의 성찰이다. 작가는 앞서 인용한 바 있는 곤충놀이에서도 알 수 있듯이 어떤 미화도 없이 어린 시절 있는 그대로의 체험을 불러들이면서 동시에 그것이 가지고 있는 삶의 의미를 그 자신이 살아온 삶의 무게로 온전히 재해석해낸다. 가령 아이들의 세계를 참새떼에 비유한 것도 예사로울 수 없는 삶의 통찰이다.

참새떼, 그 조그만 것들, 그 해맑은 지저귐 소리, 잠시도 쉬지 않고 몸 빠르게 콩콩 뛰고 콕콕 쪼아대는 스타카토식의 그 경쾌한 동작을 볼 때마다, 나는 어린 시절의 나와 동무들의 모습이 떠오르곤 한다.

참새들처럼 쉴 새 없이 콩콩 뛰고 이리 호록 저리 호로록 내달리고 입과 손발을 잠시도 가만두지 못하고 연상 찧고 까불고, 욕망과 호기심이 가득한 눈망울들을 또록또록 굴리던 아이들, 즐겁고 신기한 것만 좇는 그 즐거운 참새떼 속에서는 설령 죽은 장수처럼 슬픈 일이 발생해도 금방 잊혀지게 마련이었다.

타작해서 씨를 털어낸 유채 짚더미에 한 떼의 참새들이 모여들어 한참 모이를 쪼는데, 돌담 밑으로 고양이 한 마리 소리 없이 나타나 살금살금 낮은 포복으로 접근한다. 위험이 목전에 닥친 줄도 모르고, 참새들은 여전히 짹짹 짹 수다를 떨며 모이 쪼기에 여념이 없다. 고양이의 동작은 참새의 스타카토식 동작과는 완전히 대조적이다. 공격하기 위한 빈틈없이 팽팽한 동작. 일련의 동작들이 고리로 연결된 듯, 물 흐르듯 하다가 순식간의 공격, 힘껏 내지른 창처럼, 고양이가 몸을 날려 참새 한 마리를 덮치고, 그 순간 나머지 새들이 혼비백산 폭탄의 파편처럼 일제히 허공으로 튀어오른다. 그러나 아이들만큼이나 건망증이 심한 참새들은 두려움을 금방 까먹고 다시 돌아온다. 돌담 위에 내려앉은 참새들은, 피묻은 참새를 입에 물고 있는 고양이를 향해 시끄럽게 우짖어댄다. 고양이에게 나쁜 놈이라고 욕설을 퍼붓고, 고양이의 밥이 되어버린 제 동무를 슬퍼하며 우짖는 것이다. 쨱쨱쨱. 그러나 경악도 슬픔도 분노도 잠깐일 뿐, 고양이가 사냥감을 물고 어슬렁어슬렁 담 모퉁이를 돌아 사라지면, 참새들은 다시 즐겁게 쨱쨱쨱 지저귀며 그 유채 짚더미로 다시 모여드는 것이다.

말하자면 장수의 죽음도 그러한 것이었다. 대가리 굵기 전의 어린 나이인지라, 머리 속 또한 참새 골처럼 콩알만하여 두려움도 슬픔도 오래 머물 만한 여지가 없었던가 보다. (186~187면)

자라는 아이는 슬픔에 오래 젖어 있지 않는 법이라는 단순한 듯한 이 통찰이야말로 바슐라르가 말한 대로 생애 최대의 풍경을 연출할 수 있는 유년의 비의성에 다름 아니다. 물론 그러한 아이들의 단순한 본성이 때로 비극적으로 나타날 때도 있다.

지금 생각하면 아이들이 어른들보다 훨씬 상황 변화에 적응이 빨랐던 것이 분명하다. 대세는 더 이상 돌이킬 수 없게 판가름나 버린 것이었다. 읍내는 물론 모든 해변 마을들이 민보단이란 조직 속에 묶여 한라산을 적대시하도록 강요받고 있었다. 죽창을 들고 토벌대 뒤를 따라나녀야 했던 그들은 동족을 적으로 삼아야 하는 자신의 기막힌 운명에 치를 떨었다.

이렇게 양심의 가책에 시달린 어른들과 달리 아이들은 과거로부터 손을 끊는 데에 천성 그대로 단순 냉혹했다. 아이들은 변화된 상황에 어른들처럼 수동적이 아니라 자발적이고 열성적인 적응을 보였다. 아이들이란 본능에 따라 힘의 우열을 판단하고 빠르게 강자 쪽으로 옮아가는 법이다. 물론 유혈의 참사를 직접 겪지 않은 읍내 아이들이어서 더욱 그랬을 것이다. 아이들 집단의 유일한 윤리는 파시스트 집단과 마찬가지로 획일주의가 아닌가. 그러니 총칼로 권력을 찬탈한 파시스트들은 민심을 획득하기 위해서는 모름지기 먼저 아이들의 환심을 사고 그들을 여론 진작의 앞잡이로 세워야 할 것이다.

그리하여 아이들 사이에서 '산군' '산사람'이란 용어는 잠깐 사이에 '산폭도'로 바뀌어버렸다. 다른 사고, 다른 행동은 철저히 따돌림받는 아이들 세계에서, 식구들 중에 누군가 토벌대에 희생된 아이는 그 사실을 계속 숨기고 있지 않으면 안 되었다. 나 역시 내 친척, 동네 사람들을 폭도라고 부르고 싶지 않았다.

아이들의 이러한 빠른 변화는 어른들에게 꽤나 당혹스러웠던 모양이다. 우리 동네의 어떤 아이는 나무로 만든 화약총을 빵빵 쏘고 다니면서 "폭도 나오라, 빨갱이 나오라" 하고 소리질러 어른들이 기겁했던 일이 내 기억에 남아 있다. (60~61면)

실제로 이런 면모는 작가 자신의 직접적인 경험의 하나로서 사투리와 표준어 문제를 거론하면서 새로운 세계와 신문명을 그 자신이 어느 만큼 동경했는가에서도 보게 된다.

나는 송이와 형식이가 부러웠다. 그 애들이 매끄러운 굴곡의 억양으로 말하는 표준어 속에는, 남대문·동대문·중앙청·창경원이 있었고, 서울역의 기차, 냉냉냉 종 치며 달린다는 전차도 있었다. 나는 심지어 한강물도 얼어붙는다는 서울의 강추위도 부러웠다. 얼음이라곤 고드름도 본 적 없어, 아무 뜻도 모르고 "고드름 고드름 수정 고드름" 하고 동요를 불렀던 나로서는 그 아이들이 피난 올 때 꽁꽁 얼어붙은 한강을 걸어서 건넜다는 말에 입이 딱 벌어졌던 것이다.

책 속의 건조한 활자들의 나열에 불과했던 표준어가 그렇게 송이와 형식의 입을 통하여 생생한 실체가 드러날 때 나는 얼마나 그 세계를 동경했던가. 내 후각을 강렬하게 자극했던 휘발유와 알코올 냄새의 진원지도 바로 그곳이었다. 모든 것을 포괄하고 모든 것을 지배하는 곳, 심지어 나는 그 세계가 벌이고 있는 전쟁까지도 선망의 대상이었다. 먼 곳에서 치러지고 있는 그 전쟁은 우리에게 신나는 활극으로만 보였다.

우리는 날이면 날마다 전쟁놀이에 정신이 팔렸다. 목총을 깎아 집총 12개

동작, 제식 훈련도 익히고 기습 공격, 백병전도 흉내냈다. 그림도 그렸다 하면 늘 전쟁 그림이었다. 미그기와 야크기의 공중전, 함포 사격하는 군함, 탱크도 그렸고, 백병전의 국군과 인민군도 그렸다. (…중략…)

이렇듯 전쟁이 우리의 어린 영혼에 끼친 영향은 매우 큰 것이었다. 전쟁이 모든 것을 결정하고 모든 것을 획일적으로 통합했다. 일찍이 그 전쟁만큼 그 섬 땅에 큰 영향을 끼친 경우는 없었다. 중앙의 질서 속에 들어간다는 것은 과거와의 단절을 의미하기도 했다. 우리는 아이의 천성 그대로 변화에 적응이 빨랐다. (151~152면)

여기서 우리는 한 사회의 변화가 가장 어린 세대의 민감한 본능으로부터 발원된다는 사실을 짐작할 수 있다. 제재소 발동기를 돌리는 장면에 대한 묘사(93~94면)나 읍내의 전깃불과 차 시동을 거는 장면에 대한 묘사(148~149면) 등에서 엿볼 수 있듯이 '힘과 비약의 상징'으로 받아들이는 이 민감한 냄새 포착이야말로 곧 변화의 추세를 가늠하는 잣대인 것이다.

어쨌든 작가는 그러한 가운데서 아이들이 아이들 무리 속에서 본능적으로 삶을 체득해나간다는 사실을 강조한다. 가령 아이들이 누가 시키지도 않았는데도, 보는 사람이 없는데도, 무릎이 깨져 피가 나는데도 서너 살 적부터 자기보다 높은 데서 뛰어내리는 연습을 하는 것도 그 한 예가 될 것이다. "삶이란 두려움의 대상을 하나하나 극복해 나가는 것이라는 것을 아이들은 은연중에 깨닫고 있었다."(170면) 자신을 극복하는 일, 지금의 자기를 극복하여 더 커지려는 욕망, 자신보다 더 큰 아이를 따라잡으려는 안간힘이 그것이다.

4. 봉앳불, 방앳불

이 작품이 유·소년기를 다루면서도 더욱 특별한 의미를 가지게 되는 것은 역사와 만나면서 하나의 작은 영혼이 어떻게 상처입고 성장해갔는가이다. 차라리 궁핍함이 가져다준 어린 영혼의 허기는 자연 자체의 생육처럼 때로 아름답기까지 하다. 그러나 당시 어른들의 폭력이 어린 영혼에 입힌 상처는 참으로 비극적이다. 그리고 그때 전개된 사태의 의미를 제대로 알았다면 차라리 덜 비극적이었겠구나라는 역설적인 생각을 만들기도 한다. 한라산과 해변 사이 중산간 지대의 백 30여 개의 마을들이 불에 타 사라지는 대살육극을 이야기하면서 작가는 이렇게 말한다. "그러나 나는 그런 물정을 잘 모르는 읍내 아이였다. 하늘에 번진 그 무서운 화광을 보면서도 그 불의 의미를 제대로 알 수 없었다. 아이들은 무슨 뜻인지도 모르고 그것을 방앳불이라고 불렀다. 나도 덩달아 그렇게 불렀다. 사태 초기에 오름봉우리에 올랐던 불은 봉앳불이고, 토벌대가 지른 불은 방앳불이었다. 이 두 단어를 옳게 고쳐 봉홧불과 방홧불로 이해하게 된 것은 내가 장성한 다음의 일이었다."(49면)

사실 4·3 사태 등 당시의 정치적 변란과 관련된 묘사는 4·3 작가로서 우리가 의당 기대해봄직할 만큼 이 작품 속에 충분히 나오지 않는다. 작가 역시 정도의 차이는 있지만 여느 아이들과 마찬가지로 당시의 사태를 알 수 없었던 것이다. 그래서 6·25가 발발되면서 다시 한번 무수한 사람들이 처형당하는 장면을 간략히 서술하면서 작가는 괄호를 치고 그 속에서 이렇게 자문한다. "아,

나는 이 순간 이 글을 쓰고 있는 나 자신이 미워진다. 그때 학살당한 귀순자 수백의 억울한 죽음을 이렇게 짧게만 언급하고 넘어가려는 나 자신이 밉다. 그러나 어찌하랴, 이 글의 성격은 야속하게도 나로 하여금 샛길로 너무 깊이 들어가지 못하도록 막고 있는 것이다."(126면)[4]

그렇지만 작가의 많지 않은 체험만으로도 그것이 자신의 삶에 어느 만큼 큰 충격과 상처를 주었는지는 '동백꽃' 이야기에서 충분히 감지할 수 있다.

　　겨울철 그 고장에 관광 갔던 사람들은 눈 속에 피는 붉은 동백꽃이 아름답다고 말한다. 눈 위에 무더기로 떨어져 뒹구는 붉은 낙화들도 아름다웠을 것이다. 아름답게 보는 것이 정상이다. 나도 더 어렸을 때는 떨어진 그 통꽃에 입을 대고 꽃물을 빨며 즐거워한 적이 있었나. 그러나 그 악한 시절 이후 내 정서는 왜곡되어 그 꽃이 꽃으로 보이지 않고 눈 위에 뿌려진 선혈처럼 끔찍하게 느껴진다. 아니, 꽃잎 한 장씩 나붓나붓 떨어지지 않고 무서운 통꽃으로 툭툭 떨어지는 그 잔인한 낙화는 어쩔 수 없이 나에게 목 잘린 채 땅에 뒹굴던 그 시절의 머리통들을 연상시키는 것이다. (64면)

아마도 제주도의 비극이 어린 영혼에 입힌 흔적은 작가의 탄식

---

4) 작가는 또 딴 곳에서 이렇게 말하기도 한다. "글을 여기까지 쓰고 보니, 이제 4·3에 대한 더 이상의 언급은 자제해야 하겠다는 생각이 든다. (…중략…) 애당초 이 글은 한 아이의 성장 내력에 대한 이야기가 아닌가. 물론 그 가혹한 시절은 어린 내 가슴에도 좀처럼 지울 수 없는 죽음의 어두운 이미지와 우울증을 심어놓은 게 사실이다. (…중략…) 그러나 아이들이란 자신의 성장에 해로운 것은 본능적으로 피해 가게 마련이다. 슬픔, 외로움이야말로 성장에 유해한 물질이 아닌가. 몸 가벼운 만큼이나 마음 또한 가벼워 울다가 금방 웃을 줄 아는 것이 아이들이니, 어떠한 슬픔에도 기쁨의 양지를 향하여 새털처럼 가볍게 날아오르는 것이다."(76면) 여기서 보듯 작가는 '아이의 성장담'에 가장 중점을 두고 있다.

에 가까운 배제의 노력에도 불구하고 '흉조' 속에서 몰사한 올챙이떼 이야기를 하면서 주술적 상징으로 풀이한 대목에서 가장 극적으로 표현되어 있지 않나 싶다.[5] 어쨌든 그런 비극적 체험이 작가 자신에게 이후에 야기한 상흔은 '홍군 백군'에서도 엿보인다. 그의 기억에 따르면 초등학교 3학년 때까지는 운동회에서 '홍군 백군'으로 나누어졌다고 한다. 그런데 이후 '홍띠'가 사라지고 대신 잉크물 들인 청색천이 등장하였다는 것이다. 그래서 작가는 "단 한번 이마에 둘러보았던 붉은 머리띠, 불온한 색이라고 철저히 금기시되어 그 후 아주 자취를 감췄던 그 머리띠가 40년 가까운 세월이 흐른 어느 날 시위 현장에서 끓는 피의 격렬한 색조로

---

5) 벼락구릉 위쪽 멧방석 크기의 조그만 둠벙에는 물이 온통 먹빛일 정도로 올챙이들이 가득했다. 올챙이들이 가득 차 바글거리는 둠벙은 마치 들끓는 팥죽 속 같아 차마 보기에 끔찍했다. 그런데 더욱 괴이한 일은 그 올챙이들이 얼마 후 뱀이 잡아먹기도 전에 한꺼번에 몰사해 버린 것이다. 배를 허옇게 뒤집은 올챙이 시체들이 덩어리진 채, 수면 위를 꽉 채우고도 모자라 물가 뻘 위까지 밀려가 쌓여 있었는데, 참으로 소름끼치는 광경이었다. 세상에 이런 일도 있을까? 어쩐지 나는 그 올챙이들이 호열자에 걸려 떼죽음한 것처럼 생각되었다. 어른들이 수군거리며 주고받는 말 속에 불안한 기색이 역력했다. "아무래도 심상찮아. 혹시 사람 많이 죽을 징조는 아닌지, 원." 그러나 설마했던 이 불길한 예감이 이듬해에 그대로 적중하고 말았다. 올챙이의 떼죽음이 4·3 사태로 인한 인간의 떼죽음으로 둔갑한 것이었다. 그 참상을 직접 눈으로 보지 못한 나는 오직 올챙이의 떼죽음, 그 주술적 상징을 통해서만 미루어 짐작할 뿐이다. 물론 올챙이의 몰사는 주술이 아니라 과학이 밝힐 수 있는 생태계의 한 현상일 뿐이다. 어떤 책에서 우연히 그 대목을 읽은 바 있는데, 조그만 둠벙에 어쩌다 천적이 없어져 올챙이가 크게 번성하여 물에 가득하게 되면 수중 산소의 부족으로 몰사한다는 것이다. 과학은 그렇게 둠벙의 비밀을 해명해 주었지만, 그러나 나는 그것이 내포한 주술적 상징에서 여전히 벗어나지 못한다. 어느 옴팡밭에 많은 시신들이 서로를 베개 삼아 가로 세로 널브러져 있더라는 증언을 들을 때도, 항아리에 멸치젓 담그듯 한 구덩이에 10여 명씩 몰아넣어 파묻었다는 증언을 들을 때도, 나는 그 둠벙 안에 가득했던 올챙이들의 죽음이 생각났다. (38~39면)

되살아나는 것을 보면서 나는 얼마나 놀라워했던가. 솔직히 말해서 두려운 생각에 가슴이 조마조마해지기도 했다. 그럴 수밖에 없는 것이 그 무렵의 나는, 4·3의 민중수난을 고발한 글로 혹독한 고문을 당한 나머지, 어린 시절에 단 한번 이마에 둘렀던 붉은 띠에 대한 기억조차 부담스러울 정도로 이른바 레드 콤플렉스를 심하게 앓고 있는 처지였던 것이다. 고문으로 짓이겨진 손가락 끝에 끈끈하게 엉겨 있던 그 붉은 피, 그 후로 나는 붉은 색이라면 장미꽃만 봐도 기분이 언짢았다"(141~142면)라고 고백한다.

5. 어머니, 어머니

어린 시절에 집이란 공간은 또래 공간과 함께 가장 지대한 영향력을 가지게 마련이다. 이 작품에서도 집안 가족의 모습은 증조할아버지로부터 시작하여 다채롭게 펼쳐지지만, 뭐니뭐니해도 가장 감동적인 장면은 어머니로부터 나온다. 더군다나 부재하는 아버지였기에 어머니는 작가에게 생존과 함께 영혼을 의탁하는 보호자였다. 그 중에서도 특히 필자에게 강력한 인상을 준 것은 세 장면이었다. '어머니'라는 말 자체가 감동이기에 더 이상의 설명은 정말 군소리가 될 것이다.

첫째 장면.

    그렇게 해서, 나는 기둥을 꽉 껴안은 채 징징 울면서 네댓 대 매를 견뎌 낸 다음, 밥상머리로 끌려갔는데, 한판 난리굿을 피운 뒤라 밥맛이 각별히 좋았다. 물론 밥이 아니라, 고구마 세 자루에 김치 세 가닥이었지만, 역시 목구멍은 포도청이었나 보다. 아직도 울음이 남아 연방 쿨쩍거리면서 고구마를 씹는 나를 넌지시 바라보던 어머니는, 숟갈이 필요 없는 식사인데도 자못 엄숙하게 예의 숟갈론을 들먹였다.

    "그것 보라. 눈물은 내려가고 숟가락은 올라가지 않앰시냐. 그러니까 먹는 것이 제일로 중한 거다."

    이처럼 어머니의 자식 다루는 방식은 단도직입적이고 속전속결이었다. 잠깐 사이에 사납게 퍼붓고 지나가는 소나기처럼 한판에 끝나는 격렬한 시합이라고나 할까? 어머니도 그걸 즐기는 듯한 눈치였다. 물론 나로서는 당연히 져야 하는 시합이었지만 그렇다고 만만한 상대는 아니었다. 나는 온 이웃이 다 들리게 울며불며 강짜를 부렸고, 그러한 나를 제압하기 위해 어머니 또한 혼신의 힘을 쏟지 않으면 안 되었다.

    그렇게 한바탕 소동을 치르고 나면, 보통 때는 전혀 느낄 수 없는 깊은 안도감과 평화로움이 우리 둘 사이에 자리잡곤 했다. 소나기 구름이 걷힌 맑은 하늘처럼 퍽 개운한 표정이던 어머니, 그렇다, 짜증나게 더운 여름날, 한 줄기의 소나기는 얼마나 상쾌한 것인가. 그러므로 자식을 가르치기 위해 한바탕 벌여놓는 그 소동은 어머니에게 오락의 기능까지 겸하고 있었던 셈이다. 죽음의 시간은 지나갔지만 굶주림은 여전하여, 늘 기죽어 허리를 못 편 채, 먹이를 찾아 불볕 더위 속을 불개미처럼 뿔뿔 기어다니는 신세인데, 무슨 놀이가 따로 있고 무슨 오락이 따로 있겠는가. 그리하여 낮 동안 텅 비어 적막했던 우리 동네는, 어른들이 일터에서 돌아오는 저녁 시간이면 아연 활기를 띠어 이집 저집에서 욕질하는 고함 소리와 한께 매맞는 아이들의 울음소리가 터져나오곤 했다. 가난한 그들에게 그것은 자식 교육이자 유일무이한 오락이었다. (80~81면)

둘째 장면.

어머니의 미의식은 말하자면 이러했다. 내가 붉은 아침놀을 보고, "야, 참 아름답다!"라고 탄성을 지르면, 어머니는 "저런! 아침놀이 붉은 걸 보니, 비 올 모양이여. 밭에 갈려구 했는데⋯⋯" 하고 한숨을 내쉬고, 또 내가 밤바다 멀리에 말곳말곳 빛나는 고깃배의 불빛놀을 바라보며, "어멍, 저것 봅서. 참 아름답네예. 하늘의 별들이 바다에 떨어진 것 닮수다" 하고 감탄하면, 어머니 는 그저 심드렁한 목소리로, "별은 무슨 별, 그거 뭐, 갈치배들 아니가" 하는 식이었다. (⋯중략⋯)

아름다운 꽃도 실용의 열매가 열리지 않으면 어머니에게는 별 의미가 없었 다. 한번은 밤에 뒤꼍에서 야단치는 소리가 들려, 혹시 누이가 욕을 먹나, 하 고 내다봤더니 웬걸, 어머니한테 야단맞는 것은 어이없게도 호박넝쿨이었다. 부지깽이로 호박꽃들을 여기저기 때리는 시늉을 하면서 말이다.

"요녀러 자슥, 느가 할 도리가 뭐꼬, 응? 열라는 호박은 안 열고, 쓸데없이 꽃만 천지로 싸질러 놔? 잊어먹을 게 따로 있지! 정신머리없는 놈 같으니!"

호박꽃이 건망증이 생겨서 열매 맺는 걸 잊어먹으면, 그런 식으로 닦달해 야만 정신을 차린다는 것이었다. 물론, 그것은 열매가 잘 달리게 하기 위한 가지치기 작업이었다. (227~228면)

셋째 장면.

머릿수건을 풀어 갈옷에 붙은 티끌을 홀홀 털고 난 어머니는 아기에게 젖 을 주기 전에 먼저 목물을 끼얹어 땀을 씻었는데, 그때 드러나는 상체의 속살 이 바로 그런 색이었다. 정말 믿기지 않을 정도로 새뽀얀 살빛이었다. 벗은 상체 위로, 내가 끼얹은 바가지 물과 함께 범람하던 그 눈부신 흰 빛, 그리고 등을 밀 때 내 손바닥에 부드럽고 매끄럽게 와 닿던 그 기이한 감촉, 그것은 참으로 어린 나로서는 풀 수 없는 수수께끼 같은 아름다움이었다. 그리고 목 물을 끝내고 아기를 안았을 때, 탐스러운 유방의 뽀얀 살색 위로 은은히 내비 치던 그 슬프도록 파란 정맥의 실금들⋯⋯ 젖 빠는 아기를 미소를 머금고 그 윽이 바라보다가도 어머니는 문득문득 한숨을 내쉬곤 했다.

그래도, 어머니의 얼굴에 웃음이 가장 오래 머물러 있는 시간은 하루 중에 아기 젖먹일 때였다. 아기에게 젖먹이는 광경은 언제 보아도 정겨웠다. 광주리에서 크고 잘 익은 복숭아를 꺼내듯이 한 쌍의 탐스러운 유방을 적삼 밑에서 꺼내면, 아기는 대번에 울음을 그치고 허겁지겁 거기에 매달려 게걸스럽게 젖을 빨아대곤 했다. (231~232면)

어찌 더 이상의 설명이 필요하겠는가?

6. 병아리, 중병아리

지금까지 작품 안으로 빨려 들어간 내 마음 밭을 몇 가지 주제와 영역으로 정리해보았으나, 온전한 가을걷이가 된 것 같지는 않다. 이를테면 <봉앳불과 방앳불> 대목에서처럼 선명한 이미지로 은유화하여 어린 시절의 특정 양태를 묘파해내는 작가의 능력6)에서 보듯, 단편 「마지막 테우리」에서 우리가 맛본 적 있던 시적인 문체와 그 속에서 자유로이 잠방거리는 어린 영혼의 힘을 채 거두지 못한 것 같다. 그리고 정작 깊이 있게 분석해보아야 할 인간의 삶에서 자연이 차지하는 몫, 이를테면 생태적 삶과 문명에 대한 사유나, 작가가 그려낸 어린 시절이 현재의 세계에서 갖는 의미, 그리고 아버지와의 관계, 그리고 지금까지의 작품과 『지상에』의 연관성 등 다루어야 할 많은 문제가 있으나 아무래도 차후로 미뤄

6) 남자 아이와 여자 아이의 특성을 '고무줄과 거미줄'로 비유한 대목(258~261면)도 그런 좋은 예가 될 것이다.

야 할 것 같다.

다만 감동이 큰 만큼 거기에 동반되지 못한 부분적인 아쉬움에 대해서 짤막하게 이야기하는 것으로 이 글을 마무리하고자 한다. 사실 작품 말미에 이르면, 그러니까 초등학교 시절이 끝나고 중학교 이후가 되면 확실히 『지상에』는 기우뚱해진다. 그 이유를 자명하게도 작가 스스로 밝히고 있다.

> 이제 나는 중학교에 입학한 시점인 만 13세를 기준으로 해서 나의 성장 과정에 한 획을 그어보고자 한다. (…중략…)
> 예컨대 계절은 한창 여름인데, 백중이 지나면 귀뚜라미 울음과 함께 물이 차지면서 여름 속에 가을이 배태되듯이, 어린이의 무구한 몸과 정신 속에서 제2차 성징과 함께 폭풍의 징후가 서서히 나타나기 시작했다. 쇠퇴와 맹아가 동시에 이뤄지는 이행기. 이제 그 어린이는 늙어버렸다. 그 무구한 혼과 육체는 소멸하고 그 대신에 무자비한 수컷이 눈을 뜨고 있었던 것이다. 병아리도 닭도 아닌, 어중간한 중성의 상태, 말하자면 멋대가리 없게 생긴 중병아리가 그때의 내 모습이었을 것이다. (…중략…) 그러니까 노란 털공처럼 예쁜 병아리도 아니고, 불타는 붉은 빛의 장닭도 아닌, 칙칙한 색깔에 볏도 꽁지도 덜 자라 보기 흉한 중병아리가 바로 그때의 내 모습이었다. (269~270면)

중학교의 생활이란 게 '멋대가리 없게 생긴 중병아리'의 삶이기에 작품 자체도 그 이후부터 이전에 보였던 활기를 상실한다.[7] 주요한 이야깃거리가 성적인 것으로 귀결되고, 또 문학소년으로서의 모습은 작가 개인의 문학적 편력을 아는데 귀한 자료 역할은 할

---

[7] 물론 이런 변화에 아버지와의 갈등도 있다. 그러나 자연보다 '에고'에 집착하고, 문학에 심취하면서 갈등하는 중학생의 이야기가 다루어지고 있다. 그리고 '자연아로서의 본능과 순진성을 잃고 부정한 세속적 삶'(377면)에 입문하는 고교시절을 슬쩍 내비치는 것으로 작품은 마무리된다.

수 있지만 그 이전의 세계에 견주어 확실히 현격한 균열을 낳고
마는 것이다. 필자의 솔직한 심정은 '병아리'의 시대만으로 이 작
품을 구성했으면 좋지 않았을까였다. 차라리 중병아리 이후부터
대학교 무렵까지를 또 다른 독자적 세계로 작품화했으면 하는 생
각과 더불어서.

그리고 소제목을 달고 너무 짧게 끊어 이야기를 진행시킨 점도
독서의 자연스러움을 방해하였다. 최소한의 장과 절로 배분하여
약간의 시간적 굴곡을 형식적으로 보장해주었다면 단조로움을 쉬
피할 수 있었을 것이다. 워낙 단편 단편의 빛나는 보옥(寶玉)이 연
달아 사슬을 이루니 그 모양새가 엇비슷해져 오히려 단편의 풍요
로움이 단조로운 반복으로 역류한다. 작가 자신이 이 작품에서 일
체의 가식이나 허구를 배제하려 했기에 실제 경험 자체가 작품으
로 고스란히 이월되면서 나타나는 역설적인 문제는 한번쯤 생각
해볼 사안이다.

어쨌든 현기영은 '뱀이 허물을 벗듯이 자신의 나이를 벗어 던지
고 인생의 어느 시기에서든지 아이가 될 수 있는 작가의 삶의 밀
도'를 우리에게 펼쳐 보였다. 그의 모태로의 회귀는 에머슨의 이
런 말을 다시금 떠올리게 만든다. "진실을 말한다면, 성인으로서
자연을 볼 수 있는 안목을 가진 사람은 거의 없다. 대부분의 사람
은 태양을 보지 않는다. 그들은 본다 해도 피상적인 관찰에 머무
르고 만다. 어른의 경우 태양은 그 눈을 비추는 정도이다. 그러나
어린이의 경우는 그 눈을 꿰뚫고 그 마음속까지 환하게 비춘다.
자연을 사랑하는 사람은 내부의 감각과 외부의 감각이 여전히 서
로 참된 조화를 이루는 사람, 말하자면 성인이 되어서도 유아기의

정신을 간직한 사람이다. 이런 사람에게 대지와 하늘과의 만남은 그가 먹는 나날의 음식의 일부가 된다. 자연을 앞에 두면, 그는 아무리 슬픈 일이 있더라도 야생의 환희가 온몸을 관류함을 느낀다."(『자연』) 작가는 분명 인간의 영원한 생명을 위해 복고(復古)가 아닌, 자연과 합일된 우리 존재의 맨 밑층으로의 복귀(復歸)를 말하고 있다. 그런데 우리는 어디를 보고 이렇게 붕 떠 있는 것인가?

전투적 민중성과 '오월'의 정치학

송기숙 장편소설 『오월의 미소』

1. '역사의 장부'로서의 송기숙의 삶과 문학

개인적으로 '송기숙'하면 내게는 '왓따 말이시'란 말이 가장 먼저 떠오른다. 간혹 사람마다 독특한 어투를 지니기도 해서 처음엔 그런 인상적인 어투 정도로만 생각했는데, 차차 작가 전체의 체취가 고스란히 묻어있는 진짜 생체어로 느껴지기 시작했다. 이미 이 말에는 당당한 주체의 무게가 실려온다. 자신의 견지에서 호불호·선악·경중 등 이런저런 층위에 대한 확고한 가늠대가 작동하여 가야 할 방향을 지시하고 있다는 뜻이다. 대개의 사람들이 눈앞의 어떤 사태에 대해 그 본질을 파악치 못하고 엉거주춤 판단을 포기한 채 방관하거나, 설혹 내심 어떤 분별을 가질지라도 주저하여 안으로 숨기기 쉬운데 '왓따 말이시' 속에는 그런 엉거주춤이나 주저가 없다. 그것은 이미 실천과 행동의 전조이자 그것의 진입이다. 그의 전매특허이기도 한 호걸찬 목청과 당찬 체격과 이 말이 결합되니 그 실감은 더하다. 절친한 문우 이문구가 송기숙을 처음 만나던 때를 그린 다음 장면은 그런 그의 생태적 형상을 잘 보여주고 있는 예가 될 것이다.

> 민화풍(民畵風)의 산수화 같은 소박하고 전통적인 얼굴일 따름이었다. (…중략…) 크고 투박한 목통으로 탁자를 쳐가며 시끄럽게 떠드는 품이, 평론은 한두 마디의 육두문자로 앉은자리에서 간단히 조질 사람이었다. 그는 그 자리에서 몇 해 묵은 체증을 한꺼번에 뚫어버렸다. 그는 지칠 줄 모르는 파도였고 섬세한 유달산이었다. 범람하는 영산강이었고 한 많은 삼학도였다.
> ―『재수없는 금의환향』 발사, 1979

실제로 작가의 이력이 그러했다. 70~80년대, 이른바 유신정권과 전두환 군사독재라는 긴 어둠의 시절을 그는 어느 누구보다 항상 앞장을 서왔다. 그 중에서도 1978년의 유명한 '교육지표' 사건, 5·18 광주민주화운동 당시 학생수습위원회를 만들어 활동했던 일은 그의 삶을 단적으로 보여주는 사건이다. 그러기에 시인 고은도 작가를 두고 "천연기념물 송기숙 / 광주는 그가 있어 광주였다 / 아무리 바람찬 세월이 지나 / 그가 있어 광주의 밤이었다"고 읊기까지 했다.

자연 소설창작의 길 역시 『자랏골의 비가』, 『암태도』와 『녹두장군』이 말해주듯 역사와 현실로부터 한치도 비켜서 본 적이 없으니 가히 송기숙은 '역사의 장부'라 부름직한 형상이다. 특히 그의 삶과 문학이 호남에 뿌리를 두면서 이를 민족적인 움직임 혹은 전국적인 시야로 끌어올리거나 연계시키는 방식이었음을 눈여겨볼 필요가 있다. 그 점에서 다른 누구도 아닌 작가 송기숙이, 더구나 항쟁에 참여한 700여 명의 구술을 받고 정리하는 작업을 주도했던 그가 광주항쟁 20주년을 맞아 발표한 『오월의 미소』(창작과비평사, 2000)는 자연 관심을 끌지 않을 수 없다.

2. 항쟁의 소설화―변형과 창조의 새로운 필요성

사실 지금까지 광주항쟁의 소설화는 기대만큼이나 충족감을 준 것은 아니다. 광주의 그 날은 문학 속에서 쉼 없이 환기되고 그에 따라 역사성을 세월의 흐름에 파묻지 않은 채 어느 정도 유지해온 셈이지만, 아직 역사의 재창조를 실감할 정도의 충격과 감동을 준 작품은 없었다고 보아야 할 것이다. 오히려 최근의 상황을 이야기하자면 드라마『모래시계』등 영상예술에 문학이 압도당한 듯 보인다. 비록 『모래시계』가 폭력배를 주인공으로 삼아 이를 영웅적으로 그려내는 폭력의 미화와 영웅주의라는 상업주의 영상물로서의 한계를 지니고 있지만, 그것이 끼친 사회적 파장은 일찍이 본 적이 없을 정도로 충격적이었다. 물론 최근 들어 임철우의『봄날』, 황지우의『오월의 신부』등이 나옴으로써 이전과는 다른 문학적 지형을 보여주는 듯하다. 그러나 아직도 광주항쟁의 문학은 그만한 역사적 위상을 문학적으로 기념하고 있다고는 볼 수 없다.

오히려 이점에서도 한번쯤 『모래시계』의 대중적 성공을 그 자체로보다는 문학적 측면에서 따져 볼 필요가 있는데, 나는 거기서 예술적 변형과 새로운 창조의 문제가 관건이었다는 생각이다. 사실 지금으로부터 먼 과거의 일은 이미 역사적 사실 자체의 질량으로부터 자유로울 수 있어 상상력의 힘이 자연스럽게 지배적일 수 있는데, 비교적 최근의 일일수록 묘하게도 우리들 자신이 역사 자체에 짓눌리는 감이 없지 않다. 이 점은 특히 독자들 자신의 정서적 반응감각의 변화와도 연관이 있다. 말하자면 가까운 역사적 사건에 대해서 우리들 자신은 기묘한 이중적 심성을 가지고 있다. 많은 경우 우리 현대사는 배반의 역사로 귀착되었다. 그리고 역사 자체가 스스로 해결을 보지 못하고 흘러가 버린 탓에 역사의 실제와 상관없이 '역사적 이름'으로 유명해져 '해결되지 않은 채 이미 잘 알고 있는 것'으로 간주되어진다. 문학에서 특히 가까운 역사에 대한 핍진한 묘사와 서술에 기반한 단순한 과거의 재구성이 때로 내용의 깊이와 진실에도 불구하고 식상감을 주기 십상인 것도 그 때문이다. 또한 역사적 의미에 따른 정서적 포즈, 이를테면 비장이나 한탄이나 분노의 감정 역시 마찬가지이다. 그러므로 절대다수가 아직도 그 실상을 잘 알지 못하면서도 잘 알고 있는 듯 느끼고 있다는 이 거리감과 모순을 작가가 어떻게 극복하여 새로운 미적 창조 세계를 일구어나가느냐가 중요해진다. 단순한 고발 내지 보고문학, 혹은 분노의 문학이 대개의 경우 그 문학적 시효가 짧을 수밖에 없는 것도 그 때문이다.

결국 역사의 무게가 크면 클수록 오히려 예술적 변형과 창조의 몫은 커질 수밖에 없고, 그것의 제대로 된 예술적 형상이야말로 이른바 일반인들이 가지고 있는 미묘한 이중적 골에 충격을 가하면서 새로운 역사적 체험으로 이끌어 나가리라는 것이 필자의 생각이다.

3. 과거로 묻지 않는 현재화된 '광주'의 그림자

『오월의 미소』를 읽으며 이전의 소설적 맥락보다는 『모래시계』를 먼저 떠올리게 된 것도 그런 배경 탓이다. 그렇다고 『모래시계』처럼 본질을 넘어설 정도의 변형을 이 작품이 가한 것은 아니다. 예술적 변형은 분명 눈에 띌 정도로 두드러진 것은 아니지만 광주항쟁에 관한 이전의 작품에 비해 조용하게, 그러나 의미심장하게 변형되면서 현실의 새로운 깊이를 내보이고 있다. 우선 작가는 '광주'의 세계로 섣부르게 소설을 들이밀지 않는다. 그러면서도 묘한 호기심을 부추기며 사태의 진전을 뒤따르게 만든다. 말하자면 '정찬우'라는 한 사람의 직장인, '광주'를 투쟁공간이 아닌 생활공간으로 살고 싶어 삶의 모양살이를 바꾼 한 인물이 '이제 거의 벗어났다고 생각했던 광주항쟁이 이상한 모양새로 다가오'면서 소설은 시작된다. 자신의 생애, 그리고 자연스럽게 광주항쟁과도 뗄 수 없는 인연을 맺게 한 미선이의 전화, 그리고 또 광주항쟁과 연관된 김중만이란 인물 때문에 찾아온 형사 안지춘.

작중 화자 정찬우는 재수생 신분으로 광주항쟁에 우연찮게 참여했다가 80년 5월 27일 붙잡혀 '극렬, 교전 후 체포 M1·사제대검 소지'라 씌어 이루 말할 수 없는 고문을 당하다가 돈을 쓰고 간신히 훈방 형식으로 풀려난 사람이다. '우연찮게 참여'했다고 했는데, 바로 이 과정에 그의 삶과 뗄 수 없는 연관을 맺고 있는 '미선'이 놓여 있고 그 후 시민군으로 무장활동하면서 보게 된 사람과 관련되는 이가 '김중만'이다. 그러므로 이 두 인물축은 광주항쟁이 '정찬우'에게 갖는 개인적인 차원과 사회적인 차원을 대표한다. 즉 미선은 소년기에 자신을 사로잡은 첫 이성으로서 미선과 미선의 언니가 광주항쟁 동안 진압군에 당하면서 그 분노로 시민군에 참여하는 일종의 계기 역할을 부여해준다. 더구나 미선의 언니 정선은 진압군에 겁탈을 당하고 그 후유증으로 정신 이상자가 된 채 아이까지 낳게 되고, 설상가상으로 부모의 연이은 죽음으로 미선이 한 식구를 책임지게 되면서 이후 정찬후에게는 미묘한 애정의 대상으로 자리하는 항쟁의 후유증을 늘상 상기해주는 인물이기도 하다.

반면 '김중만'의 존재는 화자와 직접 연관되지 않는다. 광주항쟁에서 보았던 이름 모를 '세모눈'과 얽힌 존재로 나중에 불법총기소유로 체포되고 끝내 광주항쟁의 주범 한 사람을 테러로 살해하고 자신의 삶을 마감하는 사람이다. 그러나 그 과정에서 이른바 작중화자를 뒷조사하는 형사, 그리고 작품의 주요 서사축을 형성하는 테러 및 총과 연관된 이모저모와 연관되면서 광주항쟁의 의미를 작품 배면에 깔게 해주는 사람이다.

그 외에 실제 현실적인 삶에서 만나게 되는 또 하나의 궤적이 있다. 친척아저씨와 함께 낚시를 하면서 만나게 된 김성보와 차관호이다. 이들이 공교롭게도 광주진압군으로 참여했던 공수부대 장교와 그 부대원이었음을 우연히 알게 된다. 여기에 광주항쟁을 주제로 논문을 준비하고 있는 후배 강지연과 고등학교 때부터 절친한 친구이자 광주항쟁에도 재수생으로서 함께 참여했던 유용찬이 위의 인물관계에 함께 얽혀 있다.

소설은 이런 인간관계 속에서 정찬우의 삶과 눈으로 전개되어진다. 작가는 이를테면 오늘의 시점에서 과거의 역사와 그 역사가 오늘에 드리운, 아니 계속해서 이어지는 산 역사를 정찬우라는 비교적 평범한 인물을 통해 조용히 탐문하면서 '광주'의 그늘을 폭넓게 드러내려 하는 것이다.

4. 그늘의 세계에서 발견하는 숨은 행동의 서사

『오월의 미소』는 그 점에서 이른바 광주항쟁의 역사를 직접적으로 겨냥한 정공법의 소설은 아니다. 작가는 무엇보다 지금의 삶을 중시하며 그 속에서 과거의 의미를 현재화하는 역사의 지속으로서 오늘의 '광주'를 문제시하고 있다. 여기서 작가는 역사로 상징되는 직접적인 행위와 사건의 파노라마를 만들고자 하는 것이 아니라 그런 세상의 주변에서 흐릿하게 꿈틀거리는 그늘의 세계에 일단 초점을 맞춰 거기서 솟구쳐 나오는 역사적 진실을 겨냥하고 있는 것이다.

가령 그 점에서 초반부 소설의 한 정점이랄 수 있는 다음 대목
을 먼저 눈여겨볼 필요가 있다.

> "이게 뭐야?"
> 김성보가 물속을 들여다보며 구시렁거렸다. 모두 눈이 그리 쏠렸다. 거무튀
> 튀하고 누르께한 게 물속에서 언뜻언뜻했다. 물이 맑아 상당히 깊숙이 들여
> 다보였다. 김성보는 담배를 내던지며 튀어나올 것 같은 눈으로 천천히 줄을
> 감았다.
> "허허, 고무장갑이구먼."
> 고무장갑이 목이 걸려 올라오고 있었다. 물때가 잔뜩 낀 고무장갑이 빵빵
> 하게 부풀어 있었다.
> "손가락이 움직이잖아?"
> 박사장이 소리를 지르며 윗몸을 발딱 뒤로 젖혔다. 거무튀튀한 손가락들이
> 천천히 움직이고 있었다. 잘린 손목에서 손가락이 살아 움직이는 것 같았다.
> 모두 튀어나올 것 같은 눈으로 보고 있었다.
> "문업니다, 문어."
> 차관호가 낚싯줄을 잡아 올리며 허허 웃었다. 손가락이 꿈틀거리며 문어발
> 하나가 뚫린 곳으로 주욱 비져나왔다. (50~51면)

광주항쟁 동안 있었던 살육과 죽음을 강하게 환기시키는 섬뜩
한 장면이다. 작품의 실제적 맥락에서도 낚싯배에서의 계속되는
불안한 징조로 계속 이어지며 끝내 심성보의 죽음에까지 이르는
기묘한 분위기를 만들어 가는 발단이기도 하다. '광주의 그때'가
개개인에게도 워낙 특별한 사건이기에 거기에 잠복된 사건의 씨
앗들을 작가는 이처럼 원한과 복수의 긴장된 분위기를 기대하는
독자의 심리에 결부시켜 마치 추리소설을 연상케 하는 서서한 발

걸음으로 유도하는 것이다. 실제로 소설은 형사의 전화, 미선에 대한 작중화자의 미묘한 태도 등 이런저런 복선을 깔고서 동시다발적으로 진행되어진다. 그러다 본격적으로 자진모리와 같은 급격한 심리적 움직임을 불러일으키는 곳이 '심성보와 차관호'의 등장이다. 인물이 소설 속에서 새로 등장했다는 의미에서가 아니라 '심성보와 차관호의 과거'가 수면 위로 떠오르면서 주인공 화자의 과거 회상과 겹치면서 새롭고도 긴장된 분위기가 형성되는 것이다. 그리고 그때 위와 같은 낚시잡이의 한 풍경이 등장한다.

그렇다고 해서 정찬우가 이들에게 곧바로 대립자로 나서지는 않는다. 아니 작품 마지막까지 정찬우의 이들에 대한 태도는 오히려 우호적이었다고 보여질 정도이다. 정찬우와 이들 사이에는 광주 문제가 이야기된 바도 없고 또 모종의 사건으로 엮어지지도 않는다. 다만 정찬우는 철저한 관찰자의 신분으로 이들을 지켜보며 이들이 보여주는 풍경을 통해 독자 스스로 판단케 하고 있다는 것이 정확한 표현일 터이다. 가령 심성보와 차관호에 대한 항의표시로 젊은이들이 배를 타고 낚싯배 주변을 돌며 노래를 부르는 장면에서 보여지는 다음과 같은 관찰자적 서술방식이 그것을 잘 입증해준다.

배는 크게 원을 그어 이쪽으로 다시 돌진하고 젊은이들은 연방 주먹을 휘두르며 노래를 불렀다. 김성보는 손에 술잔을 든 채 그들을 보고 있었다.

꽃잎처럼 금남로에 뿌려진 너의 붉은 피,
두부처럼 잘려나간 어여쁜 너의 젖가슴,
오월 그날이 다시 오면 우리 가슴에 붉은 피 솟네. 피, 피, 피.

배는 다시 회전을 했다. 젊은이들은 우리 배를 또 한바퀴 돌며 목이 찢어져라 악다구니를 썼다. 배는 이내 완도항 쪽으로 방향을 잡았다.

"허허. 날궂이도 시변을 타는가, 별 미친놈들이 다 있구먼."

박사장이 구시렁거렸다. 김성보와 차관호는 자기들 자리로 갔다. 김성보 얼굴은 잔뜩 굳어 있고 차관호도 말이 없었다.

낚싯대는 꼼짝도 하지 않았다. 박사장이 자리를 옮겨보자고 했다. 차관호는 닻줄을 끄르고 시동을 걸었다. 김성보는 말없이 술만 홀짝거리고 있었다.
(53~54면)

이처럼 형식 자체는 기본적으로 화자 정찬우를 중심으로 그 자신이 보고 듣게 되는 일정한 시간 속의 체험을 몇몇 인물축으로 담담하게 서술해나가는 방식이다. 그리고 이와 같은 발단 이후 본격적인 소설의 흐름은 최종적으로 다음 몇 가지로 귀결된다.

첫째, 낚시 중 심성보가 술에 취해 배에서 떨어져 물에 빠지게 되고, 이를 구하려 뛰어든 차관호에 의해 구조는 되지만 끝내 죽고 마는 사건이 일어난다. 이후 이 사건은 법정에서 차관호가 의도적으로 심성보를 죽였다는 경찰의 조사와 검찰의 주장에 따라 살인자로까지 몰리지만 심성보 모친의 탄원서 등으로 무죄 석방된다.

둘째, 아주 짧게 서술되지만 정신병에 시달려왔던 미선 언니 정선이 끝내 고향 바다에서 자살하고 마는 사건이 일어난다.

셋째, 김중만이 불법총기소유로 체포되고, 그와 직접 연관은 없지만 그 자신도 개인적인 동기에 의해 권총을 소지하는 가운데 집행유예로 풀려난 김중만이 끝내 광주항쟁의 주범으로 알려진 '안치호'를 테러, 그를 죽이고 자신 또한 죽는 일이 일어난다. 이것은 작중 등장인물과 무관하게 철저히 사건보도식으로 제시된다.

그런데 여기서 첫 번째 이야기와 두 번째 이야기는 하나로 합해지면서('심성보와 정선의 저승혼사') 끝을 맺는 가운데 세 번째 일이 일어나고 있음을 주목할 필요가 있다. 그렇기 때문에 이 소설 속에 그려진 광주항쟁에 대한 이야기는 한편으로 '화해와 용서', 다른 한편으로 '응징'이라는 두 차원의 대립적 속성이 동시적으로 이루어지는 셈이다. 그 점에서 성격이 다른 두 움직임을 어떻게 통합적으로 이해하느냐가 이 소설에서 작가가 말하는 관건이랄 수 있다.

5. 작중 화자의 독특한 소설적 위치와 '광주'의 상처

이상의 설명에서 어느 정도 짐작할 수 있듯이 이 소설의 한 특징은 주인공의 독특한 작품 내 위치에 있다. 작품의 결말에 비추어보면 앞서 이야기한 대로 정찬우는 일종의 관찰자이자 두 가지 이야기의 결과를 자연스럽게 한 점으로 모으는 안내자이기도 하다. 그러나 그렇게 단순하게 규정할 수 없는 것이 이 작품의 또 다른 특징이다. 화자 자신의 변화과정 또한 작품 내의 결과와 은밀하게 연결되면서 광주항쟁에 대한 일반적인 한 시각을 대변해 주는 주인공이기 때문이다.

정찬우가 광주항쟁에 적극 참여하게 된 것은 미선과 미선 언니가 진압군에게 봉변을 당한데서 일어난, 다분히 우발적인 행동이었다. 그리고 헌병대에 끌려가 혹독한 고문을 당하고 간신히 풀려난 이후의 삶은 비교적 평범한 사람의 행로라 할 수 있다. 대학을 졸업하고 한때 5·18 연구소에 들어가 상근 연구원으로 활동했으나 2년 만에 연구소를 그만 두고 회사에 취직하고 결혼한다. 이 결혼에 대해 화자 스스로 '광주항쟁과도 결별이고 미선이와도 결별이라는 결의를 그렇게 현실로 다졌던 것'이라고 말한다. 그러나 서둘렀던 결혼은 3년 만에 파경에 이르고, 이후 후배 강지연이 그 자리를 메꾸어 주고 있는 중이었다.

이런 작중 화자의 개인적 정황은 그의 삶 자체가 아직도 정착되지 못하고 불안하게 흔들리고 있음을 보여준다. 단순히 여자관계에서만 그런 것이 아니고 개인의 실존상황 자체가 그러했다. 가령 미선언니 정선이 어느 정도 정상적으로 돌아오고 광주보상금까지 받아 생활면에서도 어느 정도 안정이 되면서 서울로 이사를 가려 한다는 이야기를 듣고 자기 스스로에 대해 이야기하는 대목을 보자.

> 미선이가 광주를 떠난다고 생각하자 나를 지탱하고 있던 무슨 큰 틀이 무너지는 기분이었다. 지구가 중력을 잃어 지상의 사물들 사이에 균형이 깨지는, 그런 무중력 상태가 느껴졌다. 내 생활은 뒤죽박죽 흐트러질 것 같고, 강지연과의 관계도 허물어질 것 같았다. 강지연과 내 관계도 미선이를 중심으로 무슨 인력의 틀 속에서 유지되고 있었던 듯했다. (183면)

한마디로 자신의 존재적 성향을 '무책임'과 '자신 속에 똬리를 틀고 있는 잔인성'을 내건 것도 그러하다. '무책임'이 미선과의 관계를 중심으로 여자 문제에서 두드러지게 나타난다면, '잔인성'의 문제는 항쟁 당시의 자신이 했던 이유모를 한 행동과 결부되어 지속적으로 환기된다. 시민군으로 참여하여 잠복 중 '생머리 여자'를 쏘았던 일이 그것이다. 그 여자가 죽었는지 살았는지 미궁으로 계속 제시되면서 이 일은 지속적인 심리의 짐이 된다. 실제로 그 충격 탓인지 툭하면 꿈속의 악몽으로 현시되고, 그 뒤 군대에 입대해서 사격훈련을 받는 중에는 손가락이 말을 듣지 않아 총을 쏘지 못했던 심리적 질환을 겪기도 했다. 자기 존재의 불안함을 초래하는 근본적인 계기가 광주항쟁에 잇닿아 있음을 말해주는 것이다.

그렇게 시간 속에 끌려가기만 하던 자신의 삶에 스스로 정면대결을 하게 만든 계기가 바로 형사 안지춘이 등장하면서부터이다.

> 광주사태 부상자나 구속자 가운데서 보상신청을 하지 않은 사람은 다섯 손가락을 넘을까말까 합니다. 신부들에다 변호사 한 분을 빼고 나면 납득할 만한 이유 없이 보상신청을 하지 않은 사람은 김중만이하고 세모눈하고 유용찬씨 세 사람뿐입니다. 그런데 바로 그 세 사람하고 밀접하게 얽혀 있습니다. (205면)

우연히 어떤 잡지에 항쟁 기간 중에 보았던 엠십육을 든 '세모눈'이란 인물에 대해서 쓴 적이 있는데 그 때문에 형사의 감시대상이 되면서 광주항쟁의 현재적 의미를 자신의 삶으로 끌어안게 되는 계기를 맞이한 셈이다. 결국 '심성보의 죽음'으로까지 이어지면서 안지춘에게 조사를 받게 되는데, 이 때 정찬우는 커다란 심리적 변화를 겪게 된다. 안지춘이 조서지를 내밀며 간인 찍고 서명 날인하라며 내뱉은 "많이 해봤겠지요?"란 말에 정찬우는 벌떡 일어나 "광주항쟁 때 많이 해봤지. 그렇지만 이번에는 못하겠어" "나를 잡아들이려면 광주항쟁 때처럼 총 들고 와서 끌어가!" 하며 문을 박차고 나가버린다. 차를 타고 돌아오는 길에 독백조로 내뱉으며 서술한 내용은 그 점에서 중요한 분기점을 이룬다.

'많이 해봤겠지요?' 빈정거리는 소리가 그대로 귀에서 웅웅거리고 있었다. 나는 이를 사려물었다. '어라.' 브레이크를 밟았다. 속도계가 시속 120킬로를 가리키고 있었다. 침착해야 한다고 생각하며 다시 호흡을 가다듬었다. 속력이 가라앉았다. 그러나 공중으로 떠오른 몸뚱이는 좀처럼 내려앉지 않았다. 그 빈정거리는 소리를 듣는 순간 광주항쟁 전부가 한꺼번에 덮쳐오는 것 같았고, 광주항쟁이 이런 걸레 같은 작자한테 모욕을 당한다는 생각에 온몸의 피가 곤두섰다. 지금 내 몸뚱이를 떠올리고 있는 힘의 정체를 알 수 있을 것 같았다. 살기였다. 미선이 자매가 당하던 날 밤의 그 악마적인 살기였고, 금남로 길바닥에 태극기를 펴들고 쓰러지던 젊은이들을 보며 이를 악물던 그 살기였다. 지난번 텔레비전 화면에서 김중만 앞에 놓여 있던 갖가지 모양의 총들이 눈앞을 스쳤다. 그 총들이 하나하나 뚜렷하게 살아났다. 그거였구나. 아까부터 뭔가 간절한 갈구가 있었는데 바로 그 총이었다. 항쟁 당시 처음으로 총을 쏘았을 때 귀가 먹먹하던 총소리, 조선대 앞에서 총을 갈길 때 총은 그 엄청난 위력으로 목표물에 실탄을 꽂으며 그 위력만큼 엄청난 소리로 내 행위의 정당성을 소리쳐 말해주었고 나는 미친 듯이 총을 갈겼다. 그 총이 그립고 그 총소리가 그리웠다. (206~207면)

여기서 '총'이 함축하는 바를 한마디로 규정하기란 쉽지 않다. 그러나 작품 전체로 봤을 때 그것이 환기하는 바는 매우 의미심장하다. 형사 안지춘을 고리로 하여 한 묶음이 되는 김중만·세모눈·유용찬 등이 이와 긴밀히 연결되어 있기 때문이다.

어쨌든 정찬우가 항쟁 이후 살아 왔던 삶에서 내면상 가장 큰 변화가 이때 이루어지는데, 결국 유용찬과 이야기하고 헤어지며 스스로 다음과 같이 다짐하기에 이른다.

> 나는 지금까지 생머리 여자 사건을 너한테도 다른 누구한테도, 말해본 적이 없어. 미선이 자매가 당했던 날 밤 칼을 품고 숙실에 잠복했던 일도, 헌병대의 그 살인적인 고문을 죄값으로 여기고 견대낸 일도, 신병훈련소 사격장 타깃에 생머리가 나타나고 손가락이 움직이지 않았던 일도, 대학을 졸업하고 연구소에 들어가서 이 년 동안이나 허덕인 속셈도 이런 것들을 모두 가슴속에다 눌러놓고 수없이 악몽에 시달리며 살아왔어. 나는 그렇게 캄캄한 동굴 속에서 음지를 기어다니는 한 마리 벌레였지. 이제 나는 그 동굴에서 나가는 거야. 그 벌레가 햇빛 아래로 나가는 거다. (209면)

그 후 우연히 업체관계로 아는 굿패 출신 최서홍을 만나 등산팀에 함께 합류한다. 그리고 거기서 백범 살해범 안두희를 처치한 박기서 씨 이야기를 가지고 벌이는 마당굿 구경을 하고, 최서홍으로부터 '저승 문턱 근처에서 저승을 넘나들며 참선하는 기분으로 심신을 단련하는' 법까지 배운다. 말하자면 권총을 소지하고 격발 연습도 하고, 공동묘지에서 권총을 소지한 채 하룻밤을 지내는 실험을 직접 해보기도 한다.

그러나 정찬우의 변화는 이 정도에서 끝난다. 변화의 강도에서 보면 뭔가 정찬우에게서도 결정적인 행동이 나올 법하나 작가는 여기서 냉정하게 멈춰서 버린다. 그 대신 앞서 말한 몇 가지 외적 귀결로 작품을 마무리한다. 하지만 광주항쟁과 관련해서 정찬우의 의식 변화가 김중만·세모눈·유용찬이라는 인물들의 세계가 내포하는 자장력 안에서 은밀하게 이루어지고 있음을 암시하고 있는 것도 주목할 필요가 있다. 상대적으로 평범한 인물의 내면을,

그 속에 드리운 광주의 상처를, 그 존재적 불안함을 드러내 보이며 그것의 극복과정을 그 인물에 맞게 제시하면서도 더 큰 맥락의 행동 서사를 또 다른 인물들의 활동 속에서 펼쳐 보이는 이원적인, 그러면서 상호 연결되는 인물형상화 방법을 구사한 것이다.

6. '민중적 폭력'의 복원과 역사적 정치학

물론 정찬우의 가장 가까운 친구 유용찬 역시 끝내 무슨 일을 하는지는 밝혀져 있지 않다. 다만 저승혼사굿 굿거리판에서 참으로 오랜만에 정찬우와 만나 두 가지 결말을 암시하는 듯 내뱉는 말이 시사적이다.

> 세상은 재미있잖아. 여기 사람들이 나서서 김성보 장가보낼 줄을 누가 알았어? 허허. 이렇게 모두들 제 갈 길로 가게 되는 모양이지. 다른 작자들도 저렇게 제 갈 길을 찾아 보내줘야겠지. (317면)

앞서 인용문에서도 나오는 보상신청을 하지 않은 사람, 말하자면 광주항쟁의 숨은 얼굴들, 그리고 그들이 남모르게 구축하고 있는 세계를 작가는 은밀히 가장 주시하고 있는 셈이다. 그리고 이것이야말로 작품 자체의 서술적 핵심으로 기능하는 일종의 숨은 행동의 서사이다. 이 작품의 독특한 서사적 전략은 바로 여기에 있다. 겉으로 드러나지 않는 문면 속의 서사를 작중화자의 심리적 변화와 자연스레 연결시키면서 작가의 관점을 속 깊이 드러내는 방식이다. 이 점은 사실 작가 스스로 「후기」에서 비교적 분명하게 토로하고 있다.

버스 운전기사 박기서 씨가 백범 살해범 안두희를 처단했을 때 살해동기를 묻는 기자에게, 그런 사람이 지금까지 살아 있다는 것이 부끄러웠기 때문이라고 했다. (…중략…) 이 사건은 공교롭게도 광주항쟁 가해자들 재판이 진행되고 있을 때 일어났는데 정치권에서는 일심 재판 때부터 그 일파의 사면 소리가 나오기 시작하더니 대선기간 동안에는 당선 가능한 대통령 후보들은 모두 다투어 사면을 공약하였다. …… 박기서 씨는 대중의 기억에서 사라진 채 교도소에 있었고 그 일파는 어느 신문의 표현대로 독립투사라도 된 것처럼 당당하게 교도소를 나왔다. (…중략…) 이 소설은 이런 현실의 뒷전에서 거세게 고개를 짓는 사람들 이야기이다. (334~335면)

광주항쟁에 대한 이런저런 법적 보상과 예우에도 불구하고 그것을 야기한 가해자들에 대한 엄정한 역사적 심판 없이는 결코 온전한 해결일 수 없다는 역사관의 투영이다. 단순한 역사관의 피력 차원이 아니라 실제로 거기에 맞선 민중의 행동이 필연적으로 일어날 수밖에 없음을 작가는 말하고자 하는 것이다. 이 점에서 이 작품은 단순히 광주항쟁의 차원에서 뿐만 아니라 더 넓은 역사적 맥락을 갖는다. 이를테면 백범 살해범 처단 문제뿐만 아니라 식민지 잔재 청산이나 유신잔재 청산, 또 5·6공 청산 문제 등 청산되지 않은 역사를 누적적으로 이어온 우리 역사에 대한 항변이기도 한 셈이다. 그리고 그것이 이루어지지 않으면 버스 운전기사 박기서 씨처럼 자연발생적인 처단이란 민중적 저항행동을 불러일으킬 수밖에 없음을 함축적으로 주장하고 있다. 그리고 이러한 행동이 비록 우발적·단발적·자연발생적 성격을 갖기 마련이겠지만, 다른 한편으로 윤봉길·이봉창 의사 등 일제시대부터 존재해왔던 민중적 저항형식을 생각하면 그 자체의 역사성이 있는 삶의 형태인 것이다. 물론 작품 자체에서 이렇게 확대된 역사적 시각으로 전면화되지는 않았지만, 오히려 소설 속의 새로운 양식적 실험이랄 수 있는 도청 내용의 서술이나 마당굿 삽입 장면에서 이와 연관된 서술이 집중적으로 이루어지고 있음을 주목할 필요가 있다.

①

유용찬: 서양사람들 말이 나왔으니 말인데, 싸르트르가 이런 말을 한 적이 있어. 유럽인들의 삶의 기초는 폭력의 변증법 위에 있다. 유럽의 자유주의자들이 교활한 위선으로 그걸 감추고 있을 뿐이다.

(…중략…)

목소리 1: 허허, 그럼 미국 대통령의 명령으로 미군이 일본에 던진 원자폭탄과 백범의 지시로 이봉창 의사가 일본군 장성한테 던진 폭탄은 어떻게 다르지요?

(…중략…)

목소리 1: 지금 전두환 저 작자들이 국민을 학살하고도 오만방자한 저런 태도가 어디서 나온 겁니까? 두말할 것도 없이 폭력의 독점에서 나온 거지요? 그 오만에는 폭력밖에는 약이 없어요 (172~173면)

②

최판관: 여보세요, 부대왕님이십니까? 백범 살해범 안두희를 어떻게 심판했사온지 알아보라 하옵니다. 아, 예 예, 알겠습니다. 팔열지옥 팔한지옥 열여섯 지옥을 모두 만기로 채우라는 심판을 내려서 벌써 등활지옥에 수감했다 하옵니다.

염라대왕: 빠르게도 조치했구나. (…중략…) 헌데 이 나라 일은 모를 일이로다. 이 나라 공권력은 어찌하여 그런 사람을 처치하지 못했으며 국민들은

또 어찌하여 반세기 동안이나 그런 사람을 보고만 있었던 말이냐?

박호동 : 대왕님, 그것은 한마디로 우리 민족의 민족성이 글러먹었기 때문이옵나이다.

최판관 : 아니옵니다. 민족성이 아니오라, 아까 말씀드린 바와 같이 이 나라 사람들이 겪어온 역사가 그렇게 험했기 때문이온데 만병의 근원은 일본제국주의 식민지 잔재를 청산하지 못한 데 있사옵니다. (230면)

마당굿의 제목이 '백범의 미소'라는 것도 흥미로운데, 이는 '오월의 미소'라는 소설제목도 동일한 역사적 맥락 위에 있음을 말해준다. 말하자면 『오월의 미소』는 광주항쟁이 담고 있는 '민중 폭력'의 문제를 그 청산과 해결에서도 동일하게 도입하는 민중적 역사관의 투영인 것이다.

7. 화해에 담긴 또 다른 민중적 지혜―민중성의 다양한 측면

오히려 이 맥락에서 '화해와 용서'의 측면, 즉 심성보와 차관호에 대한 형상화도 들여다 볼 필요가 있다. 심성보와 차관호와 같은 인물도 또 다른 희생자라는 생각인데, 실제로 소설 속에서 이들의 존재는 비교적 선악의 채색 없이 비교적 객관적으로 그려지고 있다.

김이사도 오일팔 때 상처라면 큰 상처를 입었더만. 그가 낚시에 그렇게 빠졌던 것도 까닭이 있었더라구. 약혼한 여자하고 광주문제로 다투다가 결혼을 코앞에 두고 여자가 돌아서버렸다는 거야. 그 충격이 얼마나 컸던지 지금까지 독신으로 지냈다잖아. (…하략…) (198면)

어떤 인물형상이든 인물은 작품 속에서 작가의 시선에 의해 그 형상의 윤리적 성격이 선악의 방향성을 담지하기 마련인데, 이들은 이 견지에서 보면 이런 경계를 의식적으로 지운 채 작가는 무표정에 가깝게 이들을 있는 그대로 채색한 셈이다. 아니 좀더 구체적으로는 전두환 일당이 공수대원들의 인격을 짐승으로 파괴하여 광주시민들의 육체를 파괴하였다는 인격적 관점에서 이들의 희생 문제를 끌어안고 있다. 더구나 화해의 단계에서 심성보의 모친에게서 보여지는 선한 어머니상은 또 다른 의미의 민중적 지혜의 형상이라 할만하다. "잘됐다. 내 목숨이 중하면 남의 목숨 중한 줄도 알아야지." "이승 일은 모두 잊고 부디 극락왕생 하여라. 다 잊고 가거라. 다 잊고 잘 가거라. 맺힌 것이 있거든 훨훨 털어 버리고 새털같이 가벼운 마음으로 날 듯이 가러라. 다 잊고 잘 가거라" 등의 표현에서도 그러거니와, 무표정에 가까운 눈길로 사람들을 바라보던 정찬우의 눈으로 그려진 '단아하고 조용한' 심성보 모친의 인물형상은 한의 맺힘을 푸는 삭임과 풀이의 민중적 지혜를 반영해준다.

결국 이러한 화해와 용서의 굿마당에서처럼 그것대로 민중성의 덕목을 살리면서 다른 한편으로 우리 현대사의 고질로 체질화되다시피한 역사적 미청산의 문제를 민중폭력의 문제로 제기한 작품이 바로 『오월의 미소』이다. 그러므로 사실 『오월의 미소』는 알게 모르게 금기시된 우리 민족이 갖는 전투적 민중성까지 포괄한 민중성의 다층적 측면을 껴안고 있는 것이다. 실제로 광주항쟁이 대다수 사람에게 수난과 희생의 사건으로 간주되고 있지만, 그리고 그러한 각도에서 '보상'의 각도에서 그 해결을 모색해왔지만, 『오월의 미소』는 항쟁 자체가 담고 있는 민중 폭력의 문제를 상기함과 동시에 그 해결의 일단도 그 각도에서 접근하고 있다는데 남다른 역사적 의미가 있다. 그리고 이 점이 지금까지 광주항쟁의 소설화와는 질적으로 다른 『오월의 미소』가 갖는 독특한 위상이며, 그때 그 역사를 과거에 묻어버리지 않고 오늘로 지속시키는 현실적 힘을 우리에게 다시금 묻고 있는 것이다. 『오월의 미소』는 그러므로 아직 끝나지 않은 역사, 여전히 지속되는 숨은 현실의 그림자를 바로 우리 곁에 떨구어놓은 것이며, 그것이 곧 우리 자신의 얼굴이기도 하다는 것을 말하고 있다.

폭설 같은 미학, 신생(新生)의 영혼

박범신 장편소설 『침묵의 집』

1.

여기 하나의 꿈이 있다. IMF라는 눈앞의 시대적 파멸과 함께 세기말의 우울이 우리의 꿈마저 옥죄는 오늘에, 우리의 꿈속을 노닐고자 현실이 되는 한 사내가 있다. 나란 무엇인가, 그 무엇에도 구애되지 않고 자기 안의 부름에 따라 스스로 활화산처럼 불타 재가 되는, 말 그대로 일장춘몽(一場春夢)과 같은 극적인 부운(浮雲)의 접신이 여기 있다. 속기(俗氣)를 비웃듯 적당히 타협하고 적당히 뒤발림한 저 육신을 벌떡 일으켜 광란의 밀실로 밀어 넣고 세상을 능멸하듯 훨훨 벌거숭이로 뒤집어 우화(羽化)하여 적도의 태양과 북극의 빙하로 대자연의 자궁 속을 마음껏 헤집는, 한마디로 호접처럼 자유로이 유영하는 영혼이 여기 있다. 영혼이라니, 그래 솔직히 육체라 한들 어떠랴. 누군들 육체의 향연을 향한 일탈의 충동이 없을 것이며, 누군들 그런 미학의 생식기로써 신생(新生)의 존재로 변신되었으면 하는 내면의 유혹이 없을까 보냐.

헌데 우리를 그리로 안내하는 주인공들은 뜻밖에도 오십대의 늙었다면 늙은 육체이다. 그러나 이 육체가 피어내는 꽃무더기들은 참으로 신신(新新)하고, 참으로 방자하고, 참으로 순결하다. 마치 이상화의 「나의 침실로」와 「빼앗긴 들에도 봄은 오는가」가 한데 어울려, 아니 그보다 더욱 육질화되고 대지화되어 '침실과 대자연'의 서사로 요동하는, 천길의 하강과 상승이 너울거린다.

『침묵의 집』(문학동네, 1999)이 그려낸 소설의 육체는 분명 관성처럼 살아온 장년의 남자가 자신의 정체성을 찾아가는 과정에서 겪게 되는 '폭설'과 다름없는 사랑 타령이다. 두 남녀가 펼쳐 보이는 모습은 그리 아름답지만도, 윤리적이지도 않는, 적나라한, 언뜻 보면 매우 파괴적인 불륜의 애정행각이다. 그렇다면 저 1970~80년대에 '감수성의 황제'로까지 불리우던 그런 미학의 화려한 부활인가. 아마도 3년 여 절필 뒤에, 작가적 고뇌를 밑바닥까지 끄집어내 보였던『흰소가 끄는 수레』의 새로운 면모를 더불어 눈여겨보았다면 그런 미학적 폭설의 배후야말로 이 작품의 숨은 신일 것이다. 마치 '온갖 환상을 일으켜 환상이 되는 것을 제거함으로써 환상과 같은 무리들을 깨우쳐 주'는 불법과도 같다면 지나침일까. 물론 이때의 환상이 우리가 흔히 쓰는 독법, '실제와 다르다'는 것을 의미하지 않는다. 환(幻)이란 실제적인 삶의 현상이다. 다만 워낙 화려하고 강렬한 색(色)의 세계이기에 더욱 환(幻)답다. 그러나

책장의 마지막을 덮으면 나지막이 울려오는 저 색즉시공(色卽是空)의 음성. 작품 전체가 서서히 갈무리되는 순간, 작품 전체가 공(空)이란 말로 집약되어 그 모든 화려한 색의 세계가 일시에 증발하는 부운(浮雲)의 충격…… 빙점의 써늘함…….

2.

김진영이란 사내다. 50대 초반으로서 아무런 삶의 훼절 없이 차근차근 속계의 규범을 좇아 밟아야 할 길과, 소유할 물(物)을 착실히 구유한 너무나 정상적인 사내다. 모 주류회사의 회계업무를 관장하는 이사이자, 자신만을 하늘같이 평생 떠받들고 살아온 아내와 두 자식을 가느린 가장이다. 그런 그가 어느 날 돌변한다. 와이셔츠 단추 하나가 단서 되어 '인생을 송두리째 바꾸는 잔인한 과정'은 시작된다. 우리가 '늦바람'이라 부를 수밖에 없는 천예린 시인과의 운명적인 만남은 자신의 '실존에 반란하여 불러들인, 일종의 이상하고 이상한 내림굿 같은 것'이며, '사회적 규범이 완강함에도 불구하고 우리의 삶은 어떤 순간 터무니없는 동기만으로 충분히 규범 밖으로 삐져 나올 수 있다는 것'을 보여주는 삶의 한 돌연한 발기다. 어느 날, '늙은 거야' '그동안 나는 뭐하고 살아온 거야!' 하는 전에 없던 작은 자각 하나가 밑도 끝도 없는 맹목적 분노와 적개심을 불러일으키고, 그럴 때 운명처럼 찾아온 만남은 놀랍게도 그를 '아주 옛날, 까마득히 잊고 있던 시간 속으로' 가파르게 달려가게 만든다.

> 하지만 나이가 무슨 상관이랴. 나이를 먹는다는 것은 감정 표현의 풍향계가 더 이상 얼굴일 수 없다는 것 이외엔 아무것도 없다. 시간은 시간대별로 우리에게 저 무겁고도 잔인한 인생이라는 십자가를 지기 위한 도구로서 수십 겹의 가면을 제공하며, 사람들은 나이에 합당하다고 보편적으로 정리한, 사회적 규범이랄 수도 있는 가면을 쓰고 세상으로 나아가는 것뿐이다. 생의 희로애락을 감지하는 성감대 같은 예민한 감수성은 나이와 관계없이 언제까지나 그대로 있다는 것을 내게 가르쳐준 이가 바로 그녀, 천예린 시인이었다. (1권, 100~101면)

50대 초반 김진영과 그보다 네 살 더 많은 천예인 시인의 첫 만남 장면은 언어로 그릴 수 있는 영상미학의 한 성과일 것이다(『침묵의 집』 속 남녀의 모든 첫 만남들이 참으로 영상적이다. 그러나 아름다움만큼이나 그 뒤에 파멸적인 그늘이 숨어있다는 것도 눈여겨볼 사항이다). 그것은 마치 청순한 소년과 소녀의 만남을 방불한다. 아니 소년과 소녀의 만남 자체이다. 신열처럼 찾아온 삶의 자기 모멸에 극도로 시달릴 즈음, 어느 비 오는 날이었다. '장감장감, 마치 어린 나비가 춤추듯' 걸어가는 한 소녀를 본다. 그 소녀가 바로 천예린 시인이었고, 그녀를 만나자마자 그는 아버지의 갑작스런 죽음으로 접어야했던 화가의 꿈을 되살리는 소년이 된다. "그 첫 만남에서 그녀가 내게 보여준 최초의 이미지는 소녀였고 노랑색이었으며, 두 번째 준 이미지는 깊은 눈자위에 서린 어두운 그늘이었고, 세 번째 준 이미지는 바로 그녀의 제안에 따라 스케치북에 그린 옛꿈의 이미지였다." 그리고 그는 그림의 포로가 아니라 그녀의 포로가 되어버린다.

그 뒤 그가 보여주는 삶은 오로지 그녀만을 향해 온몸을 던지는 파멸의 과정, 머나먼 유랑의 길이다. 그러나 그게 인생의 또 다른 고해인 걸 어떡하랴. 마치 한 여인이 죽은 아들의 시신을 안고 부처에게 찾아와 왜 자기 아들이 죽고, 왜 자신이 고통받아야 하는지 물었을 때, 부처가 가족 중 아무도 죽은 일이 없는 집에 가서 겨자씨를 얻어 오면 대답해주겠다고 해서, 이 여인이 아무리 뒤져봐도 그런 집이 없음을 알고, 오히려 그 속에서 세상에 살아 있는 사람보다 죽은 사람이 더 많다는 것을 알고 겨자씨를 얻지 못한 채 부처에게 다시 돌아왔듯이, 겨자씨는 얻지 못했지만 스스로의 질문에 답을 찾아 돌아왔듯이 또 다른 인생의 길[道]이 거기 있으니.

그 점에서 천예린 시인은 하나의 응신불(應身佛)과 같은 존재이다. 형상 자체가 벌써 남성에게 매우 매력적인 존재이며, 그녀가 펼치는 몸짓은 참으로 현묘하다. 육체의 음양은 늘상 타는 데도 닿을 듯 닿을 듯 닿지 않는 일종의 혼과 같은 여성, 융이 말한 '아지마'와 같은 존재이다. 때로 무서우리만큼 괴상하며 너무나 지배적이어서, '사랑'이라는 말을 단 한 번도 듣지 못하고서도 김진영의 영육은 천예린의 손끝에서 마음대로 조종되는 느낌마저 준다.

천사인가, 그녀는.
생애를 통해 단 한 번 사랑했고, 그 사랑의 섬광 같은 통로를 통해 이미 죽어 박제됐다고 생각했던 나의 본원적 본능을 황홀하고도 잔혹하게 일깨워주었던, 그리하여 순차적 시간의 씨줄과 규범적 사회 공간의 날줄로 짜인 그물에 걸려 평생 누가 누구인지, 내가 그리운 것이 무엇인지 한번 맞닥뜨려 묻지도 못하고 살아온 내 생애 마지막에 와서, 참다운 의미로 나를 다시 살아나게 한 천예린, 그녀는 악마였고 천사였다. 아니, 상대적 개념의 두 개나 혹은 세 개 혹은 다섯 개의 어휘로 그녀를 가두려 하는 것은 어리석은 짓이다. 그녀는 천 개도 넘는 가면을 갖고 있다. 어떤 것이 가면이고 어떤 것이 진짜 얼굴인지 아마 그녀 자신도 죽을 때까지 몰랐을 것이다. 그녀는 어린아이이고 처녀이고 동시에 임종을 앞둔 노인이다. (…중략…) 그녀는 천진했고 천박했으며, 우아하고 음탕했고, 교활하면서도 착했을 뿐만 아니라 가냘프고 풍만했다. 그 어떤 교활성이나 천박성도 그녀가 본질적으로 소유하고 있는 정령으로서의 신비감을 덮을 수는 없다. (1권, 124~125면)

그래 그녀를 위해서라면 죽어도 좋다는 마음에서 그녀를 의지처로 삼아 자신의 자기됨을 찾는 대장정의 길을 훌훌 떠나지 않는가. 숨바꼭질하듯 두 남녀의 고통에 찬 술래잡기에 그녀가 항상 앞서 있는 것도 그 때문이 아닐까. 그 점에서 천예린 시인은 우리들 동양의 옛이야기에 곧잘 나오는 허깨비 같은 존재이다. 상당한 나이에 이르렀으면서도 여전히 출세만을 생각하는 책벌레처럼 된 서생이나 수재를 유혹하는 귀신·여우·꽃의 요정과 같은 존재이다. 김진영 자신이 과거 서생과 흡사한, 오늘날 현실의 가장 전형적인 인물이지 않은가.

3.

자연 작품의 이런 면모를 따라가다 보면 이들이 가장 평온한 상태를 보여주는 마지막 형상을 주시하지 않을 수 없다. 이때의 그들은 마치 태모(太母)과 노현자(老賢者)의 모습처럼 비쳐진다. 천예린 시인에게서 마지막 풍겨오는 이미지는 그야말로 광대무변한 포용력, 한마디로 자비이다. 가령 그녀가 죽기 직전에 격렬한 창조적 열정의 시를 쓰면서 동시에 영매(靈媒)가 된 것이나, 죽은 후 바이칼 호수가 한눈에 내다뵈는 위치에 앉아 있는, 살아 있는 듯한 시신의 이미지야말로 관음보살에 가깝다. 김진영 역시 아들이 찾아왔을 때 불립문자(不立文字)화된 선인(仙人)과 같은 이미지로, 모든 권위와 본능적인 욕구를 넘어서 유유자적하는 모습이다. 우리로서는 감히 상상하기 힘든, 노숙자들 속에서 노숙자가 되어 태연히 책을 읽고있는 김진영의 모습 역시 그 극적인 형태일 것이다. 그 점에서 흔히 태모의 이미지가 여성으로서의 길을 갓 걷기 시작한 영원한 소녀로, 노현자는 영원한 소년으로서 나타나는 일이 많다는데, 『침묵의 집』에서도 김진영이 그녀와의 정사의 절정에서 '어머니'를 외치는 것은 그런 소년성의 발로일 것이다. 특히 김진영이 복상사로 자신의 삶을 마무리하게 되는 다방여자와의 발작에 가까운 정사에서 '어머니'가 아닌 '엄마, 엄마, 엄마' 했다는 것은 이 점을 더욱 분명히 해준다.

바로 그거야 ……라고, 나(아들―인용자)는 다음 순간 무릎이라도 칠 것처럼 입을 벌렸다. 내가 보관하고 있는 앨범의 첫 페이지에 꽂힌 흑백사진 한 장이 떠올랐기 때문이었다. 그것은 어머니가 나를 밴 채, 남산 같은 배를 안고 복사꽃 배경으로 찍은 사진이었다. 다방을 나서기 직전에 보았던. 엄마, 엄마, 엄마, 해서요 나도 응, 응, 응, 대답해주었어요 ……라고 할 때의 그 다방 여자의 표정이 사진 속 어머니의 표정과 꼭 닮았다는 걸, 나는 비로소 알

왔다. 만삭의 배를 안고 복사꽃밭에 배를 내밀고 서서, 그 사진을 찍히는 포만의 순간, 어머니의 뱃속, 깊고 어둡고 따뜻한 그곳에서 양수에 둘러싸인 나의 표정도 그랬었을까. 빈 데 없이, 원융하게 들어찬, 그 충만된. (2권, 305~306면)

이것은 곧 천예린 시인과 어머니와 다방 여자의 동격화이며, 그가 또 다르게 끈질기게 집착했던 번뇌와 고통에서 해방되었음을 의미한다. 스스로 독립된 노현자의 어느 경지에 들어선 것이다. 무언가 조건화된 마음이 한 조각씩 한 조각씩 떨어져 나가고 아무런 것에도 조건화되지 않은 순수한 마음, 이른바 청정심(淸淨心)이 더욱더 자리를 넓혀 가는 것이 확실히 느껴진다. 그렇다고 해서 결말에 이르러 어떤 새로운 전형적 형상이 눈에 잡힐 듯 분명하게 보여지는 것은 아니다. 어쩜 이 작품이 전하는 바 핵심의 하나는, "그대는 죄가 많다든가 범부라든가 하며 여러 가지 괴로움을 호소하지만, 그대 마음 속 어딘가에 빛나고 있을 또 하나의 그대를 부디 찾아라. 그대를 참된 자유에 도달시키는 자는 그대 자신이니라" 같은 것이 아닐까. 물론 이르러야 할 자리에 일정한 틀이 있을 리 없으니, 이 작품 속의 순례와 고행 형태 역시 하나의 방편일 것이다. 다만 작가가 최종적으로 김진영을 통해 말하는 텅 빔=공(空)도 그 점에서 결코 무(無)를 뜻하는 것은 아니어서, 흔히 말하듯 '세상은 공하므로 허무하다'는 식의 니힐리즘과는 거리가 먼, 불가의 어떤 경지와 같은 것이리라.

따라서 독자가 이 소설을 자기 안으로 어느 만큼 가져오느냐는 자연 김진영이란 한 인간의 그림자를 어느 만큼 헤아릴 수 있느냐, 그리고 헤아려 주느냐에 달려 있을 듯싶다. 소설의 어느 구절처럼 "인간이란 도시 얼마나 외로운 존재인가" 하는 보편적인 존재론적 차원에서도 이 그림자를 수용 못 할 바 없지만, 『침묵의 집』은 그보다 훨씬 더 촘촘한 언어의 그물로 김진영이란 한 인간의 내부를 샅샅이 훑는다. 이럴 때 프로이트가 말한 성욕적인 것, 즉 쾌락을 쫓아서 충동적으로 발산되는 콤플렉스가 먼저 손쉽게 잡힐 것이다. 천예린을 만나기 전까지 아내야말로 첫 여자이자 마지막 여자가 아니었던가. 더구나 아내와의 만남은 또 얼마나 영상적인가. 그런데 그런 아내가 한때 전도사의 성적 노리개가 되어 성적으로 불감증이었다는 사실은, 곧 그들의 부부생활이 메마른 관습행위에 불과했음을 말해준다. 천예린과의 애정에서 섹스가 자연 중심으로 떠오르는 것도 그래서 쉽게 접수된다. 그러나 그보다 더 관심을 끄는 것은 융이 지적한, 무의식에 성욕적인 것뿐만 아니라 더욱 원초적이고 근원적인, 영적인 것도 내포되어 있음은 『침묵의 집』에서도 간취된다. 우리의 일반적인 마음의 활동은 평소에는 현실 세계에 적응하기 위해서 현실에 쏠려 있지만, 그 이외에도 마음속에 있는 본능적인 것으로 쏠리는 마음의 활동도 있다는 것이다. 말하자면 남아돌아 가는 심적 에너지가 마음의 내계로 돌려지는 것, 상징적 표현을 수반하고 되돌아오는 것이 존재함을 이처럼 극적으로 대담하게 표출한 작품도 드물 것이다. 스스로가 '풍진의 길'이라 명명했던 삶의 행로를 보라.

　얼마나 먼 풍진의 길을 왔던가.
　서울에서 적도로, 적도에서 유럽으로, 유럽에서 북극해로 북상해온 그 사실적 여로가 아니라, 복사꽃 흐드러지게 피었으되 허기를 면하지 못하고 도망치

듯 고향 집을 떠나온 열일곱 살 이후, 오로지 목표는 하나, 낙오자가 되면 안 된다, 하면서 어린 동생들과 정한 많은 어머니의 목숨까지 양어깨에 힘겹게 짊어지고, 불안한 욕망의 관성으로 달려온 세월, 육십년대 후반에서 세기말에 이르는 삼십여 년의 시간 길이 굽이굽이 한눈에 뵈고 있었다. (2권, 24면)

　지금껏 살아온 마음의 온덩어리, 과거로부터 차곡차곡 쌓여져 이제 오늘의 삶에 비수를 들이대는 잃어버린 나의 마음, 바로 거기에 환영처럼 또렷이 부상하는 '옛 꿈의 유령' 앞에, 그리고 천예린이라는 유령의 현신 앞에 자연 환호작약하는 삶의 새로운 맹목적 질주가 생기는 것이다.

　그러므로 밀고 당기는 천예린과의 새로운 삶 속에서 그들의 애정이 진흙뻘처럼 모양이 형태화되지 않는 것도 주목할 일이다. 그 역시 새로운 삶이라면 또 다른 의미의 제행무상일 터이니, 그 행로야말로 "무릇 화와 복은 함께 하나니 어찌 함께 묶여진 끈을 풀 것인가? 운명은 예측할 수 없으니 누가 그 끝을 알겠는가" 하고 묻는 듯하다. 한쪽이 사랑의 주인이 되고, 또 한편이 사랑의 노예가 되어버린 경우 마주칠 수 있는 애정행위의 천태만상이야말로 이 작품의 외곽을 때리는, 그리하여 그 중심이 서서히 문을 여는 하나의 고행에 가깝다. 그렇기 때문에 이들의 의식에 가까운 성교 행위는 마치 탄트라를 떠올리게 한다. 탄트라에서 남녀의 성교는 인간성의 실험장이요, 인간 내부에 있는 것을 개발하는 하나의 방편이다. 말하자면 인간의 육체 속에 진리가 깃들여 있기에 육체 자체가 진리를 획득하기 위한 최고의 매체이자 수단이다. 인간을 지옥의 아수라에 넣게 될 그런 행위를 통해 오히려 역설적으로 열반을 꿈꾸는, 현상계의 궁극적 특성이 절대계의 궁극적 특성과 합일되는 엑스터시가『침묵의 집』에도 숨쉬고 있다. 그들 사이의 저울추가 보이지 않게 서서히 뒤바뀌게 되는 것도 그 때문이다. 여러 곳에서 이들은 원시적인 육체생활을 잔인할 만큼 처절히 펼쳐 보이는데, 그때마다 체취의 격이 달라진다. 사실 적나라한 본능의 행위들을 이토록 아름답게 관념화시킨 감각도 보기 드물다. 어쨌든 김진영 스스로도 이렇게 말하지 않는가. "오크니의 레드하우스는 본능의 감옥이었으나 크림반도의 얄타해안은 신천지였다. 나는 나의 사랑으로 나의 기쁨과 자유를 얻었다. 그 무렵이야말로 그녀가 가장 순결했다면 과장일까. 세상의 모든 추악을 짊어진 그녀의 육체와 육체의 파멸이 마지막으로 내뿜는 광채와 순결한 나의 오르가슴." 거기에 마치 응답하는 듯 천예린은 "당신은, 벌써 나보다 자유로워졌는걸. 나보다 앞서 가, 저만큼. 너무 도닦은 사람 같아 기분이 언짢을 때도 있지만, 그래도 좋아보여"라고 하지 않는가.

4.

개인적으로『침묵의 집』을 읽으면서 가장 생동감 있는 활자의 부활은 '소요유(逍遙遊)'란 말이었다. 지금껏 "내 마음이 하고자 하는 것을 따라 해도 법도를 넘어서지 않는다[從心所欲不踰矩]"라는, 공자적 유(遊)에 기반한 것들은 그런 대로 많이 보아왔지만, 정작 장자의 소요유(逍遙遊)에 육박하는 소설은 별반 보지 못했다.『장자』라는 책을 펼치자마자 처음 마주치는 장면이 북쪽 바다에 사는 곤(鯤)이라는 물고기가 변화여 커다란 붕(鵬)이 되어 남쪽 바다로 날아가는 우화이다. 이때의 공간이동은 그저 단순한 이동이 아니라, 우리를 구속하고 있는 인위적 삶의 세계, 즉 심리적 공간을 의미한다. 남쪽 바다는 붕새가 지향하는 이상향, 즉 해방되어 있는 심리적 공간이다. 장자는 커다란 붕새를 통하여 우리를 구속하고 있는 인위적 세계를 벗어나 자유롭게 비상하는 자유로움과 해방감을 말하고자 한 것이다.

물론 『침묵의 집』에는 물고기가 붕새가 되는 것 같은 개벽은 없다. 나름의 사실적 기율에 따라 김진영의 공간이동이 이루어지지만, 그 이동을 통해 드러나는 세계는 장자의 어떤 정신을 방불케 한다. 사실 김진영이 이 땅을 뜨게 된 것은 자신을 파멸로 이끈 천예린 시인을 뒤쫓아 어떤 식으로든 그녀에게 복수하기 위해서였다. 그러나 결과적으로 지구라는 대자연의 넓은 품속에 자유자재로 소요하는 영육으로 전화된다. 그런데 장자의 붕새 우화도 붕새가 마냥 하늘로 올라가지 않고 다시 남쪽 '바다'로, 말하자면 동일한 바다의 공간으로 옮겨감을 주목할 필요가 있다. 천국이니 하는 초월적 세계를 말하려 한 것이 아니라 지상 속에서 새로운 무엇을 찾으려는, 온갖 존재들이 서로를 이기기 위해 경쟁하고 땀을 흘리며 살육하는 생생한 삶의 현장에서 정신이 자유롭게 노닐 수 있는 '무하유지향(無何有之鄕)'을 찾고자 한 것이다.

지금 그대는 어찌하여 큰 나무를 아무것도 없는(無何有) 시골의 끝없이 넓은 들에 심고 아무 근심없이 그 곁을 유유하게 거닐며 또 그 아래에서 마음

편히 눕지 아니하는가. 도끼에 찍혀 일찍 죽는 일도 없고, 아무것도 해치려 하는 일이 없을 것이다. 세간에 아무 쓸모 없다고 해서 어찌 괴로워할 필요가 있겠는가?

— 「소요유」, 『장자』

김진영과 천예린 시인이 함께 머물렀던 외국 역시 따지고 보면 같은 인간세상이고, 사람들이 마찬가지로 지지고 볶고 사는 곳이다. 그러나 그 공간의 성격은 한국에서와 확연히 다르다. 사람들이 가축을 키우기 위해 제각기 울타리를 치듯 인간 역시 가족이나 사회, 국가나 민족 단위로 울타리를 쳐서 살고 있다. 현실적으로 이 경계를 넘는 자는 여행자나 순례자이다. 여행자의 경우는 일시적인 이탈이지만, 이들처럼 순례에 가까운 여행이란 그야말로 실존적인 이행 자체이다. 천예린에게서 여행의 목적은 특히 그러했다.

나는 하나의 가설을 갖고 떠났어……라고 그녀는 계속해서 덧붙였다. 적도 아래, 푸른 초원으로 가면 새 삶이 혹시 있을까 했지만, 그것은 잠깐 동안의 착각이었을 뿐야. 시간은 너무 잔인해서 본질적인 재생을 허용하지 않거든. (…중략…) 나는 짧은 시간 안에 내 지나온 삶을 재현해보고 싶었어. 우기의 적도에서부터 여행을 시작한 게 그 때문이야. 우기의 적도 아래는 온갖 생명들이 다투어 깨어나고 무섭게 무성해지고…… 달리 말해 내 유년기와 청년기가 거기 있거든. 신생의 아프리카는 청춘의 한낮과 같다는 게 내 가설이었어. 위도를 거슬러 올라오면 곧 부드러운 계절을 만나고, 또 거슬러 올라오면 머잖아 겨울이야. 죽음으로 가는 과정이 위도에 따라 절묘하게 배치되어 있다구. (…중략…) 게다가…… 당신과의 게임이 보태졌잖아. 당신이 쫓아오고 있다는 걸 확인한 건 모로코에서였어. (…중략…) 죽음으로 가는 여로인데도 왜 그리 권태로웠는지, 하던 참이었는데, 당신이 쫓아온다는 걸 확인하자 권태로움이 단번에 날아가 버리지 뭐야. 신나는 게임이었어. (2권, 29~30면)

이것을 뒤집으면 김진영에게도 마찬가지다. 이들이 마주하는 것은 싸움터와 같은 삶의 현장이 아닌 대자연의 웅장한 현존 자체이며 그 법도가 내뿜는 당당한 기세다. 아마도 이 소설이 그려내는 자연의 크기만큼 거대한 자태를 우리 소설에서 만나기도 힘들 것이다. 아프리카 케냐의 만년설, 스코틀랜드의 북해도 풍경, 카프카즈 산맥, 그리고 바이칼 호수 주변 등에 대한 풍광의 묘사를 보라. 이런 자연의 웅장함을 단순히 이국적이라거나 어떤 낯섦의 미학으로 단순하게 채색해서는 안 될 일이다. 물론 그 점도 무시할 수 없겠지만, 그보다는 '인간'을 인류의 보편적 크기 속에서 껴안듯 '자연'도 특정지역에 국한하지 않는 지구라는 보편적 크기로 영접할 필요가 있다. 더구나 그런 큰 크기 속에서 오래된 인류의 냄새가 소록소록 피어나는, 아프리카의 전설, 스코틀랜드의 이자벨 톰슨 이야기, 얄타의 체홉 이야기, 그리고 바이칼 호수의 전설이나 우리 민족의 단군신화를 바이칼호 주변에 사는 종족과 연관시키는 대목 등등의 신화나 전설, 역사와 이들을 접맥시키는 작가의 눈길은 근원을 향한 예민한 촉수의 더듬이다.

5.

사실 지금껏 김진영과 천예린이라는 중년의 두 인물, 좀더 넓게는 20세기의 남녀 이야기만 했지만, 또 다른 층위에서 세기말을 사는 이십대인 김진영의 아들(김선우)과 그 주변의 삶이 그것을 떠받치고 있다. 소설의 구조 자체도 그러하다. "모든 대답은 오직 아버지 당신 스스로 해야 한다. 나는 다만 충실한 대필자로 남을 예정이다. 아버지의 고백에 개입하긴 싫다. 개입이라기보다 내가 할 수 있는 유일한 일은 나의 문장을 아버지에게 빌려주는 것. 그리고 덧붙이거니와 아버지를 채근하여 당신의 이야기를 낱낱이 고백할 당위성을 갖도록 하는 것뿐이다. 그러므로 이것은 소설 형식을 취하되 소설이 아닐 수도 있다. 형태가 뭐 그리 중요하겠는가."

『침묵의 집』은 그렇기 때문에 이야기 속에 더 큰 이야기를 담고 있는 소설(小說) 속의 대설(大說)로 이루어졌다. 양적으로도 아버지 자신을 화자로 등장시켜 자신의 삶이 급변하던 1997년부터 그 뒷이야기를 고백하는 것이 중심을 이루고, 사이사이 아들이 화자가 되어 2000년이라는 시점에서 아버지 이야기를 쓰면서 겪게된 일이나, 자신의 현재적 삶을 고백하는 방식이 끼여든 구조이다. 오히려 이런 틀 속에서 우리는 더 넓은 역사적 시야를 얻게 된다. 아버지로 대변되는 20세기적 삶의 양식(아버지라는 이름의 우상을 숭배하도록 강요받았던 20세기는, 바로 그렇게 아버지라는, 우리가 제단에 모신 권위의 망토를 입힌 우상을 박살내면서, 살해하면서 끝나가고 있었다)과 좌표도 없이 세기말을 우울하게 통과할 수밖에 없는 젊은층의 삶에 대한 의식 사이에 보여지는 간극이다.

이제 두세 달 후면 21세기라고 사람들은 말하지만, 21세기, 21세기 ……라고 환호하지만 21세기엔 21세기의 죽음이 있을 뿐이었다. 반역할 수 있는 아무런 명령도 이미 존재하지 않는 세상에 놓인 지금의 청춘은, 어느새 21세기의 죽음을 가불해 살고 있다고 나는 생각했다. 아버지의 실종이 가져온 실존적 위기에 선 나는 단지 방어에 급급해 살았고, 그 위기에서 벗어나자 권태로운 일상에 매몰되었다. 재빨리 계산하고 재빨리 안주하는 지금의 애늙은이들에겐 차라리 죽음이 깃들인 어두운 방조차 알아볼 길 없으니, 그 빛깔이 화사하다 한들 다만 종이꽃 같지 않은가. (2권, 172~173면)

그렇기 때문에 이십대의 작중 화자 김선우는, 자기 인생에 대한 극적 모반을 할 수 있는 아버지 세대와 달리 젊은 우리들은 죽을 때까지 그러지 못하리라는 절망감을 정직하게 토로한다. 실제로 작품 속에서 젊은 세대가 성적으로 훨씬 자유분방하고 이전 세대보다 훨씬 덜 구속적인 것으로 그려지나 근원의 상실감은 더욱 통절이 표출되고 있다. 김선우와 승은 사이의 애정, 그리고 파탄, 돌연한 승은의 죽음, 거기에 스며드는 천예린의 수양딸 경혜와의 따뜻한 사랑……, 그러나 경혜가 아이를 떼는 데 작중화자가 착잡한 심정으로 어쩔 도리 없이 동의하는 것도 바로 그 점을 상징하는 것이 아닐까.

여기엔 세기말의 오늘을 응시하는 작가의 분명한 관점이 날카롭게 아로새겨져 있다. 그렇다면 지금 이 시각에도 '시간은 독을 품고' 우리를 기다리고 있을지니, 20세기를 장례 보낸 우리는 과연 어디로 어떻게 우리 몸을 끌고 가야하는 걸까. 답을 찾은 듯하지만 소설의 마지막 장을 덮으면 이 물음은 근원에서부터 다시 시작된다.

야생의 모유(母乳)로 빚은 삶의 서사

김승희 소설집 『산타페로 가는 길』

우리 시대에서 좀체 보기 드문 야성의 숨결을 숨가쁘게 토해내던 열정의 시인 김승희가 산문으로까지 영토확장을 꾀하더니 마침내 소설의 밭까지 일궈냈다. 그러나 나는 지금껏 김승희란 작가의 진면목을 잘 몰랐다. 마흔 두 살의 늦깎이 소설가로 출발하여 보여준 중·단편들을 간혹 접하면서 그가 매우 독특한 색깔과 질감의 소유자임을 어림짐작했을 따름이다. 이번에 소설집 『산타페로 가는 길』(창작과비평사, 1997) 전체를 일독하면서 그의 소설이 근년의 여성작가들의 소설경향과 다르게 하나같이 묵직하고 선이 굵은, 그리고 무엇보다 이상한 열기에 신들려 있는 작품들임을 새삼 깨달았다. 그리고 부랴부랴 그가 쏟아놓은 시도 함께 보면서 거기 핏물이 뚝뚝 떨어지는 듯한 세상을 향한 언어의 살기에 진저리쳤다. 저 단군신화로까지 치고 들어가 곰처럼 길들여지지 않고

굴을 박차고 나와 포효하는 암호랑이를 그리워하는 마음이라니! 확실히 그의 문학은 공격형이었다. 우리 스스로가 만든 식민지 현실 속으로 파고 들어가 거기 안온하게 자리잡은 제도화된 욕망의 마음밭을 날카롭게 헤집는다. 일상에 무릎꿇는 자들이여! 일어서라, 세속의 거식증에 비만해진 자들이여! 자기 육체를 찢으라며 거기 거침없이 알몸으로 돌진해 들어오는 참으로 오만하고 풍만한 언어의 유혹. 그의 문학은 모든 길들여진 것을 단호히 거부하는 야생의 모유(母乳)로 세상 속을 파고드는 언어의 방목장이었다.

1.

김승희의 시집을 읽다 보면 시보다도 때로 시집의 '자서(自序)'가 인상적일 때가 있다. 그 하나 하나가 마치 예민한 신경을 건드릴 때 절로 터져 나오는 단말마와도 같은 비명들이다. 누군가는 이를 두고 자서라기보다는 해설에 딱 들어맞는 것이라 하여 작가의 북치고 장구치는 당당함으로 비유하기도 했다. 솔직히 대부분의 시집의 자서가 미덕으로서 자기 겸손을 내세우기 마련인데, 김승희는 이마저 배반한 채 직설적으로 자기의 문학관을 토로한다.

나의 시는 아직도 '내 몸에 깃든 악귀를 쫓으려는 Exorcism'이며, 시인이란 아무래도 카인의 양녀와 같다는 생각을 지울 수가 없다. 삶의 미완성에 크게 저항하는 그만큼 시의 밀교(密敎)는 융성해지는 것이기에.
— 『미완성을 위한 연가』 자서

　　이웃들이여, 그대와 나는 삼성 전천후 냉장고 맨 위 냉장칸에 꽂혀 있는 차가운 달걀들인지도 모른다. 그런 사랑, 그런 꿈, 그런 시대 속에서 아직도 부화를 꿈꾸는 우리들은 무슨 우울한 서사시의 이름 없는 주인공들인가?
— 『달걀 속의 생』 자서

　　이 시집은 아마도 우리를 제도화된 욕망 속에 가두고 그럼으로써 우리를 폐쇄된 코스모스(안)에 주둔시킴으로써 우리를 마음껏 지배하고 있는 얼굴 없는 권력의 마수, 혹은 그것에 질질 끌려가는 내 욕망의 파시즘에 관한 해부의 기록이다. (…중략…) 들뢰즈의 유목처럼, 나비 한 마리가 바깥으로 솟구쳐 날아가는 것을 누가 투쟁이 아니라고 할 것인가?
— 『어떻게 밖으로 나갈까』 자서

　　더 이상의 설명이 필요 없이 이 인용만으로도 그가 지향하는 문학세계를 단박 느낄 수 있다. '저항'보다는 '반항'이란 이미지가 먼저 연상되고, 무녀의 주술성과도 같은 마성이나 공옥진의 춤과 같은 도저한 탐미성이 감지된다. 확실히 그는 우리 문학계에서는 보기 드문 나혜석·이상과 같은 이단의 계보에 속하는 작가이다. 물론 작가는 자신의 문학적 여정을 광기의 마녀적 탕진, 생명의 초현실적 남용, 그리고 극단적 자기파괴 끝에 새로운 생성으로서의 오른손의 슬픔이라고 말한 바 있다.
　　그의 소설은 바로 그런 격랑 끝에 도달한 산문의 바다이다. 그의 시에 비해 소설이 한결 얌전한 것도 그 때문일 것이다. 그의 시가 수직적 분출이라면, 소설은 그것의 수평적 확산이라고나 할까. 마치 지금껏 쉼 없이 내보냈던 시의 게릴라들을 일제히 생활무대로 복귀시켜 이제 산문적인 현실에 맞서 서사적 싸움을 본격적으로 벌이려는 듯한 인상이다. 실제로 그의 시적 행로 속에는 몇 번의 고비의 길이 있었다. 특히 소설을 고려할 때 1991년에 간행한 시집 『어떻게 밖으로 나갈까』가 하나의 이정표 역할을 하는 듯하다. 이 시집 자서(自序)에 있는 말을 가만히 음미해 보면, 우선 제목 자체부터 그로 하여금 소설로 영토 확장을 할 수밖에 없는 포고문으로 다가온다.

> 『달걀 속의 生』이후 3년 동안 쓴 시들을 묶었다. 『달걀 속의 生』을 내고 나서 「이제는 알껍질을 깨고 날아간 나비에 대해서 써야지!」라고 꿈꾸고 있었는데 근작들을 묶으면서 보니까 나비에 관한 시는 거의 없고 「우리는 어째서 밖으로 나가지 못하는가?」, 「왜 스스로 나비가 되지 못하는가?」라는 사회학적 물음이 시집 전편을 음울한 곡조로 저벅저벅 돌아다니고 있는 느낌이 든다.

「우리는 어째서 밖으로 나가지 못하는가?」 한마디로 지상의 현실로부터 쉽사리 이탈할 수 없는, 그럼에도 날고 싶은 날개의 꿈, 이 어쩌지 못할 삶과 현실의 질기고도 질긴 운명적 상관 속에서 그가 '상처'를 유달리 강조하게 된 것도 이 무렵부터일 것이다. 더구나 90년대에 들어서 더욱 기승을 부리는 '무서운 이기심과 나르시시즘과 초고속의 욕망의 광시곡' 속에서 시적 비상 이전에 다시금 사회학적 물음을 던질 수밖에 없음은, 그리하여 더욱 견고해지는 일상 속으로 가시밭길을 내고 헤쳐나갈 수밖에 없음은 이미 그 자신의 문학 안에 이를 감당할 관념과 산문의 세계가 폭넓게 개진되고 있음을 말해준다. 말하자면 "습관적으로 자기 영토(땅)를 고집하고 공간 만들기를 좋아하고 권력이 만들어 놓은 제도와 관습 속에서 속령화된 삶을 기꺼이 받아들이고자 하는 정주민의 욕망"이나, "우리를 마음껏 지배하고 있는 얼굴 없는 권력의 마수, 혹은 그것에 질질 끌려가는 내 욕망의 파시즘에 관한 해부의 기록"은 시보다도 오히려 소설의 세계에서 더욱 분명한 형체를 갖기 마련이다.

2.

그는 자신에게 제공된 세상만으로는 충분치 않기 때문에 글을 쓴다고 했다. 당연한 것들을 믿는 것이 당연히 자연스러운 '당연'의 세계와 그것에 아무 반성 없이 동의하는 '물론'의 세계가 싫어서 쓴다고 했다. 그것은 자신의 표현대로라면 '시작도 끝도 없는 이 욕망의 연쇄고리를 떠나 탈출하고 변신하여 안의 지평을 넓히고자 하는 욕구, 나를 식민지화시키는 이 시대의 모든 욕망으로부터의 탈속령화로서의 꿈'이 될 것이다.

이런 당연의 속박을 풀기 위해서 그는 지금까지의 주된 무기였던 순결하면서도 힘찬 야성을 소설의 지반으로 동일하게 끌어온다. 「호랑이 젖꼭지」는 같은 제명의 시도 있듯이 그의 시적 세계와 동시적으로 호흡하는 소설이다. 미국에 사는 여동생이 잠시 귀국하여 함께 대공원 동물원 구경을 가는 언니의 여정을 담은 작품으로서 소설의 골조야말로 일상적인 일상의 어느 나날이다. 그러나 작가는 오히려 이 일상 속에 은밀하게 숨어 있는 '무섭도록 숨막히는 야성의 지하세계'를 들추어낸다. 아마도 이 소설의 가장 인상적인 장면은 언어의 숲 속에 들려오는 호랑이의 포효소리일 것이다. 황폐한 일상의 나날 속에 중국에서 백두산 호랑이 한 쌍이 온다는 소식에 '생명에 넘치는 어떤 젖가슴 같은 것이 나에게 뭉클 다가오는 마술적인 체험'을 기대하며 환희를 느끼는 장면이 그것이다.

> 회색의 죄수복을 누가 나에게 입힌 것은 아니지만 하루 세 끼 밥에 정신없이 살림 치다꺼리를 하고 10년이 넘는 동안 바퀴벌레처럼 납작 엎드려 시간강사 생활을 해오면서 느꼈던 무기력과 자기 훼손, 인간의 자기 존엄에 상처를 입히는 시시각각의 모독 같은 것들, 어머니의 심장병에 휘둘리면서 고개를 숙이고 참아왔던 내 생명의 소진, 결혼생활 속의 하찮은 그러나 도저히 탈출할 수 없는 작은 일상들의 되풀이, 글을 쓰지 못했던 그 암담한 동굴 속의 어두운 시간들…… 그 모든 슬픔과 왜소함의 시간들 속에서 내가 의식하지 못했던 분노를 가지고, 그러나 내 몸을 항상 이유없이 아프게 만들었던 그 분노를 가지고, 그토록 기다려왔던 것이 바로, 아, 바로 그 백두산 호랑이 암컷이었던 것이다! 탐스럽고 몽실몽실한 암호랑이의 젖꼭지!
> 난 그 털이 북실북실하고 살이 몽글몽글한 암호랑이 젖가슴에 얼굴을 박고 울면서 호랑이의 젖을 먹어보고 싶어했던 것인가? 아사달의 찬란한 햇빛을 못 보고 쫓겨나간, 아니 스스로 도망쳐간, 우리의 또 하나의 어머니가 오랜 세월을 미지의 대륙을 헤맨 끝에 이제야 드디어 야성의 방랑을 마치고 돌아왔다는 소식을 들은 것처럼 가슴이 뛰었다. (48~49면)

소설은 막상 동물원에 도착해서 보니 낮잠 자는 새끼 호랑이 한 쌍이 있을 뿐이었다는 다소 허망한 이야기로 끝나지만, 이 여정 속에 두 자매의 삶과 가족의 상처에 대한 서사가 가로놓여 있다. 어쨌든 '암호랑이'가 연상하는 강력한 여성상에 대한 원초적 그리움을 배경으로 이와 연관된 남성에 대한 진단 역시 작가의 독특한 시각을 느끼게 해준다. 아버지와 아버지의 새 여인, 그로부터 상처 입은 어머니와 딸, 그리고 쉽사리 이해하기 힘든 명희의 남편에 대한 이야기를 발레곡 「라 실피드」의 '실피드 컴플렉스'로 접근하는 대목은 흥미롭다. 결국 작가는 '사회적 계약의 페르소나를 뒤집어쓰기 위해 학살해야 하는 낭만적 자아'를 최대한 존중해주면서도 동시에 현실적인 인간관계에서 그 때문에 더더욱 고통스러울 수밖에 없는 현실적 자아 문제를 냉정하게 보여준다.

이점은 등단작 「산타페로 가는 사람」도 마찬가지이다. 현역 시인으로서 미국 이블린에서 열린 세계예술가대회에 참가하여 미국 체류 중 겪게 되는 일련의 사건을 다룬 작품이다. 특별한 사건이 있다기보다는 체류 끝자락에 겪게되는 심리적 추이가 중심을 이룬다. 여행이란 일상의 견고한 테두리를 벗어나 낯선 시공을 자유로이 이동하는, 그리하여 부단히 신기와 대면하는 자유진행형의 과정이기에 우리는 거기서 얼마간 시적인 기분과 초탈감을 갖기 마련이다. 작중 화자 역시 "프래그램의 마지막날들을 앞두고서는 모두들 조금씩 우울증 비슷하기고 하고 무너져 내리는 환상의 끝에서 경험하는 극심한 허무감 비슷한 것을 앓고 있었다. 그것은 그만큼 이블린에서의 생활이 일상을 떠난, 현실시간이 아닌, 가벼움과 날갯짓으로 가득찬 시간이었기 때문이리라"고 적고 있다. 그래서 주인공을 포함한 제3세계권 참석자 7명이 '원시・근원・원색'의 시원기로 상징화되는 뉴멕시코의 산타페로 마지막 여행을 함께 가자는 계획을 세운다. 그러나 동생의 보증문제로 집이 차압당하기 직전인 현실 생활의 덫이 화자의 발목을 붙잡고 만다.

「호랑이 젖꼭지」가 들려주는 '낭만적 자아' 혹은 '원초적 욕구', 그것을 가로막는 '현실제도'의 문제는 김승희 소설의 주된 테마이다. 이 테마들은 소설 속 화자가 말한 "공기처럼 가벼운 날개 달린 정령을 찾고 싶은 낭만적 꿈이 있을 때 덜 무기력해지고 더 창조적이 되지 않을까"라는 말로 집약된다. 이런 문제를 직접 다룬 작품이 「아마도」이다. 「아마도」는 유리 온실의 화초같이 살아온 한 여자가 저 야만의 80년대에 대면하는 충격 속에서 방황했던 자기 존재의 문제를, 상처 입은 순수한 영혼의 소유자로 등장하는 후배 '숙경이'의 자살에 이르는 과정과 연계시켜 자기 본질을 검증하는 형식으로 이루어져 있다. 김승희 소설이 주는 매력의 하나는 이른바 시인적 기질의 발로라고 할 수밖에 없는 아래와 같은 탁월한 비유적 상징의 구사다(이 외에 「회색고래 바다여행」의 맥도널드 지붕 위에 걸려 있는 M자 로고와 회색고래 이야기, 「아바나스 스칸덴스」의 물고기, 「산타페로 가는 사람」의 11월 이야기 등도 주목하기 바란다).

오월이구나, 아카시아, 아카시아 필 무렵이면 그녀는 언제나 봄을 앓았다. 아카시아 꽃덩어리는 언제나 악몽 같은 향기로 그녀에게는 기억된다. 악몽, 개인으로 오지 않고 집단으로 오는 꽃, 그 향기의 덩어리, 하긴 어느 향기인들 악몽이 아닌 향기가 있으랴. 향기는 막연한 혁명으로 시작하여 사람을 어느 머나먼 대륙으로 데리고 가 유폐시키는 능력이 있다. 그래서 사르뜨르였지. 향기는 부재하는 존재라고 말한 것은, 그래서 강한 향기는 인간을 부재의 궁 속으로 납치하여 유폐시키는 능력이 있다고 K는 뭉게구름을 피우고 서 있는 아카시아 꽃잎의 뭉게뭉게를 바라보다가 중국 전설에 나오는 맥이라는 동물을 생각해 냈다. 맥은 인간의 악몽을 먹고사는 전설 속의 동물로서 밤마

다 인간의 악몽을 받아먹으려고 불행한 인간의 잠 속을 배회한다는 것이었
다. 오월, 오월이었다. (69~70면)

이 진술은 광주 출신으로서 광주의 비극을 몰랐던 화자가 투신
자살하는 광경을 직접 목격하면서 얻게된 의식의 화인(火印)이다.
물론 주인공이 그렇다고 해서 그런 저항적 역사대열에 적극 참여
하는 자로 제시되지 않는다. 다른 작품도 마찬가지이지만, 이 작품
의 화자 역시 자유주의자라 일컬을 수밖에 없는 단독자로서의 지
극히 일상적인 개아(個我)이다. 오히려 소설의 흐름은 당시 교제하
고 있던 닥터 리와의 만남 등을 통해서 자기 존재와의 싸움 형태
로 제시된다. 이런 형식화는 김승희의 주된 소설문법으로, 이것을
통해 작가는 일상적인 것으로부터 쉽사리 이탈하지 않으면서 불
쑥불쑥 도발적으로 드러내는 내면 표현과 세계 인식을 통해 자기
안에 은닉된 반(反)일상의 반항적 본성을 표출한다. 그래서 이 소
설의 정점도 닥터 리와의 대화 속에 나오는 '트리스탄 다 쿤하'라
는, "그 누구도 특권을 누려서는 안되며, 모든 사람은 평등하다"라
는 단 1조의 헌법만으로 이루어진 이상적인 나라 이야기가 될 것
이다. 허균의 「홍길동전」에 나오는 율도국, 예이츠의 시에 나오는
이니스프리 이야기 등과 연관되면서 제목 '아마도'로 이어진다. 즉
이러한 이상향은 '아마도 있을 수도 있고 아마도 없을 수도 있'는,
'아마도'와도 같다는 것이다.

사실 김승희의 소설은 비극적으로 끝나는 경우가 많다. 그러나
결말로서 어떤 표정을 짓느냐는 여기서 그다지 중요하지 않다. 그
가 지향하는 창조성은 현실의 질곡과 굴레를 의식하고 이에 대항

하여 고뇌하면서 스스로 이상향을 상실치 않으려는 사회적 자아로서 자기 존재성의 확인이다. 자연 여성의 처지에서 겪게되는 현실적 문제는 김승희 소설의 중심 영역을 이룬다. 「성 브래지어, 1994년 7월 9일」은 이 점에서 관심을 끄는 작품이다. "오늘 아침 그녀의 딸아이는 브래지어 때문에 남편으로부터 빰 한 대를 맞고 학교엘 갔다"로 시작되는 이 소설 역시 자신이 쓴 시 「제도」의 산문적 확산이다.

> 아이는 하루종일 색칠공부 책을 칠한다.
> 나비도 있고 꽃도 있고 구름도 있고
> 강물도 있다.
> 아이는 금 밖으로 자신의 색칠이 나갈까 봐 두려워
> 한다.
>
> 누가 그 두려움을 가르쳤을까?
> 금 밖으로 나가선 안된다는 것을
> 그는 어떻게 알았을까?
> 나비도 꽃도 구름도 강물도
> 모두 색칠하는 선에 갇혀 있다.
>
> 엄마, 엄마. 크레파스가 금 밖으로
> 나가면 안되지? 그렇지?
> 아이의 상냥한 눈동자엔 겁이 흐른다.
> 온순하고 우아한 나의 아이는
> 책머리의 지시대로 종일 금 안에서만 칠한다.
>
> 내가 엄마가 아니라면
> 나, 이렇게, 말해 버리겠어.

금을 뭉개버려라. 랄라. 선 밖으로 북북 칠해라.
나비도 강물도 구름도 꽃도 모두 폭발하는 것이다.
살아 있는 것이다. 랄라.
선 밖으로 꿈틀꿈틀 뭉게뭉게 꽃피어나는 것이다.
위반하는 것이다. 범하는 것이다. 랄라

나 그토록 제도를 증오했건만
엄마는 제도다.
나를 묶었던 그것으로 너를 묶다니!
내가 그 여자이고 총독부다.
엄마를 죽여라! 랄라.

　시의 화자는 한 여성으로서 자기 존재의 창조성을 억압하는 제
도를 그토록 증오했지만, 막상 엄마라는 제도가 되고 보니 자기
아이에게 '선 밖으로' 나가 '살아 있는 것'이 되는 것을 허용하지
않는 자기 모순을 들추어냄으로써 존재의 이중성과 제도적 억압
의 견고함을 실감나게 보여준다(실제로 그의 소설을 재미있게 읽는 방법
으로 시와 소설을 대비해서 보는 것도 좋을 것이다. 시 「제도」와 「성 브래지
어, 1994년 7월 9일」 외에, 시 「호랑이 젖꼭지」, 「사이코 토끼」와 「호랑이 젖
꼭지」, 시 「아네모네 꽃이 핀 날부터 · 3」과 「아마도」 등이 그런 예에 해당된
다. 아울러 「아나바스 스칸덴스」에서처럼 소설 속에서 시 자체가 중요한 역할
을 하는 경우도 있다).
　「성 브래지어, 1994년 7월 9일」도 마찬가지로 브래지어 차는 것
을 싫어하는 중학교 1학년 딸아이와 아침마다 브래지어를 둘러싼
신경전을 벌이는 어느 일상사를 다룬 작품이다. 강간범과 차림새
문제, 그리고 미의 실루엣을 둘러싼 문제들을 곁들이면서 작가는
성차별에만은 당위명제가 현실명제를 언제나 이기고 마는 여러

현실을 고발한다. 특히 필자에게 인상적인 대목은 우리가 아름답다고 확실히 자부하는 한복에 대한 한 외국인의 질타였다. "너희 나라 옷은 참 이상하구나. 나와야 될 데는 들어가고 들어가야 될 데는 나온 것 같아. 가령 앞가슴은 나와야 되는데 치마끈으로 꽉 조여서 들어가게 만들고 허리는 쏙 들어가야 되는데 벙벙하게 나오고 인간육체의 자연에 반대되는 것 같애. 비인간적, 아니 반인간적이야."

3.

김승희는 엄청난 지적 예술적 탐구욕이 강하기로 이미 소문난 사람이다. 그런 성향 탓인지 그의 소설에는 이와 연관된 인용들도 많이 나오고, 또 짧은 삽화들을 예시하여 지적인 분석을 가하는, 마치 칼럼을 쓰고 있는 듯한 대목을 자주 대하게 된다. 특히 해외 거주 체험에서 얻게 된 여러 인식을 우리 땅에 대한 바깥에서의 안으로 들여다보기 형식으로 예리하게 적시함으로써 인지의 상대적 충격을 받게 되는 것도 김승희 소설이 주는 쾌미(快味)이다. 나아가 이런 문제의식과 함께 그야말로 범민족적 문제를 해외에 거주하는 이민세대의 삶을 통해 직접 드러낸 일련의 작품들이 있다. 해외 입양아로서 미국에서 시인으로 성공한 카렌이란 인물을 그린 「아나바스 스칸덴스」, 광주항쟁의 상처를 안고 미국으로 건너가 사는 강채청이란 화가의 비극적인 삶을 그린 「회색고래 바다여행」, 그리고 미국 내 유색인종 차별문제를 다룬 「13월의 이야기」가 그것이다. 이들 작품에서 우리는 미국이란 나라가 실제 보여주고 있는 구체적 실태와 명암세계를 풍요롭게 마주할 수 있다. 필자가 연전에 「회색고래 바다여행」에 대해 쓴 짧은 평에서 지적한 다음과 같은 사항은 대체로 이들 소설에 두루 적용될 법하다.

> 작품 서두부터 4분의 1에 해당하는 분량이 소설이라기보다는 시사칼럼이나 수상문을 대하는 것 같다. 그리고 그 후에도 대화형식을 통한 서술방식으로 약간 변형될 뿐 그런 특성이 사라진 것은 아니다. 그러나 의외로 독자로 하여금 소설적 실감 여부를 떠나서 작품의 흐름에 몰입케 만든다. 주관의 손쉬운 노출이란 병폐가 오히려 소설의 활력소 역할을 한다. 이를테면 홍세화의 자전적 에세이 『나는 파리의 택시운전사』의 자극과 같은 되돌아보기·비교하기의 교육적·교양적 의미가 만만치 않은 탓이다. 여기서 자세히 지적할 수 없지만, 90년대 사회 전반의 분위기에 대한 나름의 진단이나 그로부터 도출해내는 우리 민족의 특성에 대한 지적, 우리 것의 소중함 혹은 '우리만의 울림의 코드'를 이역땅에서 상대적 입장으로 요모조모 상기시킨 대목들은 그 자체로 값진 인식들이다. 최근에 붐을 이룬 많은 기행소설들이 섣부른 이국정취에 휩쓸려 들어가 우리네 현실을 더욱 추상화시킴으로써 자기도 모르게 그릇된 세계주의의 덫에 발목 잡힌 경우가 많았는데, 이 작품은 그 점에서도 하나의 경종이다
> ─「위안의 문학, 인도의 문학」, 『창작과비평』, 1996년 겨울호

사실 김승희의 소설적 감염력은 교육적·교양적 측면에서 절대적으로 발원된다. 오히려 등장인물은 이를 위한 일종의 매개물에 가깝다. 인물형상과 관련하여 다소 이색적이라면 이른바 정신질환자라 할 수 있는 인물들의 등장이다. 「회색고래 바다여행」의 강채

청이나 「아마도」의 숙경이, 그리고 「호랑이의 젖꼭지」의 은수 등으로, 이들은 현실의 고통 때문에 순수한 영혼이 상처 입은 자들로서 한마디로 그의 소설세계가 지향하는 원초성을 상징한다. 어쨌든 그의 시가 일종의 관념적 사회시로서 우리 시단의 특수한 영역을 개척하였듯이 그의 소설 또한 마찬가지라 할 수 있다. 어느 순간에도 부나비처럼 삶에 삼켜지는 것을 거부하는 치열한 정신의 사회학적 상상력이야말로 그의 소설을 팽팽한 긴장으로 이끄는 엔진이며, 때로 지루한 반소설적 진술양식에도 생기를 부여하는 연료인 것이다. 더구나 나의 아픔과 고통이 사회적 아픔과 고통과 어떤 양식으로든 관련을 맺는다는 것을 보여줌으로써 그의 소설은 오랜 서사적 전통과 뿌리를 같이 한다.

물론 소설의 서사방식이 지나치게 서술적인 방법에 의존한 탓에 일반 상식의 눈으로는 그의 소설이 소설의 전단계에 머뭇거리는 형태로 받아들여지기도 할 것이다. 그러나 대부분의 시가 시의 긴장과 압축을 은연중 본령처럼 생각하는데, 오히려 김승희는 이에 정면으로 저항하여 가장 원시적인 서술형식으로 무언가 본질을 육박해 들어가는 강력한 시풍을 창출하였듯이 그의 소설도 마찬가지 시각으로 바라볼 여지가 없는 것도 아니다. 그 점에서 그의 소설은 아직 길들여지지 않는 종마와 같다. 앞으로의 행로가 영원히 길들여지지 않는 제방식대로 야생의 질주를 계속 될지, 아니면 스스로 길들여 나가 좀더 효과적인 형상화방식과 소설문법을 만들어 나가게 될지는 더 두고볼 일이다.

어쨌든 자신이 지금까지 추구한 시적 이상을 이제 세상의 모순과 상처와 접붙이면서 새로운 생성을 꿈꾸는 김승희의 서사적 작업은 요즘의 소설 풍토를 생각하면 참으로 값진 노력이다. 지금까지 보아온 대로 그의 소설 역시 시에서처럼 한마디로 야성의 방목장이다. 오히려 소설이기에 온갖 생것들이 한곳에 들끓어 부박한 산문적 현실을 파괴하며 원초적 생성의 생명욕을 마음껏 불지핀다. 그가 풀어놓은 언어의 방목장을 걷다 보면 내가 가두어 버렸던 많은 것들도 덩달아 뛰쳐나와 뛰어다니는 듯한 느낌이다. 그가 방생한 야성은 '달걀 속의 생'을 깨부수고, 지붕 아래의 모든 모랄을 뛰어넘고 싶다는 그의 탈주욕이 바깥을 열어젖히며 우리에게 삶의 '날개'를 달아주려 한다. 칼날같은 지성과 지혜, 그리고 탐욕에 가까운 예술적 욕구가 키워낸 이 야성의 밭이야말로 우리가 온갖 제도와 굴레로 우리가 스스로 짓밟고 있는 다름 아닌 나의 분신 혹은 내 옆에 상처 입고 살아가는 사람들의 세계임을 날카롭게 일깨운다. 그가 쿵쾅 깨뜨리는 언어의 곡괭이질은 확실히 단호하다. 그가 안으로 발굴하는 광맥은 한 존재의 안으로부터 출발하여 사회로, 시대로, 역사로 거침없이 파고든다. 한마디로 기(氣)를 느끼게 해주는 힘있는 소설! 오랜만에 만나게 되는 여성작가의 힘찬 산문적 근육이 참으로 반갑다. 아마도 속박되지 않는 야생의 모유(母乳)가 가진 어떤 힘 때문이리라.

과학, 대학, 젊음의 합주

김도현 장편소설 『로그인』

1.

'공상과학소설'이란 명칭은 이제 우리에게 그다지 낯설지 않다. 그것은 탐정소설이나 추리소설과 함께 얼마간 대중통속소설 냄새를 풍기면서도 다른 한편 미래소설이라고도 불리는 다소 이단적이고 특이한 소설부류로 간주된다. 그러나 공상과학소설은 영어 'science fiction'의 번역어이다. 말하자면 우리가 흔히 소재에 따라 분류하는 식과 마찬가지로 '과학소설'이라고 해야 하는데 거기에 '공상'이란 갓을 씌운다. 그만큼 이들 소설이 지금 현재 존재치 않는 것에서 출발하기에, 가공의 현실에서 출발하기에 공상적이라는 뜻을 은연중 내포한 셈이다. 그런데도 실제는 대다수—물론 작품마다 차이가 있겠지만 — 대중통속문학으로 간주되는 배경은 무엇 때문일까?

오늘 우리 사회가 과학기술의 시대라는 것은 누구도 부인 못할 터이다. 더구나 과학적 발견과 발명의 속도는 갈수록 빨라져 그것이 가져다주는 엄청난 문명적 혜택을 누리면서도, 정작 보통사람들로서는 갈수록 이해하기 힘들게 되고, 동시에 그것이 가져올 폐해와 위험에 불안해진 것도 사실이다. 공상과학소설이 대중에게 관심과 흥미의 대상으로 받아들여지는 것도 바로 끝도 없이 발전해 가는 야누스와 같은 과학 자체의 두 얼굴 탓이다. 이른바 물질적 빈곤으로부터 인간을 해방해주는 해방자의 얼굴과, 모든 인류 문명을 초토화할 파괴자의 얼굴이 그것이다. 과학기술의 발전에 따라 내일, 아니 10년·100년 뒤에는 상상할 수 없을 정도의 엄청난 변화가 있으리라는 대중들의 불안하고 기대에 찬 예감이 그 문제에 대한 흥미와 호기심을 충동질한다. 바로 그런 예감에 기초하여 일반소설보다도 훨씬 허구성과 공상성이 강한, 극단적으로 말하면 허무맹랑한 '비과학적' 소설이 태어난 것이다.

사실 과학기술은 현대 인류사회의 운명을 좌우할 관건의 하나이다. 이와 관련해서는 '핵' 하나만을 거론해도 충분할 것이다. 그런데도 과학기술 연구체제는 더욱 거대화·전문화·세분화되어 정작 그 주체인 과학기술자들은 자신의 사회적 책임감을 자칫 외면하거나 망각할 가능성이 커졌다. 과학과 기술의 경계가 흐릿해지고, 과학에서 철학이 사라졌다. 현재 인공위성이 지구를 돌면서 죽어 가는 삼림과 확대되는 사막, 오존층의 파괴를 매우 면밀하게 관찰할 정도로 과학기술이 발전했으면서도 지구 위의 인간은 위협적인 환경 재난에서 탈출하지 못하고 더욱 수렁으로 빠져들고 있는 현실만 보더라도 지금까지의 진보가 거대한 모순의 소용돌이에 빠져 있음을 알 수 있다. 그래서 어떤 이는 낙원으로부터의 두 번째 추방은 이미 시작되었다고 말하기도 한다. '지금 여기'의 진정한 과학소설이 요망되는 것도 이 때문이다.

2.

김도현의 장편 『로그인』(창작과비평사, 1996)은 바로 그런 의미에서의 '과학소설'이다. 그런 문제의식이 어느 만큼 성과에 이르렀느냐를 떠나서, 이른바 공상과학소설과는 근본적 입지가 다를 뿐더러 애초 출발선을 달리하는 사회·정치적 측면을 내포한 과학소설이다. 과학은 순수한 발견과 발명의 축적만을 의미하지 않으며, 독자적으로 발전할 수 있는 자생력을 지닌 것도 아니다. 과학은 우선 제도로서 이해되어야 하고, 특히 현대에 와서는 더욱 그렇다. J. D. 버날이 『과학의 역사』에서 이야기했듯이 과학과 기술과 사회경제라는 세 가지 요소를 분리하여 생각할 수는 없다. 적어도 『로그인』을 통해 우리는 현재 우리의 과학기술 현황을 폭넓은 사회적 지평에서 살필 수 있는 기회를 얻게 되었다. 1994년, 국내 굴지의 대학 항공우주공학과 소속 한 실험실이 이 소설의 주된 공간이다. 비록 소설의 형식을 취했지만, 거의 실화에 가까울 정도의 실감을 줄 만큼 이 소설의 시공간은 현실적이다. 중심 줄기는 위성개발 프로젝트를 구체적으로 수행하는 과정 속에서 나타나는 비리와 모순, 이를 극복하려는 젊은 과학기술도들의 움직임이다.

강호·진석·형준·상범·수종 등 항공우주공학과 실험실에 근무하는 석·박사과정의 연구자들은 우주연구소를 주도사업자로 하여 진행중인 '위성의 국산화'를 위한 프로젝트에 참여한다. 이들의 일은 로케트와 위성체의 운동 방정식을 푸는 일이다. 그런데 주어진 데이터를 아무리 분석해도 만족할 만한 결과가 나오지 않는다. 중간 발표일이 다가오자 이들은 일단 여러 상황을 감안하여 데이터를 조작, 보고서를 작성하여 발표한다. 그 이전부터 모종의 흑막이 있음을 예감하긴 했지만, 발표가 끝나면서 그들은 자신들이 거기에 말려들었음을 알게 된다. 즉 치밀한 사전 계획 아래 미국의 휴즈사가 잘못된 데이터를 제공한 것이고, 이를 이미 알고 있던 별도의 연구소인 위성운용연구센터도 모른 체하고 있다가 발표가 끝난 뒤 이를 알려준다. 결국 강호의 실험실 팀은 위성운용연구센터의 농간에 철저히 농락 당하는 수모를 겪는다. 그렇다면 왜 그렇게 되었을까. 위성기술의 독자개발을 반대하고 수입해서 쓰는 게 훨씬 싸다는 지론을 가진 홍순욱을 중심으로 한 위성운용연구센터가 휴즈사와 짜고 모종의 공작을 편 것이다. 더구나 이들은 현정부와 지연·학연으로 맺어진 사이로 결국 독자개발을 주도해온 우주연구소는 대외 의존적인 위성운용연구센터로 흡수통합될 운명에 처하고 만다.

3.

이처럼 『로그인』은 일차적으로 이른바 '민족자립과학'·'민족자립기술'을 이룩하려는 젊은 과학 기술도들의 움직임에 초점을 맞춘다. 그리고 이들의 움직임을 통해 이를 저해하고 근본적으로 제약하는 사회·정치적 조건과 상황을 폭넓게 탐사한다. 무엇보다도 이런 소설적 경과 끝에 드러나는 과학기술의 정치예속화, '남의 별'을 '우리별'이라고 우겨 국제적인 창피를 당한 눈 가리고 아웅하는 식의 전시정책, 과학의 자립화보다는 당장의 이익만을 좇는 근시안적 정책 등의 실상이 낱낱이 밝혀진다. 소설에서도 지적되었듯이 실제로 과학기술처 장관이 바뀔 때마다 연구소 통폐합은 단골메뉴였고, 그때마다 이름 바뀌고 사람 바뀌고 연구내용도, 예산도 바뀌는 식이었다. 더군다나 그때마다 행정직원만 남고 연구인력은 쫓겨나는 기현상도 일어났다. 이런 상황이기에 과학기술의 자립을 이루지 못한 채, 대외 의존적이며 장기적인 안목이 없는 과학기술 정책과 외국기업들의 횡포 앞에 그대로 노출된 과학기술자로서의 서러움을 절감할 수밖에 없다.

그런 점에서 『로그인』은 우리나라 과학기술계의 실상을 국가적 차원에서 탐사하는 문제소설·고발소설로서의 현실적 성격을 갖는다. 말하자면 그 바탕이 리얼리즘에 기반해 있다.

4.

작중 인물들은 어릴 적 만화에서 본 우주선이나 거기 등장하는 로보트를 만들던 흰수염이 텁수룩한 박사들, 하늘 가득한 아름다운 별들이야말로 공대로 진학하게 된 결정적 계기였다고 말한다. 그러나 그들에게는 그러한 창조력과 상상력을 마음껏 발현할 자유가 없다. 박사·석사과정 재학생을 중심으로 편성된 대학 실험실이라는 것이 수직적인 위계 질서를 갖춘 하나의 군대와도 같고, 이른바 프로젝트라는 것도 일부 교수에게는 치부의 수단이며 그렇지 않은 경우 기자재 구입 등 실험실 운영을 위한 방편인 경우가 많다. 또 박사학위 취득(이를 '졸업투쟁'이라고 부른다 한다)도 단순히 논문만 잘 쓴다고 되는 것이 아니라 프로젝트를 얼마나 잘 관리하는가가 결정적이라고 한다. 말하자면 교수의 눈 밖에 나면 별똥별처럼 우주에서 사라져야 할 운명인 것이다. 만일 사회로 진출하여 연구소에 근무하더라도 3~4년 이상만 지나면, 젊은 과학기술자의 꿈은 전문대라도 좋으니 교수나 아니면 차라리 슈퍼마켓 주인이 되는 것으로 바뀌기 십상이라는 것이다.

이 작품은 이런 부조리한 상황에 맞선 젊은 과학기술도들의 고뇌에 상당한 관심을 쏟는다. 특히 작가는 오늘날의 이공계 현실에서 점점 더 과학기술자들이 사회성을 잃도록 부품화되어 가고 있음을 강조한다. 이를테면 '자신의 전공인 공학이 세상으로부터 자꾸만 달아나고 있는 것 같은 두려움'이나 '복잡한 수식과 실험의 숲'에서 배회하는 삶, 부조리한 현실과 이를 넘어서고자 하는 움직임 사이에서 괴리감을 갖고 혼돈에 빠지는 모습 등 많은 공대 대학원생의 동정에서 이를 확인할 수 있다. 이들이 공대신문을 만들고, 그를 통해 사회에 진출한 과학기술자들과 유대를 맺으며 사회모순에 적극 맞서려는 것도 따지고 보면 자기 존재 자체의 부조리와 이원성을 극복하기 위한 구체적 실천이다. 특히 80년대에 학생운동에 참여했다가 전체 변혁운동의 위축과 함께 전공 공부로 돌아온, 주인공격 인물 강호의 새로운 모색과 출구 찾기를 통해 작가는 은연중 과학기술의 진정한 육성을 위해서도 사회 전체의 변혁이 전제되어야 함을 강조한 셈이다.

5.

그렇다고 해서 이 소설이 문제적 현실을 문제적으로만 일방적으로 파고 들어가는 것은 아니다. 오히려 이런 문제들을 공학도들의 삶 자체에서 자연스럽게 드러나도록 만든다. 은하계를 둘러싼 옛 문헌의 이야기나 세계 군수산업계를 주무르는 로즈차일드 가문 이야기 등 일반인들로서는 알 수 없는 과학기술계의 재미있는 삽화도 풍요로울 뿐더러, 작중 인물들 모두가 각기 개성을 가지고 자기 나름의 삶을 일구고 있어서 소설 전체는 문제의 심각한 하중에도 불구하고 젊은 기운에 충만해 있다.

사실 이 소설은, '과학소설'이라 명명했지만 다른 한편으로 90년대의 '대학소설'이라 해도 무방할 만큼 오늘의 대학가의 풍경과 세태를 풍부하게 담아내고 있다. 요즘 대학가에서 논란이 되는 80년대 학번과 90년대 학번간의 세대차이, 대학 실험실 및 자취생활, 대학가에 나도는 은어와 음담패설류, 더 나아가 최근의 학생운동권 동향이나 학생들의 사고, 덧붙여 강호·형준·진석을 통해 그려지는 연애풍정 등등 실로 다채로운 젊음의 문양들이 여기저기 꽉 채워져 있다. 80년대의 이른바 운동권 출신인 강호와 부장검사의 아들 신세대 진석의 삶이나 대화, 연애에서 나타나는 세대차이는 여러모로 의미심장하다. 작가는 여기서 어느 한 편의 손을 결코 들어 주지 않는다. 각기 자기 신념을 가지고 살아가는 젊음의 양상으로 포용한다. 이를테면 진석을 통해 '오렌지족'이라 하더라도 거기엔 여러 부류가 있으며, 다만 삶을 즐기려는 태도가 공통적이지만, 그렇다고 그것이 머리가 비었다는 것과 곧바로 연결되는 것은 아니라고 항변하게 하는 대목도 그런 한 예이다. 오히려 결말부에서 등장 인물 전체가 서로 접근하는 의식세계와 생활양식을 보여 준다는 데 이 작품의 특징이 있어 그만큼 미래지향적이다.

그 외에 공과대 간이식당을 공깡, 공대생을 단무지(단순·무식·지랄)라 일컫는 등 대학가의 은어나, 이른바 신입생 환영회의 단골 메뉴인 사발식, 라면을 성냥개비로 날렵하게 건져 올려 먹는 풍경, 또 근래 화제가 되고 있는 '냉장고에 코끼리 집어넣기'시리즈의 또 다른 패러디 등 실제 오늘의 대학가에서 듣고 볼 수 있는, 여러 살아 있는 풍속들을 이처럼 생생하게 재현한 경우도 드물 듯하다. 그리고 정보화사회의 대명사라 할 수 있는 컴퓨터를 둘러싼 여러 이야기도 자못 흥미롭다. 통신을 통해 대화하고 연애를 하는 모습이나 시디롬 이용도 그러하거니와, 무엇보다도 우리 사회에서 비교적 컴퓨터 전문가라 할 수 있는 과학도들의 세계를 통해 이른바 해커로 대변되는 카피레프트주의에 대한 새로운 인식을 제공한다거나, 컴퓨터업계의 황제로 영웅화된 빌 게이트를 협잡꾼이니 소프트웨어 장사꾼으로 비판하는 것들도 홍미 이상으로 정보화사회의 이면을 깨닫게 해준다.

6.

어쨌든 김도현의 장편소설 『로그인』으로 우리는 '공상'이 아닌 진정한 과학소설의 한 형태를 마주하게 되었다. 무엇보다도 막강한 영향을 직접 받으면서도 일상과 동떨어져 낯설게 느껴지는 과학기술계의 실상을 아주 정직한 사실주의적 기법으로, 대학 현장에서 대학인의 눈으로 차분하게 재현해냄으로써 편하게 접근할 수 있다. 실생활을 에워싼 기계문명의 위력이 이제 정서면에까지 삼투해 있다는 젊은 세대들, 그 중에서도 직접 전공으로 연결된 공학도들을 주인공으로 삼아서 더욱 홍미롭게 다가온다. 또한 과학기술계의 문제를 집중적으로 추적하는 주제적 문제접근 방식이 아닌, 그것을 자기 삶 속으로 끌어안아 그러한 삶 전반을 형상화하는 방식으로 자연스럽게 펼쳐놓아 재미있게 읽힌다. 작가의 문체 자체가 특별한 색채와 질감을 가지고 있다고는 볼 수 없지만,

자칫 감상적이고 열정의 과도한 노출에 빠질 위험을 절제와 재치를 적절히 융합해 젊음다운 힘과 경쾌함으로 끌어올린 것도 문체상의 미덕이다. 또한 프로젝트라는 하나의 중심골격이 추리적 흥미와 호기심을 유발하여 의미와 행위의 다양한 확산에도 소설 전체의 구심력으로 작용하면서 속도감을 불어넣고 있는 것도 이 소설의 매력이다. 그런 의미에서 『로그인』은 이 시대가 요구하는 교양소설로서 손색이 없을 뿐더러, 나아가 민족문학의 근본적인 영역확산으로서 의미가 남다른 현대적 작품이다.

그렇다고 해서 이 작품이 스스로 드러내고자 한 문제틀을 완벽하게 소화했다고는 생각하지 않는다. 사실 이 작품엔 이른바 사회전반의 민주적 변혁과 함께 '민족과학기술의 수립'이란 대원칙이 보이지 않는 저울추로 작동하고 있다. 가령 "우주공간을 식민지화하는 자본주의정책은 어쩌면 저 17·18세기 서구제국주의의 현대적 재판이 될 공산"마저 있다는 표현에서 알 수 있듯이 과학기술 측면에서의 제국주의 문제가 정책이나 운용면, 나아가 해외유학파에 대한 비판 등으로까지 강조되고 있기 때문이다. 물론 80년대 변혁운동의 한계를 극복하기 위해서 부문운동으로의 확산과 전체로의 통합이 동시적으로 성취되어야 한다는 점에서는 일견 타당하나, 사실 오늘의 문제는 그런 전략적 수준을 이미 넘어섰다고 해야 할 것이다. 중심인물 강호가 90년대에 들어서 의식상으로 80년대를 충분히 끌어안고 넘어섰다는 느낌이 그다지 들지 않는 것도 이와 연관이 크다는 생각이다.

7.

앞서 과학기술의 가공할 발전으로 낙원으로부터 두 번째 추방이 시작되었다고 했는데, 위험이 커질수록 사람들은 과학 및 기술에 더 의존하는 경향을 보인다. 많은 과학기술자들은 사실 과학기술의 가치중립성을 고집했다. 그러는 사이 과학기술은 탈도덕성으로 인도되었다. 그러나 산업사회의 이해관계와 권력관계에 과학기술이 깊이 유착되어 있음을 숨길 수는 없다. 또한 과학적 탐구의 영역이 대단히 확장되고 이론적 지식도 각 분야마다 더욱 심오해졌지만, 인간의 인식능력은 사실상 제한되어 있어서 점점 더 좁은 분야로 한정되는 경향을 보인다. 이런 전문화로 과학 전분야에 대한 일반의 이해가 점점 어려워진 것도 사실이다. 따라서 위험의 원천에서 해결의 원천을 찾으려 하는 것은 잘못된 접근방식이다. 오늘날 지구를 대재난으로 몰고 갈 생태계 위기에서 보듯이 이미 계산할 수 없는 위험이 도처에 도사리고 있다. 기술진보에 대한 결정이 대부분 대기업 혹은 민족국가 단위의 수준에서 이루어지지만 그 가공할 결과는 모든 인류를 '세계위험공동체'의 구성원으로 만든다는 점에서, 과학기술문제 역시 '민족적' 관점을 유념하면서도 동시에 전지구적 문명론적으로 접근해야 할 필요가 절실해진다. 특히 지금까지의 근현대 인문사회과학 역시 과학과 기술의 발전에 근본을 두고 있다고 할 때, 모든 것이 발상의 전환기에 처해 있다고 해야 할 것이다.

이런 거창한 문제를 한계라는 식으로 첨언하는 것은 사실 이

작가에 대한 기대 때문이다. 우리 소설계에서는 보기 드물게 공학
도 출신이자, 앞으로도 과학기술자로서의 삶을 살아갈 연구자이기
에 남다른 주문을 하고 싶은 충동을 느낀다. 특히 과학사에 이름
을 남긴 저명한 과학자들이 빼어난 상상력과 감수성의 소유자들
로, 아인슈타인의 예에서 보듯이 진정한 과학은 인문문화적 가치
위에서 꽃피고 그 가치의 유지에 공헌했음을 상기하자. 이 작품
속에서 문학에 대한 형준의 인식이 보여주었듯이, 우리 사회도 갈
수록 전신은 마비되고 한두 개의 국소기관만 왕성하게 활동하는
생체조직을 양성하는 기술만능주의로 치닫고 있다. 전문교육만 받
아서는 쓸모 있는 기계는 될 수 있겠지만 조화롭게 계발된 인간은
될 수 없다는 아인슈타인의 말처럼 이 작가에게 기대하는 바가 남
다를 수밖에 없는 것은, 인문문화에 적대적인 환경 속에서 스스로
인간의 생생한 아름다움을 꽃피워 그 환경에 숨결과 향기를 불어
넣고자 하는 작가의 강렬한 눈빛이 있기 때문이다.

제 2 부

'판문점', '소시민', 그리고 '큰 산' | 139
이호철의 문학세계

박완서와 6·25 체험 | 158
『목마른 계절』을 중심으로

작품과 시간 | 179
조정래 장편소설 『태백산맥』

불행한 역사가 만든 존재의 그늘 | 200
한승원 소설집 『누이와 늑대』

1980년대 노동운동과 인물 창조 | 218
안재성 장편소설 『파업』·『사랑의 조건』

'판문점', '소시민', 그리고 '큰 산'
이호철의 문학세계

1.

이호철의 소설 하면 맨 먼저 「판문점」의 이 대목이 떠오른다. "2백 년쯤 뒤 판문점이란 고어로 '板門店'이 될 것이다. …… 그때 백과사전에는 이렇게 쓰일 것이다. 1953년에 생겼다가 19○○년에 없어졌다." 그러면서 '19○○'의 '○○'가 과연 어떤 숫자가 될까? 어쩜 이 미지수는 두 자리가 아닌 네 자리가 되지는 않을까 혼자 궁상떨면서 착잡한 기분에 젖어들곤 한다.

그리고 또 하나의 대목이 있다. "결국 죽은 사람은 그렇게 죽어 갔지만, 산 사람은 산 사람대로의 논리로 살고 있었다. 모두 괴어 있는 바닥에서의 괴어 있는 땀을 흘리고 있는 셈이었다"라는 「소시민」의 마지막 구절이다. 여기서 필자는 소설 이전에 글이란 결국 이것이 아닌가 늘 생각해 본다. 특정한 공간과 시간을 떠나서는 존재할 수 없는 것이 생명이기에 사람을 다루는 문학에서야 늘 그때그때 산 사람대로의 논리로 사는 모습을 보여주는 것이 아닌가 하고.

사실 「판문점」과 「소시민」은 이호철 문학의 가장 중요한 상징물이자 주춧돌이다. '판문점'으로 상징되는 분단상황과 소시민, 이것이야말로 이호철 문학세계를 지키는 동네 어귀의 수호물과도 같은 격이다. 그래서인지 이호철 하면 왠지 1960년대 작가라는 고정관념을 부지불식간에 가지게 된다. 저 1960년대 소설의 관념봉우리에 우뚝 선 최인훈과 뚜렷이 대비되면서, 이호철은 분단의 맨 땅 위에 부대끼며 살아 있음을 제 식으로 일구는 일상적 삶의 꿈틀거림, 그 속에서 필자는 역사가 참전된 사람의 살아 있는 본디 모습을 만나게 된다. 그러나 그는 정확히 말해 그 의미라면 1950년대 작가이다. 더 정확히 말하면 손창섭·장용학 등의 바로 뒤를 잇는, 최인훈 등과 더불어 1950년대 2기에 속하는 작가이다. 그는 1955년 『문학예술』 7월호에 「탈향」을 발표하여 문단에 정식 등장한 것이다. 그러나 이른바 1950년대 작가군과 무언중 단절되는 성격이야말로 이호철 소설의 문학사적 위치를 말해주는 것이다. 왜냐하면, 그들을 곧바로 추월하여 그들을 1950년대로 밀쳐 버리고 1960년대를 성큼 끌어안았기 때문이다.

그간 이호철은 월남자라는 특이성을 중시하여 월남하여 생활의 뿌리를 잃어버린 자들의 삶을 그린 작가라거나, 아니면 절박한 현장의 문학으로서 보고문학적 성격을 갖는 작품을 쓴 작가라는 것이 일반적 평가였다. 그러나 결코 체험에 속박당한 작가는 아니었으며, 오히려 과거적 체험과 현재적 삶의 대화를 통해 지속적으로 역사와 현재를 응시하는 나름의 살아 있는 변증법을 구사한 작가였다. 이 점이 바로 1950년대 작가이면서 동시에 1960년대 작가, 더 나아가 현재적 작가로서 생명력을 가질 수 있었던 원동력이 되었다.

2.

이호철의 소설은 한마디로 살아 있다. 관념이나 과장을 용납하지 않는, 있는 모습 자체를, 삶의 꿈틀거림을, 제 식으로 씹고 뱉는 세상살이를 정직하게 직설적으로 담아 낸다. 작가 이호철 앞에는 늘상 실향민작가・월남작가라는 말이 따라다닌다(이 말을 하고 보니 이문구가 이름 붙인 '팥죽 따라지'가 가장 정겹게 다가온다). 어찌 됐든 이 월남자라는 작가로서의 특수성은 분명 그의 문학에서 원형질을 이룬다. 물론 그것은 다른 월남작가에서 곧잘 보이곤 하는 서북청년회적 이념의 혈색과는 명확히 구별된다. 오히려 그 점에서라면 분단상황의 모순 자체가 마치 꿈틀대는 근육처럼 소설의 내적 골간을 이룬다고 할까. 실제로 그의 많은 소설은 자전적 요소가 강력한 자력권을 형성한다. 작가의 삶을 훑다 보면 그만의 특유한 삶의 질감과 양감을 쉽사리 느낄 수 있다.

1950년 6·25 발발. (…중략…) 7월 7일, 인민군으로 동원되어 8월에는 동해안으로 고성까지 기차로, 그 다음은 도보로 울진까지 내려옴. 소위 동해안 방위여단에 소속되어 박격포 중대의 중대장 연락병을 하였으나 이미 박격포는 일문도 없었음. 9월 26일, 바로 추석 날 밤, 북진하는 국군과 맞부딪쳐 일전이 벌어졌으나, 나는 따발총을 등에 메고 있었지만 연락차 정신없이 뛰어다니느라고 총 한 방 쏠 기회가 없었음. 함포의 위력과 제트기의 기총소사 위력을 실감했으며, 이튿날 산산이 흩어져 태백산맥을 타고 북상. 양양 남쪽 수리 뒷산에서 개울을 따라 내려갔다가 다시 도보로 북상. 포로행렬은 꽤나 많은 숫자로 늘어남. 단편 「나상」은 이때의 경험을 토대로 한 것으로 동해변의 가을 햇살이 기초모델이 됐음. (…중략…)

홉곡에서 자형을 만나 그곳 주둔 헌병의 허가로 풀려남. 모친이 부랴부랴 그곳까지 오셨는데, 모친은 밤새 나를 주무르기만 하였음. 그새 가족들은 몰수되었던 집으로 도로 찾아 들어가 있었고, 여기서 한달 남짓 어수선하게 지내다가 12월 초에 중공군 참전으로 후퇴하게 됨. 이 무렵의 이야기는 단편 「만조」, 「빈 골짜기」에 그 편린이 나타나 있음. 단신 배를 타고 월남하여 12월 9일 부산항에 닿음. (…중략…) 3부두에서 부두노동을 했는데, 그때 소년 노동자 하나가 밤중에 '신라의 달밤'을 기차게 부르는 것을 보고 이상한 감회에 젖음. 썩어 문들어진 듯한 세상에 한발 들여놓았음을 실감하면서도, 한편 자유라는 것의 정체가 안온하게 피부에 와 닿았음. 제면소 도제 등으로 전전하다가 고향 아저씨의 연줄로 동래온천장 미군 기관인 JACK 부대의 경비원으로 들어감. (…중략…)

1952년 11월 소집영장이 나와 그대로 내빼어 기피자가 됨. 좌천동, 가야동 등을 전전. 같이 기피했던 송종원이 뒤에 입대했다가 일선에 나가서 죽음. 소설 「어떤 부자 이야기」의 모델임.

— 「자서전적 연보」, 『판문점』, 청계연구소, 1988

특정한 시기를 상세하게 인용한 것은 이호철 소설의 모태가 바로 이 지점에 자리잡고 있기 때문이다. 「나상」·「만조」·「탈향」·「빈 골짜기」·『소시민』·「어떤 부자 이야기」 등 이호철 소설의 중

추를 이루는 일련의 작품군이 바로 역사의 격변기에 휩쓸려 들어
간 작가의 생생한 직접 체험의 산물이다. 실제로 작가는 이들 작품
에 대해 원초적 향수를 느낀다고 곳곳에서 이야기하고 있다. "내
작가적 출발은 바로 이 계열의 주인공에서부터 비롯되었다고 볼
수 있고 내 작가 생활은 「만조」에서 시작되었다고 하겠다. 그런 만
큼 이 계열의 주인공은 나로서도 가장 향수를 불러일으키는 세계
이다. 내 작품세계가 어떻게 변모해 가든지, 그 변모의 '바로미터'
구실을 이 계열의 주인공이 내보인다 할 수 있다."('내 작품의 주인공
들」, 『산이 울리는 소리』, 정우사, 1994) 즉 「만조」의 '인걸이', 「탈향」의
'나'에서 시작하여, 그리고 「판문점」의 '진수', 『소시민』의 '나'를
거쳐 연작 「닳아지는 살들」의 '선재'로 이어지는 과정이 그것이다.
실제로 이들 작품은 이른바 이호철의 대표작으로 대부분 손꼽히는
소설일 뿐만 아니라, 또한 작가세계의 변모 양상을 특징지우는 징
표로서 주로 거론되었던 작품들이다. 가령 임헌영은 「탈향」·「나
상」·「만조」 등 자신의 체험세계를 그대로 드러내며 전후 문학적
분위기를 보여주는 제1기와, 「판문점」·「닳아지는 살들」 등 소시
민들의 불안한 삶을 민족적 시각에서 파헤치면서 분단 문제를 주
된 주제로 삼아 창작했던 1960년대의 제2기로 구분한 바 있다(임헌
영, 「분단시대 소시민의 거울」, 『빈 골짜기』, 청계연구소, 1988).

　이른바 전후문학 작품계열에 속하는 「나상」 등 일련의 초기작
들은 1950년 한국전쟁 당시에 인민군으로 참전했다가 포로가 되었
으며, 일시 풀려나 고향에 돌아갔으나 다시 단독으로 월남한 그
자신의 실제 삶이 고스란히 반영된 체험문학이다. 실제로 작가는
자전적 요소가 승하다고 해서 작중상황이 그대로 작가의 경험은

아니라고 하면서도, 「만조」·「탈향」만은 작가의 분신같이 여겨진다고 그 향수를 고백한 바 있다. 사실 「탈향」·「만조」 등에서는 아직 민족과 역사에 대한 객관적 시선은 자리잡고 있지 않다. 그럼에도 작가가 이들 작품 속의 인물을 분신처럼 여기는 것은 작가 자신이 당시 열여덟의 나이였고, 바로 그 나이에서 급작스레 맞이한 낯설고도 폭력적인 상황에 자기 생존을 추스르기도 바쁜, 고향을 상실한 어린 존재의 외로움, 그런 존재의 자화상을 보여주고 있기 때문이다.

그런데 한편으로 작가는,

> 월남작가라고 하지만 그것이 예컨대 민족문학의 형태로 집단의식화된 것은 『창작과비평』 등을 무대로 하는 1970년대에 들어와서이고 1950년대는 아예 그런 의식마저 없었지요 오히려 그보다 1950년대 중엽에서 4·19 이전까지의 한국문학의 중요한 특색이라고 할 수 있는 것이라면 서구 문학의 왜곡된 영향을 지적할 수가 있지요 특히 실존주의 같은 경우가 그러한데……. 사실 저도 그 무렵에 그런 지적 흉내를 내보기도 했는데, 지금 생각하면 낯이 뜨거워요 곧 사라져 버리게 마련인 거품같이 마구 일어나며 번졌던 당시의 겉도는 분위기에 저도 한동안 현혹되었었지요
>
> —「작가와의 대화」, 『천상천하』, 산하, 1976

라고 상당히 비판적으로 1950년대 문학을 이야기한 바가 있다. 실제로 작가는 1950년대 문학을 조감하는 딴 글에서도 마찬가지 입장을 표명하였다.

> 당시에는 그다지도 떠들썩하였으나, 50년대 작가 시인군의 족적은 이만큼 시일이 지나고 보니까 꽤나 초라해 보인다. 역사의 담벼락에 콱 찍힐 수 있는 작품이 과연 몇 편이나 될까. 시 몇 편과 단편소설 몇 정도나 남게 되지 않을

까 하는 것이 필자의 솔직한 생각이다.
—「50년대 소설 회고」, 『산이 울리는 소리』, 정우사, 1994

아마도 1950년대 전후문학에 대하여 당사자로서 스스로 이만큼 솔직하게 고백한 사람은 없지 않을까 여겨진다. 1950년대 소설의 가장 두드러진 특징으로 손꼽고 있는 현상은 심신의 정상이 상실 상태에 있는 인물들의 과잉현상이다. 이는 좋은 의미에서 이런 부류의 인간들 이 전쟁에 의해서 피해나 상처를 입은 훼손된 삶을 가장 구체적으로 대리하고 있다는 것으로 평가되지만, 그러나 결과적으로 1950년대 전후문학의 대표주자로 흔히 간주되는 작가들은 사실 '그 세대'에 갇힌 채 문학사의 대하(大河)에서 밀려나고 만다. 왜일까? 바로 이 물음에 이호철의 혹독한 자기 진단은 자리잡고 있다. 그것은 혼돈된, 아니 상황 자체에 떠밀려 즉자적 세계의 암울함에 사로잡힌, 자기 정체성의 과잉 치장 때문이다. 오히려 그 점에서 있는 그대로의 삶의 실상을 정직하게 보여주는 것이야말로 그 시대의 존재를 밝히는 의미의 한 층위가 되는 것이다. 바로 그 점에서 이호철의 문학은 다시 살아나고, 그들과는 다른 독특한 특색이 뚜렷이 부각된다. 이 시기 가장 대표적인 작가로 손꼽히는 손창섭의 소설은 그의 자전적 소설 「신의 희작」에서 자기 본질을 명확하게 드러낸 바 있다.

여자에 대한 어처구니없는 복수행위는 여기서부터 시작되었다. 성욕을 합리화시키기 위해 복수심을 불러일으키는 것이 아니라, 그와는 반대였다. 그의 경우 정체불명의 터무니없는 복수심은 대개 성욕을 자극하는 기묘한 심리적 현상으로 나타났다. 복수의 쾌감은 곧 섹스 어필과 통했던 것이다.

극단적 인물형상이 의미하는 바는 바로 여기에서 드러나듯 비극적 상황에서 표출되는 인간심리라는 추상화된 보편적 철학의 외양을 걸치고 있다. 말하자면 실존주의 같은 외국문학 속의 사상적 영향에 대한 지적 흉내였고, 이 시기 소설의 또 다른 특징이라 할 수 있는 과잉 관념성 역시 이와 긴밀한 관련을 맺고 있다. 그런데 이호철의 소설은 적어도 '정상적 상태'에 기초해 있다. 말하자면 시대적 상황에 정직하게 맞대면하는 인물의 형상과 세상살이에 대한 체험적 진실에 기초해 있다. 작가 스스로의 설명을 보자.

> 『소시민』 속의 상황이 이미 부유하면서도 물큰하게 썩은 상황이었고 그리하여 이 속의 주인공이던 '나'가 그 썩어 가는 상황에 물들어 가지 않으려고 발버둥치고 있지만, 그 상황의 연속인 환도(還都) 후의 상황은 '진수', '선재' 등으로 어쩔 수 없이 그 속에 말려들어서 같이 썩어 가고 상해 가고 있는 것이다. 「만조」 속의 '인걸이'가 아직 상황에 물들지 않은 천진성과 물기로 차 있고 천진난만한 낙천주의, 밝고 맑은 긍정색(肯定色)으로 차 있지만, 이 '인걸이'는 「탈향」, 『소시민』 등에서 상황이라는 외계에 통째로 부대끼면서 드디어는 '선재'의 그 그늘진 음영, '페시미즘'으로 때가 묻고, 「판문점」 속의 '진수'처럼 비꼬이고 체념에 사로잡히게 되는 것이다.
>
> —「내 작품의 주인공들」, 앞의 책

작가 스스로가 진단한 인물의 성격변화는 자기 삶이 뿌리째 뽑혀 버린 상황을 점차 사회·역사적 차원에서 직시하면서 삶과 결합되어 투사된 인물의 변화양상들이다. 그런데 「탈향」·「나상」 등 초기작의 인물을 두고 흔히 뿌리뽑힌 자들의 방황과 자기 상실의 문제를 잘 그려냈다고 평가를 하지만, 그리하여 왜소한 모습으로 뒤틀린 서사적 자아의 소설적 형상들로 바라보기도 했지만, 이 역시 성급한 일반화라는 생각이다. 오히려 '인걸이'와 같은 천진난만한 묘한 낙천주의의 정체를 해명하는 일이야말로 이호철 소설만의 독특한 개성을 밝히는 한 단서가 된다.

①야하, 부산은 눈두 안 온다, 잉.
②야하, 눈이 내린다.

①·②는 「탈향」과 「나상」에 각기 나오는 대목으로, 삶의 고달픔이 주된 정조로 자리잡고 있는 작품의 전반적 분위기에 비추어 보면 다소간 파격에 해당되면서 동시에 기묘한 울림을 던져 준다. 혹자는 여기서 북쪽에 고향을 둔 사람으로서 실향민(피난민)의 의식을 읽어 내겠지만, 필자는 그것을 넘어서는 더 중요한 측면으로서 '천진난만성'을 이야기하고 싶다. 「탈향」에서 가장 막내인 하원이 자주 울먹거리며 애스럽게 지껄인 이 대목, 포로가 된 형제 중 바보인 형이 또 혼자 지껄이는 이 대목, 그러나 기실 '나'나 '동생'의 저 내면 깊숙이 자리잡고 있는 때문지 않은 심상의 한 표출이 이것이다. 포로가 된 극한상황에서 동해안의 가을 햇살이 모티프가 된 「나상」이나 「닳아지는 살들」의 작품 전반의 배음(背音)을 이루는 '꽝 당 꽝 당' 소리 역시 마찬가지이다. 일상적 삶의 억압 속에서 그 억압을 뚫고 불쑥 솟구쳐 나오는 이 소리, 그 속에 담긴 자연의 끌어안음은 본래적 천성의 숨소리이다. 천이두가 「이호철론—묵계와 배신」에서 지적한 바 있는 문체적 특징도 이와 깊은 관련이 있다. 즉 이호철은 작중현실에 어떤 분위기를 조성해 줄 만한 몇 가지 티피컬한 요소, 소리나 냄새, 빛깔 혹은 어떤 자연사

물 같은 것 등을 도입하여 그것을 구체적인 작중의 액션과 밀착시 킴으로써 그러한 요소들이 작품의 테마를 뒷받침할 만한 효과적 인 라이프모티프가 되게 한다는 것이다. 실제로 작가는 「닳아지는 살들」의 소리가 1971년 당시 이 남쪽 세상에서 느끼는 '북쪽'의 소 리였고 실체였다고 밝힌 바 있다.

일찍이 염무웅이 이호철 소설의 특징으로 지적한 바 있는 '벌거 숭이 천진난만성'도 바로 이것이 아닐까 싶다. 한 예로 염무웅은 작가의 자서전적 연보의 한 대목, "1950년 5월 17일 (…중략…) 연 행되어 남산 지하실에서 2개월 조사받음. 그때의 7개월의 생활은 평생에 가장 괴로운 것이었음. 두 달 동안 태양 못 보는 괴로움을 절감함. 7월 13일, 서울구치소로 이감. 9사 상 37방에서 비로소 보 이던 잔뜩 흐린 하늘은 훨훨 날 것 같았음. 감옥에 갇히면서 훨훨 날 기분을 맛보는 자신이 내심 어이없기도 했으나, '태양의 찬가' 란 노래를 흥얼거릴 정도로 신났었음. 감시 헌병이 이런 나를 이상 한 눈길로 들여다보고 있었음"을 두고, "그러나 두 달 동안 태양을 못 보다가 잔뜩 흐린 하늘이나마 하늘을 보게 되었을 때의 감격은 이 모든 상식적 관점을 뛰어넘어 동심적인 해방감을 맛보게 하는 것이었다. 이 순간에는 억울하게 감옥에 왔다는 사실 10·26 이후 의 온갖 정치적 격동, 아니 생애 전체의 현실적 연관들이 전면적으 로 무화되고 오직 유구한 하늘과 벌거숭이 인간만이 마치 창세기 의 그날처럼 남는다"고 말했다. 작가는 염무웅의 이런 분석을 두고 "바로 그 너머에는 염교수와 작가인 나 사이에 도저히 메울 수 없 는 중요한 함정 하나가 가로놓여 있어 보인다. 이 함정은 문학사조 면에서는 리얼리즘과 낭만주의의 갈림길로도 되겠다. 사실 여기서부터 문학을 둘러싼 영원히 풀릴 길 없는 논의가 시작된다. 다만, 작가인 나의 경우에는 이 점에서부터 문학은 시작된다는 생각인 반면에, 염교수의 경우는 이 지점에서 다시 현실 문제에 뜨겁게 돌아와야 한다는 당위 같은 것이 깔려 있어 보인다"(「작가의 문학관과 평론가의 현실」, 『산이 울리는 소리』, 정우사, 1997)라고 했다.

실제 작가는 자신의 문학을 '리얼리즘'이란 척도로 가두려는 것을 강하게 부정한다. 오히려 '낭만주의'에 더욱 친화감을 내보인다. 이런 작품 경향과도 관련해서도 이 묘한 울림을 던져 주는 '천진난만성'의 해명은 더더욱 필요해진다. 실제로 이 천진난만성은 「판문점」에서도 『소시민』에서도 지속적으로 관통되는 이호철 문학의 본성과 같은 것이며, 나아가 그의 소설만의 독특한 성격을 부여한다. 가령 「판문점」에서 심각한 이야기를 하는 북의 여기자에게 "이봐, 금니 어디서 했어?" "살구알 냄새가 나, 네 머리에서"를 읊조리는 '나', 그리하여 작품 대미를 "기집애, 조만하면 쓸 만한데, 쓸 만해"로 장식하는 작가의 처리는 상식을 뛰어넘는 작가적 기질의 산물이다. 사실 『판문점』은 작가의 초기 작품과 후기의 리얼리즘적 경향을 연결시켜 주는 데 중요한 역할을 한 것으로 평가받아 왔다. 또한 형과 형수의 소시민적 생활 속에서, 그리고 남북의 이질적 대화 속에서 극심한 소외감을 느끼지만 결국 통일되고 말 것임을 주의 깊은 시선으로 던져 준 작품으로 인식되어 왔다. 오히려 그런 점에서 「판문점」의 주인공을 통해 말하고자 한 바는 단순한 소외감의 표출이 아니라 근원적인 어떤 성정(性情), 나아가 외적 상황에 파괴되어 가는 '벌거숭이 인간성'의 중요성을 환기시켜 준 데 있지 않을까? 그 표출 형태야 어떤 때는 재기발랄

함으로, 혹은 비비꼬임으로, 혹은 쓸쓸함으로 드러날지라도 말이
다. 그런 점에서 「큰 산」은 이와 연관하여 여러 모로 시사점을 던
져 준다.

> 그 큰산은 청빛이었다. 서쪽 하늘에 늘 덩더룻이 웅장하게 퍼져 있었다. 아
> 침 저녁으로 혹은 네 철을 따라 표정은 늘 달랐지만, 근원은 뿌리깊게 일관해
> 있었다. 해뜨기 전 새벽에는 청청한 빛으로 싱싱하고, 첫 햇볕이 쬐면 산머리
> 에서부터 백금색으로 빛나고, 햇볕 속의 한낮에는 멀리 물러앉은 청빛이었다.
> 해질녘 저녁에는 골짜기 하나하나가 손에 잡힐 듯이 거멓게 윤곽을 드러내
> 고, 서서히 보랏빛으로 물들어 간다. 봄에는 봉우리부터 여드러워지고, 겨울
> 이면 흰색으로 험준해진다. 가을에는 침착하게 물러앉고, 여름이면 더 높아
> 보인다. 그 큰 산 쪽으로 샛바람이 불면 비가 왔고, 큰 산 쪽에서 바다 쪽으
> 로 맞바람이 불면 비가 그치고 하늘이 개었다. 그 큰산은 늘 우리 모든 사람
> 의 마음속에 형태 없는 넉넉함으로 자리해 있었다. 그 큰산이 그곳에 그렇게
> 그 모습으로 뿌리깊게 웅거해 있다는 것이 늘 안심이 되었던 것이다.
> 깊숙하게 늘 안심이 되었던 것이다.
> 아, 그 큰 산, 큰 산.
> ─「큰 산」, 『한국소설문학대계』 제39권, 동아출판사, 1995, 482면

고무신짝을 두고 벌어지는 작은 에피소드에 감탄사까지 구사하
여 '아, 그 큰 산'을 영탄하는 작가의 마음은 무엇일까? 작가는 그
고향마을을 발아래 거느리고 있던 큰 산, 그것이 못내 안 잊혀 스
스로 '견산'이란 자호(自號)를 붙였다고 한다. 물론 소설 자체는 이
기주의로 극대화되어 가는 황폐한 소시민 의식의 비판에 있다. 그
러나 그 비판보다도 정작 필자의 가슴에 아로새겨지는 것은 '큰
산'으로 상징되는 어떤 본원적인 대상에의 갈구이다. 이런 갈구가
배면에 깔려 있기 때문에 그의 많은 세태풍자소설은 상대적으로

왜소하고 구질하기만 한 '소시민의식'의 비판으로 더욱 예각화되기도 한다.

3.

이호철의 대표작이라 할 수 있는 『소시민』은 우리 소설사에서 보기 드문, 아니 1951년 부산의 피난시절을 다룬 유일한 장편소설이기도 하지만, "50년대와 60년대, 그리고 오늘 이 시대까지 일관하게 관통하고 있는, 분단시대의 핵심을 여실하게 잘 드러내고 있는 드문 작품"(염무웅, 「개인사에 부각된 민족사」, 『소슬한 밤의 이야기』, 청아출판사, 1997)으로 더더욱 중요하다. 필자 역시 이런 판단에 동의하거니와, 어찌 보면 이호철 소설의 본령은 여기에 있지 않나 생각한다. 우선 작품 자체가 자신의 체험을 기반으로 한 진실성을 확보하고 있거니와, 월남자로서 갖는 독특한 삶의 유형이 당대 사회체제 속에서 어떻게 자신의 삶을 추스르고 있는가를 생동감 있게 목격할 수 있기 때문이다. 그리고 무엇보다 우리는 전쟁으로 인한 사회적 변동 속에서 부침을 겪을 수밖에 없는 인간군상을 제면소라는 한 공간 속에서 여실히 마주할 수 있다. 과거 좌익운동에 참여했다 목매달아 죽고 마는 강영감, 완강하게 자신의 이념을 사수하려 했지만 결국은 소심하게 즉물적으로 퇴화되는 정 씨, 순박한 농촌아낙네가 전쟁의 소용돌이에 휩싸여 결국은 미국인을 상대하는 댄서로까지 전락하는 천안 색시, 그 어떤 것과도 무관한 채 충직한 일꾼으로 살아가는, 그러나 왜정 말기의 전시(戰時)에 포박된 의식의 불구자인 신 씨, 그 외에도 제면소 주인의 형이나 주인 등등의 인물의 쇠락이나, 강영감이나 정 씨와는 다르게 과거와 작별하고 새 질서에 발빠르게 편승하여 신분상승하는 김 씨, 장사꾼으로 수직 상승하는 고향 아저씨 등등 다채로운 삶의 양식이 일상성의 생활공간 속에 구체적으로 형상화되어 있다.

이런 1950년대 풍속화가 가능하게 된 것은 무엇 때문일까? 작품 속의 화자이자 기실 작가 자신이기도 한 '나' 스스로가 "과연 이 지점에서 각자는 어느 곳으로 향하고 있는 것인가. 나는 나 나름의 감수성과 비평안(批評眼)으로 이 완월동 제면소를 둘러싼 한 사람 한 사람을 적지 않은 호기심으로 바라보기 시작했다"라고 밝혀놓고 있다. 실제 소설은 나의 일상을 중심으로 자신이 거처하고 있는 '제면소 사람들'과의 생활 속에 부딪치는 이야기로 펼쳐지고 있다. 그 원형이라 할 수 있는 과거 제면소 시절의 일기에 "큰 야심 없이 13년 전의 그 일을 조금씩 픽션으로 변형시켜 써지는 대로 써내려 갔던" 소설이라고 한다. 이 소설의 특징은 바로 여기에 있다. 사후의 진단이 개입해 들어갔겠지만, 무엇보다 그때 그 당시의 눈높이가 결정적 작용을 했기 때문에 이 소설은 단연 활기를 띤다. 이 소설이 당대 대다수 소설의 침울함이라든가 지독한 관념성과 결별하면서 생활 자체의 웃고 우는 실상을 있는 그대로 그려낼 수 있었던 점도 어떤 특정한 이념이나 사상을 성급하게 잣대로 내걸어 조작하지 않았기 때문이다. 무엇보다 '나' 자신의 삶을 유심히 들여다보면 우리는 다시금 예의 그 천진난만함, 성급히 논리화할 수 없는 삶의 교활함이라고도 할 수 있는 복잡성을 간취할 수 있다. 주인 마누라와의 일이며, 매리와의 일 등에서 엿볼 수 있는 혼돈과 갈망의 양상은 그것을 잘 말해 준다.

그러므로 이 소설은 흔히 일반소설에서 볼 수 있는 어떤 결론을 향한 도정을 드러내지 않는다. 계속해서 흐르는 물을 보여줄 뿐이다. 오히려 그 속에서 부침을 거듭하며 허우적이는 인간군상을 보여줌으로써 그 시대의 상황을 역으로 다채롭게 보여준다 하겠다. 말하자면 특정한 시대에 대한 의식적 접근을 하지 않고 살아져 왔던 삶을 있는 그대로 재현함으로써 살아감의 당대적 존재양상을 재구할 수 있는 구체적 근거를 제시해 준다. 물론 소설 속에는 '나'를 통해 어느 정도 진단이나 비판이 이루어진다. 그리고 그 진단이나 비판이 다소간 객기 섞은 투로 곧잘 나타나기도 한다. 가령 정치학도다운 정씨 아들의 단호한 이야기에 대한 소감을 이렇게 정리한다.

죽어 간 정씨가 이렇게 아들 같은 모습으로 둔갑을 해 나온 것이나 아닌가 하는 착각이 들 정도였다. 그러나 역시 이 청년도 정씨가 그렇게도 경멸하던, 벌써 입부터 되까진 자가 되어 가고 있는 것이나 아닌지.

지나간 나날들을 그들 나름으로 저렇게 단순 직절하게 이야기하기는 쉬울 것이다. 이야기란, 말이란 그런 것이다.

이 청년도 이미 너무 심하게 그런 맛에 맛들여 있는 것이나 아닐까. 말의 힘 같은 것을 지나치게 과신하고 있는 것이나 아닐까. 그런 위태위태한 생각이 분명히 스쳐갔다. 오냐, 너 옳다, 너 옳다 하고 한 손을 절레절레 내흔들고 싶어졌다.

—『소시민』, 위의 책, 287~288면

그런데 이런 분명치 않은, 그리고 다소 세상에 대한 체념적 분위기까지 내비치는 생각까지도 사실 그때 그 세상의 이야기임을 의미하는 것이기도 하다. 말하자면 당시의 부산거리는 단순한 피난지 의미를 넘어서 피난의 수도이자 앞으로의 세상을 가늠케 하는 무대이기도 하다. 그러므로 '부유성(浮遊性)'이야말로 이 소설 전체의 바탕색이 된다. 또한 왜 작가가 이 소설의 제목을 '소시민'이라고 하였는지도 가늠할 수가 있다. 왜냐하면 등장인물들의 다양한 삶의 존재양식 속에서 사회의 기초가 되는 가족공동체의 파괴, 고향상실과 함께 주어진 존재 터의 부동성, 연(緣)의 상실로 인한 인간관계의 반목과 질시, 상대적으로 팽배해 가는 사적 욕망체계와 이기주의 양산, 그리고 계층형성 및 사회관계 재편의 혼란성을 엿볼 수 있기 때문이다. 이런 기존질서의 파괴는 필연적으로 사회의 정상성을 극도로 훼손시키고 비정상적인 사회구조를 만들어 놓은바, 이로부터 소시민이란 사회·역사적 존재 양태가 생성되어 나왔던 것이다. 그러므로 이호철의 소설이 분단상황과 소시민을 마치 상관범주처럼 작동시킨 것은 역사와 현실을 그 나름으로 통합하여 이해하려는 노력, 예컨대 통시적 성격과 공시적 성격을 상호 결합하려는 현실인식의 산물이었다.

4.

이리하여 이후 이 문제를 보다 확대시켜서, 작가는 자신의 분신이라 할 수 있는 인물들을 직접 동원하여 시대와 맞대면시킨 방식에서 벗어나 점차 상황을 전면에 내세우기 시작한다. 자전적 계열의 작품에서 주인공의 성격이 상황에 물들지 않는 천진성으로부터 점차 상황에 말려 들어가 부유하는 인물로 변화하는 속에서 작가 자신은 상황 자체를 직시하기 시작한 것이다. 작가 자신의 표현대로 주인공이 중심이 되는 것이 아니라 어디까지나 상황이 중심이 되는 상황소설이 전면에 등장한다. 『4월과 5월』·『남풍북풍』·『문』 등의 장편이 그러하거니와 「큰 산」·「이단자」·「1965년, 어느 이발소에서」 등의 단편에서도 그 초점은 상황에 있다. 가령 「1965년, 어느 이발소에서」는 북한체제가 지녔던 긴장감과 남한체제가 가졌던 해이감을 대조시키면서 북한을 이기기 위해서는 우리가 이럴 때가 아니라 정신을 바짝 차려야 한다는 흔한 말로 대공 경각심을 일깨우는 이야기이지만, 그런데도 도리어 신고를 당하는 역설을 통해 분단체제의 경직성을 풍자한 소설이다. 멧돼지와 집돼지를 등장시켜 우화적 방식으로 분단체제의 질곡을 풍자한 「탈사육회의」나 거꾸로 월북해서 북으로 간 사람들을 통하여 월남자들의 삶과 대비시킨 「남에서 온 사람들」 등도 남북 양체제에 대한 비판, 나아가 이 상황 자체가 근원적으로 잘못되어 있다는 인식의 산물이다.

이처럼 이호철 소설을 이끄는 분단체제와 소시민, 전자가 역사적으로 주어진 잘못된 상황이라면, 후자는 현실적 삶의 공간이 형성시킨 잘못된 상황이다. 이러한 양 상황의 결합은 작가 스스로 말해주듯이 "일상의 여러 현상은 반드시 그 자체의 독자성으로만 있는 것이 아니라 개개의 지엽적인 것은 전체성의 파악 속에서만 그 의미가 드러나고 공감의 넓이와 진정한 리얼리티를 획득"(「작가는 말한다─소설작가의 자세」, 『현대한국문학전집』 8, 신구문화사, 1968)하게 해준다. 그럼에도 한편으로 이호철 소설이 풍자적이고 혹은 빈정거리는 듯한, 아니 다소간 모멸스런 표정을 짓는 일이야말로 그의 매력점이다. 작가 스스로가 밝힌 다음과 같은 문학관은 이를 잘 말해 준다.

> 소설가 속에 어차피 다소는 동서하고 있는 예술가는 제멋대로 생겨먹었고 방자하다. …… 소설가 속에 다소는 동서하고 있는 예술가란 첫째, 게으르고 골치 아픈 것을 싫어하고 장난꾸러기이다. 인생과 세상은 자기 취미에 알맞도록만 내다보여지게 마련이다. 여기에 부닥치면 분석하고 분류하고 결론을 내리는 저 논리의 조작, 비평 업무는 무색해진다. 예술가를 달래어 이끌어 가며 결국 그것을 소설 제작에 기술적으로 동원해야 할 사람은 바로 소설가 자신이다. 큰 윤곽은 소설가가 정하지만 디테일에서는 예술가가 동원되어야 한다.
> ─「소설작가의 자세」, 『사상계』, 1965.2

'소설가'와 '예술가'로 양분하면서 작가의 개성을 이야기하는 것이 선뜻 이해가 되지 않지만, 그의 소설을 읽다 보면 누구든 이러한 특징을 쉽게 간파할 수 있을 것이다. '소설가 속에 다소는 동서하고 있는 예술가'의 '게으르고 골치 아픈 것을 싫어하고 장난꾸러기'의 기질이 바로 그것이다. 이러한 기질은 결코 낭만적 비약이나 일탈에 해당되는 그런 가벼움은 아니고 현상 자체에 집착

하지 않는 본래적 자유분방함, '벌거숭이 천진난만성'에 견주어야
할 것이다. 그런 점에서 '큰 산'의 상징은 그 중요한 징표이다. 그
만큼 이호철은 현실에 충족할 수 없는 근원적 소망, 심층의 의식
을 쉽사리 일상적 범주에 가두는 것을 용납하지 않았던 셈이다.
실제로 그의 삶 속에 드러나는, 현상의 추세 속에서 어느 한편에
손쉽게 발을 담그지 않고 재빠른 걸음으로 종횡무진하는 것도 이
런 기질의 자연스런 발로가 아닐까 싶다. 그런 점에서 지금까지
그가 걸어온 문학적 도정에서 보자면, '큰 산'이 의미하는 작가의
지향점이 추억의 '큰 산'으로서 뒤돌아보면 저 만큼 거리를 갖고
상상되는 표상이 아니라, 미래적 실체로서 점점 가까이 다가오는
현실화의 길로 이어져야 하지 않을까 하는 기대와 함께 일말의 아
쉬움을 갖게 된다.

박완서와 6·25 체험

『목마른 계절』을 중심으로

　　우연히 보게된 어떤 사람의 인상이 한 사람의 전체적 이미지로 자리잡는 경우가 간혹 있다. 설혹 다른 행동과 이미지를 보았을 때도 마치 그림자의 기미처럼 한 자리에 붙어 나를 잊지 말라는 듯 환기되듯. 한 작가의 작품 세계를 볼 때도 유독 어떤 작품이 그렇게 강력한 인상으로 해당 작가의 그늘막을 이룰 때가 있다. 내게 있어 박완서의 작품 가운데 장편 『목마른 계절』이 그러했다. 사실 이 작품을 읽게 된 것은 우연이었지만 막상 작품을 읽고 나니 그것은 마치 박완서의 성숙된 문학과는 맛이 다른, 비유하자면 어릴 적 소녀 형상을 마주한 듯했다. 작품 성취면에서 그리 도드라진 작품도 아니었고, 박완서 문학에서 일반적으로 느낄 수 있는 체취와도 달랐다. 실제로 이 작품은 소설적 묘미 가운데 하나인 묘사의 꽃무리도 별반 없을 정도로 아주 메마르다. 아니 메마르기보다는 가꾸지 않는 어떤 야성의 들판을 떠올리게 만든다. 그러나 메마르고 삭막하고, 심지어 지나칠 정도로 직설적이기도 한 수기적 인상이 마치 이후에 그려나갈 화폭의 밑그림처럼 다가왔던 것 같다.

이 점은 이후에 읽게 된 박완서의 작품을 마주하면서 더욱 그러했다. 특히 그 중에서 자전소설 『그 많던 싱아는 누가 다 먹었을까』 『그 산이 정말 거기 있었을까』를 읽으면서 더욱 확신할 수 있었다. (여기에 한 가지 더 그런 확신을 불어넣어 준 책이 있다. 역사학자 김성칠 교수의 이 시기 일기를 모은 『역사 앞에서』(창작과비평사, 1993)가 그것이다.) 그래서 여기서는 『목마른 계절』(판본 삼성출판사간 『제3세대 한국문학─박완서편』, 1983)을 밑동으로 삼고, 자전소설 『그 많던 싱아를 누가 다 먹었을까』(웅진출판사, 1992)와 『그 산이 정말 거기 있었을까』(웅진출판사, 1995)를 참조하며 박완서 소설의 6·25 체험을 살펴보고자 한다.

1. 전쟁의 상처와 자기 구제로서의 글쓰기

지금은 거의 쓰여지지 않는 말인데 순우리말로 '뜯적거리다'라는 단어가 있다. 자꾸 뜯거나 긁어서 살갗이 벌어지는, 이른바 진집을 내는 것을 지칭하는 말이다. 그런데 이 말이야말로 박완서의 문학의 출발과 뿌리를 상징한다. 1981년 「엄마의 말뚝·2」로 제5

회 이상문학상을 수상하면서 한 수상연설에서 작가는 "우리 겨레의 분단은 이제는 하나의 기정사실입니다. 분단은 오래 전에 피흘리기를 멈추고 굳은 딱지가 되었고 통일을 꿈꾸지 않은 지도 오래된 것처럼 보입니다. 통일이란 말이 도처에 범람하고 있습니다만 산 채 분단된 자의 애절한 꿈으로서가 아니라 그것을 직업으로 삼고 사는 사람들이 만들어 낸 구호로서 행세하고 있을 뿐입니다. (…중략…) 진실로 통일이 꿈인 사람은 끊임없이 분단된 상처를 쥐어뜯어 괴롭게 피흘리게 할 수밖에 없습니다"라고 말했다.

확실히 분단 문제에 관한 박완서의 소설은 거의가 다 일련의 공통성을 가지고 있다. 또한 대개의 작품이 작가의 실제 가족사적 체험과 긴밀하게 연결되어 있다. 실제로 박완서의 첫 작품 장편 『나목』과 『목마른 계절』은 내용상 두 편의 자전소설에서 중추를 차지하고 있고, 그 내용 또한 아주 흡사하다. 따라서 이 문제에 관한 한 이른바 소설의 본질적 속성이랄 수 있는 허구와 상상력을 최대한 배제하고 그 자신의 직접적 체험만으로 승부를 거는 전략을 취했다는 점을 자전소설이 역으로 말해준다. 그리고 두 작품 중에서 이런 직접성은 『목마른 계절』에서 더욱 절대적인 강도를 지닌다(『나목』이 전쟁 직후의 풍경이 중심인 반면, 『목마른 계절』은 전쟁기간을 고스란히 담고 있기에 6·25와 분단문학으로서 성격을 더욱 두드러지게 갖고 있다).

왜 작가는 등단작 『나목』(1970)에 뒤이어 작가 자신이 겪은 6·25 체험을 더욱 직접적으로 구체화한 『목마른 계절』(연재될 때의 제목은 『한발기(旱魃記)』, 1971~1972)을 썼을까? 그런데 이 문제에 대해서는 작가 역시 진술하게 자신의 에세이와 그리고 작품을 통해 일찍이 상세히 밝힌 바 있다. 에세이 「다시 6월에 전쟁과 평화를 생각한다」(『여자와 남자가 있는 풍경』, 한길사, 1978)가 그것인데, 여기서 스스로 초기 작품들은 순전히 작가 자신의 구제를 위해 썼다고 고백하고 있다. 작가가 스스로 찾아낸 치료의 방법이 바로 글을 쓰는 일이었다는 것이다. "나의 초기의 작품 치고 6·25의 망령이 얼굴을 내밀지 않는 작품이 없다. 무당이 지노귀굿해서 망령을 천도하듯, 나는 내 글쓰기로 내 속에 꼭꼭 가둔 망령을 자유롭게 풀어주고 아울러 나 또한 자유로와 질 수 있는 지노귀굿을 삼으려 들었다." 덧붙여 몇 달 전 일도 아득하건만 6·25 때의 이야기는 어제라는 듯 생생하다며 이것 또한 건망증 못지 않은 병이라고까지 말한다. 그리고 그 점을 직접 작품으로 표출한 게 단편 「부처님 근처」(1973)이다.

나는 늘 두 죽음(작품 속에서는 작중화자 '나'의 아버지와 오빠—인용자)을 억울하고 원통한 것으로 생각해 왔는데 그 생각조차 바뀌어 갔다. 정말로 억울한 것은 죽은 그들이 아니라 그 죽음을 목격해야 했던 나일지도 모른다 싶었다.

(…중략…)

그 사이에 세상도 많이 변했다. 6·25란 우리가 겪은 수난의 시대를 보는 눈에도 많은 여유들이 생기고 그 시대를 나의 아버지나 오빠같이 지지리도 못나게 살다간 사람들을 보는 눈도 관대해졌다.

나는 이때다, 이때를 놓치지 말고 나도 곡을 하리라, 나도 자유로워지리라 마음먹었다. 나의 곡의 방법이란 우선 숨겼던 것을 털어놓는 일이었다.

(…중략…)

나는 만나는 사람마다 붙잡고 그 이야길 시켰다. 실상은 말야, 6·25 때 말야, 우리 아버진 말야, 우리 오빠 말야, 오래 묵은 체증을 토하듯이 이야길 시켰다. 그러나 아무도 내 비밀을 재미있어 하지도 귀를 기울여 주지도 않았다.

듣는 사람이 없는 곡성이 무슨 의미가 있을까? 상주도 문상객이 있어야 곡을 할 게 아닌가?

그 시대를 보는 눈이 관대해졌다는 건 그만큼 무관심해졌단 의미도 된다는 것을 나는 비로소 알았다.

(…중략…)

나는 그 얘기가 하고 싶어 정말 미칠 것 같았다. 나는 아직도 그 얘길 쏟아 놓길 단념 못하고 있었다. 어떡하면 사람들이 내 얘기를 끝까지 들어 줄까. 어떡하면 그들을 재미나게 할까. 어떡하면 그들로부터 동정까지 받을 수 있을까. 나는 심심하면 내 얘기를 들어 줄 사람의 비위까지 어림짐작으로 맞춰가며 요모조모 내 얘기를 꾸며갔다.

―「부처님 근처」, 『나목·도둑맞은 가난』, 민음사, 1977(개정판), 339~342면

2. 『목마른 계절』의 사실적 측면과 미학적 측면

앞선 설명과 예문에서 알 수 있듯이 박완서 분단소설의 본질은 자기가 겪은 가족사의 비극에 있다. 그렇기 때문에 80년대 한국소설의 가장 큰 수확으로 간주하는 조정래의 『태백산맥』 등과는 사실상 그 원천을 달리 한다. 오히려 그런 각도에서 보자면 한계로 지적되는 이데올로기의 희생물로서 개인사나 가족사의 비극을 그린 범주에 속한다. 그리고 이런 부류에서 평가의 잣대로 흔히 삼는 전형성이나 총체성의 미학적 범주와는 거리가 먼 위치에 박완서의 소설은 서있다. 개인성(개별성)과 구체성에서 출발하여 그것으로 끝나는 매우 단순한 소설구조라 할 수 있다. 그러므로 한국전

쟁과 분단 체제의 고착이라는 역사적 큰 시야의 틀을 전제로 하여 이 작품을 보자면 별다른 주목을 받기 힘들다(실제 그러한 측면에 근거하여 박완서 소설의 한계로 경험의 직접성에 갇혀 시각의 협소를 지적하기도 한다).

그러나 민족적인 비극이었다고 하더라도 그 상처는 각각 깊이가 다른 개인적인 것이라는 데 주목할 필요가 있다. 소설이 역사와 다른 차원의 움직임을 갖는 것도 그 때문이다. 따라서 박완서의 이 계열 작품을 이해하는데 필요한 일차적인 사항은 경험성 자체에 대한 깊이 있는 탐색이다. 그리고 개별성의 구체성을 최대한 통과하여 이른바 보편성이나 일반성의 속성들이라 부름 직한 역사의 강과 어느 만큼 의미 있게 만나는가를 보는 일이야말로 소설 성취를 가늠하는 핵심적인 관건이 될 터이다. (그리고 이 점이 박완서 소설의 대표적 경향으로 지칭하는 세태소설적 측면을 단순한 세태가 아닌 가족사의 교과서로 이끄는 문학적 매혹이기도 하다는 생각이다.)

그 점에서 먼저 『목마른 계절』의 사실적 측면과 미학적 가공의 문제를 미리 점검해두고자 한다. 자전소설과 『목마른 계절』을 대비해보면 전쟁 체험의 실상은 거의 동일하다. 먼저 자전소설에서 밝혀진 내용을 『목마른 계절』의 범위와 관련지어 시간의 추이에 따라 간략히 간추려보면 다음과 같다.

①6·25 발발: 갓 대학 입학. 오빠는 좌익활동을 하다 전향하여 당시 서울 인근 학교에서 교편을 잡고 있음. 아버지 일찍 사망. 어머니와 올케와 함께 살고 있음.
②9·28 수복 전: 인공 치하에서 주인공 민청에서 활동. 오빠, 의용군으로

끌려감.

③ 9 · 28 수복 후 : 민청 활동에 대한 고발로 혹독한 취조와 수모당함. 오빠, 의용군에서 도망하여 집으로 옮. 학교 갔다가 국방군 오발사고로 다리 부상.

④ 1 · 4 후퇴 : 부상당한 오빠 때문에 피난을 갈 수 없어 위장피난 형식으로 현저동 산동네로 가족 피난. 먹고살기 위해 올케와 도둑질까지 함. 다시 인민군이 후퇴하기 직전 인민군의 강압에 의해 주인공과 올케만 북쪽으로 피난. 이들은 임진강을 넘지 않고 교하 근처에서 숨어있다 인민군 완전 후퇴 후 서울로 돌아옴. 그리고 전 가족이 집으로 돌아옴.

⑤ 1951년 중순 : 다시 후퇴령이 내려 이번엔 한강 이남으로 피난. 다시 서울로 돌아옴. 그리고 얼마 후 오빠가 죽음.

자전소설에서 정리된 위의 내용과 『목마른 계절』이 다른 점은 ⑤까지 가지 않고 ④에서 작품이 끝난다는 사실이다. 그리고 내용상 특이하게 다르게 나타나는 점은 오빠의 죽음이다. 자전소설에서는 관통상의 후유증으로 결국 어느 날 집에서 조용히 병사(病死)한 것으로 나오는데, 『목마른 계절』에서는 주인공과 올케가 교하로 피난 간 사이 인민군 황소좌에 의해 총살당한 것으로 그려진다. 결국 약간의 차이는 있지만 『목마른 계절』이 박완서의 개인적 체험의 직접적 산물임은 충분히 가늠할 수 있다. 물론 자전소설과 비교해볼 때 『목마른 계절』은 그밖에도 몇 가지 점에서 미학적으로 가공되어 있다. 가장 중요한 특징은 삼각관계를 형성하는 애정 갈등 문제가 꽤 중요한 골조를 이루고 있다. 그런데 신기하게도 소설을 전부 읽고서도 이 문제가 소설 속에서 별반 중요한 문제틀로 다가오지 않는다. 정직하게 말하면 이 문제가 온전한 제 크기와 확산력을 갖지 못한 채 6 · 25가 야기한 가족의 비극적 삶에 짓눌려 버렸다고 해야 할 것이다.

소설 자체의 출발부터가 바로 애정 문제의 단초로 이루어진다. 작가의 분신이랄 수 있는 '하진'이 부잣집 친구 '향아'네 집에서 그녀의 약혼자 '민준식'의 사진을 보며 미묘한 질투심을 내보이는 것이다. 전쟁이 발발하기 직전이었다. 이미 진이는 B고녀 졸업식 때 준식을 향아의 소개로 잠깐 보았고, 대학 입학 후 우연히 학교 숲 속을 걷다 민준식과 짧은 만남을 가진 바 있다. 그 풍경은 사실 상당히 매력적이다. 진이가 숲 속을 이리저리 헤치고 있다가 풀밭에 누워 신문지를 덮고 잠이 든 민준식의 코고는 소리에 소스라치게 놀란다. 그러다 일순 코고는 소리가 한동안 멎자 불안해진 진이가 그를 흔들어 깨운다. 잠깐의 이야기가 오고간 후 구면의 아가씨에게 인사하는 것을 잊을 뻔했다며, 민준식은 돌발적인 모습을 내보인다.

한 손으로 제 무릎을 탁 치며 수선을 떨더니 서서히 팔을 벌려, 멍청하게 앉아 있는 진이를 반항할 겨를도 없이 난폭하게, 그러나 능숙한 몸짓으로 끌어안고 볼을 자기 입술로 지긋이 누르고 나서 놓아준다. 일순의 일이었다.

그러나 남자와 여자와의 접촉은 일순에 지나가 버리지 않는 무엇을 남겼고, 진이는 그 무엇으로부터 민첩하게 자기를 수습하지 못해 한동안 멍했다. 따끔한 턱과 부드러운 입술이 잠시 볼에 닿았을 뿐인, 극히 단순한 접촉에는 황홀한 기쁨이 있었다. 그건 전연 예기치 않은, 새로운 감각의 각성이었다.

준식의 무심한 동작에는 날카롭게 날[刀]이 선 관능이 비장되어 있었고, 그 날이 드디어 진이의 감각의 생경(生梗)한 외각(外殼)을 찌른 것이다.

그녀는 뒤늦게야 얼굴을 붉히며 발딱 일어섰으나 창피하게도 호흡이 고르지 못했다. 아릿한 아픔이 곁들었으면서도 비할 나위 없는 쾌미감의 여운은 아직도 싱싱하고 강렬하여 그녀는 거의 질식하고 말 것 같았다. 그녀는 신기한 듯이 벌렁 누워 있는 준식을 굽어본다.

—『목마른 계절』, 13~14면

물론 좋은 집안 출신의 민준식이 좌익활동을 한 것으로 예시되어 그와 비슷한 입장이었던 진이와의 향후 추이를 흥미롭게 암시하게끔 한다. 실제로 진이가 인공 치하에서 민청활동을 할 때 민준식을 세 번 만나게 된다. 처음엔 이야기도 나누지 못한 채 멀리서 바라보기만 했는데도 진이는 자신의 초라한 모습을 부끄러워하며 그 앞에 '정녕 아름다운 여자'이고 싶은 생각이다. 그러나 준식은 짧은 일별(一瞥)을 던지고는 사라진다. 그런데도 "그 일별은 짧았지만 아프도록 날카롭고 관능적이다. 마치 그녀의 관능의 생경한 외각을 찌른 최초의 입맞춤처럼. 외각은 이미 허물어진 것이다. 신선한 욕망, 뜨거운 갈구로 그녀의 내부는 혼란하다"라고 작가는 쓰고 있다. 그리고 길을 걷다 한 번 더 민준식과 만나는 장면은 더욱 이 점을 호기심 있게 부추긴다.

> "한길바닥이 아니라면 여기다 뽀뽀라도 해주고 싶군."
> 그의 손이 한길바닥에서도 거침없이 진이의 뺨을 꼬집듯이 어루만진다.
> "아이 분해. 얻다 대고 그런 징그러운 소릴 함부로……."
> 진이는 거칠게 발을 구른다.
> "고정해요 아가씨. 우린 그런 징그러운 짓을 이미 해봤잖아."
> 그도 그 화창한 초하의 날의 웅덩이 속같이 가라앉은 숲속의 자리에서의 일을 잊지 않고 있는 것일까? 그의 눈빛은 개구쟁이처럼 장난스럽지만 거침없이 욕망적이기도 하다. 진이는 전신이 저려온다. 쾌감 같은 걸로
> 처음 만났을 때부터 그는 그녀의 감각에 너무도 생생하게 와 닿았다. 그가 향아의 약혼자라는 선입관 때문에 좀더 깊은 곳에 와 닿는 것을 은연중 거부하고 있었기 때문일까. 오직 감각으로만 맞는 그는 너무도 생생하게 성적이어서 진이의 결백성은 곤혹을 겪는다.
> ─『목마른 계절』, 73면

그리고 다시 그와 단둘이 있게 되는 기회가 온다. 관계는 조금 더 절실해진 양상이다. 노동당원이 되고자 하는 민준식과 그것을 말리는 진이의 관계가 이미 내밀하게 얽히어 들어감을 보여준다. 실제로 진이는 준식의 손길을 간절히 원해 준식과 손을 잡고 그곳을 벗어나고자 애청하기까지 한다. 그러나 준식은 이 청을 거절하고 출신성분의 오욕을 씻기 위해서 빨치산이나 의용군으로 나설 것이라고 말한다. 그리고 마지막으로 자기가 여자라는 것으로 그를 잡아두려 "그녀는 눈을 감고 볼을 내밀"고 서로 애무한다. 한층 필사적으로 진이가 애무한다. 그러나 그는 떠나버린다.

그리고 그들은 다시 한번 운명적인 조우를 하게 되는데 그곳이 바로 현저동 산동네로 진이가 피난살이할 때 인민군이 되어 그가 나타난 것이다. 물론 그 사이 9·28 수복 후 진이가 향아집에 가서 그녀에게 두 사람의 관계를 노골적으로 밝히는 장면이 있다. 어쨌든 하룻밤을 그들은 함께 보내게 되는데 '도망가자'는 애원에 사랑을 고백까지 한 민준식은 그럴 수 없다며 비극적인 이별을 하게 된다.

이렇듯 실제 묘사량으로 보더라도 적지 않은 분량을 차지하고 있는데도 왜 이 문제가 단순한 삽화처럼 느껴질까. 우선 애정에 얽힌 이야기 자체가 서사성을 갖지 못하고 파편화되어 있다. 몇 번의 만남에 불과하지만 애정 강도는 다소 파격적으로 전개되는 데 반해 그것이 소설적 일상의 삶 속에 녹아들거나 사건으로서 연관을 맺어 펼쳐지지 못하고 몇 장의 사진처럼 부가되는 형식으로 그려지고 말았다. 그렇기 때문에 이 문제는 독자의 관심을 문학적으로 유인하기 위한 소도구 역할 이상을 하지 못한다. 말하자면 연애소설로 편하게 받아들이도록 유도하여 6·25가 야기한 비극적 가족사의 체험으로 들이미는 작가의 의도로만 읽히기 쉬운 것이다. 그러나 자세히 들여다보면 작가 나름의 전쟁관을 미묘한 애정관계로 피력하고 있다. 민준식이 인민군에 지원입대하기 전까지는 꽤 거칠고 다소간 난봉꾼 같은 인상을 주는데, 차차, 그리고 맨 마지막 만남에서는 매우 진솔하면서도 다정다감한 인간형으로 변화되어 있는 것이다. 그리고 그런 변화를 통해 준식의 현실에 대한 체념과 허탈감을 은연중 깔아놓고 있다. 하지만 애정 문제 자체에 대한 소설적 형상은 약하다. 참담한 상황 속에서도, 아니 참담하기에 청춘남녀가 가질 법한 폭발력을 내장한 애정의 형상으로서는 내용만큼 강렬하지 못하다. '도망가자'는 진이의 외침 자체가 다소 공허하게 들리는 것도 그 때문이다(이런 점은 당장 최인훈의 『광장』과 비교해보더라도 충분히 짐작할 수 있다). 그런 만큼 애정 문제에 대한 묘사 자체가『목마른 계절』의 미학적 형상에 다소 부족감을 느끼게 해주는 한 원인이랄 수 있다. 그 외에도 돌발적인 시점이나 서술의 변동이 간혹 이루어져 형상의 연결성이 매끄럽지 못한 감을 주기도 한다.

3. 6·25 체험의 의미와 성과

어쨌든 미학적 허술함이 느껴지면서도 이 작품이 강력한 인상을 남기는 것은 확실히 사실성 때문이다. 그렇다면 박완서의 개인 사(가족사)로서 전쟁 체험이 갖는 의미는 무엇일까. 우선 무엇보다 도 먼저 지적되어야 할 사항은 전쟁 기간의 서울살이를 그리고 있 다는 점이다. 사실 우리가 흔히 분단소설이라 칭하는 것들 거의 대다수는 지방에서의 전쟁 체험이다. '수도'가 정치·사회적으로 갖는 의미는 각별한데 정작 이에 대한 6·25 체험은 거의 전무한 실정이다. 그런 만큼 세상이 자반 뒤집기 하듯 뒤바뀌는 상황 속 에서 기층 민중이 받게 되는 시련과 고통의 실상이 공동체가 가장 느슨하고 생존경쟁이 가장 치열할 수밖에 없는 서울에 가장 심했 다는 사실이다. 가령 『그 산이 정말 거기 있을까』에서 다음과 같 이 토로한 내용은 그런 의미를 잘 보여준다.

> 분하다 못해 생각할수록 억울한 것은 일사후퇴 때 대구나 부산으로 멀찌가 니 피난 가서 정부가 환도할 때까지는 절대 안 움직일 태세로 자리잡고 사는 이들은, 서울 쭉정이들이 북으로 남으로 끌려 다닌다는 것에 대해 아무것도 모르고 자기들의 피난살이 고생만 제일인 줄 알겠거니 싶은 거였다. 부산 대 구 피난살이의 고달픔이 유행가 가락에 매달려 천 년을 읊어 댄대도 어찌 서 울살이의 서러움에 미칠 수 있을 것인가? 그게 왜 그렇게 억울한지 몰랐다. 부러웠기 때문일 것이다.
>
> ─『그 산이 정말 거기 있었을까』, 137면

인공 치하 숙부의 행적을 누군가 고발하여 박완서 또한 함께 연행 당하면서 단말마처럼 형사들에게 거품 물고 퍼부어 댔다는 이야기도 그런 심중을 적나라하게 드러낸다.

> 그래, 우리 집안은 빨갱이다. 우리 둘째 작은 아버지도 빨갱이로 몰려 사형

까지 당했다. 국민들을 인민군 치하에다 팽개쳐 두고 즈네들만 도망갔다 와 가지고 인민군 밥해 준 것도 죄라고 사형시키는 이딴 나라에서 나도 살고 싶지 않아. 죽여라, 죽여. 작은 아버지는 인민군에게 소주를 꽈 먹였으니 죽어 싸지. 재강 얻어먹고 취해서 죽은 딸년의 술냄새가 땅 속에서 아직 가시지도 않았으라. 우리는 이렇게 지지리도 못난 족속이다. 이래 죽이고 저래 죽이고 여기서 빼 가고 저기서 빼 가고, 양쪽에서 쓸 만한 인재는 체질하고 키질해서 죽이지 않으면 데려가고 지금 서울엔 쭉정이밖에 더 남았냐? 그래도 뭐가 부족해 또 체질이냐? 그까짓 쭉정이들 한꺼번에 불 싸질러 버리고 말지.

—『그 산이 정말 거기 있을까』, 128~129면

그 점에서 전쟁에 대한 이런저런 종합적 평가나 거시적 시야보다 전쟁기간의 좌우정권이 실제 민중들의 의식에 어떤 영향을 불러일으켰는가 하는 매우 사실적인 체험적 인식을 눈여겨볼 필요가 있다. 『목마른 계절』에서 '황소좌'의 입을 통해 다음과 같이 진술한 대목은 그 점에서 의미심장하다.

그는 처음 서울에 입성하던 춥디추운 한겨울밤의 일들을 회상한다. 물론 그는 6·25 때처럼 제법 시민들의 환영 속에 서울에 입성하리라곤 기대하지 않았지만 밤중에 빈집 들 듯이 싱겁게 입성하여 날이 밝은 후 확인한 서울의 완전무결한 공허 그 몸서리쳐지는 허망은 마치 기습을 당한 기분이었다.

안심하고 점령한 요새에 뜻하지 않은 병력이 잠복해 있다가 점령군을 기습해 치명적인 타격을 입히듯이 서울의 공허가 그를 기습하고 그는 그 타격으로 적지않이 비틀대고 있었고, 그 무렵 그는 진이네와 갑희네를 알게 된 것이다. 진이와 갑희를 못 만났던들 이 H동이야말로 당장 불질러 놓고 싶을 만큼 그의 울화통을 건드리는 동네였다.

H동, 이 부스럼딱지처럼 더러운 빈촌까지 깡그리 빈집일 게 뭐람. 가난뱅이들, 이른바 무산계급까지도 우리에게 등을 돌렸다는 건 참을 수 없는 배신이다. 적어도 나는 무산계급, 피압박계급을 위한 투쟁에 헌신했고, 남조선 해

방의 최전방에 설 수 있는 걸 영광으로 알았고, 이 위대한 전쟁에 가족을 잃고 혈혈단신이 된 것이다. 기름진 부르조아, 줏대 없는 소시민들이 다 등을 돌린 건 당연하다손 치더라도 가난뱅이들만은 우리편이어야만 이번 전쟁의 명분이 서고 고달픈 혁명사업이 고무적일 수 있지 않은가?

—『목마른 계절』, 270면

사실 이 점에서 『목마른 계절』처럼 인공 치하(6·25 전쟁 발발로부터 1·4 후퇴에 이르는 동안)의 서울을 배경으로 한 염상섭의 『취우(驟雨)』도 주목된다. 그러나 제목에서 알 수 있듯이 염상섭은 이 작품에서 전쟁을 '한바탕 지나가는 '소낙비'로 은유하면서 오히려 전쟁이란 상황 속에서도 온존하는 일상의 속악한 측면과 인간 욕망, 특히 중산층 의식을 치밀한 세태 묘사로 그려나갔다. 이 작품이 애정 문제에 치중하고 있어 신문 연재소설이었다는 점까지 감안하면 다분히 통속적인 요소가 없지 않고, 무엇보다 비극적인 전쟁 상황이 배경으로 물러서 있다는 점에서 박완서의 『목마른 계절』과는 성격을 달리 한다(물론 염상섭의 특장이랄 수 있는 관찰자적 시선에 의해 심리와 정황의 세부 묘사는 주목할 만하고, 좀더 긍정적인 차원에서 전쟁의 광풍 속에서도 부정될 수 없고 여전히 존재하는 일상적 삶에 대한 포착으로 평가할 수 있다. 말하자면 중산층 가족을 중심으로 비극적인 전쟁시대를 이기적 삶의 양식으로 변환함으로써 전쟁을 일방적 수난자의 입장에서 파악하는 태도와 구별되는 독특한 면모로 볼 수도 있다).

오히려 이 점에서 박완서의 문제 의식과 매우 상통하는 것은 김성칠 교수의 『역사 앞에서』이다. 가령 좌익 활동을 했던 한 인사가 9·28 수복 후 찾아와 "내가 서울 와서 가장 상심한 것은 내 형적이 탄로가 났다는 사실보다도, 인민군이 패하여 도망갔다는 사실보다도, 인민공화국의 정치가 철두철미 인심을 잃었다는 사실입니다. 그야 쫓겨간 며느리 편 드는 시어머니 없다는 격으로 인심이란 으레 그런 것이거니 짐작은 가지만, 지금 서울 시민의 적색에 대한 감정은 단순히 그러한 것 이상의 뿌리깊은 무엇이 있는 것 같습니다"(『역사 앞에서』, 278면)라고 말하는 것도 박완서와 같은 맥락에 있음을 보여준다.

실제로 위의 진술대로 진이의 태도 자체가 그렇게 변화되어 나온다. 진이는 B고녀 다닐 때 이미 오빠의 영향을 받아 민청 지하조직에 가담하여 정학처분까지 당한 이력이 있었다. 대학에 들어와서도 그녀는 좌익에 우호적이었다. 이 점은 한때 좌익활동에 열심이었다가 전향하여 서울 인근 시골농업학교 교사로 있는 오빠와의 대화에서도 잘 나타난다. 그래서 실제로 6·25 남침 때도 이런 독백을 내보이는 것이다.

> 그렇지…… 전쟁이 살육(殺戮)과 파괴만이 목적이 아닐진대 반드시 썩고 묵은 질서의 붕괴(崩壞)와 찬란한 새로운 질서의 교체가 뒤따를 것이 아닌가?
> 그렇지! 어쩌면? 그럴 수도, 아니, 확실히 그렇게 될지도!
> 두려움과 기대가 반반 뒤섞인 야릇한 흥분이 그녀를 몹시 떠다밀기라도 한 것처럼 그녀는 혜화동 고개를 줄달음쳐 단숨에 집 근처에 와 있었다.
> —『목마른 계절』, 28면

그래서 굴로 피해 있다가 세상이 바뀐 다음 날 이렇게 말하기도 하는 것이다.

> "언니! 인민군이요 이제 됐어요 빨리 집으로 갑시다."
> 진이의 목소리는 부자연스러울이만큼 생기 있게 퉁겼으나 혜순의 가라앉

은 표정에는 끝내 변화가 없다.

"언니! 왜 그러구 있어요? 인민군이라니까. 새 세상이에요. 만세라도 불러야죠."

그녀는 굴 속 식구들에게 들으라는 듯이 크게 외치고 정말 만세라도 부르는 듯 두 팔을 높이 쳐들고 언덕길을 줄달음친다.

"흥. 재애수 없게 빨갱이 년이 섞였었군! 퉤."

염색한 군복바지가 침을 탁 뱉는다.

　　　　　　　　　　　　　　　　　　—『목마른 계절』, 35~36면

　그러나 정작 학교 민청조직에 참여하여 활동하면서 이런 기대와 흥분의 분위기는 달라진다. 거기에 적응시키고자 혼신의 안간힘을 썼으나 겉돌기 시작한 것이다. 한마디로 "당, 인민, 충성에 또 충성, 애국적 영웅적에 또 거듭 애국적…… 온통 애국, 충성, 라디오도 신문도 학교에서도 길에서도 들리는 음악도 시각도 청각도 온통 애국만"(『목마른 계절』, 59면)을 강요하는 데 진절머리를 내기 시작한 것이다. 그것을 두고 작가는 진이의 입을 빌려 '혹독한 가뭄의 풍경' '한발(旱魃)'이라 말한다.

　그 점에서 다음과 같은 묘사는 이 작품 전체의 주조음과 관련해서 의미 있는 서술이다.

　　붉은 건 칸나뿐이 아니었다. 정면 벽 중앙에 늘어진 붉은 깃발, 그 깃발을 중심으로 빽빽이 붙여진 벽보의 핏빛 글씨들—혁명, 원쑤, 타도, 투쟁, 당, 인민, 수령, 영광, 애국…… 머리가 찔하도록 집요한 투지, 집요한 증오, 그리고 애국.

　　또 다른 벽에는 김일성을 중심으로 한 모택동, 스탈린의 대문짝 같은 초상화와 그 밑의 붉은 지도, 며칠 전 바로 진이가 그린 것으로 그 후도 인민군이 새로운 지역을 해방시킬 때마다 붉게 칠해 가기로 돼 있는 이 지도의 붉은

침윤(浸潤)을 보고 있을라치면 진이는 또 한번 한발을 느낀다. 이곳 창 밖의
흰 광장에서 비롯된 한발이 온 누리를 덮어가고 있다고 까닭도 없이 그렇게
느끼고는 몸서리를 쳤다. 그러나 그녀가 느낀 가뭄은 실상은 그녀의 심상(心
像)이었을 뿐, 비오는 날과 개인 날은 알맞게 번갈아 계속되어 땅은 사람들의
전쟁 따위엔 아랑곳없이 화염 아닌 푸르름을 매일매일 생육해 여름은 검푸르
게 무성하기만 했다.

—『목마른 계절』, 60면

바로 이런 시점을 전후로 하여 진이의 시선은 이제 좌익 우호
적인 데서 벗어나 '자연' 자체로 귀환한다. 이 점은 친구 순덕의
입을 통해서 "당원? 그런 건 흥미 없어요. 붉은 하늘이고 푸른 하
늘이고간에 내 고향과 나 있는 곳과는 같은 하늘이어야 된다는 그
뿐이에요. 38선 생각 안나요? 땅이 같아도 하늘이 다르다는 게 얼
마나 두렵다는 건 다 겪었잖아요. 하늘이 붉어도 우리 고장의 들
만 푸르면 난 그만이에요"(『목마른 계절』, 61면)에서도 잘 드러난다.

그러나 오빠 열이 의용군으로 끌려가고 이후 소설의 축은 '사신
(死神)만이 횡행하는 이 죽음의 도시에 움직임이 남아 있다면 그것
은 먹을 것을 얻기 위한 사람들의 끈덕진 상행위였다'는 말처럼
살아가는 몸무림이 처절하게 그려진다. 말하자면 소설의 내용 태
반은 "요즈음의 사람들이 사람을 보는 눈은 남녀의 성별도 용모의
미추도 직업의 귀천도 아니요, 다만 빨갱이냐 흰둥이냐"가 말해주
듯 이데올로기에 의한 수난과 궁핍이며 그것을 벗어나기 위한 하
루살이의 처절한 생존경쟁이다.

여기서 바로 전쟁의 남성성이 적나라하게 드러난다. 사실 소설
속 남성의 대표적 형상은 오빠, 민준식, 황소좌이다. 이리 끼지도

못하고 저리 끼지도 못하는 나약하면서도 양심적인 지식인상을 오빠가 보여주었다면, 기대가 실망으로 변하는 가운데 정신적 진퇴유곡에 점차 빠져 가는 지식인상이 바로 민준식과 황소좌라 할 수 있다. 그러나 어쨌든 형태를 달리하며 그들 모두는 파멸한다.

그 점과 관련하여 사실적 차원에서 『목마른 계절』에 가지는 의아심 하나는 왜 오빠의 죽음을 원체험과 달리 묘사했을까이다. 인민군 군관 황소좌가 거의 광분상태에서 국방군의 부상한 낙오병이라며 총을 난사하는 방식으로 그려놓았다. 그러나 먹고 먹히는 당시의 광포한 보복은 남북 양쪽이 솔직히 대차가 없는 실정이었다. 황소좌 역시 "내 식구도 너희 국방군의 총에 죽었어" 하는 대목에서 볼 수 있듯이 보복심의 발로였다.

하지만 자전소설과 대비하여 볼 때 『목마른 계절』의 이 변형은 문학적으로나 역사적 평가로나 곡해할 소지가 많다. 그 점에서 자전소설의 사실적 서술이 훨씬 감동적이다.

오밤중인지 새벽인지 분명치 않았다. 한잠을 자고 일어났는지 잠 못 이루고 뒤척이고 있었는지도 확실하지 않았다. 울부짖음 같은 소리가 멀리서 들려왔다. 멀다는 거리감이 시간을 거슬러 올라간 아득한 원시로 느껴질 만큼 그 비명은 간략하게 절제돼 있어 사람의 소리 같지가 않았다. 올케가 먼저 화들짝 뛰쳐일어나더니 박차고 나갔다. 올케의 나부끼는 허연 속곳 가랑이를 보면서 나도 비로소 소름이 쫙 끼쳤다. 엄마가 말을 잃은 외마디소리로 우릴 부르고 있었다.

오빠는 죽어 있었다. 복중의 주검도 차가웠다.

그때가 몇 시인지 우리는 아무도 시계를 보지 않았고 왜 엄마 혼자서 임종을 지켰는지도 묻지 않았다. 엄마도 자다가 옆에서 끼쳐 오는 싸늘한 냉기 때문에 깨어났을지도 모른다. 체온 외엔 오빠가 살아 있을 때하고 달라진 건 아무것도 없었다. 눈 똑바로 뜨고 지키고 앉았었다고 해도 아무도 그가 마지막 숨을 쉬는 순간을 포착하지 못했을 것이다. 총 맞은 지 팔 개월 만이었고, '거기'(천안에 있는 오빠의 죽은 전처갓댁―인용자) 다녀온 지 닷새 만이었다. 그는 죽은 게 아니라 팔 개월 동안 서서히 사라져 간 것이다.

―『그 산이 정말 거기 있었을까』, 177면

'죽은 게 아니라 팔 개월 동안 서서히 사라져 간 것'이라는 이 진술이야말로 어떤 흉포한 죽음의 묘사보다도 전쟁의 참상을 날카롭게 환기해준다. 아울러 자연물에 대한 다음과 같은 형상화도 감성까지 변화시킨 전쟁의 비극성을 더욱 짙게 채색해주면서 확실히 『목마른 계절』의 메마름과 구별되는 자전소설의 특징이다.

어떤 집 담장 안에선 큰 목련나무가 빈틈이라곤 없이 피어 있었다. 목련으로선 좀 늦게 핀 게 그 집도 비어 있으리라는 추측과 함께 돌아보고 또 돌아보게 했다. 백목련이었다. 목련은 엉성하게 드문드문 피는 건 줄 알았는데 그 나무는 특이했다. 오래 전에 인적이 끊긴 동네서 그 큰 나무는 집채만한 공간을 빈틈없이 채우고도 모자라 주위에 귀기(鬼氣)랄까 요기 같은 걸 안개처럼 내뿜고 있는 게 괴기해 보였다. 잡기라고는 하나도 안 섞인 순수한 백색이면서 그렇게 처절한 백색은 처음이었다. 백색의 맨 밑바닥 같기도 하고 극에 달한 절정 같기도 했다. 북으로 피난 가면서 폐허가 다 된 마을에서 막 부풀기 시작한 목련 꽃봉오리를 보고 외친 미쳤어! 소리가 또 나오려고 했다. 이번엔 광기에 대한 겁먹음이었다. 불길한 걸 피하듯이 그 집 앞을 지나쳐 오면서 그 백색과 꼭 닮은 또 다른 백색이 의식의 밑바닥에 늘어붙어 있다가, 오래 전에 굳어 버리고 딱지 앉은 감수성을 긁어 대는 듯한 가려움증을 느꼈다.

마침내 그건 흰 옥양목을 마전하고 또 마전하고, 들입다 방망이질하고, 또 마전하기를 원수지듯 되풀이해서 도달한, 마지막 빛깔로 해 입은 청상의 소복하고 똑같은 백색이었다는 걸 깨달았다.

―『그산이 정말 거기 있었을까』, 110~111면

4. 삶과 이데올로기

박완서의 6·25에 대한 문학화 방식은 지금까지 살펴본 대로 분명 역사 자체에 대한 해석은 아니다. 전개되어 왔던 실제 역사를 특정한 인물의 일상적 삶을 통해 그 의미와 혹은 그 속에 담긴 허구와 모순을 드러내는 데 있다. 일상성의 문제에 깊숙이 천착하여 실제 개인의 일상적 삶에 사회의 권력적 힘, 이데올로기 등이 어떻게 작용하고 또한 변화시키고 있는가를 보여줌으로써 직접적인 문제 해결보다는 문제제기의 형식을 취하고 있다. 특히 사회변화의 가장 기초적인 토대인 가족생활, 그리고 구체적 인간(특히 여성) 생활양식의 본질에 문학이 기초하고 있기 때문에 여성학, 가족사회학 등의 분야에서 박완서 소설을 높이 평가하고 있는 것이다. 말하자면 '사람을 잘 살게 하기 위해 사람이 만들어낸' 이데올로기의 덫에 걸려 파멸하는 '군복 입은' 이데올로기, '삶과 결합하지 못한' 이데올로기의 폭력성과 자기 파멸을 특히 남성 형상을 통해 상징적으로 보여주고 있다. 그리하여 그 원인이나 실상을 전혀 이해할 수 없는 일반 대중들, 특히 여성들이 겪게 되는 고통이 핍진하게 재현되면서 가족·친척·친구·이웃 등의 반목과 대립으로 인한 공동체의 파괴, 그리고 이기주의의 독버섯, 이데올로기에 대한 일상적 공포 의식 등이 섬뜩할 정도로 느껴진다. 이를테면 "동족상잔의 비극이나 이데올로기 대립의 원인과 실상을 전혀 이해할 수 없는 입장에서 죽은 남편이나 자식에 대한 원한을 품은 채살아가는 부인들의 삶이 역사의 뒤안길에서 신음"(이효재)하는 박완서 소설의 한 특징이 거기서 배태되어 나온 것이다. 그래서 그는 계속 뜯적거리는 것일까.

작품과 시간

조정래 장편소설 『태백산맥』

1. '『태백산맥』 현상'과 80년대

이제 한 세기 가까운 우리 근대문학사의 두께에서 문학사적으로 가장 행복한 작품은 무엇일까? 필자가 직접 체험한 시기 탓인지 몰라도 조정래의 『태백산맥』은 그런 우문(愚問)을 자연 떠올리게 만든다. 아마도 저 80년대 후반과 90년대 초반을 뜨겁게 달구었던 가히 '『태백산맥』 현상'이라 불러야 마땅할 폭발적인 열광 탓일 것이다. 그래서 어떤 논자는 감히 '이것은 나만의 주장은 아니다'며 이런 평가를 서슴없이 내렸을지도 모를 일이다.

어느 누가 러시아문학사를 쓰더라도 톨스토이나 도스토예프스키 그리고 고리끼와 숄로호프를 빼놓고 그것을 쓴다는 것이 완전히 불가능하듯이 이제 한국문학사에서 조정래를 빼놓고 그것은 쓴다는 것은 마찬가지로 불가능해 졌다. 아니 어쩌면 조정래를 빼고 한국문학사를 쓰는 것은 가능할지도 모른 다. 그러나 소설 『태백산맥』을 제외하고 한국현대문학사를 쓴다는 것은 문자 그대로 "완전히 불가능하다."[1]

실제로 『태백산맥』만큼 사회·문화적으로 여러 면에서 숱한 화 제를 뿌린 작품은 찾기 힘들다. 우선 비평가들로부터 단기간에 그 렇게 집중조명을 받은 작품도 찾기 드물 뿐더러, 사회과학계와 역 사학계까지 파장이 미처 여러모로 사회 각 분야에서 지대한 관심 을 한 몸에 받은 행복한 작품이 『태백산맥』이었다. 그래서 필자도 "적어도 1945년 이후 소설문학에서 현대사 연구를 앞질러나간 소 설로 유일하게 손꼽히는 작품이 조정래의 『태백산맥』이다. 말하자 면 1983년 가을부터 집필하여 만 6년 만에 10권 분량의 살아있는 현대사를 조정래는 작품으로 내놓았던 것이다. 우선 이 작품은 작 가인 조정래조차도 '당황할 만큼' 돌풍을 일으켰고, 흔히 베스트셀 러가 갖는 통속성·상업성과는 질이 다른 작품으로서 이만큼 폭 발적인 판매 부수를 발행한 것은 거의 유일무이하다. (…중략…) 특히 대중의 호응도와 관련하여 우리가 높이 평가해야만 될 사실 은 서슬 퍼런 전두환정권 아래에서 그 정권이 민중에게 족쇄를 채 웠던 것이 바로 분단상황을 빌미로 한 반공이데올로기의 무차별 한 칼날이었기에 이것의 뿌리를 밝혀내어 그것의 허구성과 반민 중성을 여실히 폭로해낸 이 작품의 주제의식은 정권의 칼날에 맞

---

1) 박명림, 「『태백산맥』, '80년대' 그리고 문학과 역사」, 『문학과 역사와 인간』, 한길사, 1991, 52면.

선 위대한 정신의 칼날이라는 점이다"[2]고 그 의미를 밝힌 바 있다. 물론 긍정적 측면에서만 반향이 있었던 것은 아니다. 우익, 보수 단체들이 들고 일어서 '국가보안법 위반' 등의 혐의로 고소, 고발하는 사건까지 일어나 뒤늦게 '이적성' 시비에 휩싸이기도 했다. 가령 당시 『태백산맥』이 야기한 사회적 파장이 어떠했는지는 신문기사 속에서도 쉽게 찾아볼 수 있다.

86년에 출간되기 시작해 89년에 완간된 조정래의 대하소설 『태백산맥』은 250만 부가 팔린 우리 시대의 베스트셀러이자 스테디셀러다. 발간 당시부터 문학계는 물론 각계각층에 큰 반향을 일으켰고 가파르게 진행되던 민주화 투쟁의 막바지라는 80년대 말의 시대 상황과 맞물려 이 작품은 80년대 한국문학사의 가장 큰 성과라는 평가를 받고 있다. 현역작가와 평론가 50명이 뽑은 <한국의 최고 소설>, 출판인 34명이 뽑은 <이 한 권의 책> 1위, 독자가 뽑은 <가장 기억에 남는 작품> 1위, 대학생이 뽑은 <가장 감명 깊은 책> 1위로 기록되기도 했던 『태백산맥』이 뒤늦게 사법의 심판대에 오르게 되었다. 이 작품의 영화화가 40퍼센트 진행된 시점에서 몇몇 단체들이 모여 <자유조국수호연맹>을 결성하고 이 책을 출판한 출판사 대표와 작가를 국가보안법 위반과 명예훼손 혐의로 고소, 고발하는 한편, 영화 제작 중지 요구와 저지를 위한 실력 행사 등의 경고성 발언을 하고 있는 것이다.[3]

사실 당시의 '『태백산맥』 현상'은 그 자체로서도 진지하게 분석해볼 만한 사안이다. 이른바 집단심성이라 칭할만한 80년대적 사회심리와 긴밀히 연결된 이 현상은 당시 계급적·민족적 시각의 복원을 통하면서 당대 현실과 싸워나가면서도 동시에 왜곡된 역

---

2) 임규찬, 「'현실주의 정신'의 실천」, 『왔던 길, 가는 길 사이에서』, 창작과비평사, 1997, 294면.
3) 『한겨레신문』 사설, 1994.5.7.

사의 진실을 복원하는 움직임이 대대적으로 이루어지던 시기의 산물이었다. 그렇기 때문에 지금 이 시기에 『태백산맥』을 논한다는 것은 알게 모르게 이전과 뭔가 달라야 한다는 생각을 강박한다. 사실 『태백산맥』이 1980년대라는 특정시대와 함께 묶여 이미 상징화되고 있는 현실은 그 자체가 이미 하나의 영광된 과거로 고착화될 위험성을 지니고 있었다. 특히 90년대에 들어서서 80년대와 차별화 하는 가운데 90년대의 자기 시대를 규정하려는 의식이 또 다르게 급속히 팽창한 탓에 많든 적든 그런 방향 속에서 지금 우리가 서있는 것도 무시할 수 없다. 물론 지금이라고 해서 『태백산맥』이 창조된 시각으로부터 그리 먼 것도 아니지만, 『태백산맥』은 어느 사이 새로운 운명으로 예전과 다른 시간을 견뎌내야 할 것이다.

2. 『태백산맥』의 역사적 성취와 문학적 성취

발터 벤야민이 말한 대로 역사를 읽는다는 것 혹은 쓴다는 행위는 인류가 걸어온 기나긴 궤적 속에 각인되어 있는, 인간의 의식을 벗어나 있기 때문에 단지 의지만을 가지고서는 떠올릴 수 없다는 기억들을, 즉 체험이 아니라 경험들을 맞이하는 작업이 되어야 할 것이다. 그 점에서 사실 과거란 역사는 후세인에게 개별적인 사실보다는 먼저 종합화된, 그리하여 이른바 '보편화'라는 추상성으로 먼저 다가온다. 개별적 사실을 무시하지는 않지만 개별적 사실의 집적, 그리고 사실들 간의 연관을 근거 삼아 풀이된 해석들간의 경쟁으로 더 크게 비춰지는 것이다. 『태백산맥』에 대한 열광 속에는 분명 그런 '해석' 전쟁을 통한 살아 있는 역사성의 무게가 있다. '전사(前史)' 혹은 '복원'이란 말이 이미 함축하고 있는 역사적 무게 같은 것이다.

출간 당시 『태백산맥』을 주목한 데에는 그런 역사적 측면이 가장 강했다. 말하자면 『태백산맥』은 역사성에 걸맞는 큰 체계를 총체적으로 제시함으로써 문학영역을 뛰어넘는 사회적 의미망을 형성하였던 것이다. 보편화가 우연적 특수성에서 벗어나 사회집단, 계급, 국가의 더욱 큰 부분과의 동일화를 향해 넓혀 나간다라는 사실을 말 그대로 재현해 보였기 때문이다. 특히 분단과 함께 지배구조화된 반공이데올로기 체제 속에서 억지로 사상되어야만 했던, 그래서 '매장'으로밖에 표현될 수 없는 억압적 상황 속에서 흡사 지울 수 없는 인간의 어린 시절에 대한 기억처럼 우리 민족의 과거에 대한 살아 있는 기억 자체로 온전히 복구하였기에 그 무게는 더욱 클 수밖에 없었다. 그렇기 때문에 작품 내부의 세부적인 많은 문제에도 불구하고 대다수가 이 작품을 전폭적으로 지지하였던 것이다.

그러나 『태백산맥』에 대한 당시의 환호 속에는 우리 사회의 낙후성이 가로놓여 있다. 조금 심하게 말하면 '있는 그대로'라는 역사적 사실을 사실적으로 확인해주었을 따름인데, 그것마저 용납하려 하지 않았던 낙후성이 우리를 지배하고 있었던 것이다. 그래서 필자는 많은 이들이 우리 문학의 '최고봉'이라고 성급히 평가한

것에 반대하여 이제야 길목에 접어든 '때 이른 최고봉'이라고 약
간의 반기를 들기도 했다.4)

그렇다면 작가는 전에 없던 무엇을 '있는 그대로' 제시하였는가.
우선 『태백산맥』은 좌익 빨치산의 존재와 그것이 갖고 있는 역사
적 의미를 드러내는 소설로는 거의 유일한 작품이었다. 8만이 넘
는 빨치산들이 죽음을 무릅쓰고 싸운 예는 세계적으로 드문 일이
며, 그것을 풍부하게 문학화한 것은 전적으로 그의 공이다. 그러나
지금까지 금기시된 소재를 문학의 공간으로 끌어와 이른바 산문
적 현실로 재현하였다는 사실보다 더 중요한 문학적 성취는 위대
한 작품들이 보여주기 마련인 한 시대의 토대, 생산관계 및 기본
적인 사회관계들을 모범적인 방식으로 반영하려 하였다는 사실에
있다. 필자가 80년대를 문학사적으로 정리한 글에서 말하고자 한
바도 그런 '모범적인 방식'에 대한 성취를 나름대로 높이 평가한
것이다.

> 특히 문학사적 견지에서 볼 때 『태백산맥』이 인물 및 현실인식 면에서 보
> 여준 계급성의 문제와 민중적 시각의 문제 그리고 전형성 및 총체성의 문제
> 등 문예이론적인 면에서 핵심범주로 기능하던 것들이 결과적으로 충분히 삼
> 투되었다는 점에서, 그리고 그동안 알게 모르게 금기시되어왔던 이데올로기
> 문제를 정면으로 끌어안았다는 점에서 주목할 만하다.5)

말하자면 『태백산맥』은 역사적 성취도 성취이지만 문학적으로

---

4) 임규찬, 앞의 글, 292면.
5) 임규찬, 「분단을 넘어서—민족문학의 현단계와 과제(1)」, 『민족문학사강좌』
　　하, 창작과비평사, 1995, 287면.

도 민족문학적 관점과 리얼리즘 경향의 한 시대사적 응집으로서 역사적 가치를 담지한 작품이었던 것이다.

3. 『태백산맥』의 미학성과 내적 모순

사실 지금까지의 서술에서 보듯『태백산맥』은 80년대라는 거대한 역사적 흐름과 뗄 수 없는 상관성을 가지면서 상대적으로 앞선 작품들과의 비교평가 속에서 정상의 지위를 누려왔다. 그리고 앞선 시대와의 비교라면 앞으로도 여전히 선편을 쥐게 될 것이다. 하지만 각도를 달리 하여 90년대라는 새로운 현실의 눈과 그에 결부된 과거에 대한 비판적 시각을 감안하면『태백산맥』은 이전과 다른 형상으로 보여진다. 이 점에서 가장 무서운 비평가는 시간이라는 사실을 떠올리지 않을 수 없다.

80년대 말의 세계사적 격변을 거치면서 우리가 뼈저리게 느낀점 하나는 우리의 사상적 허약성이다. 동시에 우리가 매우 자족적인 분위기 가운데 일종의 민족주의적 폐쇄성 속에 깊이 함몰되어 있지 않았느냐는 반성이다.『태백산맥』이 과연 분단 자체가 이미 함유하고 있는 대립적 구도 자체를 뛰어넘거나 융합할 어떤 세계를 보여준 것일까? 그렇기 때문에 기실 창조된 작품은 진실, 즉 향유자로 하여금 그가 미적 사변의 세계로부터 다시금 실제 세계로 되돌아올 때 그 자신의 개인적 참여를 '변화시키고 깊이 있게' 할 수 있도록 해주는 통찰과 인식에 근본적인 목적이 있다는 사실에 비추어서도 선뜻 긍정할 수 없다. 솔직히 말하자면 자신이 무대로 삼았던 시기에서 벗어나지 않는 과거사의 재현으로 보여질 따름이다. 그렇기 때문에 이제 『태백산맥』은 한 때의 시간성을 벗어나, 즉 전환과 복원의 80년대성에서 한 발 물러나 좀더 폭넓은 근대적 시야에서 다시금 경험될 필요가 있다.

물론 그렇다고 해서 80년대와 90년대라는 시대적 대별을 명확히 선을 긋듯 차별화하자는 것은 아니다. "인간들은 그들 자신의 역사를 만드나 그들이 마음먹은 꼭 그대로 역사를 만드는 것은 아니다. 그들은 스스로 선택한 환경하에서가 아니라 과거로부터 직접적으로 맞닥뜨리고 주어지고 넘겨받는 환경하에서 역사를 만든다"6)는 사실을 생각할 때 『태백산맥』이 그려낸 과거의 역사는 그 자체로 고유한 의미를 구성한다. 문제는 그런 직접적 역사가 아니라 문학적 형상화를 통해 작가가 창조한 세계 자체의 특성을 통해 우리가 어떤 현실적 의미망을 구성할 수 있으며 그것이 지속적으로 어떤 힘을 환기할 수 있겠는가 하는 것을 탐색해보는 일이다.

작가는 분명 역사의 외면적 총체성을 어떻게 미적 체험으로 만들 것인가를 나름대로 치밀하게 추구하였다. 그래서 과거의 커다란 갈등들을 개인적 형식, 즉 큰 쟁점이 구체적이고 개인적 형태로 나타나는 가정, 친구 및 소집단들의 개인적 관계들 속에서 다양하게 제시하였다. 비록 사건과 감정이 지방적이고 사적이라 할지라도, 어쨌든 그것들을 전형화함으로써 사회적 경향들과 역사적

---

6) K. Marx, *The Eighteenth Brumaire of Louis Bonaparte*, New York, 1963, p.15.

세력들로 보편화하는데 어느 정도 충분히 성공한 것이다. 따라서 당대 사회의 객관적 반영이란 측면에서도 충분한 의미를 구성하고 있다.

더구나 『태백산맥』은 그 자체의 미학적 성취에 의해 실감 있는 세계를 형성한다. 『태백산맥』이 우리에게 주는 감동의 직접적인 원천은 박진감 있는 묘사력에 있다. 전체적으로 자연풍광이나 생활에 대한 묘사뿐만 아니라 인물의 행동묘사나 대화를 통해 자연스럽게 전이되는 성격 묘사, 사건의 극적 장면에 대한 치밀한 묘사 등 소설의 기본요소인 이런 묘사를 통해 작가가 드러내고자 하는 표현이 서로 적절히 화합함으로써, 즉 형상과 사유가 온전히 융합함으로써 어느 정도 생동감과 실감을 느끼게 해준다.

또한 『태백산맥』은 말 그대로 '외연적' 총체성이 아닌 '내포적' 총체성을 지향하는 장편서사의 원리에 비교적 충실하다. 자신의 사회·역사적 환경의 적절한 요소들과 충분한 상호작용을 해나가고 있는 구체적 인간의 총체성을, 그 내포적인 깊이를 독자가 충분히 체감할 수 있을 정도로 미학화되어 있다는 의미이다. 등장인물들이 자신의 구체적이고 개별적인 형식들을 잃지 않으면서 자신의 시대와 환경들에 관련된 모든 사회적 과정들을 자기 안에 담고 있는 전형적인 행동과 상황으로 형상화되고 있다.

이러한 인물의 형상화, 전형화를 밑받침하는 필요조건으로서 우리는 『태백산맥』이 자리한 특별한 토대를 주시할 필요가 있다. 우리는 흔히 『태백산맥』을 두고 해방 직후 분단형성기의 총체적 파노라마라고 하지만, 이 소설은 해방 직후 역사에서 중요사건의 하나인 1948년의 '여순사건'과 '벌교'라는 지방 소읍을 무대로 삼고

서 출발된다. 이른바 '벌교(筏橋)의 사상'이라고까지 칭해진 이 개별성과 구체성의 깊이야말로 『태백산맥』의 최대 성과라 하지 않을 수 없다. 이것은 단순히 알려지지 않은 '벌교'라는 지역을 문학적 대상으로 삼고 거기에 문학적 치장을 잘 했기 때문이 아니다.

[벌교읍은] 군내(郡內) 유일의 상공업도시로서…… 1913년 낙안군이 폐지되어 보성군에 편입된 후 1914년 고상면(古上面)과 고하면(古下面)을 병합하여 고읍면(古邑面)이라 칭하였고 남상면(南上面)과 남하면(南下面)을 병합하여 남면(南面)이라 칭하였는데 동년 10월 다시 고읍면과 남면을 폐지하면서 면사무소를 벌교리에 신축하고 1915년 11월에는 벌교면이라 개칭할 때 당시 순천군 관내인 동초면(東草面)에 속하였던 연산·봉림·호동·장양·회정 등 5개리를 벌교면에 편입시키는 등 일대 혁신하였다고 한다. 1930년 4월에 국철(局鐵)인 송려선(松麗線 : 현 光州線)이 통과하면서부터 제반 기관이 정돈됨에 따라 발전상은 일익 활기를 띠우자 1937년 7월 1일 읍으로 승격되었다.7)

이상의 예문에서도 알 수 있듯이 벌교는 근대와 더불어 태동한 도시이며, 바로 식민지 근대화의 한 전형성을 보여주는 땅이었던 것이다. '벌교'란 이름은 조선전기에 편찬된 『신증동국여지승람(新增東國輿地勝覽)』에는 그 지명조차 나오지 않다가, 19세기에 편찬된 『대동여지도(大東輿地圖)』에 그 이름이 비로소 나타날 만큼 독자성과 역사성이 없는 지역이었다.8) 오히려 벌교보다는 낙안이란 곳이 훨씬 큰 이름이었는데, 그 점에서 벌교는 낙안에 소속된 일개 포

---

7) 『寶成郡勢誌』, 1959, 65면.
8) 최원식, 「역사적 진실과 문학적 진실」, 『창작과비평』(비정기간행물), 창작과비평사, 1987, 173면.

구에 불과했다가 식민지시대에 급속히 개발되어 이 지역의 중심지로 역전된 것이다. 실제로 벌교의 이러한 특징은 작품 속에서 계엄사령관 심재모의 인상과 거기에 대한 김범우의 설명에서도 잘 드러나고 있다.

벌교라는 곳은 여러 가지로 이상하고 특이한 데가 많았다. 규모나 인구가 군청 소재지인 보성보다 배 이상인 것부터 시작해서, 농토를 중심으로 한 고읍들과 상업을 중심으로 하는 포구의 이중구조로 이루어져 있었고, 그 서로 다른 모습은 전형적인 농촌과 개화된 도시가 가깝게 붙어 있는 것 같았다. 보통의 읍단위에서 볼 수 없는 다양하고 규모가 큰 상점들, 솥공장, 철공소, 제재소, 주정공장, 정미소 같은 시설들, 금융조합, 우체국, 공설시장, 사진관 등의 규모가 그 어떤 도시와 거의 다를 게 없었고, 소방서까지 갖추어져 있는 데는 놀라지 않을 수 없었다. "그게 바로 벌교의 장점이면서 문제점인지도 모릅니다. 이곳은 일정시대부터 도시화가 이루어졌습니다. 그래서 이곳 사람들은 다른 곳 사람들과는 많이 다릅니다. 지주는 지주대로 땅만 믿고 있는 재래지주가 아니라 사업을 겸하고 있는 신식지주가 많고, 농민들을 농민들대로 눈 열리고 귀가 열려 아는 것이 많습니다. 그러니 그 관계에 갈등이 자꾸 심해집니다. 가까운 보성이나 고흥의 보수성에 비하면 벌교는 너무나 진취적이고, 벌교의 진취성에 비하면 보성이나 고흥이 또 너무나 보수적이고, 그렇지요 벌교를 순천이나 여수와 나란히 비교하는 것도 그 도시화 때문일 겁니다. (…중략…) 참 우스운 건, 보성군이나 보성에서 이러저러한 일이 있었다, 하고 공적으로 거론하는 사건들은 태반이 벌교에서 일어난 일들입니다. 그런데 행정단위 중심으로 사건 정리를 하다 보니 벌교는 감춰지고 보성이 드러나게 되는 거지요. 같은 군내에 있으면서도 두 지역 사람들의 감정이 서로 묘하게 뒤틀려 있는 게 결코 우연한 일이 아닐 겁니다. 심사령관이 이곳에 오기 전에 보성은 알았으면서도 벌교를 몰랐다는 것도 다 그 때문입니다. 이곳이 특히 좌익세가 강한 것도 다 그런 맥락에서 파악하면 될 겁니다. 화순에 좌익세가 강한 건 탄광이 있기 때문인 것과 같은 거지요" 김범우의 설명이었다. (제5권, 99~100면)

정직히 말하면 벌교는 일본인들에 의해 개발된 읍이었다. 남도 내륙지방의 수탈을 목적으로 벌교를 집중 개발시켰다. 작품에서도 설명하고 있듯이 목포가 나주평야의 쌀을 실어내는 데 최적의 위치에 있는 항구였다면, 벌교는 보성군과 화순군을 포함한 내륙과 직결되는 포구였다. 더구나 벌교는 고흥 반도와 순천·보성을 잇는 교통의 요충지이기도 해서 읍 단위에 어울리지 않게 주재소 아닌 경찰서가 세워져 있던 특이한 곳이기도 했다. 그렇기 때문에 읍내는 상업지가 되고, 시장도 커져 유입인구도 늘어가면서 짱짱한 주먹패도 생겨났다. 그래서 언제부턴가 '여수 가서 돈 자랑하지 말고, 순천 가서 인물 자랑하지 말고, 벌교 가서 주먹 자랑하지 말라'는 말이 회자되고 있는 것이다.

이처럼 식민지자본주의화의 한 전형적인 지역으로 벌교가 오롯히 부각됨으로써 작품 안의 세계는 아연 활기를 띤다. 지주계급 외에도 새로운 지배계급으로서 상인 자본가계급이 태동되고 또 전반적인 도시화에 따라 교육수준도 상대적으로 타지역보다 높은 지역적 특수성을 갖게 된다. 그렇기 때문에 이 작품에 나오는 많은 지식인, 농민들, 그리고 상업자본가들에 대한 인물 배치와 그들의 높은 지적 의식에 우리들은 아무런 의심을 갖지 않고 작품 내적 흐름에 합류해 들어갈 수 있다. 그만큼 이 작품의 다양한 인물군의 편성과 개성적인 전형화를 도모할 토대를 스스로 내포하고 있는 것이다.[9]

특히 이런 독특한 지방성을 더욱 증폭시키는 미적 무기가 바로

---

9) 임규찬, 「역사의 '태백산맥', 문학의 『태백산맥』」, 앞의 책, 268면.

자연·풍물·사투리 등으로 대변되는 향토성이다.

① 지길, 나는 또 무슨 소린가 혔소. 촌놈이라고 시퍼보는(무시하는) 줄 알고 속이 불끈혔지라. 쪼깐 들어봇씨요. 나도 일본놈 뱃때지에 칼질허고 내빼 갖고 뜬구름맹키로 사방천지 떠돔시로 서울 물도 쪼깐 묵어봤구만이라. 헌디, 서울말 고것이 워디 봉알 단 남자덜이 헐 말입디여? 고 간사시럽고 방정맞고, 촐싹거리는 말이 워디가 좋다고 배우겠습디여, 서울말에 비허면 전라도 말이 을매나 좋소. 묵직허고 듬직허고 심지고 (…중략…) 말나온 짐에 한마디 더 혀야 쓰것는디, 대장님이 몰라서 허는 소리제, 전라도 말맹키로 유식허고 찰지고 맛나고 한시럽고 헌 말이 팔도에 워디 있습디여. (2권, 186면)

② 꼬막은 깊을수록 알이 굵었다. 뻘밭이 깊으면 발이 그만큼 깊이 빠지는 걸 알면서도 들어가지 않을 수 없는 것이다. 그건 용기도 아니었고 무모함은 더구나 아니었다. 그것은 오로지 생계였다. 꼬막을 잡아야만 하루 목숨을 잇는 것이었다. 그래서 여인네들은 살을 찢는 겨울 바다바람에 바지를 허벅지까지 걷어올려 맨살을 드러낸 채 뻘밭으로 들어서는 것이다. 소금물을 머금은 뻘의 차거움을 얼음의 차거움에 비할 수 있을 것인가. 그리고 끈적끈적하고 찐득찐득한 뻘은 장딴지만이 아니라 허벅지까지 빠지게 해서는, 그대로 물고 늘어졌다. (…중략…) 앞이 휜 널빤지 위에 왼쪽 다리를 무릎꿇어 몸을 실리고, 왼손으로 단지와 휜 널빤지 끝을 함께 잡고, 오른발로 뻘을 밀며 오른손으로 꼬막을 더듬어 찾는 겨울바람 속의 여인네 모습은 그대로 극한에 달한 빈궁의 표본이었고, 모진 목숨의 상징이었으며, 끈질긴 생명력의 표상이었다. 아니, 그것은 눈물이고 아픔이고 한이었다. (4권, 79면)

이러한 면모는 장편소설에서 일반적으로 발견할 수 있는 총체성의 구현방식, 즉 역사적·사회적 상황의 세밀도를 그리려는 것보다 문제적 인물을 통해 당대를 성격 짓는 방식과는 적잖이 구별되는 양상을 보여준다. 『태백산맥』은 역사적·사회적 상황의 세밀도와 함께 개별 인물의 전형화를 통한 집합적 형상화를 동시에 꾀하고 있다. 이러한 특징은 곧 기존의 대하소설에 비하면 시간이 거의 증발해버린 것이나 다름없는 시간의 느린 흐름[10]이라는 구성과도 깊은 관련을 맺고 있다. 이 점은 특히 1부에서 두드러지게 나타나는데 이는 작가 자신이 의도한 것으로, 스스로 명명한 표현에 따르면 '시간의 흐름을 붙들어 잡고 그 대신 공간을 최대한 확대시키는 방법'이다.

　공간의 확대는 새로운 인물들의 등장으로 자연스럽게 꾀한다. 전시대에 대한 모순과 문제점들은 각 인물들을 통해 점검하고 파헤친다. 인물들을 전시대의 각기 다른 사건들과 연결시킴으로써 그 인물들의 성격·배경·개성 등을 확보하는 복합적 효과를 기한다. 이런 의도들을 가지고 공간은 확대되기 시작했습니다. 그러다보니 느린 시간의 흐름 속에서 이야기가 지루해질 지도 모른다는 위험부담의 강박에 눌리지 않을 수가 없었습니다. 그것을 극복해나가는 방법이란…… 글쎄요, 노력밖에 더 없었지요. 그러니까 1부에서 진행되고 있는 시간은 두달 반 정도인데, 그 배경의 시간은 1차적으로는 해방에서부터 여순사건까지가 치밀하게 배치되어 있고, 2차적으로는 저 멀리 동학농민전쟁에서부터 일제시대에 걸치는 시간이 배치되어 있음을 독자들을 탐지해내야 합니다. 시간의 흐름을 최대한 제한시키면서 공간을 확대시켜나간 그 구성법이 제 의지에 의해서 이룩된 것은 분명한데, 그 소설적인 성공 여부는 잘 알 수가 없습니다.[11]

그 결과 다양한 인물들의 등장과 함께 교차하는 과거와 현재의 시간, 그 시간을 따라 엮어지는 사건들과 인물들과의 유기적 관계, 사건들이 인물들의 성격을 규정하거나 개성을 창조해 내거나 전체

---

10) 남진우, 「상처받은 시대 그 한과 불꽃의 문학」, 앞의 책(좌담), 19면.
11) 조정래, 같은 좌담, 20~21면.

적 형상화에 효과를 나타내게 되는 것이다. 그리고 그 결과로서 우리는 거대한 역사적 충돌들이 어떻게 인간의 용어로 해석될 수 있으며 극적인 생명을 부여받을 수 있는가를 목도할 수 있게 된다.

물론 조정래는 분명 단순한 역사적 확실성보다는 오히려 본질적인 사회역사적 분위기의 확실성을 우선시하고 있다.[12] 서사시의 주인공은 개인이 아니라 삶 자체라는 벨린스키의 말에서처럼 이 점은 실제 작품 속 인물들이 구현하는 체취에서 쉽게 간취할 수 있다. "역사소설에서 문제되는 것은 거창한 역사적 사건을 재연시키는 것이 아니라 그러한 사건 속에서 한 역을 담당하는 인물을 시적으로 환기시키는 데 있다."[13] 그러나 문제는 그러한 환기력이 특정 시간대의 삶을 뛰어넘어 역사적 삶으로 고양될 정도의 힘을 가지는가, 그럴 만큼의 역사적 상상력을 가지는가 하는 것이다.

적어도 우리의 시선을 이렇게 어느 수준 위에 놓고 보았을 때 『태백산맥』은 다른 차원의 문제를 드러내기 시작한다. 가령 그 점에서 최원식의 등장인물의 형상화간의 균열에 대한 비판은 마땅히 경청되어야 할 것이다.

왜 작가가 긍정하는 인물보다 부정하는 인물이 더 생동할까? 표현의 자유

---

12) 작가와 최원식 간에 전개되었던 역사적 사실 논쟁을 이와 관련시켜 보면 좀 더 흥미로울 것이다. 최원식의 예리한 역사적 사실에 대한 비판에도 불구하고 작품 전체가 풍기는 인상이 크게 달라질 것은 없다라는 생각은 바로 역사적 사실성보다 사회역사적 분위기에 대한 독자의 동감이 훨씬 크다는 점 때문이다. 이에 대해서는 최원식의 앞의 글과, 조정래의 반론 『한국일보』 1987년 7월 4일자 신문, 그리고 또다시 양자간에 주고받는 같은 신문 87년 7월 8일자, 7월 11일자 신문을 참조할 것.

13) 김대웅 역, 『루카치미학사상』(파킨슨 편), 문예출판사, 1992, 259면.

가 매우 제한된 상황 속에서 우리 작가들은 긍정적 인물을 당당하게 제시하기보다는 부정을 통해 긍정을 암시하는 궁핍한 리얼리즘에 더 익숙해왔다. 가령 『태평천하』의 친일지주 윤직원은 우리 문학이 창조한 가장 탁월한 성격의 하나인데, 긍정적 인물을 내세울 때 채만식(蔡萬植)의 붓끝은 문득 어색해진다. ─ 왜 작품 속에 나타나는 지식인들은 부자연스러운데 지식인이 아닌 인물들은 자연스러울까? 우리 작가들은 대체로 관념을 다루는 데 미숙하다. 관념이 그 사람과 분리되어 작품 속에서 혼자 동동 떠다니는 경우가 흔하다. 이 때문에 우리 문학에는 관념과 생활의 통일이 이루어지지 않은 설익은 지식인상은 많아도 진정으로 생동하는 지식인상이 매우 드물었던 것이다 ─ 관념을 능숙하게 다루는 지적인 훈련을 통해 긍정적인 인물을 살아 생동하게 하는 것은 오늘날 우리 소설이 돌파해야 할 가장 중요한 과제의 하나다.[14]

최원식의 지적대로 분명 『태백산맥』 속에 주요인물로 등장하는 염상진이나 김범우의 형상화는 문제가 많다. 필자 역시 이 문제에 대해서는 진작 비판적인 견해를 피력한 바 있다.

흔히들 소작농 출신의 사회주의자 염상진을 주인공으로 설정한 것을 두고(여기다 하대치와 같은 우직한 소작농의 등장까지도 포함하여) 우리는 아낌없는 찬사를 쏟아 부었다. 이제 우리의 소설이 여기까지 왔노라고 그것은 이 시대가 산출해낸 가장 전형적인 인물이다라는 판단에 의해서이다. 그러나 과연 그러한가. 이는 염상진의 형상화에서 완벽한 사회주의자로 성장하기까지의 변모과정에 대한 형상화, 말하자면 발전하는 인물의 성격화가 없기 때문에 하는 말은 아니다. 결국 의식화된 인물로 등장하여 의식화된 인물로 형상화된 점이 문제가 아니라 그보다 더 본질적인 것은 이 '종결된' 인물의 내적·지적·감정적·도덕적 풍부성을 서술하고 있느냐이다.

---

14) 최원식, 앞의 글, 184면.

그러나 이 점에 있어서 감정적·도덕적 풍부성과 철저한 투사적 기질은 드러내놓았지만 한 인간에게 있어서 관건적인 정치적 판단과 행동, 즉 당파성의 현실화는 모호하게 하거나 의도적으로 회피하고 만다.15)

또한 김범우 등 중도적 지식인들에 대해서도 필자는 방관자로서의 푸념적 의식을 통해 당대 좌우에 대한 비판과, 작품 내 사건 해결사로서 팔방미인격의 활동을 밑받침하는 인도주의적 행동양태라는 주관화된 인물형상이라고 비판하였다.16) 어쨌든 작가의 세계관을 작품과 연결시키면서 김범우냐 아니냐는 논란도 이 점에서 다시 재고해볼 필요가 있다. 즉 작가의 세계관을 김범우와 일치시키는 접근에 작가 스스로 강한 반발을 보였는데, 독자의 입장에서 보면 김범우를 비롯한 중도적 지식인이 작품 내에서 그렇게 기능하고 있음은 분명한 사실이다. 그런데 사실이 그렇지 않다고 해서 문제가 해결되는 것일까. 작가가 당시 존재했던 이념적 경향에 고루 눈길을 보냈다면 이 역시 작가가 자기 세계를 작품 안에 구현하지 못했다는 반증이다. 오히려 김범우를 비롯한 지식인에 좀더 적극적인 의미부여를 통해 유기적인 산 형상으로 만들었다면 단순히 있었던 사태의 반영이란 단계를 넘어서는 작가의 새로운 세계와 사고로 독자에게 다가갈 수 있었을 것이다. 그렇기 때문에 궁극적으로 이 문제는 작품을 통해서 작가가 보여주는 세계에 대한 사유와 사상적 깊이와 연관되는 내용적 특질을 가질 수밖에 없다.

---

15) 임규찬, 「역사의 '태백산맥', 문학의 『태백산맥』」, 앞의 책, 282면.
16) 이에 대해서는 임규찬, 앞의 글, 284~286면 참조할 것.

그리고 무엇보다 이 작품의 내적인 균열은 전반부와 후반부의 괴리에서 결정적으로 나타난다라는 것을 필자는 이미 지적한 바 있다. 앞서의 문제와 결국 연결되는 사안이기도 한데, 1~2부와 달리 3~4부에 들어서면서 인물이 현상 혹은 사태 추이에 예속된 존재로 형해화되면서 극적 재미 또한 현격히 반감된다. 이 문제에 대해서는 박명림 역시 동감을 표시한 바 있다.

> '역사소설'로서의 『태백산맥』이 전반부에서는 '역사'와 '소설'의 측면이 균형있게 강조된 데 반해 후반부에서는 '소설'의 측면은 상대적으로 감소하고 '역사'의 측면이 강조되었기 때문으로 보인다. (…중략…) 그래서 후반부로 가면서는 전반부에서 소설 전체가 확보하고 있던 유기적 구조(그것은 물론 인물을 중심으로 짜여진 것이다)는 해체되고 개개사건과 사실의 병렬적 연결로 변전된 듯한 느낌을 지울 수 없다.[17]

말하자면 개별화에서 보편화로 이르는 역사소설의 도정에서 더욱 중요할 수밖에 없는 후반부에서 어떤 '종합'을 찾을 수 없게 된 것이다. 이 점은 각 부의 소제목을 비교해보더라도 금방 알 수 있다. 즉 1~2부의 소제목이 말 그대로 문학적인데 비해, 3~4부의 소제목은 흡사 역사책의 소제목을 연상시킨다. 문학이 결국 역사에 잡아먹힌 형국이다. 이 점은 딱히 『태백산맥』만의 문제가 아니라 이른바 유명 '역사소설' 모두에 해당하는 우리 문학의 한 약점이다. 이에 대해 필자는 "…… 8,90년대 최고작이라 평가받는 조정래의 『태백산맥』과 박경리의 『토지』의 후반부가 전반부에 비해서 완성도뿐만 아니라 성취도에서 뒤떨어진다는 일부의 평가는 바로

---

17) 박명림, 앞의 글, 78~79면.

미래에 대한 투시력, 다시 말하자면 우리의 근대사 전반에 대한 총체적 전망의 문제와 연관된다고 생각된다. 과거의 역사를 다루면서 지나치게 그 사후로서 현재적 상황을 의식한 결과 우리 근대사의 벽을 뛰어넘을 수 없었던 것이 아닌가"[18]라고 말한 바 있다. 작품의 세계가 이후 전개되어진 역사적 현상에 의거한 사후적 평가 수준을 넘어서지 못하고 있다는 사실이다.

『태백산맥』을 향해서 90년대가 화살을 겨눌만한 또 다른 비판적 측면은 이른바 문학의 영원한 주제라 할 수 있는 '사랑', '가족' 등에 대한 소설적 형상화의 문제이다. 80년대와도 구별되는 90년대의 측면이면서 동시에 80년대가 갖고 있는 한계, 즉 체제 및 제도 위주의 사고방식에 대한 비판의 측면에서 많은 문제가 나타난다. 어쨌든 '사랑'에 대한 미학적 빈곤함 역시 우리 문학의 한 특성이기도 한데, 특히 『태백산맥』에서는 대중성을 위한 상업화 전략 탓인지 지나칠 정도로 '사랑'에 대한 삽화들이 지나치게 작위적이고 비정상적이다. 오히려 이 점은 단순히 통속성의 문제뿐만 아니라 반여성주의적 시각까지 곁들여지면서 심각한 내적 모순을 야기하기도 한다. 어쨌든 1968년 세계혁명이 가르쳐준 문화와 정치의 융합, 말 그대로 타인의 의지가 아닌 자신의 의지를 통해 각자의 풍요로운 삶이 진정 하나의 작품이 되었으면 하는 대서사에의 그리움 앞에서 『태백산맥』은 통속소설의 한 본성을 쉬 지울 수 없게 된다.

---

18) 임규찬, 「새로운 현실상황과 문학의 길」, 앞의 책, 25면.

4. 결론 — 반성의 대상으로서 『태백산맥』

조정래의 『태백산맥』은 과연 90년대도, 그리고 앞으로도 그 생명을 유지할 수 있을까? 이것이 은연중 이 글의 저변에 깔린 문제의식이었다. 결론적으로 말해서 유지하는 면도 있고 그렇지 못한 면도 있다는 것이 필자의 소견이다. 이런 판단을 절충주의로 비난할지 모르지만, 하나의 작품이 보여주는 다기한 측면을 고려한다면 이거냐 저거냐 하는 식의 단순 이분법이야말로 문학비평의 이류적 접근방식일 것이다. 오히려 작품의 내적 성취와 모순에 대한 엄밀한 탐색이야말로 시간을 견뎌내는 작품의 생명성을 정확히 가늠할 수 있는 잣대라는 것이 필자의 생각이다.

분명 『태백산맥』이 우리 소설사의 뛰어난 성취임은 틀림없는 사실이지만, 좀더 냉정하고 거시적인 시각에서 그것이 자리한 정확한 위치와 수준을 평가하는 일이야말로 우리 소설의 활로를 개척하는 한 수순이 될 수 있을 것이다. 지금까지 살펴본 분석을 통해 나타나는 문제를 간략히 정리하면 다음과 같다.

『태백산맥』의 미학적 성취는 '벌교'라는 특수한 지역을 발판으로 삼아 지방성과 향토성을 깊이 있게 천착함으로써 소설이 구현할 수 있는 전형화의 한 방법을 제시해준 데 있다. 따라서 개별성·구체성의 폭과 깊이야말로 우리 소설이 간직하고 유지해야 할 소중한 문학적 씨앗임을 또렷이 입증해주었다.

『태백산맥』은 전체적으로 전반부에 그 성취가 있다. 적어도 전반부에서는 역사적 사건을 자체의 미묘함과 복잡성 속에서 조밀하게 그려냈으며, 또 거기에 활동하는 개인들간의 다양한 상호작용을 보여줌으로써 한 공간의 삶의 모습을 폭넓게 직조하는 서사적 밀도를 보여준다. 그런데 후반부에 와서는 실제로 있었던 역사적 사건에 인물이 종속됨으로써 앞서의 성취가 급격히 파괴되고 훼손된다.

이것은 곧 전반부와 후반부가 괴리되어 있다는 사실을 말해준다. 그리고 이러한 분리 속에서 우리가 알 수 있는 것은 우리의 문학적 상상력이 실제 전개된 사건으로서의 역사에 억눌려 있다는 점이며, 이것은 곧 현재 우리 자신들의 정신적 풍요로움이 현상적 현실을 충분히 장악하지 못했다는 반증이기도 하다. 말하자면 과거 역사에 대해서 사후적 평가수준을 넘어서지 못함으로써 그야말로 진정하고 새로운 현실의 창조로까지 우리 문학이 육박해 들어가지 못했음을 『태백산맥』 또한 보여준 셈이다.

두 번째와 연관된 문제이지만 우리 소설의 지성적 결핍을 문제 삼지 않을 수 없다. 관념을 능숙하게 다루는 지적인 훈련을 통해 긍정적인 인물을 살아 생동하게 하는 것은 오늘날 우리 소설이 돌파해야 할 가장 중요한 과제의 하나다.

이런 궁핍함은 80년대적 분위기에서 적잖이 반전(反轉)된, 그래서 그만큼 폭넓은 시각이 요청되는 90년대적 분위기에서 더욱 분명하게 확인된다. 관념을 단순한 행동이 아닌, 삶 자체의 풍요로운 형상으로 다채롭게 구체화해 나가야 한다는 것은 '사랑'의 형상에 대한 『태백산맥』의 비틀림에서도 충분히 엿볼 수 있다.

불행한 역사가 만든 존재의 그늘

한승원 소설집 『누이와 늑대』

1.

작가에게도 시대란 게 있다. 우리가 흔히 70년대·80년대……
하고 시대 구분을 하듯 작가에게도 무슨 무슨 시대라 할 수 있는
그런 시기가 있게 마련이다. 그리고 그런 시기 시기의 연쇄로 작
가의 일생이 구조화되는 것이다. 1978년부터 1980년 사이의 대략
삼 년 동안 발표한 중·단편을 모은 『누이와 늑대』(문이당, 1999)도
작가 한승원의 한 '시대'를 형성한다. 수록된 작품을 일독하면 작
가가 이 시기에 무엇을 고민했는가, 무엇을 어떻게 소설화하려고
했던가를 쉽사리 알 수 있다. 말하자면 이 작품집 전체의 작품들
이 한 형제들처럼 서로 닮은 채 하나의 단일한 인상과 세계를 구

성하고 있는 것이다.

> 평생을 살아오면서 남 속여먹은 일 한 번 없고, 도둑질 한 번 한 일 없으면
> 서도, 군복 입고 총을 찼거나 제복에 방망이를 찬 사람만 보면 예나 이제나
> 앙가슴께가 선뜩하곤 하는 당숙이었다.
>
> ─「겨울비」, 126면

「겨울비」에서 나오는 한 대목이다. 바로 6 · 25를 비롯하여 우리 현대사의 질곡이 야기한 삶의 근본적 마멸이야말로 이 작품집 전체를 관통하는 수맥일 것이다. 그렇기 때문에 작가는 또 다른 작품 「기찻굴」에서 그런 정신적 상흔이 이후의 삶에 어떻게 투영되었는가를 이렇게 진술한다.

> 그것은 곧 나도 자네 매형처럼 엄살이 많은 사람이라는 증거인지는 모르
> 네. 말하자면, 아직 철이 제대로 들지 않은 상태에서 해방이라든지, 여수 순
> 천 반란사건이라든지, 6 · 25라든지, 4 · 19라든지 하는 소용돌이 속에서 눈알
> 을 뒹굴리며 살아온 우리 세대가 모두 엄살쟁이라는 이야기일지도 모르겠다
> 는 것이야.
>
> ─「기찻굴」, 96~97면

물고 물어뜯는 역사의 소용돌이 속에서 이리 휘둘리고 저리 휘둘리면서 살려면 항시 눈알을 뒹굴릴 수밖에 없는 생존의 처세가 모두 '엄살쟁이'로 만들어버렸다는 통렬한 자기 해부야말로 이 소설집 전체의 주조음이다. 자연 그렇기 때문에 그런 역사적 체험과 비교적 무관한 후대의 사람으로서는 우선 독특한 체취의 인물들에게 눈길을 주게 마련이다. 약간은 괴기스러우면서도 신비로운, 그러나 내실은 지극히 온순하고 선량한 인물들의 묘한 마력적 형

상이 오롯이 부각된다. 물론 이런 인물들에 대해 작가는 정공법을 쓰지 않는다. 이들을 직접 작품무대의 전면에 내세우지 않는다. 이들은 일종의 움직이는 배경 화면과도 같다. 많은 작품들이 1인칭 관찰자 시점으로 구성되는 것도 그와 무관치 않다.

그렇다고 해서 모든 작품이 하나의 얼굴로 그려진 것은 아니다. 하나 하나의 작품이 그 속에 숨쉬는 인물과 사건에 따라 독특한 문양으로 각자의 세계를 구성한다. 그럼에도 우리는 어떤 단일한 영상으로 자꾸만 응집시키게 된다. 바로 문제적인 역사와 현실이 개개 인간에게 드리운 존재의 그늘 때문이다. 그러므로 우리가 주목해야 할 것은 작중 화자가 배경 화면과도 같은 인물을 탐사하면서 전해주는 역사적 사실과 비극적인 인물의 진실을 간취(看取)하는 일이다. 물론 이때의 사실이나 진실이란 역사 자체 혹은 삶 자체의 진리를 뜻하는 것은 아니다. 작가는 광포한 이데올로기의 투갑을 쓰고 동족간에 전개된 잔혹한 피비린내가 야기한 상황 자체를 문제시한다. 그렇기 때문에 작가는 실제 진행된 좌·우 진영간의 우열, 진리 여부를 목표로 하지 않았다. 상황 자체가 삶을 어떻게 굴절시키고 마모시켰는가를 조심스럽게 탐사한다. 작가가 이 길을 안내하는 방식도 흡사 추리소설을 연상시키는 접근법이다. 내용상의 주인공이 관찰대상이 되고, 후대의 지극히 평범한 인물이 작중화자가 되는 인물배치도 그 때문이다.

2.

아마도 이 작품집에서 「기찻굴」이야말로 그런 면모를 한 눈에 알 수 있게 하는 상징적인 작품이 될 것이다. 먼저 기찻굴이 내려다보이는 곳에 앉아 세속적 삶을 초탈한 듯한 방일(放逸)의 삶을 보여주는 인물이 내뱉는 다음과 같은 말을 보자.

> 저 두 산을 봐라. 저게 말이야, 꼭 벌거벗은 여자가 벌떡 드러누운 채 무릎을 곧추세우고 있는 것만 같은 형국이란 말이야. 여자가 그렇게 하고 있는 것을 나는 많이 보아왔지. 산부인과 공부를 한다고 할 때……. 그런데 말이지, 저 한가운데 뻥 뚫어진 것은 무엇인가 하면 말이야, 바로 죽음을 낳는 곳이야. 경우에 따라서는 생명을 낳기도 하지만, 따지고 보면, 실은 그게 바로 그 것이야.
>
> —「기찻굴」, 113면

죽음을 일찍 봐버린 어린 영혼이 성장해서도 겪는 존재의 어두운 그늘. 실제로 외관상 화자의 매형인 이 인물이 삶을 스스로 자해로 가까울 정도로 학대할 이유는 외관상 어디에도 없다. 가령 이 점은 매형의 친구가 화자에게 이야기한 대목이 그런 예일 것이다.

> 자네가 알고 있는 것은 기껏 그 사람이 목사 아들이라는 것, 그 목사인 아버지가 시골에서 교회를 지키고 있다가 6·25 때 순교를 했다는 것, 그리고 그 사람은 고학을 해서 의과대학에서 산부인과 수련의 과정을 밟는다고 밟다가 어떤 생각에서인지 농대 수의과로 전과를 해가지고 수의사가 되었다는 것, 그 다음 서방 삼거리에서 미장원을 경영하던 자네 누님을 아내로 맞았다는 것, 그리고 결혼한 지 칠팔 년이 되었는데 아들이고 딸이고 간에 하나도

낳지를 않고 살아오고 있다는 것 정도뿐일 거야.

— 「기찻굴」, 93면

그런 그가 사실은 시도 때도 없이 온다 간다는 말 한마디 없이 집을 나가서, 술집이면 술집, 여인숙이면 여인숙, 소 키우는 집의 외양간이면 외양간…… 닥치는 대로 떠돌며 잠을 자버리는 떠돌이병의 소유자인 것이다. 이 소설 역시 화자가 누나의 부탁으로 집 나간 지 사흘이 된 매형을 찾아 나서는 과정을 담고 있다. 그 와중에 매형의 친한 친구로부터 매형의 과거사를 듣고 그 그늘의 근원을 이해하게 된다. 거기에는 아버지의 죽음이 있었다. 6·25 당시 인민군이 마을에 들어왔을 때, 매형의 아버지가 한 발짝도 교회 밖으로 나오지 않다가 끝내 대창에 찔려죽은 끔찍한 사건이 있었다. 또한 연이어 미치다시피 한 어머니 역시 실족사 하고 만 것이다.

그런데 이 비극은 그 사건이 있기 전, 소년 시절의 매형이 보았던 어떤 강력한 이미지와 결합하면서 평생 동안 영혼의 멍('가슴속에 커다란 묘혈, 아니 새까만 어둠이 잠긴 폐광의 광구')으로 자리잡게 된다. 바로 아버지의 어두운 교회 안에서 보았던 '싸늘한 텅 빈 공간'이 그것이다. 살아 있는 것, 살고자 하는 것, 살아나는 것에서 이미 '죽음'을 응시하는 상처받은 영혼이기에, 여자의 자궁 속을 들여다보기 싫어 의과대학에서 농대 수의과로 전과까지 하게 된 것이다. 흡사 정신병에 가까울 정도의 이런 강박관념이 그를 정상에서 벗어난 이질적 존재로 변형시킨 셈이다(그런데 이 작품에서 또다른 측면에서 주목할 것은 작중 화자가 키우던 개에 대한 삽화이다. 매형을 수

소문하는 이야기 한편으로 자기가 키우던 개에 대한 이야기가 삽입된다. 병들어 죽은 개에 대한 형상은 사실 주된 이야기와 직접적인 관련은 없지만 어둡고 암울한 분위기를 더욱더 조장한다. 실제로 이런 구성방식도 한승원 소설의 한 특징으로 작중 분위기를 묘하게 회색빛으로 만드는 효과를 낳는다. 때로는 이질적인 삽화 같은데도, 그런 이질성이 작품 분위기를 더욱 짙은 색감으로 응집시키는 것이다. 「울려고 내가 왔던가」의 '홀레바위 전설'이나, 「날새들은 돌아올 줄 안다」의 장인영감의 행동 등도 같은 맥락에서 읽을 수 있다).

관찰자 시점으로 대상이 되는 인물을 묘사해 나갈 때는 어떤 식으로든 그 인물의 본질이 조금씩 드러나게 마련인데, 관찰이 더욱 직접적일 때 자연 추리소설을 방불하는 형식을 취하게 마련이다. 그 좋은 예가 「구름의 벽」일 것이다.

> 아무래도 수상한 늙은이였다. 그 노인이 그렇게 수상해지기 시작한 것은, 재일동포 성묘단이 다녀들 간다, 남북대화가 다시 시작된다, 남북한 탁구 단일팀 구성이다 하여가지고, 썰렁한 가운데 안주 없이 마신 뱃속의 막걸리처럼 세상이 조금씩 술렁거리던 때부터였다. 그때부터 그는 별로 뚜렷이 드러나게 할 일도 없는 듯한데 자주 바깥 나들이를 하곤 하였다. 한 달 전에는 사흘 동안이나 보이지를 않았고, 보름 전에는 나흘 동안이나 어디를 갔는지 보이지를 않았다. 한 달 전에 나는 그가 흰 두루마기에 검정 가방을 들고 골목길을 나서는 걸 보았고, 보름 전에는 그가 밤늦게 그의 집에 들어서는 것을 보았다.
>
> —「구름의 벽」, 195~196면

서두부터 이렇게 특정한 사람에 대한 의심을 표하면서 시작되는 이 소설은, 실제로 이 노인을 작중 화자인 교사가 미행하는 방식으로 시종한다. 그렇다면 왜 작중 화자는 노인(김영보)에게 그렇게도 강한 집착을 보이는가. 노인은 아버지 또래의 나이로 그의 형제들 모두 6 · 25 전쟁을 전후해서 '왼쪽 걸음'을 걸은 나머지 죽거나 행방불명이 되는 등 쑥대밭이 되어버린 집안의 사람이었다. 더구나 최근에 사촌이 간첩죄로 체포되기도 했던 적이 있었다. 그런데 작중 화자의 아버지는 반대로 그때 낯선 좌익청년들에게 끌려갔다 온 후 '우황든 황소'같이 앓아 누웠다가 끝내 죽고 말았던 것이다. 이런 과거사가 있기 때문에 그는 김영보 노인의 수상한 행동을 간첩행위이라고 스스로 앙다짐하여 뒤쫓는다.

> 그 확신을 가슴속에 뿌리내리게 하기 위하여 나는 간첩신고에 대한 정부의 보상금을 생각했다. 훌륭한 국가관을 가진 교육 공무원이라 하여 포상을 더 얹어 받게 될 것이고 돌아가신 아버지의 원혼을 위로해 드리는 효도까지를 겸하여 하게 되는 것이다.
>
> ―「구름의 벽」, 205면

물론 작중 화자가 생각한 대로 이 미행 행위가 성공한 것은 아니다. 자신을 화자가 미행하고 있음을 알아챈 김영보 노인이 결국 화자에게 모든 것을 털어놓으면서 이야기는 마무리된다. 그리고 거기서 이 두 사람의 매우 대조적인 가족사가 펼쳐진다. 작중 화자의 가족사는 노인을 미행하면서 일종의 회고 형식으로 간간이 제시되는데, 만호를 지낸 증조가 근방에서는 대단한 권세를 부려 원성이 자자할 정도였고 그래서 동학군들이 증조의 집을 불지르고 증조를 두들겨 패서 죽여버린 이력과, 또 아버지가 보안서에서 두들겨 맞고 이듬해 죽은 불행한 역사가 있었다. 거기다가 어머니 역시 그 와중에 산적 같은 털보란 사람의 작은 각시가 되는 등, 화자는 어린 나이에 일찍부터 증오와 분노를 간직한 인물이 되고 만

것이다. 그리고 털보와 어머니 때문에 할머니 또한 급사하고 만다.

반면 김영보 노인이 털어놓은 가족사는 화자의 과거사와는 정반대의 길을 보여준다. 말하자면 두 집안은 원수지간이었던 셈이다. 노인의 조부가 바로 동학군으로 화자의 증조를 죽이는데 참여했던 것이다. 그런데 동학군이 패퇴하면서 노인의 조부가 어떻게 삶의 종지부를 찍었는지 알 수 없었다. 노인의 아버지가 그런 조부의 행적을 쫓아 여기저기 머슴살이를 살다가 또 어떻게 죽었는지 종적이 묘연했다. 노인은 자기 당대에 팽팽갈림이 되어버린 것이 바로 '애비 뼈다구 하나도 못 거둬 모신 죄' 때문이라 생각하여 아버지의 행적을 수소문해 나가는 길이었던 것이다.

그런데 대상이 되는 인물들이 '행방불명'으로 자주 제시되는 것도 눈여겨볼 사항이다. 이 자체가 이미 다른 사람은 쉬 그 내막을 알 수 없는 미지의 내면을 암시한다. 거기에 또 얽히고 설킨 악연이 개입되면서 섣부른 판단을 내리기 힘든 인생사의 비의로 나타나기도 한다. 가령 「울려고 내가 왔던가」는 쉽게 정리하기 힘든 악연의 사슬이 낳은 비극을 그렸다. 나는 어머니를 죽게 만든 '장또바우'를 죽이려고 그를 찾아 나선다. 오십대의 그가 이십대 여자를 데리고 사는데 그것이 각시라는 말도 있고, 또 한때의 여편네가 데리고 온 딸을 각시로 삼았다는 말도 있는 등 장또바우는 '타고난 악질'로 이미 소문이 자자한 사람이다. 그런데 정작 그로부터 들은 이야기는 그리 간단치 않다. 먼저 장또바우가 일제 말기에 징용에 끌려갔다 돌아왔을 때 장또바우의 아내가 배가 불러 있었는데, 다름 아닌 화자의 아버지가 그렇게 만들었다는 것이다. 자연 장또바우는 반미치광이가 되어 화자의 아버지를 죽이려고 했는데 실패하고 그럭저럭 지내다가 남로당패에 가입하여 활동했다. 그런데 여수 순천 반란사건 때 토벌대에 붙잡혀 총살당하기 직전에 화자의 아버지 도움으로 목숨을 부지하게 된다. 하지만 장또바우는 아버지에 대한 원한이 사라지지 않아 6·25 때 어버지를 붙잡아 보안서에 보내고 그 사이 어머니를 어찌할 작정으로 장구섬이란 곳에 숨겨놓았다. 그리고 거기서 낳은 애가 지금 같이 사는 딸이라는 것이다. 그리고 어머니의 신을 일부러 홀레바위 위에 두고 어머니와 함께 거문도로 가서 이 년 정도 살았는데, 결국 어머니가 물에 빠져 죽어 시체도 못 찾고 말았다는 것이다.

「벌받는 사람들」도 역사의 비극 때문에 온전한 삶을 영위할 수 없는 파멸을 그린 작품이다. 한 가족의 가장으로서 지극히 성실하게 살아온 아버지가 어느 날 낯선 '늙은 거지'를 만나면서 어찌할 줄 모르는 삶의 훼손을 겪게 된다. 결국 아버지는 말 한마디 없이 집을 나가버렸다. 그러면서 어머니로부터 과거사를 듣게 된다. 아버지는 바로 늙은 거지 종만이의 집에서 십오 년 가까이 머슴살이를 했는데, 그 집 딸을 겁탈하려 했다며 새경 한푼 받지 못하고 오히려 종만이로부터 몽둥이질을 당해 쫓겨났다는 것이다. 결국 6·25가 터지자 아버지는 좌익에 열성분자로 참여하여 도망간 종만이를 빼놓고 그의 가족을 몰살시켜 버린 장본인이었다.

3.

　이처럼 소설집의 대다수 작품들이 6·25 등 난폭한 역사의 수
레바퀴에 깔려 삶을 훼손당한 사람들의 이야기이다. 그런 점에서
「가을 찬바람」은 그런 점에서 같은 계열에 속하지만 형상화하는
방식은 소설집 전체로 볼 때 다소간 이질적인 작품이다. 무엇보다
도 단편으로서 보기 드문 단순·정제의 미덕을 고루 갖춘 작품이
다. 분량도 60매 남짓으로 단편으로서 갖추어야 할 여러 요소를
집중시킨, 그리고 무엇보다 매우 서정적인 작품으로 주목할 만하
다. 마치 모든 것을 녹여버릴 것 같은 자연의 풍경 속으로 먼저 두
사람이 등장한다.

　　사장나무 거리의 가등이 보얗게 어둠을 밝히고 있었다. 그 보얀 빛살을 피
　해서 남자는 신작로로 나섰다. 풀기 없이 축 늘어진 무중우 적삼 차림의 그는
　발을 아무렇게나 내디디고 있었다. 취해 있었다.
　　그를 멀찌감치서 뒤따르는 사람이 있었다. 그의 늙은 어머니였다. 동이 하
　나를 머리에 이고 있었다. 신작로로 나서면서 늙은 어머니는 걸음을 빨리했
　다. 껑충하게 큰 남자를 바싹 뒤따랐다.
　　먹물을 진하게 풀어놓은 듯한 어둠이 산기슭과 골짜기를 덮고 있었다. 스
　님들의 바랜 장삼자락같이 잿빛 나는 신작로는 강을 옆에 낀 채 산기슭을 돌
　아 계곡으로 뻗어들었다. 자갈이 깔린 그 길을 두 사람은 입을 호라메운 채
　걸어가고 있었다.
　　　　　　　　　　　　　　　　　　　　　　—「가을 찬바람」, 182~183면

　실제로 이런 자연 풍광에 대한 묘사가 이 작품 전체를 고루 에

워싸면서 이야기는 진행된다. 그러나 정작 이야기는 매우 비극적이다. 두 모자(母子)가 작품 속에 보여주는 일은 태어나자마자 죽은 네 번째 아이를 묻는 일이다. 이런 비극을 자연 속에 용해시켜 형상화하는 작가의 손길은 그래서인지 자연 수묵화를 연상시킨다. 일종의 침묵과 여백의 더 큰 울림이 이 작품엔 숨쉬고 있다. 실제로 작가는 두 등장인물을 전지적 시점으로 그려나가는데, 그 중에서 남자(아들)는 침묵으로 일관한다. 대신 어머니의 목소리만이 아들의 침묵을 감싼다. 이런 침묵과 말의 대조는 두 인물의 구체적 형상을 자연스레 환기하는 힘을 갖고 있다. 어머니의 끊임없는 주절거림은 이른바 우리말의 '구시렁구시렁'을 금세 떠오르게 한다. 그리고 그 속에는 어머니의 한과 자식에 대한 미안함 등 삶의 모든 게 녹아 있다. 반면 아들의 침묵은 '묵묵'이란 말을 떠올릴 정도로 자기 내부에 아픔을 묻는 행동의 발현이다. 실제로 그는 말없이 이런저런 행동만으로 일관한다.

　　아들이 삽을 들었다. 옆에 쌓아두었던 흙을 긁어다가 동이가 묻힌 구덩이에 밀어 넣었다. 주위에 진을 친 어둠이 그 흙과 함께 구덩이 속으로 소용돌이쳐 들어가고 있었다.
　　「꽉꽉 묻어라. 다시는 못 나오게…… 썩을 놈의 삼시랑들. 명도 안 질긴 삼시랑들이 어디로 보르르 기어 나와서 또 생기고 또 생기고……」
　　늙은 어머니가 발로 구덩이에 메워지는 흙을 힘주어 다졌다. 아들도 흙을 거듭 떠 넣으면서 발로 힘주어 밟아댔다.
　　「꽉꽉 묻어라.」
　　동이가 흙 속에 묻혔다.
　　　　　　　　　　　　　　　　　　　　—「가을 찬바람」, 192~193면

이 묘한 대조 속의 조화에 힘입어 이 작품은 작지만 큰 이야기를 빚어 올린다. 거기에 바로 아버지의 죽음이 가로놓여 있다. 더구나 아비의 그런 모습이 역사가 만든 상처였기에 순응과 감내의 삶으로 그렇게 담담하게 그려놓은 것이다. 말하자면 역사의 폭력 앞에서 만신창이가 된 술 주정꾼 아비까지 끌어안아야 했던 우리 시대 한 가장의 모습이 여기에 있다. 대체 아비는 어떤 사람이었던가.

> 세상에 겁 많은 당신이었다. 총소리가 들렸다 하면 눈이 소눈만큼해져 가지고, 손끝을 부들부들 떨면서 담배를 말아 태우곤 했었다. 들썽거리는 그 병도 실은 겁 많고 멍청한 데서 온 것일 터였다. 글쎄, 얼마나 겁이 많고 멍청했으면, 기역자 뒷다리 하나도 못 그리는 주제에, 앞뒤 가늠 없이 죽창으로 찌르고 몽둥이로 개 패듯해서 사람 죽이는 데를 따라다니고, 경찰들이 들어온 뒤에는 총에 맞아 죽을 뻔하기까지 했을 것인가 말이었다.
>
> ―「가을 찬바람」, 186면

이러한 이력 때문에 스스로 학대하면서 몸이 망가져 하늘에 검은 구름장들이 깔리면 술만 찾게 되고, 끝내 폭설이 내리던 날 술값 대신 염소 한 마리를 끌고 나가 무릎을 꿇고 두 손을 합장한 채 엎드려 죽고 만 것이다.

「꿈에도 소원은」 역시 과거의 상처를 배경으로 하여 당대적 인간들이 겪을 만한 예를 극적으로 조형화한 특수한 무대연출이다. 말하자면 역사와 이데올로기가 분단 이후의 삶에 어떤 심리적 영향을 미쳤는가를 흥미롭게 제시한 작품이다. 6·25 중에 행방불명된 아버지를 둔 장남이 유복녀인 막내 여동생을 결혼시키기 위해서 맞선을 보게 된 두 남자 사이에서 겪는 갈등을 다룬 작품으로, 이 과정에서 문제가 되는 것은 이들 두 남자가 매우 대조적인 인간형이라는 점이다. 두 군데의 혼처는 한날에 선을 보았으며, 양쪽에서 똑같이 선뜻 마음에 든다고 의사표시를 해왔다. 똑같이 아버지가 없으며, 서른 살이었고, 전공과목만 다를 뿐 둘 다 중학교 선생이었다. 또한 키가 훤칠하게 큰 것도 비슷했다. 그런데 두 혼처가 너무나 상반되는 처지였던 것이다. 한 사람은 아버지가 경찰로 공비에게 희생당한 원호 유자녀이고, 또 한 사람은 아버지가 좌익으로 보안서장을 지내다가 죽었고 또 작은 아버지는 월북까지 한 집안이었다. 자연 양쪽의 성격 또한 판이하였다.

소설에서는 이 두 사람 중 어떤 한 사람으로 결론을 내리지 않고 막내 여동생의 선택에 맡긴다. 그러나 화자인 오빠 부부 사이에 두 사람을 놓고 바라보는 태도가 상반되는데, 이런 상반된 태도에서 당시의 세태 풍경을 엿볼 수 있는 것이다.

4.

물론 모든 작품이 역사적 상처가 남긴 삶의 비극만을 그린 것은 아니다. 가령 1970년대의 당대적 삶의 모순과 생존의 곤고함을 그린 작품들도 있다. 아버지의 제사를 모시로 가던 고향길에서 우연히 마주친 '귀남이 당숙'이란 인물을 통해 1970년대 민중적 삶의 곤고함을 다룬 「겨울비」를 보자. 화자의 기억 속에 득량바다만 큼이나 든든한 어른이었던 귀남이 당숙이 먹고사는 문제에 휘둘려 힘겨워 하는 현재의 모습 앞에 쓸쓸해 하는 풍경이 잘 그려져 있다. 물론 소설은 화자의 눈에 비친(그 점에서 화자는 일종의 관객이다) 귀남이 당숙의 걸쭉한 남도사투리와 우악스런 행동으로 진행된다. 귀남이 당숙이 아들의 학비를 위해 '해웃발'(김)을 팔려고 도시로 나가려다 반출증이 없다 하여 반출을 막으면서 사건은 시작되는데, 그 속에서 자연스럽게 어민을 위한다는 수협이 오히려 어민을 이리저리 수탈하는 어촌의 모순구조를 드러낸다.

결국 자기 분에 못 이겨 단발마처럼 토해내는 귀남이 당숙의 이런 말은 당시 민중들의 분노를 잘 대변해주는 하나의 실례가 될 것이다.

> 그냥 가소. 나 오늘 미친놈이란 말 한번 들을라네. 이놈의 세상 났다가 한 번 죽제 두 번 죽는단가? 미안하지마는 죽어도 그냥은 안 죽을 것이네. 내가 오늘 기어코 조합장 이놈의 불알쪽부터 훑어 놓을 참이네.
>
> ―「겨울비」, 135면

「또하나의 태양」역시 종문이라는 순박하고 물정 모르는 주인공과 직접적으로 연관된 삶의 곤혹스런 질곡을 다룬 작품이다. 종문이는 바다낚시꾼을 상대로 낚싯배를 운영하며 근근히 생활하는 인물이다. 우선 그의 삶을 곤혹스럽게 만드는 인물은 다름 아닌 그의 아내이다. 미모의 소유자로 처녀 시절부터 말이 많던 여자였는데, 어느 날 선창가 동네 아낙네들과 관광여행을 갔다 온 후 종문이에게 성병을 옮기고 만 것이다. 거기다가 마을에 소문이 도는

데, 관광여행 중에 아내가 소문난 난봉꾼 득수하고 몸을 섞었다는 것이다. 거기에다 한술 더 떠 중학생 딸은 주조장 집 아들의 자식이고, 초등학생 두 아들은 모두 득수 아들이라는 소문이 나돌았다. 이 득수란 인물이 누구인가. 녹산개발촉진위원회란 단체를 앞세워 관광선 등록 어쩌고 하는 식으로 그를 꼬드겨 결국 종문이를 빛 좋은 개살구처럼 '밤잠은 밤잠대로 못 자고, 종노릇은 종노릇대로 해가면서 겨우 굶지 않고 사는 게 고작'인 신세로 만들어버린 장본인이다. 결국 아버지 대부터 간사하기가 '소록도 가는 나그네 콧구멍에서 마늘 씨 뽑아 먹을 정도고, 미끄럽기로 말할 것 같으면 기름장수 밑구멍에서 나온 은행알 한가지'인 득수에게 휘둘리며 사는 한 순박하고 물정 모르는 남정네의 이야기이다.

「날새들은 돌아올 줄 안다」도 약삭빠르게 세상의 이런저런 권세를 이용하여 순박하고 정직한 사람을 우롱하는 세태를 고발한 작품이다. 집 한 채를 사게 된 처남이 그 집의 우물을 메워버리면서 사건은 시작된다. 사실 이 집은 원래 도로 확장선에 들어가 있는 집으로 그걸 모르고 샀던 처남은 냉가슴을 앓았다. 그런데 세 해가 지난 후 이 집 한가운데를 지나간다던 도로 확장선이 변경되었다는 소문이 돌면서 전화위복이 되었다. 그래서 관리를 하지 않아 엉망인 이 집을 집답게 만들려고 더러운 우물도 메우고 블록담을 세웠던 것이다. 그런데 엉뚱하게도 그 지역 신문에 '네 집에서 몇 십 년 전부터 함께 사용해 오던 공동우물을 메우고, 옆집 사람이야 목이 타서 죽거나 말거나 자기 집에서만 사용할 목적으로 펌프를 설치한 후 블록담을 쌓아올리자, 분개한 주민들이 몰려들어 그 담을 부수어 버렸다'는 기사가 실린 것이다. 바로 옆집의 장난이었다. 옆집 사람은 홍만섭의 첩집인데, 이 사람이야말로 참으로 무서운 사람이었던 셈이다.

> 무등산 밑에 나타난 현대판 홍길동이고, 제갈량이었다. 그가 돈을 거두어들이면 양동시장 바닥에 돈의 씨가 말라버린다는 말이 있을 만큼 많은 돈을 굴리고 있었다. 그는 전속 변호사까지 두고 부리는데, 누가 되었든지 그의 손에 걸리기만 하면 결딴이 나고 만다고 했다. 겨우 몇 백만 원의 돈을 꾸어준 다음에, 이삼천만 원짜리의 집을 빼앗아버린 게 한두 채가 아니라고 했다. 그에게 있어서 만만한 사람의 집 빼앗기는 누워서 떡먹기였다. 채무자가 돈을 갚으러 오면 일부러 집을 비우기도 하고, 만나기로 한 장소에 나가지 않기도 하면서 열흘이나 스무 날쯤만 흘려보내면 되는 것이었다. 빚 갚을 날짜가 지나면 처분해 버릴 수 있도록 자상하게 마련해 놓은 서류가 있기 때문이었다. 이 세상의 법은 모두 그를 위해서 있는 것이었고, 그는 그걸 이용해서 몇 십 억 대의 돈을 손아귀에 넣었다.
>
> ―「날새들은 돌아갈 줄 안다」, 379~380면

바로 처남도 이들의 농간에 걸려 결국 그 집 펌프까지 달아주고 손이 발 되도록 빌기까지 했다. 그런데 의외의 사건이 터졌다. 홍만섭이 가정부를 겁탈하려다 치정살인을 한 것이다. 여러 가지 정황이나 물증이 있어 홍만섭이 범인임이 분명한데, 그러나 이 '악종'은 대단한 실력으로 재판에서 무죄로 풀려나고 만다. 결국 순박한 처남이 노기를 참지 못하고 술에 곤드레가 되어 '다 필요 없어. 법도 필요 없고, 하느님도 필요 없어. 백날 천날 기도를 하고 또 하고 해도 아무 쓸데없어'라고 소리치는 대목에서 '모든 것들이 더러운 쪽으로만 풀려나가는' 세태의 한 단면이 적나라하게 드러난다.

「땅가시와 보리알」 역시 가난이 빚은 우울한 삶의 훼손을 그린 작품이다. 공장에 다니는 누나하고 자취를 하는 학생이 무단결석하여 선생인 화자가 그 내막을 알아 가는 내용에다, 자신이 겪었던 어머니의 뼈저린 한이 한데 어우러져 만든 슬픈 시대의 한 초상이다. 공장 중역의 조카에게 농락 당한 누나가 싫어 집을 나간 남동생. 그리고 아버지 없는 화자의 어린 시절, 고무신 두 켤레 훔친 어머니가 신발가게 주인한테 겪어야 했던 치욕. 아마도 화자가 그 노인을 찾아가 '어머니는 주저앉은 채 떨리는 손으로 땅바닥에 엎질러진 보리알들을 쓸어서 자루에 담고 있었습니다. 그 보리알들에 어머니의 코에서 흐른 먹피가 묻어 있었습니다'라고 말하는 대목이야말로 가난이 어느 만큼 치욕스럽게 삶을 훼손하는가를 잘 말해주는 하나의 이미지이다. 그렇기 때문에 '네 누님이 당한 그 일은, 길을 가다가 땅가시에 한번 긁힌 셈쳐버리면 되는 거야. 이 세상에서 그런 일을 당한 게 어디 네 누님뿐인 줄 아냐?'라는 화자의 생각은 역설적인 민중의 생철학이기도 할 것이다.

5.

이처럼 『누이와 늑대』는 세상의 흐름에 눈치보면서 살 수밖에 없는 가난한 민중의 삶에 근원적으로 기초해 있다. 사실과 진실에 관계없이 그들 나름대로 상처를 안고 살아가면서 부딪칠 수밖에 없는 생의 비감을 남도의 먹빛 바닷물처럼 풀어놓고 있다. 그러나 우리는 거기서 작가의 이들에 대한 따뜻한 시선을 엿볼 수 있다. 분단으로까지 치달았던 이념적, 인간적 갈등 앞에서 어느 한쪽으로 논리의 깃발을 흔들지 않는다. 오히려 작가는 그 모든 것을 감싸안으면서 있는 그대로의 상처를 내보이고 그것을 치유하려 한다. 대다수 작품의 대미가 애초의 계획과 무관하게 일종의 주저앉음으로 귀결되는 것도 이른바 한과 응어리를 삭임 하려는, 그래서 근원적으로 풀림에까지 이르게 하려는 작가정신의 투영일 것이다. 작품 곳곳에 마치 음악처럼 감싸고 있는 남녘 바닷가의 풍광에 대한 묘사와 사람들의 질박한 사투리도 그 자체로 매력적이거니와, 나아가 그것은 선과 악을 떠나 근원적으로 상처받을 수밖에 없는 지난 시대의 잔인함을 묵묵히 지켜보며 여전한 질서로 당당하게 살아내는 자연법칙의 항심이기도 할 것이다.

그런 점에서 『누이와 늑대』는 지나간 우리 역사의 슬픈 자화상들의 살풀이와도 같다. 상처받은 인간을 전면화시키지 않는 것도 따지고 보면 침묵할 수밖에 없는 그들의 존재형식에 대한 작가적 대응이다. 그 침묵의 내면을, 그 존재의 그늘을 기억해내고 우리의 의식 속에 갈무리하는 일이야말로 역사의 비극을 되풀이하지 않게끔 우리 스스로의 민족적 유전자를 올곧게 세우는 작업이 아닐까.

1980년대 노동운동과 인물 창조

안재성 장편소설 『파업』 · 『사랑의 조건』

1. 80년대 노동운동의 소설적 모형 — 『파업』

제2회 전태일문학상(1989) 최우수 당선작인 안재성의 『파업』(원제 「동지의 약속」)은 진작부터 최초의 노동장편소설로 주목받았다. 그러나 노동장편소설이라면 이미 일제시대에도 강경애의 『인간문제』나 한설야의 『황혼』 등이 있었다. 여기서 '최초'라는 의미는 1980년대의 노동 현실과 노동운동을 노동자의 관점에서 최초로 형상화한 장편소설이란 점이다. 1980년대의 노동문학은 박노해의 『노동의 새벽』이 하나의 분기점을 이룬다. "꼭 내일이 아니어도 좋다"는 황석영의 「객지」로부터 윤흥길의 「아홉켤레의 구두로 남은 사내」, 조세희의 「난장이가 쏘아 올린 작은 공」에 이르는 1970

년대 성과의 연장선상에서보다는 박노해로 상징되는 1980년대의 변혁적 노동운동의 흐름 속에 1980년대 노동문학은 자기 터를 마련하였다. 1980년대 중반부터 서서히 움터 나온 '노동운동'의 소설화는 방현석의 「새벽출정」, 정화진의 「쇳물처럼」 등의 단편을 거쳐 드디어 안재성의 『파업』에 다다랐던 것이다.

작가 안재성은 실제로 1980년 대학에서 제적당한 후 노동운동탄압저지투쟁위원회, 청계피복노조에서 활동하는 등 광산지역노동운동을 비롯한 상당한 노동운동 경력의 소유자이다. 1986년 『현장』에 「동지」를 발표하면서 글을 쓰기 시작, 단편 「바깥세상이 보인다」(1988)와 지역노동에 대한 보고서인 실록 『타오르는 광산』(1988)을 발표하였으나, 『파업』이 사실상의 등단작이자 대표작으로 간주된다. 그리고 이후 장편소설 『사랑의 조건』(1791), 『피에타의 사랑』(1992) 등을 발표함으로써 방현석·정화진과 함께 노동소설의 대표작가로 인정받아 왔다.

안재성의 『파업』은 실제로 노동자측과 사용자측의 갈등이나 노동자와 노동자 간의 갈등을 그렸던 이전의 중·단편의 성과를 껴안으면서 동시에 노동운동가들간의 노선문제까지를 폭넓게 담아냄으로써 장편이 요구하는 총체성의 양적 확대를 어느 정도 보여주고 있다. 말하자면 노동자들의 삶과 결합시키려는 전위적 활동가들의 삶을 중심에 놓음으로써 변혁적 노동운동을 소설화한 작품이다. 작품의 줄거리는 비교적 간단하다. 대영제강이란 사업장을 무대로 한 이 소설은 학생 출신의 '위장취업자' 홍기의 노력으로 고참 노동자 이상섭과, 그리고 젊은 노동자 동연, 진영 등을 중심으로 '동지회'가 결성되고, 이후 핵심 인물들의 해고 조치에도 불구하고 회사측과 공권력의 파괴공작에 맞서서 노조를 건설하기까지의 투쟁이 담겨져 있다. 물론 그 사이사이 홍기와 기준을 중심으로 전개되는 노선의 갈등이나, 노동자들의 동요, 가정에서의 갈등, 진영의 분신 등 1787년 당시 실제로 있었고 있음직한 여러 상황과 사건들을 공장내 현장 상황과 가난한 산동네의 배경 아래 충분히 담아내 구체적인 현실감과 시대성을 획득하고 있다.

안재성의 『파업』에는 홍기(본명 윤형로)와 기준이라는 학생운동권 출신의 노동운동가가 등장한다. 또한 이상섭이라는 1970년대 노동조합운동을 겪었던 고참 노동자가 등장한다. 소설은 이들을 중심으로 찬 '동지회'의 결성과 그 활동에 주안점이 두어져 있다. 그러나 소설 내 또 다른 핵심은 홍기와 기준이라는 특정한 정파의 노동운동 참여 방식과 그 반성이란 고유한 목적이 자리잡고 있다. 이 점은 소설 구성상에서 시작과 말미에 홍기가 자리잡고 있는 데서 명료하게 드러난다. 한 학생운동권 출신 노동운동가가 대영제강이라는 개별사업장에 들어가 의식화작업을 통한 노조 건설을 벌이다가 이를 성공시키지만 그 자신은 이력서 허위기재, 제3자 개입에 걸려 결국 구속되기까지의 과정으로 나타난다. 말하자면 그 자신의 운동관을 한 개별사업장에서 구체적으로 실행하면서 느끼는 의식상의 문제가 작품 근저에 자리잡고 있다. 따라서 『파업』은 홍기라는 선진적 노동운동가의 의식이 작품의 심장부 역할을 하고 있다. 그리하여 열악한 노동조건과 가혹한 노동력 착취에 시달리면서도 맹목적으로 그러한 힐실에 순응하고 있던 일반 노동자들(이상섭·동연·진영 등)과 이 힘의 만남이 대동맥이 되어 소설의 육체를 빚어내기 시작한다.

따라서 이 작품의 지향점을 올바르게 이해하기 위해서는 바로 홍기가 갖고 있는 이념의 구체적 현실화를 주목해야 한다. 즉 한 인간에게 있어 이념과 현실의 변증법 문제가 그것이다. 이러한 인물의 형상화는 1980년대에 활발히 이루어졌던 학생운동권의 현장 이전 문제와 변혁운동권의 생성문제를 반영하려 한 현실적 맥락을 갖고 있다. 이러한 맥락을 저버리고 단순히 실제 노동자의 현실을 중심으로 삼지 않았다거나 그러한 인물을 주도적으로 배치하지 않았다 하는 것은 사실상 문제의 초점에서 빗나간 지적이다. 그렇다면 홍기란 인물은 어떻게 형상화되고 있는가? 지금까지 몇몇 평론가에 의해 이 작품의 한계로 인물의 생동감이 부족하고 노동자들의 생활을 별로 담지 못했다는 점이 거론되었다. 이러한 비판은 타당하다. 그러나 그 원인으로 작가의 시각 자체가 다분히 생활과 유리된 투쟁가의 그것에 치우쳐 있기 때문이라는 평가는 보다 세심한 주의를 요한다. 오히려 작가 스스로 이러한 인물을 의도했다면 바로 그러한 인물의 형상화가 제대로 이루어졌는가를 문제삼아야 한다.

이 점과 관련하여 한때 전형 논쟁이 벌어진 적이 있었다. 우리 시대의 대표적 전형은 누구인가라는 식으로 전개되어 버린 이 논쟁은 문제성이 많았다. 전형이란 한마디로 이미 틀 지워져 있는 대상을 말하는 것이 아니다. 현실의 다양한 인물군에 걸맞게 특정한 인간군 내에서도 다양하게 존재할 수 있고, 또한 이러한 존재 가능성이야말로 문학의 원천이다. 사실 홍기란 인물은 그 자체로서 중요한 전형의 조건을 갖추고 있다. 문제는 이 인물에 대해서 과연 작가가 어떻게 접근하고 결과적으로 어떻게 자기 삶의 역사로 형상화했는가이다. 그런 점에서 홍기의 형상은 단순히 자신의 이념을 현장에 구체화해 본다는 개인적 차원의 것을 넘어서 당대 지도적 노동운동가로서의 면모가 폭넓게 그려져 있지 못하다는데 그 한계가 있다. '동지회' 내에서 교사 역할을 하면서 그의 지적인 면모가 부분적으로 드러나긴 하지만, 이만큼의 역사적 개인이 다른 한편으로 포진할 수밖에 없는 대외 조직이나, 전체 운동 상황 속에서의 위치, 그리고 그 속에서 한 가정의 가장으로서 보여지는 개인적 면모 등은 사상되어 있다. 노동자계급의 정치적 진출문제를 둘러싼 견해의 대립을 기준과의 갈등 속에서 드러냄으로써 상당한 의미를 보여주면서도 이 소설은 결과적으로 개별사업장의 틀에 갇히고 만다.

이런 구조가 설득력을 가지려면 개별사업장에서 노조 건설이란 당위적 명제를 성공시키는 방식이 아닌 작가가 의도한 지점에까지 도달하는데 따른 현실적 난관, 일반 노동자들의 의식상태를 중심 대상으로 삼았어야 했을 것이다. 실제로 홍기와 기준의 논쟁도 노조 건설을 준비하는 과정에서 어떠한 전술을 구사할 것인가에 가 있고, 작품의 정점을 형성할 수밖에 없는 노조 건설 이후의 투쟁에 대해서는 아무런 영향력을 끼치지 못한다. 또한 '진영의 분신'이란 계기도 단순히 극단적 양태의 선택이란 점보다도 이러한 측면에서 좀더 진지하게 사고할 필요가 있었다. 작품 전반부에 노동자들의 급속한 의식화가 이루어지면서 개별사업장을 뛰어넘어 정치투쟁과 연관된 내용이 등장하고 있으나, 노조건설사업이 본격화되면서부터 이 부면에만 모든 것이 집중되고 만다. 눈앞에 닥친 복직투쟁과 그것을 통한 노조 건설문제에만 초점을 모음으로써 결과적으로 진영의 분신이란 극단적인 계기를 통해 이를 성취해 가기에 그 자체가 안일한 해결방식처럼 보인다. 따라서 대표적 주인공인 홍기의 형상화에서 그 대상이 갖고 있는 특징을 올바로 구현시키지 못하고 인물이 예정된 줄거리에 예속되고 만 느낌을 준다.

이 작품에서 또 하나 중요한 인물은 이상섭이다. 그는 1770년대 대표적 민주노조운동이 벌어졌던 사업장에서 이미 선진적 노동가로서 활동했던 인물이다. 실제로 이 작품은 홍기를 통해 당대 노조운동의 한계가 조합주의에 있다며 이를 줄곧 거부하고 그 대안을 나름대로 기준과의 갈등과 타협 속에서 모색하고자 한다. 그런 만큼 정치투쟁을 거부했던 1970년대 노조운동의 경험자 이상섭과 이들과의 관계는 매우 의미 있는 지점을 형성한다. 상섭의 고민 속에 이 문제가 중요하게 자리잡고 있는 것도 당연하다. 홍기와 만나고 또 학습을 하면서 그 자신 1970년대 노조운동과 견주어 1980년대의 새로운 움직임(단순히 임금투쟁의 문제가 아니라 정치문제, 체제문제까지를 거론하는 방식)을 점차로 수용한다.

그런 그가 해고되어 복직투쟁을 벌이는 과정에서, 옛 동료 진용만 위원장을 만나고부터 변화되는 양상을 보여준다. 1970년대 가장 열성적으로 노조운동에 참여했던 진용만 위원장의 현실적 처지(조합주의, 경제주의, 심지어 기회주의자로 몰려 운동을 포기할 정도까지 이르러 "예전의 패기만만함은 사라지고 인생의 쓴맛만이 배어 있음을 보았다"), 그리고 그로부터 들은 학생운동 출신에 대한 불만("학생들 하는 짓은 어디나 같다니까? 무얼 그리 서두르는지 모르겠어. 취업해서 서너 달만에 그저 성과만 올리려고 노조 만들다가 무더기로 해고당하게 만들고는 그게 무슨 업적이라도 되는 양 떠벌리고 다니니 말야. 언제까지 노동자만 희생당해야 할지!") 등에 의해 이상섭은 심각한 고민에 빠지게 된다. 그리하여 그는 상당한 동요와 함께 '동지회'로부터 점차 이탈되어 간다. 그러나 작품 내에서 이의 극복은 다시 진영의 분신에 충격을 받고 급격하게 이루어진다. 요컨대 진영의 극한적인 투쟁, 그리고 그 비극에 인간적 갈등을 느끼고 다시 동참하는 것으로 나타난다. 결과적으로 이러한 의식전환 역시 개연성은 있지만 비약된 해결방식이다.

『파업』은 사실상 체험소설에 가깝다. 대학생 출신으로서 노동운동을 경험했던 작가의 실천적 산물이다. 정확히 말해서 1986년 후반부터 1987년 초반까지, 이른바 개헌투쟁이 활발하게 벌어지던 무렵부터 6월 항쟁으로 점차 고양되는 시대분위기에서 새로운 단계를 모색하던 변혁적 노동운동을 현장 내 민주노조운동과 연관시켜 형상화하고자 한 소설이다. 따라서 이 소설은 1980년대의 변혁적 노동운동의 한계와 맞물려 있다. 그만큼 이 소설은 실제 운동의 소설화 방식을 취하고 있다. 실제로 당시 작가들의 단편적인 회고나 창작보고서를 보면 현실이 너무 감동적이고 극적이기 때문에 유인물 쓰듯이 썼다는 이야기를 자주 한다. 그러나 이것은 이들 작업의 성격과 한계를 동시에 드러내 준다. 즉 현실 속에 존재하는 감동적인 투쟁과정, 사건을 기술하는 보고적 성격을 지향하고 있다는 점이다.

그런데 기본적으로 문학, 특히 소설은 인간의 운명을 그려내는 데 그 의미가 있다. 따라서 삶의 생동감 넘치는 형상이야말로 소설의 핵심이다. 『파업』에서 사건 진행의 골격은 올바르지만 그것이 단순한 골격 이상을 넘어서지 못하는 것도 이 때문이다. 이것을 살아 있게 만들 수 있는 것, 즉 살아 있는 인간과 그 인간들 사이의 변화과정 속에서 보여지는 생생한 관계가 중심을 이루었어야 했다. 가령 작품 초반부에 나오는 조직형성 과정에 대한 서술은 구체성이 담보되지 못한 측면을 쉽사리 보여준다. 소설의 세부를 이루는 대화나 묘사에서 불충실한 면이 많다는 것도 소설 내 현실 자체의 살아 있는 움직임의 표현이기보다는 작가의 의도가 앞섰기 때문에 나타나는 한 현상이다. 물론 묘사나 인물성격 표현, 대화나 사건 진행 등에서 부분적으로 탁월한 성취가 없는 것도 아니다. 그럼에도 대부분 딱딱하게 굳어져 있는 것으로 다가온다. 가령 인물 형상화에서 이미 주어진 휴머니즘적 성격이나 과격성에 기반한다거나 혹은 과거의 경험에 기반하고 있다거나 하지, 보다 본질적인 측면에서 요구되는 세세한 측면과의 결합은 부족하다. 결국 인물 형상화의 이러한 결핍은 소설 속에서 인물이 사건을 주도하면서도 결과적으로 사건에 압도되는 양상으로 귀결된다. 이 점은 다른 한편으로 작품 내에 등장하는 다수의 부차적 인물들의 형상에서도 마찬가지이다. 사회과학적 인식의 틀로 정형화된 유형적 인물, 말하자면 일반성을 곧 바로 인물의 성격으로 만드는 예가 그것이다. 특히 긍정적 인물에 비교되는 부정적 인물에서 이점은 더욱 두드러진다. 가령 자본가와 중간 관리층에 대한 묘사가 일면적이고 그에 대한 인식도 부족하다.

그럼에도 불구하고 안재성의 『파업』은 제한된 현실만을 제한된 영역에서 다루었던 노동소설의 경향에서 본격적으로 총체성의 문제를 제기한 소설이다. 노동자들의 삶을 일상적 삶의 공간에 가두고 그 안에서 겪게 되는 삶의 고통과 가난을 단순히 재현한 작품이 아니라, 자본주의라는 사회체제 안에서 그들의 처지와 삶의 방식을 전체 사회관계에서 풀어 나가고자 한 총체적 인식의 산물이었다. 또한 기본적으로 현장투쟁의 사건 보고식이 주된 골조를 이룬다고 비판했지만, 오히려 그 점이 굉장히 드라마틱한 소설이 되게 만든 면이 없지 않다. 아울러 더 중요한 사실은 자본주의 사회가 속도의 시대라고 하지만, 정작 인간 자신의 삶은 진부하고 율동 없는 정체된 모습을 보여준다. 전반전인 소설 경향이 내면탐구나 심리묘사로 치중하는 것도 그런 사회적 삶의 구조와 맞물려 있는 문제이다. 그러나 그러한 속도에 정면 대응하여 맞서고자 하는 인간 자신, 특히 그 주체라 할 수 있는 노동자들의 삶의 운동성은 더 특별한 의미를 담는다. 이러한 운동의 총체성은 부정될 문학 경향이 아니라 더욱 북돋워야 할 경향이며, 안재성의 『파업』은 그런 까닭에 더욱 가치 있는 우리 시대의 문학적 디딤돌이다. 이것의 한계와 문제점은 그 의도와 지향이 담아내야 할 세계의 넓음과 연관되는 문제이자, 사회적 모순에 맞서 바람직한 세계상을 꿈꾸는 리얼리즘 소설이 부족하나마 힘겹게 도달했던 80년대 소설의 한 모형이다.

2. 80년대가 낳은 삶과 사랑의 변증법─『사랑의 조건』

80년대 노동문학의 역사를 되돌아 볼 때 무엇보다 특징적인 것은 노동자 자신의 서정시와 소위 운동가요라는 투쟁가 속에서 리얼리즘으로의 최초 진입이 이루어졌다는 사실일 것이다. 그리고 이후 노동자의 생활과 투쟁에 대한 소재와 주제들이 단편양식을 통해 광범하게 확산되기 시작하였다. 이러한 사실은 노동운동의 초기단계에서 보여지는 문학적 대응현상의 일반적 면모이기도 하다. 일상의 사건 및 과제에 긴급히 대응하고 직접적으로 파업 등 당대적 사건에 집중되는 소형식의 장르적 특성의 성격에서 기인한 바 크다. 그러나 노동문학이 단순히 노동현장을 그리는 제한된 내용의 '계급문학'의 틀을 넘어서서 민족문학의 핵심으로서 문학적 지위를 얻기 위해서는 사회의 근본적 문제 및 모순들 속으로 파고들어 가야만 한다. 그리고 이때만이 사실상 우리는 협소한 아지프로 문학의 기능주의적 접근을 넘어서 좀더 본질적인 리얼리즘 문학으로서의 폭넓은 접근을 행할 수가 있다.

이러한 사실로 볼 때 '최초의 노동장편소설'로서 안재성의 『파업』은 단순히 최초라는 저널리즘적 외형평가를 뛰어넘어 '노동자의 입장에 의한 장편소설로서 최초'라는 노동문학 자체 발전사에서의 위치와 그것의 가치에 대한 진지한 고민이 요구된다 하겠다. 그러나 사실상 이 작품에 대한 본격적인 평론이 별반 없다는 사실은 참으로 '비평 우위의 시대'의 빈 메아리를 보는 것 같아 부끄럽기 짝이 없다. 이러한 와중에 다시 이 작가가 장편 『완전한 사랑』

을 내놓은 것에 대해 평자는 먼저 무한한 찬사를 보내고자 한다. 그것은 무엇보다도 이 작가가 진지하고 집요하게 추구하고자 하는 세계, 다시 말하면 우리 현실의 힘겨운 발전을 전면적이고 심도 있게 서사화하여 동시대 사람들에게 알리고자 하는 치열한 현실인식의 노력에 대한 찬사이다.

소설 『완전한 사랑』(한길사, 1991)은 한마디로 1980년대라는 격동기가 낳은 아들·딸들의 삶과 사랑의 변증법이다. 이 소설이 담고 있는 1980년 5월에서 1990년 초까지의 역사적 시간, 그리고 그 속에서 자라난 변혁적 인간의 두 남녀, 이 작품의 토대가 되는 이 요소들 속에서 우리는 1980년대 모순의 한 가운데서 태생한 하나의 불길이 삶으로 육화되어 다시 시대를 밀치고 들어가는 삶의 변증법을 만날 수 있다. 여기서 우리는 세칭 '운동권'이라는 특별한 인간집단을 만난다. 우리는 이 소설에서 이 특별한 인간들이 어떻게 태생하여 어떻게 오늘에 이르고 있는가를 볼 수 있다. 그리고 이들의 삶이 일상의 그물에 포착되지 않고 왜 '비밀스런' 삶의 형태를 취하게 되는지를 현재의 사회적 관계와 조건 속에서 읽어낼 수가 있다. 허여된 자유지역, 즉 일상으로의 끊임없는 유혹과 갈등에 시시각각으로 시달리면서 스스로 자신을 채찍질하고 누구보다도 따스한 감정을 가지고 있으면서도 냉혈동물마냥 사적 욕망을 극도로 억제하며 고통 속으로 파고들어 가는 고난에 찬 그들의 삶, 오직 미래의 자유를 위해 오늘 그 자유를 억누르는 것과 한시도 맞서지 않으면 패배해 들어가는 그들의 운명을 마주보게 된다.

소설은 김철수와 김진숙이라는 한 젊은 남녀의 사랑을 기본틀로 하여 이러한 사실을 보여주고 있다. 흔히 우리는 '애정소설'이란 이름의 많은 소설을 마주하게 되는데, 이 소설이 애정소설이면서도 일반적인 애정소설과 확연히 분리될 수밖에 없는 것은 작중인물들의 사회·역사적 인간으로서의 철저한 면모 때문이다.

한 평범한 대학생이 80년 봄과 함께 '의식적 인간'으로 깨어나 역사의 해방을 위해 자신의 삶을 택하는 데서 소설은 시작된다. 그리고 그러한 삶 속에서 한 여학생을 만나 동지적 삶을 일구어나가는 가운데 이들 남녀가 겪는 애정의 갈등과 꿈이 낭만적이기보다는 처절한 현실성으로 그려져 있다. 1980년, 함께 유인물을 만들다 적발되어 악몽 같은 합동수사본부에서 함께 고문을 당하고 영장대기실에서 고문의 상처를 보살피며 싹텄던 사랑.

> 놀랍게도 내 손등은 그녀의 입술 아래 놓여 있었다. 그녀의 눈은 여전히 창밖을 향했지만 입가에는 엷은 미소가 떠올랐고, 탐스러운 뺨에는 홍조가 불그레했다. 솔직히 조금은 당황했다. 여자로부터 그런 일을 당한 것이 처음이었고, 그리고 그 감촉이 너무 이상해서 당황했다.
>
> 하지만 그뿐이었다. 김진숙은 내 손을 반짝 들어 내 무릎으로 옮겨다 주고, 빙그레 미소를 던지며 일어나고 마는 것이었다. 그게 끝이었다.
>
> 절박하고…… 그리고 건조한 사랑이 시작되었다. 다시는 손을 잡아볼 기회도 주어지지 않은 가운데 마냥 바라보고 이야기하는 것으로 만족해야 하는 사랑이었다. (59면)

개인적 사랑에 앞서 사회적 인간으로 '운동' '투쟁' 속에서 각자 서 있기에 그들은 헤어져 다시 각자의 길로 돌아갔다. 이 헤어짐은 개인들의 무감각한 성격의 표현이 아니라 각자 '운동가'로서의 삶이 그만큼 중요했기 때문이었다. 그리고 그러한 삶을 추동시키는 알지 못하는 내면의 화산! 그 화산은 결국 운동 속에서 다시 마주칠 때 격렬하게 두 사람을 한데 묶는 운명의 끈이 된다. 다시 만나자는 약속도 없이 헤어져 주인공 '나'는 출소한 후 곧바로 강제징집을 당해 군대로 끌려가고 그녀는 노동운동에 투신했다. 그리고 '나' 역시 제대 후 노동운동에 참여하게 된다. 그러다 85년 초여름, 각자 참가한 구로 공단 연대파업 와중에서 함께 연행되면서 운명적으로 다시 만나게 되는 두 사람의 조우. 그러나 이 만남은 지방교도소의 남사와 여사에서 각기 불면의 그리움으로 삭여야만 했다. 그러한 기나긴 고통 속에서 드디어 그들의 사랑은 하나의 공동운명체로서 자각되어진다.

> 서로가 서로를 소유하고 지배하는 성적 거래의 만남이 아니라, 하나의 독립된 주체적 인간 대 인간으로서의 만남, 모든 생각을 이야기하고 서로를 돕고 사랑하는, 고통과 시련을 함께 하며 기쁨과 슬픔을 함께 하는 이 세상에서 가장 좋은 친구요 연인이요 동지인 관계…… (161면)

그러나 그들이 꿈꾸는 가정은 현실이 용납하지 않았다. 정세의 변화에 따라 공개와 비합법 활동을 해나가야만 하는 그들의 생활, 그리고 감시망과 한시의 틈도 없는 조직생활 등등 그들을 에워싼 현실은 그들의 '안락함'을 허용하지 않았다. 그런데 위기는 엉뚱한 곳에서 솟구쳐 나왔다. 선배 이상철로부터 김진숙이 과거 자신과 만나기 전에 어떤 선배의 아기를 가졌다가 고문으로 자연유산을 당했다는 이야기를 전해들은 것이다. 이 이야기에 충격을 받은 김철수는 당시 노동운동의 탄압과 한편으로 실무에 지친 상황과 겹쳐 김진숙에게 분노를 퍼부으며 방황하게 된다. 한참이 지나서야 뒤늦게 자기를 되돌아다보며 반성하게 되지만, 이미 자신이 김진숙에 대한 애정만이 아니라 동료 후배들, 그리고 노동자를 포함한 모두에 대한 애정을 잃어버리게 되었음을 깨닫게 된다. 참회 끝에 다시 활동에 나서게 되지만 회복은 쉽지 않았다. 견딜 수 없어 김진숙의 집을 찾아갔다 감시망에 걸려 어렵게 탈출해 나와 그녀를 만나지 못하는 어려운 상황도 겪게 된다. 그러다 끝내 90년 초 현대중공업 파업투쟁이 전개되던 때 김진숙이 울산에 내려갔다는 소식을 접하고 그곳을 찾아가 어렵사리 그녀를 만나면서 '나'는 새로운 각오를 피력하게 된다.

> 정말, 사랑과 혁명은 영원히 완성될 수 없는 건지 모르지. 그것을 완성하기 위해 수많은 사람이 정열과 인생을 바치는 과정, 그것이 바로 완전한 사랑이고 완전한 혁명인지 모르지. 미완의 혁명, 미완의 사랑…… 이 미완의 시대 전부가 사실은 최고의 완결성을 가진 건지도 모르지……. (300면)

이 마지막 말은 우리들 자신에게 여러모로 의미심장하다. 1980년대와 더불어 시작한 한 젊은 남녀의 삶이 던져준 이 말은 또 다른 격동의 파고가 밀어닥치는 1990년대의 그들 자신의 대처일 것이다. 이처럼 이 소설은 애정소설이긴 하지만 '애정' 그 자체에 머문 것이 아니라 삶 전반과 공고하게 결합된 '사회적 인간간의 살아 있는 사랑과 삶'을 문제시하고 있다.

이 과정에서 무엇보다 우리의 가슴을 두드리는 것은 여주인공 김진숙의 형상화이다. 우리의 소설사에서 좀처럼 볼 수 없는 여성상을 우리는 김진숙에게서 보게 된다. 그녀의 풍부한 인간적 면모, 놀라운 의식의 발전, 그리고 섬세한 도덕적 균형! 그러나 그 보다도 이 모든 것이 민중과의 내적 관계, 민중적 토대에 뿌리박고자 하는 그녀의 존재와 의지에 의해 만들어지고 있다는 점이다. 1980년 5월이라는 비극의 폭풍우가 거세게 몰아치던 대학 2학년 시절, 운동이 제대로 무엇인지도 모르는 다소간 낭만적이었던 그 시절에 한 남학생의 용기에 자극되어 시작된 운동은 곧바로 '고문'이라는 비극적 상황으로까지 그녀를 이끌고 갔지만, 그러한 고통스런 삶 속에서 싹튼 사랑의 씨앗은 그녀를 끝내 '옷도 옷이려니와 얼굴은 전혀 화장기 없이 까칠한데다 전과 같지 않게 아랫배까지 불룩 나온 영락없는 노동자부인'으로 만들었다. 바로 이들에게 있어 사랑은 고립된 개인 개인의 사랑이 아니라 민중과 역사에 대한 사랑과 하나되면서 만들어지는 한 인간 대 인간의 본질이었다. 그러기에 이들 두 사람의 삶에 있어서, 그리고 그와 연관되어 나타나는 애정의 위기에 있어서도 이러한 위기의 극복은 미래를 위한 고통스런 생활을 함께 겪어나가는 동참에 기초해서 이루어진다. 그러기에 과거 자신이 철없던 시절에 했던 사랑의 유희, 그녀에게 임신과 유산이라는 여성으로서의 오점을 가지고 있음에도 그녀는 당당하게 여자로서, 아니 인간으로서 새로 태어나 이를 스스로 극복하고 오히려 이 문제로 고민하고 있는 남자에게 이렇게 말하는 것이다.

> 한가지 명심해둘 일이 있어. 앞으로 네가 어떤 활동을 하더라도 다시 어제처럼 나온다면, 나는 진짜 너를 경멸하게 될거야. 네가 사랑한 것은 역사적 인간으로서의 너야. 네가 역사 속에 집단적으로 살아가는 인간으로서의 의무를 잊고 개인적이고 이기주의적인 인간으로 전락한다면, 그러면 나는 정말 언제든지 떠날 꺼야. 다시는 널 보지 않을 거야. 알았니? (239~240면)

우리는 여기서 역사적 인간의 행위 속에서 드러나는 실제적 본질을 중시하고 '허위의 외면과 가식'을 부정하는 철저한 인간들을 만나게 된다. 흔히 애정소설에서 보이는 개인적 인연의 중시와 그로부터 나오는 사회적 삶과 무관한 특이한 연애체험, 그리고 사회적 통념과의 갈등 등의 요소는 이 소설과 무관하다. 말하자면 남과 여라는 별개의 구분에 의하여 개인과 사회의 대립형태를 취하면서, 거기서 나타나는 내부의 애정갈등을 흔하게 접할 수 있는데, 이 소설은 이러한 내부에 있는 개인들 간의 결합이 사회와 진정하게 결합해 들어갈 때 참된 동반자로서 의의를 가질 수 있음을 동일한 인간에 기초한 남녀의 문제로 명확히 인식하고 있다. 이것이 이 작품이 우리에게 전해주는 진실한 사랑법이다. 그리고 그 사랑은 사회적 삶과의 변증법을 통해 역사발전과 함께 더욱 완성된 형태로 발전해 가리라는 믿음으로 나아가고 있다.

이렇듯 애정문제를 사회적 삶과 결부시키고 있기 때문에 단지 애정문제뿐만 아니라 1980년대의 시대적 흐름이 작품을 에워싸고 있다. 그래서 이 소설에서는 우리의 기억 속에 남아 있는 1980년대의 제반 사회적 문제, 이를테면 1980년의 악독한 군사정권의 고문행위, 그리고 강제징집과 녹화사업, 1985년의 구로연대파업, 1988년의 대파업투쟁과 노동운동의 고양, 그리고 뒤이은 대탄압기, 1990년 초의 현대중공업 파업투쟁 등 역사적 상황이 풍부하게 그려져 있고, 또한 수배자의 생활과 경찰의 감시망, 고문에 못 이겨 자해행위와 끝내 투신자살한 노동운동가의 비극 등 운동가의 실제적 삶이 곳곳에 녹아들어 있다. 그러나 엄밀히 말해 이러한 역사적 사실들에 대한 형상화는 두 사람의 애정문제와 직접적으로 관련되어 있을 경우에는 구체성을 획득하지만 그렇지 못한 경우 상당히 추상성을 면치 못하고 있다. 이러한 측면은 한편으로 주인 공 '나'에 의한 1인칭 시점으로 진술되면서 읽는 이로 하여금 수기를 읽는 듯한 느낌을 주는 것과 관련이 있는 것으로 보인다.

일반적으로 소설과 관련해서 르뽀가 종종 대규모 형상화의 초기적 형태로 기능하면서 아직 조야하고 완전히 예술적이지 못하지만 새로운 소재를 최초로 전개시키는 기능을 갖는다고 보았을 때, 이 작품 역시 아직은 과도기적 형태라는 느낌을 저버릴 수 없다. 작중인물이 '이론·관념을 통해 발생한 활동가'의 면모를 채 탈각하지 못한 것처럼 작자 역시 이 소설의 형상화에서 그러한 면모를 보여주고 있는 듯하다. 이 점은 무엇보다도 주인공 '나'의 직접적 진술 혹은 대화에서 나타나는 지적 면모에서 확연히 나타난다. 이른바 논리적인 서적에서 보는 듯한 추상적 어조가 여러 장소에서 빈번히 사용되고 있다. 그리고 사건진행의 골격은 역사적 사실에 충실함으로써 올바른 형태를 취하고 있다고 보여지지만, 그것이 단순한 골격으로 남아 있을 뿐 이것을 살아 있게 만드는 인간과 인간들 사이의 변화과정, 그 속에서의 생생한 관계가 역시 결여되어 있다. 그것은 역사적으로 중요한 사실이 작품의 배경으로만 나타나는데서 확인된다. 결과적으로 이러한 생생한 관계의 결여를 다소간 추상적 역사해석으로 메꾸고 있다는 점이다. 따라서 주요 인물의 몇몇 성격적 특징은 있지만 전반적으로 다소간 굳어져 있고 발전적 양상이 명확히 보여지지 않고 있다는 점이 소설의 약점이라 할 수 있다. 이러한 사실은 아마도 노동운동 초기단계에서 보여지는 관념의 완전한 육화가 아직은 부족한 역사적 단계의 산물이 아닐까 생각된다.

여하간 이러한 한계에도 불구하고 이 작품은 『파업』과 함께 소설사에서 하나의 이정표를 던져줄 것으로 기대된다. 지금까지 단편을 통해 드러난 노동소설의 소재나 주제는 익히 알다시피 매우 제한된 영역이었다. 그리고 이렇게 제한된 영역은 대부분 현재적으로 요구되는 과제에 부응하는 성격을 취함으로써 '자기제한성'을 단편이라는 양식적 제약과 함께 필연적으로 동반할 수밖에 없었다. 그러기에 이른바 노동현장을 다룬 소설로서 제한된 규정을 가질 수밖에 없었다. 그러나 이 작자가 견지하고자 하는 노동자계급의 입장이란 특정영역에 머무는 것이 아니라 삶 전반, 사회 전반을 대상으로 놓고 하는 말이다. 그렇기 때문에 이러한 총체성을 그리기 위해서는 필연적으로 장편소설의 창작실천이 긴급하게 요청된다. 소설이 인간학이라 칭해지는 이유도 여기에 있다. 상당한 약점을 가지고 있을지라도 안재성의 소설은 이러한 본질적인 작업에 진지하게 접근해 들어감으로써 다른 어느 작가보다도 기대를 받고 있다는 점을 작가 스스로 명심해야 할 것이다. 그러기 위해서는 작가 스스로가 이 작품에서 비판한 '이론을 통한 기계주의적 인간'이 아닌 '현실에 살아 있는 변증법적 인간'으로 굳건히 서주기를 진심으로 바란다. 그럴 때만이 우리 역사의 참된 발전을 인간의 삶이란 구체적 측면에서 반영해내는 시대의 살아 있는 거울이 되어줄 것이다.

제 3 부

한반도와 '남＋북' | 239

고은 시집 『남과 북』

웅혼(雄渾)한 생명의 대서사 | 253

고은 장시 『머나먼 길』

우리네 슬픔에 맞는 사랑의 갈구 | 266

정희성 시집 『답청』

소처럼 선림(禪林)에 누웠구나 | 283

이상국 시집 『집은 아직 따뜻하다』

삶의 결핍이 빚어낸 순정한 마음의 결정체 | 298

고재종 시집 『그때 휘파람새가 울었다』

한반도와 '남+북'

고은 시집 『남과 북』

1.

역시 '고은'이구나를 실감케 하는 장면이었다. 2000년 6월의 남북정상회담 생방송 때, 수행단의 한 사람이었던 고은(高銀) 시인이 평양시내 목련관에서 열린 만찬석상에서 즉흥시 「대동강 앞에서」를 직접 낭송한 장면이 그것이다. 특유의 목청으로 때로 스며들듯 때로 포효하듯 연단을 부여잡고 격렬한 몸동작으로 "때가 이렇게 오고 있다. / 변화의 때가 그 누구도 / 가로막을 수 없는 길로 오고 있다 / 변화야말로 진리이다"로 시작하여,

그래야 한다

갈라진 두 민족이
뼛속까지 하나의 삶이 되면
나는 더이상 민족을 노래하지 않으리라
더이상 민족을 이야기하지 않으리라

그런 것 깡그리 잊어버리고 아득히 구천을 떠돌리라
그때까지는
그때까지는
나 흉흉한 거지가 되어도 뭣이 되어서도
어쩔 수 없이 민족의 기호이다

로 이어지다가 "아 이 만남이야말로 / 이 만남을 위해 여기까지 온 / 우리 현대사 백년 최고의 얼굴 아니냐 / 이제 돌아간다 / 한송이 꽃 들고 돌아간다"로 끝맺음하던 시였다. 어찌 그때의 감동이 그만의 것이랴마는 시인의 삶을 아는 이라면 '민족시인'이란 호명이 말해주듯 그가 영접했을 환희의 황홀감을 충분히 짐작할 만하다.

마치 이날을 예감이라도 하듯 시인은 『남과 북』(창작과비평사, 2000) 후기에서 "통일은 자연스러운 것, 통일에 앞서 삶의 품성을 높이는 것, 통일이 단순한 재통일이 아니라는 것, 통일이란 통일이론 엘리뜨들에 의해서 주도되지 않고 뜻밖에 역사의 불가지적 운행으로 이루어진다는 것을 알 만한 때에 나도 속해 있다"라고 말했다. 사실 고은의 1990년대는 이전의 '민족시인'으로부터 다소 벗어나려는 움직임을 보여 왔다. 바로 앞선 시집 『머나먼 길』 같은 경우에서도 그는 이전까지 핵심에 두었던 '고향'·'조국'·'당파'로부터 떠나 '통일은 내일의 역사'라며 거리를 두고 전지구와 대우주의 세계를 모색하는 입장이었다. 그런 만큼 『남과 북』이 세계화를 온몸으로 통과하고 돌아온 재귀(再歸)의 큰 걸음인지, 아니면 현실 변화 속에서 시인 특유의 직관적 포착력이 번뜩이는 발빠른 걸음인지 궁금하기도 하다.

2.

사실 『남과 북』은 작가의 후기를 굳이 거론치 않더라도 '분단현실과 통일'을 노래한, 일종의 주제시라 부름직한 면모가 없지 않다. 그러나 이렇게 규정해놓고 보면 중요한 일면을 지시하면서도 왠지 그가 꿈꾸는 시적 세계를 모독하는 일처럼 생각된다. 사실 양식적 측면에서 이 시집은 기행시 모음 쪽에 가깝다. 그리고 1999년, 시인에게 행운처럼 찾아온 북한방문 15일이 이를 추동 했음은 분명하다. 그러나 북한기행으로 단순히 제한하지 않고 '남과 북' 전체로 모두어 낸 것 자체가 이미 단순한 기행시를 넘어선다. 그 점에서 '남과 북'이 상징하는 주제적 측면은 그로부터 가장 깊숙한 곳, 아니 운무 위로 솟구친 정상처럼 가장 먼 곳에 위치해 있다고 해야 할 것이다.

따라서 감상할 때는 그냥 편하게 기행시편을 대하듯, 시인이 어지럽게 펼쳐놓은 한반도의 산천을 천천히 완상하는 것이 바람직할 것이다. 남과 북이 구별되지 않는 산과 바다와 강과 길을 시인이 불어넣은 숨결에 따라 자연의 아름다움과 자연과 함께 하는 삶의 희로애락을 가만가만 느껴보자. 그리고 그런 속에서 산천의 복잡성만큼이나 다양하게 시인이 펼쳐내는 존재의 비의성, 역사와 현실의 난해성을 서서히 모아보자. 그러나 그것이 쉽지 않다는 데 고은 시의 특징이 있다. 남다른 불교적 소양 탓인지 소시민적 안일과 표피적·평면적 사고를 거부하는 승속(僧俗)의 미묘한 힘은 항상 이것이다 하면 달아나는 먼 무엇이 있다. 그가 너무 아득한 곳을 바라보고 너무 먼 곳을 이야기하고 있다는 것이 아니라 옛사람의 표현으로 말하자면 원오(遠奧), 즉 뜻 가운데 멂[遠]이 있다는 것이다.

그렇기 때문에 천하를 주유하듯 읽어도 무방하지만, 그것은 어디까지나 무방일 뿐 시집 전체가 감싸고 있는 뒷산과 같은 기운을 고려에 넣지 않을 수 없다. '남과 북'이 그것이며, 시집 『남과 북』 전체가 발산하는 힘이 그것이다. 더구나 시인 자신이 후기에서 "분단 이전의 노래이기도 하고, 분단현실의 몇 단면에 다가가는 노래이기도 하고, 더 나아가서 분단 이후의 어떤 시기에 들어맞는 노래"라고 하니 더더욱 그렇다. 실제로 개별 시가 다루는 주된 과녁과 방향을 통해 이런 분별을 섬세하게 변별해볼 수도 있을 것이다. 그러나 그것은 이 시집 속의 시적 대상들이 '남'과 '북'으로 변별되지 않듯이 별반 의미 없는 일이다. 다만 분단현실의 문제를 직접적으로 표출한 시들을 통해 이에 대한 시인의 시각을 어느 정도 가늠해볼 수는 있다. 우선 '분단'과 '통일'이 금방 떠오르며 행동의 분기(奮起)를 촉구하는 듯한, 말하자면 형사(形寫) 밖의 뜻을 먼저 추구하여 표면으로 직접 솟구치며 드러나는 1980년대식 시 유형은 거의 보이지 않는다. 아마 이 점은 시인 자신을 '현실적 자아'가 아닌 현실과 어느 정도 고리를 끊은 '유령적 자아'로 스스로 밀어 올린 때문일 것이다. 「유령의 노래」에서 시인은 "지난날 구원 없는 세상을 / 그 백만분의 일이라도 바꾸지 못한 것이 원통하였다"고 겸허하게 과거를 되돌아보며, 현재의 자신을 '무명의 유령'으로 제시한다. 그러나 그 유령은 "수증기 한그릇도 허용하지 않는 / 투명한 성층권"이 아닌 "스산한 대류권(對流圈) 공중"에서 떠도는 존재다. 언뜻 이 대목에서 우리가 흔히 쓰는 '구천에 떠도는 원혼'을 연상하기 쉬울 것이다. 그러나 '유령'이란 말 속에는 '한(恨)' '원통'의 심성이 배제되어 있다. 그 점에서 '한의 맺힘'이 아닌 그것의 최종적 극복인 '한의 삭힘'쯤이다. 사실 '유령'이란 우리의 언어이기보다는 직역한 서구적 언어에 가깝다. 오히려 그런 특성이 우리의 주관적 정서를 떨쳐내는 역할을 한다. 좀더 풀어보면 남한이라는 반쪽 땅에 어쩔 수 없이 속박 당한 육체적 자아로부터 벗어나서 한반도 전체의 운명을 쫓는 영혼의 자아에로의 상승을 의미하는 존재이다. 시의 마무리에서 이 점은 확실해진다.

> 그러나 나는 그 위층보다
> 저 지상의 한반도쯤을 무위로 내려다본다
> 오 난해한 것투성이
> 오 난해한 것투성이
> 아직도 고된 싸움이 남은 땅을 내려다본다
> 아무런 책벌도 주지 못하는 제트기류 언저리에서
> 날개 없는 유령으로 떠돌고 있다
> 그럼에도 내 국적은 한반도였다 아프간이 아니었다

시의 착상은 북한땅 위를 나는 비행기 속의 '나'에서 출발했을 것이다. 창 밖으로 반도를 내려다보다 문득 공중 속의 비행기와 '나'와 '땅'이 일체가 되어 한순간 정지했다는 느낌("날개 없는 유령"), 그 순간 '민족적 자아 혹은 영혼'이 아마도 탄생하지 않았을까. 어쨌든 이런 초월과 상승, 무위 속에서도 '민족적인 것'을 문제삼는 시인의 의식이야말로 이 시집 전체를 떠받치는 시적 나침반이다. 아니 그냥의 나침반이 아닌 북극을 향해 미세하게 쉼 없이 바늘 끝을 떠는 지남철과도 같다.

실제로 '난해한 것 투성이' '책벌'이 환기하는 분단현실에 대한 시인의 질타는 이 시집 속에 드물지만, 그러나 단호한 목청으로 짧게 명제화되기도 한다.

> 무거운 바위 무거운 공기에 눌려 있지 않기를
> 무거운 사명에 갇혀 있지 않기를
> 이곳에
> 무거운 신이
> 여러 신들을 징치하지 않기를
>
> ―「평양」 부분

> 남한은 온통 속도뿐이고
> 북한은 오랫동안 속도전이라는 구호의 누리였다
>
> ―「대동문」 부분

여기에 「평안가도 수안땅 지나가며」나 「아오지 탄광」 등의 시까지 감안하면 북한 체제에 대한 비판이 더 강한 것으로 보이지만, 그런 단순비교보다는 전체적으로 '구호'와 '이념'이 삶의 자연스러움 혹은 삶의 유한성과 절대성을 짓누르는 것에 대한 비판의 측면이 강하다. 그래서 짧은 현재만을 이야기하는 데 그치지 않고 한반도 전체 역사로 투영되기도 한다. 가령 「단군릉」이 그 좋은 예가 될 것이다.

> 가난한 역사이고 싶습니다
> 거룩한 것
> 그런 것 없는 역사이고 싶습니다
> 저녁 연기 나는 마을과
> 이웃마을들의 이야기이고 싶습니다
> 달밤 다듬이 소리면 아주 그만이겠습니다

아주 평이한 진술로 소박하게 자신의 의견을 토로하는 시인데, 이런 1연 뒤로도 시로서의 응축을 생략한 채 "단군께서 계신 역사 / 왠지 무겁기만 합니다 납덩이이기만 합니다" "큰 역사보다 심신 낮춰 / 가난한 역사이고 싶습니다 / 너무 강한 것 / 그런 것을 겨루는 역사 아니고 싶습니다"며 너무도 분명하게 표명한다.

그 점에서 강하고 견고하고 큰 것에서 약하고 부드럽고 사소한 것으로 선회하는 시인의 눈길 또한 동일한 맥락이다. 과거의 웅장한 서사시 『백두산』과는 다르게 "티끌 하나도 내 맞수로 / 늘 전체였다" "다음에 오는 이들이여 부디 여기 와서 / 가슴 벅차지 말고 / 사소한 일 하나하나와 함께이거라"(「백두산」)라고 나지막이 읊조리며, 울릉도를 두고 "작은 나라! / 그것만으로 세상의 보석이었다"(「옛 울릉도의 말씀」)고 단언하기도 한다.

물론 장려하고 고고한 시도 없지 않다. 그러나 그때도 그저 호방(豪放)으로만 치닫지 않는 역설적인 비개(悲愾)의 기운이 서려 있다. 가령 "어떤 종교도 사절한다"로 시작하는 「다시 천지」 같은 경우는 시종 강한 어조이지만, 어떤 종교·교리·욕망도 거절하는 무신(無神)을 이야기한다. 또한 「만월대」에서 "6백년 동안이나 폐허에서 / 또 하나의 폐허이거라"라고 하듯 강한 것은 더욱 극점으로 밀어붙이는, 그리하여 마치 '썩음'과 '삭힘'을 통한 재탄생의 미학을 내보인다. 아마도 강약에 대한 시인의 의경이 한눈에 드러나는 시가 「내장산」일 것이다. 단풍의 아름다움도 한 백 년쯤 푹 쉬어야 한다며, 나말고 내 자손 때나 새로 몰려오는 단풍이면 좋겠다며, 더불어 아름답지 못한 것 함께 쉬어야 한다며 "멸망조차도 한갓 휴식"이라 토로한다.

그런데 사물에 대한 이런 인식의 배후에 더욱 근원적인 사유의 심층이 있는바, 바로 시간성에 대한 성찰이다.

> 덧없다 하지 말라
> 늘 다음이 있다
> 내일만이 아니라
> 그런 내일 가운데
> 지난날도 함께였다 여럿이었다
>
> ―「구월산」 부분

우리가 통상 말하는 '시간의 덧없음'을 이야기하면서도 거기에 숨은 본질을 역설적으로 드러낸다. '시간은 흘러가 버린다'는 우리에게 바꿀 수 없는 리얼리티를, 그리고 그렇게 생각하면 '모든 것은 허무하다'는 비극적 사유를 시간의 영원성 속에 용해시켜 "그러는 동안 / 백년 원수쯤에도 친구가 된다고 / 덧없다 함은 / 그런 것이라고" 하는 낙관적 힘으로 전화시키는 힘이 거기 있다. 그것은 무엇보다 '과거-현재-미래'라는 순차적 도식, 그런 도식에 의해 알게 모르게 구획되는 짧은 시간성을 거부하고 거대한 시간을 하나의 현재로 응집시키는 힘이다. 말하자면 세월에서 '상실'을 보지 않고 '누적' '축적'의 영원한 현재성을 본 것이다. 가령 한반도 동북단 웅기 굴포리를 "내 고향의 전생"이라 하며 그곳 세계를 묘사한 「굴포리」에서 청동기시대 비파형 구리칼, 홍적세 뼈송곳 이야기를 하다가

> 남한 어딘가에 가는 놋단검 나와
> 구름 뒤 햇빛에 빛났다
> 내 엑스레이 해골 이빨들이 히히 웃었다
> 옛과 오늘 아주 의좋은 날
> 오랜 고인돌 밑 그늘이 누님 같다 오랜만의 누이 같다

로 끝을 맺는데, 이 역시 그런 환희에 찬 시간성의 표출이다. 특히 "엑스레이 해골 이빨"이란 말이 매력적이다. '시간에 대한 투시' '곧 다가올 미래에 대한 암시'로서 '옛'과 '오늘'의 한 몸이 생성된다. 이런 시간성에 대한 인식은 「여주 영릉」에서 아주 직접적으로 제시된다.

> 우리들에게는
> 3백년 이상쯤이 과거이고
> 그 이후는
> 아직 과거가 아니기를 바라는 썰물진 마음이 있어야겠다
> 과거가 너무 척박하게
> 바로 어제부터

그저께부터여서야
어찌 숨지는 일도 섭섭하지 않겠는가
아 분단도 너무 과거이고 사랑도 과거이다
벌써 내일도 과거이다
그동안 기구하게 살아온 것도
몹시 뜨거운 여름 녹음 밖 땡볕이 되었다

— 「여주 영릉」 부분

과거를 너무 척박하게 바라보지 말자는 것은 곧 '크나큰 시간'
에 대한 사유를 의미한다. 이럴 때 "분단도 너무 과거이고", 나아
가 "세월은 하느님보다 거룩"(「들」)할 수 있다는 것이다.

백년을 잘못 살았다
가도
가도 들이었다
나주 영산포
여기 주춧돌 놓고
다시 살아야겠다

— 「들」 부분

짧은 서술이지만 매우 함축적이며, 확산되는 언어의 바람이 있
다. 오히려 이 자체로 시를 끝맺는 게 좋았을 것 같은 느낌이 들
정도로 우리의 근대 백년을 통째로 전복하는 힘이 있다. 군이 생
태학적 사유를 들이대지 않더라도 그 뒤로 이어지는 것도 남녘의
영산벌이 펼쳐내는 자연 자체의 형용이다. 이 시집이 발산하는 전
체적인 음향도 그렇게 큰 시간성 속에서 지속으로서의 자연적인
것, 순환적인 것에서 울려나온다. 시인한테 낯설 수밖에 없는 이북

땅에서 그가 만난 것도 그것이었다. 심심산천 백무고원의 한 뙈기 화전밭에서 본 감자꽃조차 그러하다. "한밤중 추위 덜덜덜 견디어 내고 / 다음날 일찍 / 하나둘 더 피어난 감자꽃 호젓하다"에서처럼 삶은 자연이기에 시인은 "다시는 그곳에 가지 말자 가는 것도 오는 것도 모독이었다"(「감자꽃」)고 말한다. 또 우리에게 극지로 알려진 삼수·갑산에서도 "한 5천년 전 그대로의 백성"을 보게 되고, 그것이 곧 "생애의 내 조국"(「갑산」)임을 발견한다. 그러니 어찌 북녘 땅만의 것이겠는가. "사람아 / 더도 말고 / 섬진강만 하거라 / 섬진강만 하거라 / 따오기 서넛 날으는 저녁 강물만 하거라"는 짧지만 여백의 울림이 있는 「화개장터」, "백성으로 태어나서 / 백성 갑을병정으로 살아가는 / 그 독실한 무명씨를 생각할 일"이라는 「수분리 지나가며」 등 시집 속의 한반도 도처에서 마주할 수 있는 장면이다.

그렇기 때문에 인위적인 분단을 넘어서는 힘도 자연적인 것에 있다. 「단풍」·「꽃소식」·「기러기 길」·「모심는 아낙들」이 그런 형상을 단적으로 보여주는 시편인데, 대개 그 골조가 비슷하다. 봄 꽃소식이나 모심기 남에서 북으로 가고 단풍 소식 북에서 남으로 오는 여정처럼, 혹은 남과 북이 모두 내 고장인 기러기처럼 이미 남북의 경계가 없는 자연적인 이동이 그것이다. 사실 시를 읽는다는 것은 한순간에 지적이고 정서적인 복합체를 만나는 일이다. 특히나 현실의 제약 앞에 있는 경우 순간처럼 드러나는 이런 복합체를 통해 우리는 뜨거운 해방 의식, 시간적 한계와 공간적 한계를 훌쩍 뛰어넘는 해방감을 맛보게 된다.

3.

  역사의 지배가 큰 때, 그에 따라 사건들의 압력에 숨막힐 때 역사가 단순한 사건들의 연속으로 퇴화만 한다면 언어 또한 생명 없는 상징들의 퇴화가 되기 십상이다. 이 시집이 지향하는 바를 생각하면 그럴 우려가 많다. 그러나 시인은 마치 나비처럼 훌쩍 그로부터 날아올라 우리를 높으면서도 낮은 세계로 자유자재 데려다가 한반도 전체를 바라보게 만든다.

  물론 이 자리에서 이 시집의 성취 정도를 여러 면에서 세세히 짚지는 못했다. 가령 「백마강」·「내설악 오세암」·「부소산」·「두 바위의 하루」·「보현사 석탑」·「금강굴」 등 각각의 자연과 사물에 온몸을 맡기고 마음으로 각기 다른 경지를 담아 형상화한 자연시는 시인의 행동적 사유의 또 다른 이면인 명상적 사유의 고유성을 드러내는 시편들인데 불가피하게 생략했다. 아울러 지금까지의 분석에서 어렴풋이 나마 드러난 것이지만 민족성이나 민중성의 문제, 그리고 생태학적 사유 등도 더 깊이 논의되어야 할 사항이다. 더구나 이 시집 속의 모든 작품이 뛰어난 것은 아니다. 시간성의 문제를 이야기했지만, 기행시편 자체가 역사가 되기 쉬운 터라 미래보다는 과거에 치중되어서인지 과거의 주박이 너무 짙은 그늘로 되어버린 경우 아쉬움이 많다.

  특히 문제가 되는 시편은 역사적 인물을 그린 경우였다. 『만인보』의 평가와 상통하는 것이기도 한데, 이들 시편에서 관념적 도식에 지배되거나 장황한 설명적 서술에 의존하는 경우가 많다.

사실 뒤를 돌아보는 상상력과 앞을 내다보는 상상력은 성격을 달리한다. 기억은 재생산의 힘을 필요로 하고, 앞을 내다보는 일은 창조적 힘, 즉 예상의 힘을 필요로 한다. 어떤 특정 역사적 인물을 택할 때 시인에게 필요한 것은 미래에도 가능할 전설을 만드는 일이지 과거의 상태로 고스란히 변천시키는 역사적 수사는 아닐 것이다. 「경주 남산」·「운주사」 등의 성공에 견주어 「바다의 무덤」·「광화문」·「김시습」·「선죽교」·「계(契)」 등이 그러하다. 또한 「진도 아낙네들」이나 「눈오시누나」 같은 경우는 민요조나 김소월 시 등을 너무 편하게 차용해서인지 현재적 변용에 값할 만한 기운은 주지 않고, 「황진이 무덤」 같은 경우 황진이의 시를 인용하여 액자시 형태를 만들었으나 설익은 느낌이다.

시인에게는 분명 인간이 만든 역사의 거대한 막을 찢고자 하는 의향이 있었다. 또 적어도 고은이기에 우리는 은연중 새로운 진경을 기대하고자 한다. 그러나 이 점에 대해서는 솔직히 쉬 판단이 내려지지 않는다. 여러 요인을 지적할 수 있겠지만 가장 기본적인 것으로 언어 문제만 해도 그렇다. '남'만이 아닌 '북'까지 아우르는 이 시집의 목표를 생각하면 민족어에 더 순수한 의미를 부여하는 일은 매우 중요로운 창조의 영역이다. 더구나 분단에서 통일로 나아가려는 역사적 조건의 변화는 그만큼 우리에게 창조를 위한 좋은 환경을 만들어주는 셈인데, 우리의 사유와 그 사유를 보존하는 매개체인 언어는 오히려 낡아가고 경박해져 가는 오늘의 상황을 생각하면 더욱 그렇다. 그러나 『남과 북』도 전체적으로 『만인보』에서 흠취(歆臭)할 수 있는 활기와 윤기, 생동감은 찾기 힘들었다. 물론 휘트먼(W. Whitman)의 표현처럼 가장 위대한 시인은 그리

두드러지지 않은 평담한 문체로 쉽게 커지지도 쉽게 작아지지도 않는 생각을 유장하게 펼쳐내는 것인지도 모르지만 말이다.

아무튼 "남과 북의 수준 낮은 정치현실로부터 비정치적인 조율과 문화로서의 음향(音響)"을 지향했다는 저자의 말대로 우리는 오랜만에 '남과 북'이 한데 뒤섞여 춤을 추며 합창하는 시의 광장을 갖게 되었다. 그러나 뭔가 허전하다. "늘 불화(不和)로서의 상대방을 확인할수록 그것에 내 얼굴이 찍혀 있고 또 하나의 '나'가 늘 '너'와의 복수(複數)"(「후기」)이기에 멀다 싶으면 가깝고, 가깝다 싶으면 먼 거리감이 슬몃슬몃 비쳐서일까. 북녘을 그린 시에서 "하룻밤만 자고 갔으면……"(「그 암자」) 하는 흔적을 남기니 아직은 '한반도'가 아닌 '남+북'일 수밖에 없는가.

웅혼(雄渾)한 생명의 대서사

고은 장시 『머나먼 길』

1. 생명의 탄생과 성장, 죽음의 유장한 흐름

『머나먼 길』(문학사상사, 1999) 시 원고를 들자마자 단숨에 읽었다. 노도에 휩쓸린 듯, 일진광풍에 떠밀린 듯 꿈결처럼 긴 장시가 너울너울 가벼운 매의 날갯짓으로 내 마음 밭을 훑고 지나갔다. 그리고 적막…… 그런데 적막 속에서 뭔가 자꾸 뭉클뭉클 하는 것이 하 수상타 그랬다. 다시 읽어도, 또 읽어도 그랬다. 읽을 때마다 새로운 것이 의식의 투망에 걸려드는데 영 마뜩찮다. 걸렸다 하는 순간 더 큰 무엇인가 슬며시 빠져나간다. 마치 장어를 손에 쥔 듯한 이 매끄러운 질주.

투명한 물 속에서 눈 아래 고기를 잡으려 손을 넣는 순간 순식간에 사라지는 재빠른 물고기의 유영처럼, 내 의식의 바다 속에서 고은의 시는 물고기처럼 날렵하기만 하다. 그런 도도한 자유 앞에 솔직히, 아직 나, 감당불능임을 절감한다. 그러나 즐거운, 아름다운, 그래서 더 무서워지는 절감이다.

작은 미물이랄 수밖에 없는 '연어'로 지구 생명계의 전체를 뒤흔드는 거대한 상상력과 비유, 그 크기와 깊이 속에서 솔직히 망연자실이다. 쳐다보는 곳마다 첩첩산중, 바라보는 곳마다 망망대해와 같다고나 할까. 생명의 탄생과 성장, 그리고 죽음이라는 산 것의 운명이 펼치는 유장한 흐름 안으로 휩쓸려드는 순간, 거대한 소용돌이다. 한마디로 중국의 사공도(司空圖)란 사람이 시의 풍격을 논하면서 구사한 충담(沖澹)・섬농(纖穠)・침착(沈着)・전아(典雅)・세련(洗鍊) 등 24시품 중 '웅혼(雄渾)'에 딱 들어맞는 격이라고나 할까.

"커다란 쓰임은 밖에서 변화하자면, 진실한 본체는 안에 충만하다. 공허로 돌아와 혼연(渾然)한 데로 들어가고, 강건함을 쌓아 웅자(雄姿)가 된다. 만물의 이치 다 갖추어, 큰 하늘에 꽉 들어찬다. 마구 피어나는 구름이요, 거리낌 없이 멀리 불어 가는 바람이라. 형상 밖에 뛰어 넘어, 그 묘리 얻는다. 그것을 가짐에 억지가 없고, 그것을 오게 함이 무궁하다[大用外腓 眞體內充. 返虛入渾 積健爲雄. 具備萬物 橫絶太空. 荒荒油雲 廖廖長風. 超以象外 得其環中. 持之非强 來之無窮]."

2. 제행무상(諸行無常)의 세계인식에 기초한 대서사시

사실 장시집 『머나먼 길』의 소재가 되는 '연어'는 이미 우리에게 익숙해질 대로 익숙해진 것이 아닌가. 모천(母川) 회귀라는 희귀한 연어의 속성 자체도 널리 알려진 사실이거니와, 이미 90년대에 연어 이야기가 이런저런 변주로 새로운 시대적 분위기와 결부되어 상당히 눈길을 끌기도 했다. 그러나 '회귀'라는 한 단면을 중심으로, 그 자체가 내뿜는 적잖이 신비주의적인 요소에 부응하여, 오늘의 타락한 산문적 현실에 대한 단순히 일시적인 일탈과 초월적인 심리적 충동의 대응물로 기능한 것들이었다.

그런데 『머나먼 길』은 이와 체질을 달리하는 새로운 세계의 개진이다. 시인 스스로 말하고 있듯이 연어를 단순히 회귀 중심으로 이해하는 것을 단호히 거부한다. "회귀가 보수, 안정, 인습, 기득권, 오래된 규범 등을 뜻할 위험이 있을 때 바로 그런 위험의 대열에서 연어를 이끌어내어 연어의 대운동장인 북태평양에서 모천으로 돌아오지 않고 어디론가 떠나는 그 6년, 7년 동안의 북시베리아 해역에서의 전진적이기까지 한 순례를 통해서 자아와 자유 혹은 전생(轉生)과 신생(新生)의 세계 개척을 일삼았다." 실제로 시인은 시 속에서 직접 이 문제를 이렇게 형상화하기도 했다.

그런 고향 회귀의 연어로서
온 세상에 널린 생명체의 고향이 거룩하건만
연어를 잡아먹는 인간이나
곰이나

흰곰이나
깊은 산중
폭포 언저리
강 기슭
어디서나 대기하고 있는 승냥이에게까지
고향을 확인시켜
한갓 태어난 곳에 지나지 않는 곳
자라난 곳에 지나지 않는 곳을
신보다
수많은 신들보다도
더 거룩하게 여기도록 한 연어를 끝장낸다. (233면)

　아마도 이번 시집이 가시적으로 가장 충격을 가하는 대목은 '고
향'과 '조국', '당파'로부터 떠나라는 주문일 것이다. 이를테면 "새
로운 때가 온다 / 고향과 / 조국과 / 뜻이 맞아떨어진 당파로부터 떠
나 / 무아(無我) / 일체의 자아가 / 얼마나 어이없는 거짓인가를 / 조용
히 타이르는 것 같은 / 무아 / 음악의 뒤처럼 / 새로운 침묵의 음악이
꽃피는 / 무아"(234면)와 같은 대목이다. 언뜻 문자대로 받아들이면
이원론적 세계관에 입각하여 이제 중심을 이동할 것으로 생각될
지도 모른다.

　그러나 시인은 회귀의 역정을 중시하면서도, '세계는 고향 때문
에 닫혀 있다'며 회귀 이탈이란 유전(流轉) 혹은 순례로서의 세계
형상에 더 깊은 눈길을 돌려, '세월이 있어야 했다'며 회귀 자체에
대한 단순한 인식을 근본적으로 전변시키면서 생명계의 거대한
운행에서부터 인간 삶의 존재와 역사성에 대한 복합적인 연기(緣
起)의 신생관(新生觀)을 열어젖힌다.

그리하여 모든 존재는 존재이자마자
그것은 어디론가 가고 있다
존재가 아니라
행(行)!
누가 하늘 속 별들이 살아 있다 하는가
그것은 몇천만억 년 전의 죽음이
아직도 살아 있는 빛을 보내올 따름
행!
큰 행 기슭의
작은 행 (149면)

이 시집의 기본 바탕도 이와 같은 불교적 세계관, 제행무상(諸行無常)의 세계인식에 기초해 있다. 그래서 시의 구조도 연어란 한 생명체의 일생을 담은 대서사시이자, 장엄한 한 운명의 교향곡으로서 시간화되어 있다.

3. '화엄의 변증법'의 현재

그렇기 때문에 이 시집에서 우선적으로 주목해봐야 할 점은 시인의 '행(行)'으로서의 '현재'에 대한 지극한 관심이다.

나에게는 현재가 너무 커다란 우주이므로
나 이전의 몇천만 년 전마저 내 갖가지 빛깔이 난사(亂射)하는 현재만이
두 눈의 동공(瞳孔) 속에서 끊임없는

태양캠퍼스 방위(方位)의 현재만이
나 자신이며
내 미지(未知)이다. (23~24면)

'현재'에 대한 이런 태양의 초점화 속에서 이른바 인간을 포함한 모든 생명 세계와 생명의 역사는 고도로 농축된 유기체로서 현전한다. 그것이 연어이고, 그것이 다름 아닌 시인 자신의 현신이다. 말하자면 연어의 광대한 움직임은 시인의 의식이 펼쳐내는 삶과 세계의 광대한 움직임이다. "아니 내 조상이었던 50만 년의 시간까지도 / 그 시간 속의 내밀한 영혼과 / 정욕까지도 / 내 두 눈 앞에서 / 번쩍이는 현재가 아니면 안 된다"라고까지 말하는 저 마법적 주술적 소환 속에서 새로운 물활론의 세계인식과 삶의 행법(行法)이 다채로운 문양으로 수놓아진다.

물론 이런 현재성이 이번의 장시에서 어느 만큼 성취되었는가를 지금의 나로서는 정확히 가늠할 수도, 그것을 체계적으로 논리화할 능력도 솔직히 없다. 아마도 그 점에서 6년 전 시인 자신의 이런 발언과 긴밀히 관련된 작품인 것만은 틀림없는 듯하다.

요즘 나는 유식(唯識)과 공(空) 사상의 만남이나 새로운 물활론(物活論)에 대한 관심이 있습니다. 근대물리학 이후의 물리학과 정신의 문제가 어떻게 해결되는가에 대해서도 이모저모로 궁리를 합니다. 하지만 나는 사상가가 아닙니다. 나는 시인입니다. 시인으로서 시를 쓰면 그 시 안에 사상이든 어떤 모색과정이든 발로될 것입니다. 60세의 시에 그런 것이 없다면 시가 아니겠지요
— 「고은 시인과의 대화─그의 문학과 삶」

그렇기 때문에 이 시는 산문적 해석을 스스로 불법화시킨다. 이 것이다 하는 순간 다른 무엇으로 현재화되고, 그렇다고 그 현재가 사라지는 것도 아닌, 최원식이 지적한 바 화엄의 변증법이다. 첫째 사물의 다양한 차별만을 보는 상식적 표상의 세계인 사법계(事法界), 둘째 경험적 분별 세계의 사물이 각각 고립된 실체라는 사법계를 부정하고 사물의 무실체성과 의타성의 이치에서 무차별 동일성을 본질로 하는 이법계(理法界), 셋째 사법계와 이법계가 둘이 아니라 하나라는, 이치와 사물이 서로 필요조건으로 되고 불가분하게 맺어져 있다는 깨달음의 경지인 이사무애법계(理事無礙法界), 넷째 이사무애에 기초해서 일보 전진한 지혜의 구극인, 개체와 개체가 일 대 일로 대응하는 것에 의해서 서로 남을 머금고 서로 남에게 머금어진 것으로 되는 관계인 사사무애법계(事事無礙法界)가 그것이다.(「고은, 서정시 30년의 역정」)

이러한 네 가지 법계가 종횡으로 어우러져 거대한 물이 되어버린 지평에서 어떤 언어의 선으로 섣불리 토막을 낼 수 있겠는가. 확실히 시가의 경계는 마치 남전(藍田)의 햇빛이 따뜻하여 좋은 옥에서 이내가 피어오르는 것과 같다더니, 가이 바라다 볼 수는 있어도 눈썹 앞에 두기 힘들다.

4. 대순례의 고행을 촉구하는 시의 기백

어쨌든 '고은' 하면 '영원한 청춘'이 동의어가 될 정도로 그의 지칠 줄 모르는 문학적 열정은 이미 자타가 공인하는 터, 그런 청춘적 생명욕이 이제 연륜의 광맥 속에서 어떤 빛을 가지는가를 생각하게 만든다. 조로 현상이 심한 우리 문단에서 젊음의 난류를 끝없이 타고 전진의 나팔을 쉼 없이 부는 '고은'과 같은 어른 시인을 우리도 가지고 있다는 것은 하나의 축복이다.

그런 그가 이제 전지구적 자본주의 체제에 맞서 마지막 남은 옷까지 마저 벗어버리고, "아 내 작은 몸뚱어리가 품고 있는 / 나의 연장(延長)인 우주처럼" 섰다. "이 세상에서 / 가장 할 일이 많은 지역 / 이 세상에서 / 가장 오랫동안 상류에서 하류까지 아픔이 흐른 지역"인 한반도의 자식으로 태어나, 오랜 동안 '새벽길'에서 '화살'을 쏘며, '조국의 별'을 찾고 '내일의 노래'를 부르던 그가 모든 것 훌훌 벗고 이제 알몸의, '형용사 없는' 큰 세계를 거침없이 토해낸다.

> 나는 꿈꾼다
> 옴
> 이 세계를
> 문 닫힌 골짜기로 만들어
> 거기에 갇힌 얼간이들
> 소위 철학과 과학과 종교와
> 허울좋은 도덕 따위를 버린
> 알몸의 언어
> 나는 그 형용사 없는 세계를 꿈꾼다

내 살 속 가시에 찔리는 햇살의 아픔을 위하여
　옴 (239면)

　마지막 대미를 장식하는 시연이다. 그것은 시 속에서 "아무런
국기도 없는 나라 / 아무런 권력도 없는 나라"나 "작은 나라가 / 아
름답다" 등 여러 모습으로 변용된다. 어쨌든 그 대미의 깊이를 시
속에서 어느 만큼 간취하느냐는 독자 각자의 몫이겠지만, 90년대
의 회귀적 분위기에 맞서 무엇보다 대순례의 고행을 촉구하는 시
전편의 기백은 한 세기가 저물고, 새로운 세기가 눈앞에 다가오는
한밤중 같은 세기말의 오늘에 더욱 각별한 의미를 갖는다. 그리고
그 속에서 "마음에 깊이 깨우쳐 통달한 자는 뜻을 새롭게 함으로
써 교묘함을 얻으나, 남과 다르려 하는 자는 본질을 잃어버리고
괴이한 것으로 만든다. 오래 단련된 재주는 정(正)을 잡고서 기(奇)
를 부리지만 신예(新銳)들은 기(奇)만을 추구하고 정(正)을 잃어버린
다"는 유협(劉勰)의 말이 새삼 귓가에 와 닿는다. 아울러 "무릇 꿩
은 아름다운 색을 가졌지만 백보밖에 날지 못하나, 살은 쪘어도
힘이 부족하기 때문이다. 매는 빛깔은 빈약하지만 하늘 끝까지 날
수 있는 것은 골(骨)이 굳세고 기(氣)가 맹렬하기 때문이다"라는 말
도 실감케 된다.

5. 삶의 통찰이 빚어내는 보석 같은 편린들의 광채

흔히 고은 시인을 두고 워낙 다산성에다 그가 개진한 세계가 너무도 크고 넓어 종잡을 수 없다거나, 일반적으로 시의 정수로 지칭되는 함축이나 정련의 세련성이 부족하다는 비판 앞에 이 시집도 어느 만큼 자유로울지 모르겠다. 그러나 그보다 나는 "심장이 뛴다. 나는 떨고 있다. 숨을 멈출 수가 없다"와 같은 생명의 부름이 대체 어디서 용솟음치는 것일까가 궁금했다. 시 자체의 정연하게 해석된 결과로서보다는 시 자체가 내 몸에 전이되어 뭔가 기운을 솟게 하며 정신이 발양되는 것 같은 정서적으로 격앙되는 기세. 거기에는 아마도 시 자체 곳곳에서, 이른바 기가 강건하게 맺어져 절로 광채가 나는 대목들이 칼날처럼 날카롭게 마음을 스치는 것도 한몫 하는 듯하다.

①
잠은 살아 있는 자의 운동을
다시 이어주는 더없는 운동이지만
또한 죽음을 길들이는 운동이다
그 잠 속에서
나는 꿈꾸는 자가 된다
이 세상에서 꿈꾸는 것처럼
순수한 것은 없다
나는 현재이되
꿈속에서는 과거의 어린이였거나
그 이전의 징후이기도 하다

아니 그 징후 이전의
커다란 혼돈이기도 하다
마침내 그 혼돈으로부터
한 개의 정란(精卵)이 엉겨 난다
바로 이런 꿈이야말로
죽음 이후
또 다른 삶이 있음을 일깨워
온 세상의 전생(轉生)에
나도 동참하는 현실을 얼비처 준다 (32~33면)

②
그러나 어리석지 말자
많은 동료들의 희생 가운데서
나만이 살아 남은 가책에
너무나 많은 죄를 들씌우지 말자
(…중략…)
나 대신
얼마든지 내 삶을 살아 줄 동료가 있다
그것은 하늘의 수많은 별과 같고
땅 위의 들꽃들과 같다
절대로 혼자 존재하기를 거부하는
그 고독이야말로
수많은 존재 속에
나 자신을 일임한다
끝내 나는 내가 아니다
누가 자아(自我)를 말하는가
자아란 무아(無我)를 위해서
비가 되어
바람이 되어 온 세상의 바다가 불지도 않고 줄지도 않는다 (49~50면)

③
그동안 나는 몇 번이고 내 뇌가 재구성되었다
그리하여 내 후각도 시각도 달라져
내 멀고 먼 길에 가장 자연스럽다
아니 내 뇌의 새로움 때문에 바다 짠물의 애무도
그 격렬한 충돌도
그것이 남이 아니라
나 자신의 확대임을 깨닫는다 (52면)

와 같은 그 자체가 한편의 독립적인 시로도 손색이 없는 경우도
많거니와, 다른 한편으로

①
슬픔은
아름다움의 핵심
그 핵심을 건드리면
나는 춤춘다 (62~63면)

②
사랑이란 있는 것을
있는 그대로보다
전혀 다르게 보는 상태 (66면)

③
본능이란 가장 낮은 것이라고
업신여기나
본능만이
마지막까지 남은 푸른 어둠 속 영혼이 아닌가 (69면)

④
모든 존재는
그 존재에 닿는 시선 없이는
이 세상의 부재 (142면)

와 같은 삶의 통찰이 빚어내는 보석과 같은 편린들의 광채 또한
고은 시의 한 묘미이다. 어쨌든 다시 한번 자맥질을 해야겠다. 시
인이 부르는 연어의 저 거대한 영혼 속으로……

우리네 슬픔에 맞는 사랑의 갈구

정희성 시집 『답청』

1.

1974년에 간행되었던 정희성의 시집 『답청(踏靑)』을 물끄러미 바라본다.

시인의 발문도 해설도, 심지어 작가의 사진이나 약력조차 없이 덩그러니 37편의 시만 실린, 천 부 한정판으로 간행된 묘한 시집이다. 사실 필자는 이번에서야 『답청』을 처음 대면하였다. 그간, 4년 뒤에 출간된 『저문 강에 삽을 씻고』에 일부 재수록된 시편을 통해 『답청』의 한 자락을 만졌을 따름이다. 그런데 출간된 지 20년도 넘어서야 뒤늦게 시집 원본을 맞대면하는 일은 확실히 남다른 체험이었다.

거기 그렇게 서른 살의 한 청년이 얼굴도 없이 언어로만 서 있었다.

'답청(踏靑)'이란 푸른 빛 도는 제목 밑에(희한하게도 시집 표지엔 시인의 이름도 없다) 붓으로 단숨에 휘갈겨 쓴 듯한 질박한 문양. 두 손으로 머리를 감싸고 등을 휘어 머리와 무릎을 바닥에 대고 있는 형상이다. 전신에 자진하는 고뇌의 표정이 역력한데, 이 추상화된 화폭에서 마치 시인의 시가 육체로 환시되는 듯하다. 가령 「넋청(請)」이란 시 속의 애절양처럼 한 젊은 사내의 마음이 뭉클 잡혀온다.

> 춤을 추리라
> 부르는 소리 없이 노래도 없이
> 그 뉘라서 날 찾는가
> 날 찾을 이 없건마는
> 이 땅에 사람 있나
> 사람 가운데 사람 소리 들리지 않고
> 대답 소리 없어도
> 춤을 추리라 아린 말명 쓰린 말명 다 불러서
> 아으 하고 넘어가는
> 이승과 저승
> 열두 곡절 넘나드는 소맷자락아
> 아리고 쓰린 고통 다 불러서
> 이 땅에 죽은 영산
> 춤을 추리라

어찌하여 열두 거리 굿 중 열한 번째 '말명'의 고비 길에 이 청년은 제 육신을 들여앉혀 춤을 추는 것일까. 1970년대가 흐린 하늘처럼 떠오르며, 꿈에도 "압핀이 꽂혀 있다"(「不忘記」)는 1970년대가 하나의 "이 땅에 죽은 영산"으로 환생한다. 그리고 거기 "불모의 땅 어느 마당귀에 / 온갖 노여움을 안으로 응결시킨 / 포도알"(「포도알」)과 같은 언어의 굿판이 벌어지고, 아니 "주둥이에 피가 배도록 / 석벽 심장을 쪼아 / 너, 문이 트이도록, 탁목조여"(「탁목조(啄木鳥)」)를 외치는 영혼의 새가 아프게 비상한다.

그래서 『답청』을 읽다가 또 『저문 강에 삽을 씻고』, 『한 그리움이 다른 그리움에게』를 읽고, 다시 『답청』을 읽는다. 그런 동안 '우리네 슬픔에 맞는 사랑을 찾아 잃어버린 사랑을 찾아 나'선, 막 서른에 진입한 한 청년에서, "돌아보면 아득한 사십오 년 / 파쇼체제 아래서 / 머리털이 다 빠"진 중년에 이르기까지의 한 운명이 떠오른다. 그리고 문득 지난날 내 가슴을 치던 「8·15를 위한 북소리」를 물끄러미 바라다본다. 오래 된 카세트 테이프 하나를 꺼내 틀어놓고선 이제는 고인이 되신 성래운 선생의 낭랑한 목청에 실어 그 북소리를 듣는다.

> 북을 치되 잡스러이 치지 말고 똑 이렇게 치렷다
> 쿵
> 부자유를 위해
> 쿵딱
> 식민주의와 그 모든 괴뢰를 위해
>
> 하나가 되려는
> 우리들의 꿈
> 우리들의 사랑을 갈라놓는
> 저들의 음모를 위해
> 쉬

저들의 부동산과 평화로운 잠을 위해

—「8·15를 위한 북소리」중에서

"아름다움이 온전히 아름다움으로 보이지 않"(「눈보라 속에서」)던 시절, 시인의 말마따나 "이루지 못한 꿈의 빛깔로 / 낙엽은 저렇게 떨어져 / 가을은 차라리 / 우리들의 감동"(「침묵」)이던 시절, 그리하여 "북을 처라 / 바다여 춤춰라 / 오오 그날이 오면 / 겨울이 우리에게 가르쳐준 / 모든 언어, 모든 은유를 폐하리라"(「8·15를 위한 북소리」)고 눈 붉어지며 두 손 움켜쥐던 한 시대의 풍경 속에 어느덧 나 또한 부유한다.

사실 지금까지 내 마음속 깊이 인화된 정희성의 시는 대다수 사람들처럼 「저문 강에 삽을 씻고」와 「8·15를 위한 북소리」였다고 해도 과언이 아니다. 그리고 어쩌면 이 두 편만으로도 「빼앗긴 들에도 봄은 오는가」의 이상화나 「그날이 오면」의 심훈처럼 한 시대를 상징하는 행복한 시인으로 기억되지 않을까 생각해보기도 했다. 『답청』을 논하는 자리에서 이들 시에 대해 이야기할 겨를이 없지만, 이들 시편은 확실히 1970~80년대를 가로지르는 시맥(詩脈)의 한 봉우리임에 틀림없다. 그리고 그런 봉우리가 평지 돌출한 것이 아니고 하나의 운명일 수밖에 없음을 『답청』은 말없이 말해주었다.

2.

귀를 대보면
누가 부른다
들어오라 들어오라
들여다보면
어둠뿐
나오라
나오라 소리치면
우우우우
낯모를 짐승이 되어
우는 항아리

—「항아리」 1연

시가 자기 표현의 시로 온전히 귀착되는 경우, 그것은 세상 속에서 시인 스스로 자기동일성을 향한 향수와 갈망을 저버릴 수 없기에 그 자신이 인간의 시간이 되고자 애써 열병에 시달린 탓이다. 말하자면 윤동주의 「자화상」이 보여주듯 스스로 진정한 자기 자신이 되려는 성찰의 자기투시이다.

시인은 여기서 여러 욕망이나 사고, 감정 혹은 환상들로 얽혀져, 부단히 요동하는 자기 내부의 소란과 충동을 직시한다. 시인은 그러한 자아를 저만큼 냉정히 밀쳐놓고 단호히 항아리로 사물화시킨다. 동시에 자아는 일시 무엇이 들어 있는지 모를 하나의 정지된 자아상태로 은유되면서 '어둠'과 '낯모를 짐승'의 누적되는 극심한 자기반란 속으로 더욱 밀치고 들어간다. 그리하여 끝내 스스로 선을 그었던 "항아리를 깨고 / 항아리 속 어둠을 으깨서 / 항아리 속에 퍼부은 내 욕설의 창자와 늑골이 / 보일 때까지 투명해질 때까지"에 이르러 자기동일성의 각(覺)은 이루어진다. 다산(茶山) 선생이 일찍이 「수오재기(守吾齋記)」에서 말한 바와 참으로 일치하는 대목이다. 나와 굳게 맺어져 있어 서로 떨어질 수 없는 것으로는 나보다 절실한 것이 없는 것 같으나, "유독 이른바 나라는 것은 그 성품이 달아나기를 잘 하여 드나듦에 일정한 법칙이 없다. 아주 친밀하게 붙어 있어서 서로 배반하지 못할 것 같으나 잠시라도 살피지 않으면 어느 곳이든 가지 않는 곳이 없다. (……) 한번 가면 돌아올 줄을 몰라 붙잡아 만류할 수 없다. 그러므로 세상에서 가장 잃어버리기 쉬운 것이 나 같은 것이 없다. 어찌 실과 끈으로 매고 빗장과 자물쇠로 잠가서 굳게 지켜야 하지 않겠는가."

그 점에서 "모든 것을 알았을 때 / 텅 빈 나의 속 / 좋이 닦인 거울 앞에 서면 / 온갖 뜨거움의 끝에 / 바람에 날린 불티, / 나는 연기일세"로 시작되어, "오오 분별(分別), 너는 나의 산 죽음 / 나는 흰 뼈의 연기일세 / 모든 고독의 뼈를 추슬러 / 은빛 새의 깃을 달고 / 나는 곧추 떠오르고 있네"로 마무리되는 「연기」도 「항아리」와 같은 철저한 자기성찰의 예가 될 것이다(그 외에 「술」·「바람에게」 등도 이 범주에 속한다).

흔히 정희성 시인을 두고 지조 있는 선비, 지사에 비유하곤 하는데, 그것은 이러한 '수신(修身)'의 철저한 수양과 시학이 근저에 뿌리내리고 있기 때문이다. (사실 정희성 시인은 안과 밖이 서로 투명하여 오히려 심심할 지경이다. 그와 오랜 교분을 나눈 신경림은 이렇게 말한다. "그의 시는 사람됨처럼 단단하고 찬찬하며, 깐

깐하고 곧고 굳다. 교언영색도 허장성세도 없고, 허풍도 엄살도 없다.") 실제로 지사적 풍모를 직접 드러낸 시도 경우도 없지 않다. 윤봉길에 대한 일종의 추모시라 할 수 있는 「매헌(梅軒) 옛집에 들어」를 보자.

> 매헌(梅軒) 옛집에 들어 지난 일을 연애(憐愛)하노니
> 나라는 기울어
> 매화 향기 홀로 아득하고
> 찢어진 문풍지엔 바람과 비만 있구나
> 오늘 밤 덕산(德山)의 달이
> 아아라히 아름다운 이의 얼굴로 젖어 있고
> 이 나라여 외쳐 불러
> 눈물이 손에 가득하다
> 죽은 자여, 그대 넋이 아무리 홀로 있어도
> 불운한 시절에 다시 만나리라
>
> ─「매헌(梅軒) 옛집에 들어」 전문

제목에서부터 '들러'가 아니고 '들어'로 표현한 대목도 심상치 않거니와, 마치 한시(漢詩)를 번역한 듯한 시적 분위기, 지사시인으로 널리 알려진 이육사의 「광야」 속 한 구절("나라는 기울어 / 매화 향기 홀로 아득하고")을 그대로 차용한 것이나, 시 전체가 풍기는 이미지, 그리고 마지막 구절, "죽은 자여, 그대 넋이 아무리 홀로 있어도 / 불운한 시절에 다시 만나리라"는 데서 알 수 있듯이 윤봉길의 실천적 행위양식보다는 정신과 지조를 먼저 부여잡는 시인의 심리상태에서 이를 쉽사리 감지할 수 있을 것이다.

그 점에서 "내 조국은 식민지 / 일찍이 이방인이 지배하던 땅에

태어나 / 지금은 옛 전우가 다스리는 나라 / 나는 주인이 아니다"로
시작하는 「불망기」는 그의 시적 전개과정을 이야기하는 데서 중요
한 단서가 된다. 『답청』에 실린 시 중 극히 예외에 속하는 이 시에
서 그는 자신의 현실인식을 지사적 태도로 명증하게 드러냄으로써
우리는 당대의 어둠을 역사적 지평에서 또렷하게 마주할 수 있다.
그리고 그런 현실인식으로 이후 『저문 강에 삽을 씻고』와 『한 그
리움이 다른 그리움에게』에서 자유를 갈망하고(「너를 부르마」), "증
오할 것을 증오"하면서(「이곳에 살기 위하여」), 마침내 「8·15를 위한
북소리」를 장엄하게 울리기까지 한 것이다.

실제로 시인은 『저문 강에 삽을 씻고』의 후기에서 "역사의 발
전을 믿고 이 땅의 여러 가지 어려운 현실 속에서도 무언가를 이
룩해보겠다고 발버둥치는 양심적인 사람들의 문학과 행동을 뒤늦
게나마 자각된 눈으로 바라볼 수 있게 된 것"을 기쁘게 생각한다
며, 『답청』의 시세계를 부정하고 싶다는 말을 한 바 있다. 그럼에
도 사실 그의 시가 크게 변했다거나 근본적인 단절을 보인 것은
아니다. 오히려 지식인의 현실참여를 시 본질로 자리잡게 하면서
도 그것이 관념화되거나 상투화되지 않았다는 점이 더욱 중요한
데, 그러한 동력이 이미 『답청』에 예비되었다는 것이 필자의 생각
이다. 그는 「불망기」에서도 투철한 현실인식 못지 않게 갈등하는
자아의 현실적 내면을 "포르말린 냄새"에 빗대어 표현하고 있다.
이 "포르말린 냄새"가 환기하는 바는 여러 가지 것이겠지만, 필자
는 삶 속에서 부단히 갈등하는 현재적 자아와 시대의 길항관계가
내뿜는 포르말린 냄새야말로 삶의 구체성과 현재성으로부터의 일
탈을 한치도 허용하지 않으려는 시적 표상으로 읽혀졌다.

이 점에서 『한 그리움이 다른 그리움에게』의 후기에서 시인 스스로 밝히고 있는 일상적 깨달음의 중요성은 『답청』의 시세계와 결코 무관치 않다. 아니, 정희성 시인의 보이지 않는 지하수맥과도 같을 것이다.

> 살아오면서 모서리가 닳고 뻔뻔스러워진 탓도 없지 않으리라. 입술을 깨물면서 나는 다시 시의 날을 벼린다. 일상을 그냥 일상으로 치부해버리는 한 거기에 시는 없다. 일상속에서 심상치 않은 인생의 기미를 발견해내는 일이야말로 지금 나에게 맡겨진 몫이 아닐까 싶다. 나는 작은 목소리로 외친다.
> ─『한 그리움이 다른 그리움에게』 후기

그래서 시집 『답청』의 주류를 이루는 자연을 대상으로 한 시도 단순한 자연시나 관찰시를 훌쩍 넘어선다. 오히려 정희성의 시는 고전적 의미의 명상시에 충실한 면모를 보여준다. 이른바 깨인 마음이란 마음이 자기의 내면과 주변 세계에서 일어나는 그대로의 삶의 과정에 조율된 완전히 맑고 개방적인 마음으로 이야기된다. 자아를 잃지 않고, 혹은 대상화시키지 않고 자기 안에 온전히 대상을 끌어들여 둥우리를 틀게 하는, 그리하여 어찌할 바 없이 제 새끼를 낳게 하는 잉태의 과정이 거기 있다. 바로 그런 깨달음이 바탕을 이루기에 그는 우리가 생 전체로부터 근본적으로 분리되어 있지 않음을 어느 순간에서나, 어떤 대상에서나 발견한다. 말하자면 정희성은 우리 자신 속에서 세계를, 그리고 세계 속에서 우리 자신을 발견하게 된다는 사실을 작은 목소리로 또렷하게 들려준다.

인간의 말을 이해할 수 없을 때
나는 숲을 찾는다
숲에 가서 나무와 풀잎의 말을 듣는다
무언가 수런대는 그들의 목소리를
알 수 없어도
나는 그들의 은유(隱喩)를 이해할 것 같다
이슬 속에 지는 달과
그들의 신화를,
이슬 속에 뜨는 해와
그들의 역사를,
그들의 신선한 의인법을 나는 알 것 같다
그러나 인간의 말을 이해할 수 없다
인간이기에,
인간의 말을 이해할 수 없는
나는 울면서 두려워하면서 한없이
한없이 여기 서 있다
우리들의 운명을 이끄는
뜨겁고 눈물겨운 은유를 찾아
여기 숲속에 서서

—「숲속에 서서」 전문

　특별한 설명이 필요 없이 쉽사리 의미가 잡히는, 정희성의 시로
서는 비교적 단순 명료한 시이다. 그러나 의미면에서가 아니라 이
시는 정희성의 시작상의 핵심을 잘 드러내주는 시가 아닌가 한다.
말하자면 그의 시세계는 자신을 포함한 인간 세계에 주안점을 둔
시와 자연 세계에 주안점을 둔 시로 크게 대별할 수 있는데, 그 비
중의 차이에도 불구하고 이 양자를 넘나들게 하는 매개물이자 시
의 주춧돌이 바로 '은유'이다. 단순한 비유적 의미에서의 은유가

아니라, '우리들의 운명을 이끄는 은유'야말로 김수영이 말한 바 언어의 서술과 언어의 작용이 한데 부딪치면서 불타는 생성의 장소인 것이다. 그래서 「8·15를 위한 북소리」의 시구에서처럼 은유조차 폐하려고 하는 것이다.

가령 청명날, 교외를 산책하며 풀 밟기를 통하여 봄을 맞이하는 전래풍속의 모티브를 차용한, 표제작 「답청」을 보자. "풀을 밟아라 / 들녘엔 매맞은 풀 / 맞을수록 시퍼런 / 봄이 온다." 아마도 시를 읽어나가면서 우리는 이상화와 김수영의 시를 쉽사리 떠올릴 것이다. 이들 시보다도 훨씬 간명한 표현 속에서 '풀'은 민초의 상징물로서 강인하면서도 명증한 인상을 부여한다. '풀'을 '피멍'으로 치환하여 환기시키는 '매맞는' 민중의 고통, 그리고 그 속에서 다시 더 강력한 생명력으로 재생되는 '시퍼런', 그리고 '봄'. 이런 역동과 역설, 팽팽한 긴장의 압축적 힘은 "봄이 와도 우리가 이룰 수 없어 / 봄은 스스로 풀밭을 이루었다"에서 한순간 정지되어 깊은 숨을 내쉬면서 동시에 더 큰 우주의 운동으로 바뀌는 고요한 태풍의 눈을 형성한다.

「숲속에 서서」와 마찬가지로 '봄'과 '우리', 자연과 인간 사이의 대조는 사실 정희성 시의 한 특징이다. 유독 자연물의 형상에서는 '이루다'·'흐르다'·'오다'·'내리다'와 같은 자동사를 빈번히 활용한다. 반면 인간 세계를 향한 형상으로 오면 '밟아라'·'담으려 한다'·'춤을 추리라'와 같은 청유형·다짐형의 동사를 구사한다. 이미 잘 알려진 대로 이러한 대조는 '자연의 스스로 이룸'과 '인간 세계의 이룰 수 없음'의 대조이다. 여기서 정희성은 인간 세계의 부조리와 모순에 맞대면하여 그 안에 자연의 세계를 품어 조용한 혁명을 꿈꾸는 바, 이를 두고 김영무는 '거역과 순명(順命)의 체험 구조'라 명명하기도 했다.

이 점에서 하나의 가족군 시로서 「얼은 강을 건너며」·「병상에서」·「제망령가(祭亡靈歌)」 등을 동시에 검토해보는 것도 필요하다. 특히 「얼은 강을 건너며」는 「답청」의 '밟다'보다 더 행위적인 '깬다'로 나아가면서 "우리가 스스로 흐르는 강을 이루고 / 물이 제 소리를 이룰 때까지" 적극적인 의지로 나아가고 있다. 그리고 그 것은 「병상에서」에 이르면 결과를 두려워하지 않고 더 넓은 세계를 꿈꾸는, "밖에는 실패하려고 더 큰 강이 흐른다"로 이어진다. 결국 이런 실천적 통일의 세계에 이르러 정신과 육체, 인간과 자연, 내용과 형식이 융합된, 말하자면 정신화된 육체, 인간화된 자연, 내용화된 형식, 바로 온몸의 시학으로, 한 그루의 나무와도 같은 구체적 생명체가 되는 것이다.

> 참대 한 줄기
> 수식어도 사양했다
> 겨울이여 생각할수록
> 주어는 외롭고
> 아아, 외쳐 불러
> 느낌표가 되어 있다
>
> ─「세한도(歲寒圖)」 중 '2. 죽(竹)'

대나무란 자연물 자체를 아주 짧은 시형 속에 담아낸 이 시편에서 우리는 대나무가 주는 지조와 절개의 이미지를 강렬하게 대면할 수 있다. 매우 추상적인 표현이지만 '수식어의 배제, 겨울, 주어의 외로움'은 서로 자연스러운 연상작용 속에서 서로를 일으켜 세워 하나의 세계를 만들어나간다. 그리고 마지막 구절, 특히 '느낌표'는 대나무의 마디마디를 연상시키며 일거에 구체성을 획득하면서 정신화된 육체, 바로 '대쪽인간'을 빚어낸다. 이 시에서 보여주듯 그의 시는 과육마저 철저히 배제해버린 열매 자체와도 같은 단단한, 그 자체로 완결된 닫힌 구조를 지향한다. 그러나 그 속에서 씨눈이 때가 되면 싹을 틔우고 나무로 커나가듯 생성하는 큰 세계가 도사리고 있다. 복합적인 의미와 다층적인 상징으로 빈틈없이 연결되고 압축된 언어구조 속에 조용한 세포분열이 일어나고 있는 것이다. 좋은 작품은 홀로 서서 의미를 구현함을 실감케 해준다.

실제로 이 시의 구절 하나하나 정희성의 시적 특질을 대변해주는 것들이기도 하다. 언어 하나 하나가 어느 누구나 쉽게 채집할 수 있는 쉬운 말이며 거기에 특별한 꾸밈도 없는, 매우 건조한 말들이다. 간혹 특이한 한자어를 구사하기도 하지만 그 말 자체역시 건조하다. 그러나 그런 건조함은 겉으로의 문제이지 시 전체로, 무엇보다 깊이로 가라앉다 보면 본질 자체를 무섭게 투시하는 수직적 확산을 이룸으로써 놀라운 변신을 촉발한다. 특히 '겨울'이나 '주어의 외로움'과 이것이 맞물리면서 전형적 환경으로서의 토양 역할을 자연스럽게 수행한다. '겨울'이나 '주어의 외로움'과 같은 것 역시 그의 어느 시에서도 마주할 수 있는 것으로서 세계와 시대와 인간, 이 모든 것을 상징화하는 은유로서, 혹은 정서의 샘터로서 시의 물줄기를 형성한다. 자기를 늘 채찍질하면서도 자기 과잉을 일절 허용하지 않는 것도 자기 자신을 시대의 아들로 곧추

세웠기 때문이다. 가령 「세한도」의 '1. 송(松)'에서 마지막 구절처럼 "누구나 마른 소나무 한그루로 / 이 겨울을 서 있어야 한다."

3.

시인 타고르는 일찍이 그를 찾아온 식민지 조선의 한 청년이 "한국의 힘은 그 슬픔 속에서 솟아오르는 힘이다"라고 한 말에 깊은 감명을 받았다고 한다. 아마도 이 말을 듣는 순간 우리는 수많은 시인들을 떠올리게 될 것이다. 정희성의 시 역시 그런 전통을 배반치 않고, 슬픔 속에서 힘을 만들어낸다. 그러나 그는 애수의 시인도, 격정의 시인도 아니다. 자기 담금질의 냉철한 지적 이성과 실천으로 허무와 분노의 피를 다스려 절제된 상상력의 질서계를 구축함으로써 시 본연의 오랜 전통과 호흡을 같이한다. 그 결과 오늘의 우리가 보기에 앞서 살았던 수많은 시인의 숨소리가 그의 시 속에 자연스럽게 녹아들어 가 있음을 감지할 수 있다.

사실 그의 시적 역정을 보면 그는 자기로부터 나오는 정직한 길을 택한 셈이다. 앞서 『답청』의 시세계를 부정하고 싶다는 작가의 이야기를 지적한 바 있지만, 이 점과 무관치 않은 것이 비교적 초기 시에 보이는 고전 취향의 시들일 것이다. 「변신」・「전설(傳說) 바다」・「해가사(海歌詞)」・「탈춤고(考)」・「사랑 사설(辭說)」 등 이미 제목에서부터 엿볼 수 있는 고전 취향은 작가의 이력과 견주어보면 대학원에서 한국고전문학을 공부했던 경력과 뗄 수 없는 연관을 맺고 있다. 실제로 이들 시는 시인 자신이 성취한 일반적인 시적 특질과 명백히 구별되는 몇몇 특징을 보여주고 있다. 우선 시가 외형적으로 길다는 것과 시적 자아를 개인적 측면에서 바라보면서 적잖이 관념화되어 있다는 사실이다. 그러나 이러한 특징은 『답청』 내부에서 다른 한편으로 극복되고 있고, 『저문 강에 삽을 씻고』 이후 거의 완전히 결별한다. (비교적 자기 안에 갇혀 관념성과 감상성을 강하게 내보인 작품들로 「숙경이의 달」·「그대」·「그대 무덤 곁에서」·「비」·「석녀(石女)」·「순(順)에게」·「바다의 마을」 등을 거론할 수 있을 것이다. 그리고 이들 시에서 다른 시들보다 훨씬 우울한 허무가 매만져지는 것도 특징이라면 특징이다.) 이 점에서 『답청』이 평균적으로 도달한 자리와 그 이후의 시의 거리는 「노천(露天)」과 「저문 강에 삽을 씻고」를 비교하면 어느 정도 짐작할 수 있을 것이다.

> 삽을 깔고 앉아
> 시청 청사 위 비둘기집을 본다
> 쩡쩡한 여름 하늘에
> 손뼉을 치며 날아오르는 비둘기떼
> 그 너머 붉은 산비탈엔
> 엊저녁 철거당한 내 집터가
> 내 손의 흠집처럼 불볕에 탄다
> (……)
> 비둘기야, 나는 울어도 좋으냐
> 엎드려서 짐승같이 울어도 좋으냐
>
> ―「노천(露天)」 중에서

흐르는 것이 물뿐이랴
우리가 저와 같아서
강변에 나가 삽을 씻으며
거기 슬픔도 퍼다 버린다
(……)
삽자루에 맡긴 한 생애가
이렇게 저물고, 저물어서
샛강바닥 썩은 물에
달이 뜨는구나
우리도 저와 같아서
흐르는 물에 삽을 씻고
먹을 것 없는 사람들의 마을로
다시 어두워 돌아가야 한다

　　　　　　　　　　—「저문 강에 삽을 씻고」 중에서

　「노천」에서는 앞서 본 대로 '자연 대 인간'의 대립구조가 선명
히 금 그어져 있다. "비둘기집"과 "철거당한 내 집터", "너는 숨죽
여 울지 않아도 좋다"와 "나는 울어도 좋으냐"의 대비를 보라. 그
러나 「저문 강에 삽을 씻고」에 오면 이미 「얼은 강을 건너며」에서
보여주었던 "우리가 스스로 흐르는 강을 이루고/물이 제 소리를
이룰 때까지"에서 출발한다. 말하자면 현실의 부조리에도 불구하
고 오히려 부조리로 인해 더욱 탄탄해지는 인간(민중)에 대한 믿음
이 그 바탕을 이루고 있다. 그에 따라 '삽'의 의미망도 달라진다.
전자가 일용노동자를 상기하는 시적 소도구에 그친 데 비해, 후자
는 그것을 뛰어 넘어 노동의 신성함과 삶 자체를 상징하는 의미로
기능한다. 물론 두 시 모두 다 슬픔의 미학을 내보인다. 그러나 유
사한 시적 화자에다 동일하게 직접화법을 구사함에도 불구하고 전

자의 슬픔이 비극적 광경에 대한 관찰자의 연민으로, 그래서 다소 성급하게 분노의 감정으로 다가온 데 비해, 후자의 슬픔은 당사자 스스로 체득한 삶의 깊이에서 우러나온 체관과 지족(知足)의 경지를 자연스럽게 느끼게 해준다. 하여 거센 듯 하면서도 잔잔한 물결이 서로 뒤섞여 마치 물이 흐르듯 밀고 당기고 스스로 보듬는 자연스런 삶의 흐름을 느끼게 해준다. 이 점에서 한 지식인이 어떻게 민중 의식을 획득하며 스스로 민중적 삶을 어떻게 올곧게 구축하는가를 우리는 엿볼 수 있다. 후자의 시가 전자보다 강세가 훨씬 덜하지만, 그리고 더 하찮아 보이는 마음의 무늬 같지만 그런 하찮은 일상의 진부함과 반복성 안에서 역으로 분(糞)이 움[苗]을 키우듯 삶의 진실을 길어내는 시인의 순정한 마음이 거기 있다.

　사실 이런 차이는 인간 세계의 삶을 주시하는 『답청』의 시편들, 가령 「백씨(白氏)의 뼈」 1·2, 「추석달」에서도 감지할 수 있다. 다만 어머니를 대상화하여 형상화한 「바늘귀를 꿰면서」가 상대적으로 깊은 감동을 주는 것은 시인 자신의 체험과 관련이 깊을 것이다. 그러나 어쨌든 스스로 낮은 자리로 내려와 세상의 슬픔과 체온을 함께 나누고자 하는 순정한 마음, '우리네 슬픔에 맞는 사랑'에 대한 갈구야말로 『답청』을 부단히 부정하면서 『답청』을 결국 껴안은 시인 자신의 시심(詩心)일 것이다. 스스로 은유마저 부정하려는 치열성이 더 크고 깊은 은유를 찾으려는 것과 마찬가지로, 그런 마음과 사랑이 그를 밀고 시를 밀고 간다. 아니, 왔던 것이다.

소처럼 선림(禪林)에 누웠구나

이상국 시집 『집은 아직 따뜻하다』

1.

시몬느 베이유는 "지배는 더럽히는 것이다. 소유는 더럽히는 것이다"라고 말한 바 있다. 그런데 곰곰이 그 뜻을 되새겨보면 지배와 소유야말로 20세기의 종착역에 도달하기 직전의, 말 그대로 세기말의 말기적 중병의 원인처럼 느껴지기도 한다. 모든 것들이 지배와 소유의 관계에서만 운행됨으로써 갈수록 눈앞의 현상에만 집착하는 근시의 세계상이 바로 오늘이다. 거리를 용납하지 못하고 거리를 포용할 줄 모르는 자폐적 세계만이 갈수록 노골화되고 있다. 그래서일까, "순수한 사랑은 거리를 인정하는 것이다"라는 말이 예사롭게 들리지 않는다. 사랑은 흔히 취하는 것이라고 하는

데, 인간이 자신의 힘을 과신하여 스스로의 무덤을 파는 오늘의 현실을 생각하면 결코 사랑은 취하는 것만은 아닌 듯하다. 오히려 바라보는 것, 수락하는 것, 주는 것, 잃는 것, 가질 수 없음에 즐거워하는 것, 아쉬움을 즐거워하는 것, 우리를 한없이 가난하게 하는 것을 즐거워하는 것들이 진정한 사랑일지 모를 일이다.

그런데 사실 다양한 인간집단들에서 시인만큼 강하게 나르시스적인 존재가 있을까? 따지고 보면 그들이야말로 참으로 주관적이고 참으로 자기 도취적이다. 그러나 정작 시를 평함에 있어 센티멘탈리즘이나 나르시시즘을 제일의 경계대상으로 삼는 것을 보면 나르시시즘에서 출발하여 나르시시즘을 넘어서 자기에게로 되돌아오는 귀향의 길이 진정한 시인의 길인 듯하다. 우리가 좋은 시에서 느끼게 되는 체험의 하나가 지독함과 지극함의 동시적 공존이다. 무엇보다도 우선 자기 자신의 목소리에 귀 기울여서 그 안에다 모든 것을 집적시키려는 강한 에고의 소유자이지만, 동시에 그것을 버려서 더 큰 것에 귀의케 만들 줄 아는 존재라는 뜻이다.

시 자체야 인위적이어서 분명히 이기적인 성격이 강하지만, 좋은 시의 향기가 자연스러움에서 발원하듯 정작 그 안에 대지처럼 자리잡은 백지상태와 가까운 순수한 마음의 밭이야말로 시의 숨은 신일 터이다. 어둠이 새벽이슬을 빚어내듯 이 숨은 신이 어느 만큼 현실적인 것과 만나면서 하나의 세계상을 만들어 내느냐가 곧 시의 격을 가늠해줄 것이 아닐까. 그렇기 때문에 시야말로 백지 위에서 이루어진 언어의 세계 중에서 가장 백지에 가까운 모습을 보여주는 것이기도 할 것이다.

그 점에서 과학의 시대가 시에 야기한 가장 큰 불행 중의 하나는 김종철이 말한 대로 "그동안 우리가 교육받기로는 늘 자기중심적으로 글이란 '나를 표현한다' '새로운 걸 발견한다'는 것이거든요 그러나 새로운 게 어디 있어요? 과도하게 자기가 가진 것보다 잘 쓰려고 하니까 오히려 가진 것도 발휘가 안되고 힘만 들지요"와 같은 것이라고 생각된다. 이를테면 "하루종일 잎이 무성한 팔을 들어 / 기도하는 나무 // 여름날이면 머리카락 어디엔가 / 방울새의 보금자리를 트는 나무 // (……) 나 같은 바보도 시를 짓지만 / 저 나무는 누구의 시인가 ("……)"(알프레드 킬머의 「나무」)와 같은 감사와 겸손, 신성(神性)의 훼손이다. 선림(禪林)에 자주 회자되는 "청풍언초이불요(淸風偃草而不搖) 호월보천이비조(皓月普天而非照)"라는 법어와 같은 너그러움과 깊이, 바로 불성(佛性)의 상실이다. "맑은 바람은 풀을 넘어뜨리되 흔들지는 않고 밝은 달은 하늘을 가득 채우나 비추지는 않는다."

2.

이상국의 시집 『집은 아직 따뜻하다』(창작과비평사, 1998)를 읽으면서 문득 그런 생각을 하였다. 마치 그에게 있어 본다는 것은 우리 주변의 공간을 지나 사물들이 있는 먼 곳으로 나아가서 보이지 않는 손가락으로 그것들을 만지고, 쥐고, 거죽을 훑어보고, 그리하여 끝내 그 속에 제 잠자리를 만들어 함께 살을 부대끼는 것처럼 보였다. 확실히 그 점에서 그는 깊은 사랑에 빠진 연인의 표정이다. 누군가는 사랑하는 것과 사랑에 빠진 것을 구별하여 전자는 '계약', 후자는 '상태'라고 한 바 있다. 그런 견지에서라면 그는 사랑에 빠져있는 어떤 상태를 자연스럽게 열어 보인다. 최근의 시들과 구별되면서, 아울러 이전 시집 『우리는 읍으로 간다』와도 구별되는 이 시집의 새로움이자 동시에 매우 낯익은 느낌은 뭔가 근원 혹은 고향으로 재귀(再歸)한 듯한 생각 때문이다. 최근에 많이 산출된 자연시나 생태시의 경향도 이전시와 비교해서 새로운 양태라고 할 수 있겠지만, 대부분 일체감을 의미하는 '상태'와는 구별되는 '계약'과 같은 양상이다. 말하자면 인간과 자연의 구별 속에서 하나의 의지 표출로서 자연에 가까이 다가서려는 인위성이 강하다. 일종의 현실생활의 한 보족수단으로서의 전원적 자연이다. 물론 그 속에서도 이런저런 깨달음은 있기 마련이지만, 그 자체가 일체화된 더 큰 맥락의 우주적 자연 안에서 보여질 수 있는 참된 균형은 아니다. 그것은 스스로 그리 존재한다는 말 그대로의 자연(自然)에 대한 체감과는 다르다.

가령 이번 시집의 한 전형이랄 수 있는 「미천골 물푸레나무 숲에서」를 보자.

이 작두날처럼 푸른 새벽에
누가 나의 이름을 불렀다

개울물이 밤새 닦아놓은 하늘로
일찍 깬 새들이
어둠을 물로 날아간다

산꼭대기까지
물 길어 올리느라
나무들은 몸이 흠뻑 젖었지만
햇빛은 그 정수리에서 깨어난다

이기고 지는 사람의 일로
이 산밖에
삼겹살같은 세상을 두고
미천골 물푸레나무 숲에서
나는 벌레처럼 잠들었던 모양이다

이파리에서 떨어지는 이슬이었을까
또다른 벌레였을까
이 작두날처럼 푸른 새벽에
누가 나의 이름을 불렀다

굳이 더 이상의 설명이 필요 없는 단순명료한 시다. 어느 날 물
푸레 숲에서 (나도 모르게) 잠이 들었는데, 새벽에 무슨 기미나 소
리 때문에 잠에서 문득 깨어났다는 평범하다면 참으로 평범한 한
체험적 사실을 담백하게 표현한 작품이다. 그러나 필자는 이 시를
처음 대하는 순간 한용운의 시 「님의 침묵」을 불현듯 떠올렸다.
서로 닮은 것이라곤 전혀 없지만 나는 거기서 한용운이 경건하게
부르던 '님'이 되돌아온 듯한 환영을 느꼈다. 우리가 잃어버렸던
어떤 신성이랄까, 불성이랄까 하는 기운을 그는 면전하고 있구나
생각하였다. 그래서인지 '누가'란 지극히 객관화된 지시대명사마
저도 예사롭게 다가오지 않았다. 바로 '누가'라는 표현은 '님'이라
는 내재화된 공경의 자발적인 표출보다 오늘 우리가 처한 상황과

함수관계를 이룬 타자화된 모습으로 비쳤기 때문이다. 그 점에서 "이기고 지는 사람의 일로 / 이 산밖에 / 삼겹살같은 세상을 두고" 라는 제4연의 서술은 그 자체로서는 대수로울 바 없을지 모르지만 신에게서, 자연에게서 달아난, 아니 역으로 그것들 위에 군림한 인 간중심주의의 상황을 단숨에 날카롭게 환기한다. 아울러 '작두날' 이란 낱말과 선명한 대조를 이루면서 시인은 오늘의 현실을 비수 처럼 예리하게 살해한다.

가령 큰 눈 온 날 아침 부러져나간 소나무를 바라보며 지은 「대 결」도 그렇다. 대자연이 연출한 하나의 장면 앞에서 시의 화자는 순식간에 황홀감에 빠진다. "눈부시다"는 표현이 그것. 그런 만큼 처음엔 그것을 하나의 신비로움으로 끌어안는다. 그래서 그 느낌 을 있는 그대로 소박하게 진술해 나간다. 그런데 "뭔가와 맞서다가 무참하게 꺾였거나"와 "공손하게 몸을 내맡겼던" 것은 분명 대립 되는 행위의 표현이다. 하지만 그에 대하여 시인은 더 이상의 예측 을 시도하지 않고 정지된 어느 일점으로 눈 사위를 좁힌다. 그런 사이에 황홀감은 어느덧 비극적인 모습으로 순간 전환된다. 나무 가 부러지기까지의 고통, "더 이상 견딜 수 없는 지점." 그러나 그 가 정작 주목한 것은 그와 동시에 빚어지는 순간의 꺾임, 바로 육 체의 폭발적 소멸에 대한 깊은 응시다. 단말마처럼 토해놓은 "저 빛나는 自害 / 혹은 아름다운 마감"이란 말의 깊은 침묵을 보라.

결국 '비극적 황홀감'이라고밖에 표현할 수 없는 이러한 인식은 지루한 세속적 삶의 환멸과 선명한 대비를 이룸으로써 더욱 극적 으로 부각된다. 하여 "나는 때로 그렇게 세상 밖으로 나가고 싶다" 고 시인은 말한다. 자기 소멸을 통하여 자기를 확인하고, 자기 소멸을 통하여 자기 완성의 극점을 찾으려는 강력한 충동욕이 참으로 전율적이다. 그러나 그런 강력한 충동욕이야말로 사실 지극히 자연적이고 본원적 생명력이란 것을 작가는 말하고 싶은 듯하다.

禪林으로 가는 길은 멀다
미천골 물소리 엄하다고
초입부터 허리 구부리고 선 나무들 따라
마음의 오랜 폐허를 지나가면
거기에 정말 선림이 있는지

영덕, 서림만 지나도 벌써 세상은 보이지 않는데
닭죽지 비틀어 쥐고 양양장 버스 기다리는
파마머리 촌부들은 선림 쪽에서 나오네
천년이 가고 다시 남은 세월이
몇번이나 세상을 뒤엎었음에도
흐르는 물에 발을 담근 농가 몇 채는
아직 面山하고 용맹정진하는구나

좋다야, 이 아름다운 물감 같은 가을에
어지러운 나라와 마음 하나 나뭇가지에 걸어놓고
소처럼 선림에 눕다
절 이름에 깔려 죽은 말들의 혼인지 꽃들이 지천인데
經典이 무거웠던가 중둥이 부러진 비석 하나가
불편한 몸으로 햇빛을 가려준다

어디로 가는지도 모르고
여기까지 마흔 아홉 해가 걸렸구나
선승들도 그랬을 것이다
남설악이 다 들어가고도 남는 그리움 때문에

이 큰 잣나무 밑동에 기대어 서캐를 잡듯 마음을 죽이거나
저 물소리 서러워 용두질을 했을지도 모른다
그러나 슬픔엔들 등급이 없으랴

말이 많았구나 돌아가자
여기서 백날을 뒹굴들 니 마음이 절간이라고
선림은 등을 떠밀며 문을 닫는데
깨어진 浮屠에서 떨어지는
뼛가루 같은 햇살이나 몇 됫박 얻어 쓰고
나는 저 세간의 武林으로 돌아가네

—「禪林院止에서」 전문

　　전통적 한시풍의 격조와 여유로움을 유감 없이 발산하는 작품
으로서, 이번 시집의 가장 빛나는 시편의 하나로 손꼽을 수 있다.
속세간의 삶을 지양하는 듯하면서도 결코 세간의 삶을 내팽개칠
수 없는 세상사의 엄중한 한계를 오히려 산사에서 자연물과의 조
용한 대화로 넉넉하게 다독이는 이런 정도의 경지는 결코 쉬운 일
은 아닐 것이다. 사물에 온전히 생명력을 깃들게 하는 격 있는 표
현력과 함께 그것을 자신의 인생사에 되비추어 삶의 깊이로 내화
시키는 힘 또한 만만찮다. 사실 이 시를 읽다가 필자는 시 속의 표
현처럼 '좋다야'를 몇 번이나 내뱉었다. 하나의 자연이 산 것 그대
로 숨쉬는 듯한 생동감 탓이다. 어디 하나 부족함이 없는 비유의
능숙한 구사에 힘입어 밀도 높은 풍경이 재현되고 그런 만큼 시의
육체성이 자연 도드라진다. 가령 제3연만 하더라도 그렇게 나오기
쉽지 않은 묘사로 보인다. 그래서인지 당당한 산세의 위풍을 지닌
시를 참 오랜만에 만났다는 충만감에 빠져들었다.

사실 우리네 전통적인 동양시에서 다수를 차지하는 음풍영월(吟諷迎月)도 단지 즐거움의 환영을 자연에서 다소간 초월적으로 추구한 것이 아니라 어려운 세간사를 살아나가고 버티어 가는 데 필요한, 말하자면 현실에 맞서는 심상에 대한 추구라는 면을 가지고 있었다. 전통시에서 자연의 아름다움과 그곳에 안주함으로써 얻게 되는 행복에 대한 이미지는 지배적이다. 이것은 특히 모든 것을 세상 속에 정립하고자 했던 동양적 세계관에 당연히 필요할 수밖에 없는 비초월적인 세계관의 당연한 요청이기도 한 것이다. 말하자면 이 세상의 혼탁에 맞서는 심상을 찾는 데 있어서, 즉 신 중심의 세계에 있어서의 초월적인 것, 신적인 것에 대응하는 어떤 것을 구함에 있어서 시가 그 중심 역할을 했고, 그런 초월의 심상들은 바로 자연에서 찾았던 셈이다.

　이 점에서 「남대천」도 자연이 갖는 초월적인 심상을 잘 보여주는 하나의 대표작이라 할 만하다.

> 저무는 강변길로
> 아버지 같은 사람이 뒷짐 지고
> 혼잣소리하며 돌아온다
> 그이 외롭다고 따라오는 강
> 괜찮다 괜찮다 하며
> 흐르는 물소리 들어보아라
>
> 물은 대청봉 같은 큰산 지고 가거나
> 물이파리들 꿈을 썻으며 흐르다가
> 서림 범부 잘 아는 죽음들 불러내
> 동해로 가는데

한세상 돌아온 연어들은
다시 산으로 들어가는구나

누가 연신 헛기침을 하며
마을의 어둠속에서 송침을 한다
세상은 이미 낡았어도
이 물에 오는 아이들 피를 씻고
맑은 날 양양 여자들이
그들 삶을 옥양목처럼 바래 너는 강

슬픔도 꽃도 지천인데
산 내다버리고 오는 물처럼
누가 다시는 세상과 싸우지 않겠다며
늙은 소 같은 어둠 앞세우고 돌아오는데
다 안다 다 안다 하며
물소리가 따라오고 있다

　　이상국은 이 점에서 전통시의 그러한 바탕을 오늘에 다시금 구
축하려는 시인이라고 말을 해도 좋을 법하다. 실제로 이번 시집에
서 앞서 거론한 작품 외에도「샛령을 넘으며」·「삼불사」등을 비
롯한 많은 작품들이 그런 경향을 짙게 드러낸다. 가령「샛령을 넘
으며」에서도 자연에 대해 매우 따뜻한 마음으로 그 조화로운 세계
을 표출해내지만, "비탈이 험한 곳일수록 꼿꼿한 나무들이 / 그들
말로 / 오늘은 꽤 지저분한 짐승 하나가 / 지나간다고 하는 것 같은
데"에서 보듯 인간에 대해서는 속화되고 타락한 대상으로 자기투
시한다.

3.

　물론 이번 시집을 양적인 측면에서 보면 오늘날의 농촌현실과 그 속에 살고 있는, 혹은 살았던 사람들에 대한 이야기가 주류를 이루고 있다. 시인의 앞선 시집 『우리는 읍으로 간다』(1992)에서 소박하면서도 단호하게 개진하였던 현실에 대한 인식과 현재적 삶의 실상에 대한 관점을 여전히 견지하고 있음을 말해준다. 아마도 이상국 시인을 기억하는 사람들은 현대사에서 항상 소외당하고 굴종만 강요당했던 농촌의, 농민들의 현실을, 역사의 단면 단면을 통한 간명한 반복구조로 객관화시켜 그려낸 「우리는 읍으로 간다」나 '검문'이 상징하고 있는 독재권력하의 억압적 상황을 탁월하게 환기시킨 「내 가는 모든 길의 검문소에서」, 그리고 농민들의 자연친화적이면서 동시에 지극히 온정적인 면모를 그린 「새집」, 나아가 땅과 함께 그와 뗄 수 없는 물과 연관시켜 농민의 일생을 비극적으로 직조해낸 「우물 무덤」 등을 기억할 것이다. 이번 시집에서도 그런 시인의 핍진한 현실인식은 한치의 흐트러짐 없이 오늘의 농촌현실을 굴착한다. 아니 어떤 의미에서는 더욱 예리해진 면도 없지 않다. 가령 「삼포리에 가서 1」을 보자.

> 집이여
> 아침 저녁 연기 올리던 삶이 빠져나가니
> 이백년 삼백년 묵은 구들장도 잠깐 식는구나
> 사개 뒤틀린 미구채 기둥뿌리 버둥거리고
> 마당가 말풀에는 뜸부기가 집을 짓겠다

누가 알겠니
저 왕조의 엄청난 무게도 버텨왔던 대들보가
왜 우리들의 세상에 와 무너지는지를

컴컴한 용마루 꼭대기의 성주도
곡기를 끊은 지 오래 되었다
며느리들 청이 돌게 닦던 마루와
아이들 이빨 뽑아주던 문고리들도
이제는 쉬는구나
오래 쉬거라
고방 동이 속에 잠든 밀가루와
서까래 끝에 매달린 시래기 타래들
그리고 어씨 문중 학생부군들아

집이여
한때는 고래등 같았던 마음속의 집이여
전답의 피가 다 빠져나가고도
삼포리 감은 붉게 익었는데
기왓장은 날마다 마당 바닥에 그 몸을 던진다
아 이렇듯 오래된 집의 임종은 길고 모질구나

"저 왕조의 엄청난 무게도 버텨왔던 대들보가 / 왜 우리들의 세상에 와 무너지는지를"이라고 자탄하는 처연한 목소리가 결코 예사롭지 않다. 하나의 긴 역사가 지금 이 순간 무너지고 있다는 것, 지금이 문제적 현실 차원 이상의 역사적 전환점이자 죽음의 시대라는 위기의식이 사실 이 시집 전편을 휘감고 있다. 하여 "아 이렇듯 오래된 집의 임종은 길고 모질구나"라는 마지막 구절의 절규와도 같은 탄식이 결코 남의 일일 수 없음을 느끼게 된다. 폐가가 되어 가는 '집'을 모티브로 낮지만 준엄하게 우리의 현재를 조문하는 이 시인의 울혈(鬱血) 앞에 과연 누가 자유로울 수 있겠는가. 그 외에도 뛰어난 시적 산문묘사를 보여주는 「상복리 연종회(年終會)」나 「방앗간카페에 가서」와 같은 작품들에서도 농촌현실의 실상은 여실히 드러난다.

또한 분단된 도(道) 강원도의 지형을 분단현실 전체의 무대로 확산시킨 「겨울 화진포」·「돌새」 등의 작품도 주목할 만하다. 분단현실이란 무거운 내용을 매우 정감 있는 서정성으로 용해시켜 깊은 여운과 메아리를 감지케 만드는 시적 형상화 능력이 돋보인다. '북으로 가는 길은 멀다'로 시작하는 「겨울 화진포」는 2연까지 매우 사실적인 묘사로 분단현실을 축조화한다. "군데군데 검문소와 탱크 저지선 지났는데도 / 호숫가 솔숲에서 앳된 군인이 / 자동소총 거머쥐고 / 다시 길을 막는다." 그러나 이후 물과 새(청둥오리)를 매개로 "이승만과 김일성 별장"이라는 역사의 구체적 사물을 제시함으로써 역사적 모순의 깊은 층위까지 파고든다. "물결이 갈대들의 종아리를 친다"나 "청둥오리 수천 마리 / 서로의 죽지에 부리를 묻고 연좌하고 있다"와 같은 삼라만상과 인간과의 일심동체화의 표현은 마지막 연에서 아연 빛을 발한다. "이미 죽은 주인을 기다리며 / 반세기 가까이 마주보고 선 / 저 역사의 무허가 건물들, / 이승만과 김일성 별장 사이 물빛은 화엄인데 / 새 떼들만 가끔 힘찬 활주 끝에 떠오르며 / 물 속의 산을 허문다." 반세기를 넘어서는 동안 여지껏 총부리를 겨누고 분단의 시대를 살고 있는 우리의 분단된 육신과 영혼에 대한 참으로 예리한 질타가 아닐 수 없다.

4.

　사실 이상국의 이번 시집은 작품이 보여주는 세계의 깊이도 깊이거니와 형상화와 시어의 조탁, 언어의 운용 등에서도 상당한 성취를 이루고 있다. 흔히 시는 침묵이란 심연과 늪을 간직하고 있다고 말하고 있지만, 그렇다고 해서 과장된 비약이나 연상, 짧은 언어로의 무조건적 조직이 이것을 담보해주는 것은 아니다. 침묵과 함께 여운이나 파문 혹은 메아리(울림)를 이야기하는 것도 염두에 두어야 할 것이다. 물론 서정시의 경우 일반적으로 우리가 쓰는 일상적 말과 이 침묵이란 것의 교접을 통해 탄생시킨 하나의 세계창조랄 수 있다. 그래서 '은유'나 '암시', 그리고 단편성이 시의 주된 특징으로 거론하는 것이리라. 실제로 소설처럼 말로 이루어진 이야기가 언어적 사실적 콘텍스트에 의해 하나의 유기체를 형성한다면, 시는 무엇보다 상상력의 자유로운 운동 그 자체의 직접적 산물이랄 수 있다. 그래서 시는 말하면서 다시 이 말을 침묵 속에 잠기게 만든다. 말하자면 문학이 운동과정으로서 시간을 공간화하는 것이라면, 연계사슬을 이루며 과정화하는 소설과 달리 시는 특정한 순간의 농밀한 응집이자 농축이다. 시간이나 공간 모두가 깊이로 자맥질해 들어가는 것이다. 여기서 상세히 이야기할 수 없지만 이상국의 이번 시집을 면밀히 들여다보면 고밀도의 시작법에 의한 장인성을 도처에서 느낄 수 있다. 그래서 세련된 만큼 자연스럽고 편안하게 다가오는 것이다. 확실히 세계를 하나의 심상으로 장악할 줄 아는 보기 드문 귀한 시인이다.

물론 이번 시집 안에도 편차는 분명히 있다. 가령 「별에게로 가는 길」 「소문」처럼 익숙한 시적 이미지를 약간 변형시킨 듯한 작품도 없지 않아 있고, 지나치게 단상이어서 오히려 거기에 감상을 덧칠하여 만든 듯한 제작적인 시들도 간혹 눈에 띈다. 그렇지만 전체적으로 보았을 때 마치 설악의 풍모처럼 들어갈수록 깊고도 넓은 세계를 『집은 아직 따뜻하다』는 보여주고 있다. "산이 깊다"라는 표현처럼 "시가 깊다."

삶의 결핍이 빚어낸 순정한 마음의 결정체

고재종 시집 『그때 휘파람새가 울었다』

1.

　동갑내기 문우 고재종의 새 시집 『그때 휘파람 새가 울었다』(시와시학사, 2001)를 마주하면서 이상하게도 '나이'란 것을 생각하였다. 40대 중반이 어느 새 되다 보니 말 그대로 생로병사의 '인생의 생물성'을 생각하게 만들어서일까. D. H. 로렌스가 말했던가. "나이 마흔이다. 이제 전 반생은 끝난 셈이다. 꽃과 사랑과 수난 등으로 얽혀진 빛나는 페이지는 무덤과 함께 끝났다. 이제는 페이지를 젖혀야 한다. 다음 페이지는 까만, 새까만 공백의 페이지가 아닌가!" (『날개 돋친 뱀』) 딱히 '나이'를 드러낸 시편도 없는데 이 시집 전편을 휘감는 정조에서 그런 시간의 체취를 맡는다. 옛사람들이 40대를 두고 이야기한 '초로(初老)'의 체취. 요즘 같은 노령화시대에 벌써 '나이' 타령이냐 할지 모르지만 세월이란 것을 '인생'의 유수(流水) 속에서 느끼게 되는, 늙는다는 것을 처음 온몸으로 실감하게 되는 연배가 40대가 아닐까. 이를테면 타고르가 시 「강물은 흐른다」에서

> 강물은 힘차게 흐릅니다.
> 급히 흐르고 있습니다.
> 젊은 시절 내가 떠 놀던 강입니다.
>
> (…중략…)
>
> 이제 나의 청춘이 가 버렸습니다.
> 나는 나의 언덕 기슭에 다다랐습니다.

라고 읊듯이, 불혹(不惑)이니 지기(志氣)라는 말도 있지만 그보다는 몸이 먼저 스스로 발설하는 '초로(初老)'의 기미. 가령 맨 첫시 「장엄」부터가 그러했다.

> 저 순백의 치자꽃에로
> 사방이 함께 몰린다.
> 그 몰린 중심으로
> 날개가 햇빛에 반사되어
> 쪽빛이 된 왕오색나비가 내려앉자
> 싸하니 이는 향기로
> 사방이 다시 환히 퍼진다, 퍼지는
> 그 장엄 속에서
> 시간의 여울이 서느럽고

그 향기의 무수한 길들은 또
바람의 실크자락조차 보일 듯
청명청명, 하늘로 열려선
난 그만 깜깜 길을 놓친다.
놓친 길 바깥에서
비로소 破情을 하는 이 깊은 죄의 싱그러움이여!

　치자꽃과 나비와 그것들이 내뿜는 향기가 어울려내는 한 정점, 그에 대한 아름답고 황홀한 시적 묘사를 보라. 그러나 이 시에서 정작 중요한 것은 후반부이다. '퍼진다, 퍼지는'에서 보듯 정점에서 종말로 흐르는 잊기 쉬운 시간의 뒷자락을 뒤쫓는 시인을 보라. '시간'에 대하여 '서느럽다'는 표현으로 응대하는 일이라든가, 혹은 인생사에 가장 정점이 되는 것을 사라진 뒤에야 뒤늦게 회한 어린 시선으로 거두어들이는 일 또한 많기에 굳이 특정 나이를 거론할 필요가 없겠지만, 길을 놓치고 놓친 길 바깥에서 비로소 파정을 한다는 시인의 자기 드러냄, 그리고 이를 '깊은 죄의 싱그러움'으로 모두는 데서 나는 40대 육체와 정신이 떨며 펼쳐내는 삶의 무늬와 세월의 적층을 본다.

　가령 가시 탱자울이 삼엄하게 쳐진 능금밭 밖에서 '그토록 익을 대로 익은 빛깔이 / 그토록 견딜 수 없는 향기 퍼지는' 능금을 황홀하게 바라만 보고 있는 「능금밭 앞을 서성이다」에서 그것은 더 직접적으로 드러난다. 여기서 자아에 대한 투사는 앞선 시보다 훨씬 아프게 다가오는데, 바로 '머리에 수건을 쓰고, 볼이 달아오를 대로 올라선 / 그 능금알을 따는 처녀들과 / 그것을 한 광주리씩 들어 올리는 / 먹구릿빛 팔뚝의 사내들'일 수 없는 자기 소외의 형상이 그것이다. 이미 '젊음'과 결별하고, 그러나 '황홀'을 훔치고 싶어 그것을 '황홀한 죄'로 명명하는 숨김없는 자기 육체의 외침이 거기 있다. 이를테면 그것은 "밤꽃이 정액 냄새를 내뿜자 / 바람도 벌써부터 단내를 내뿜내요"(「신생의 노래」)에서 보듯, 그리고 사람을 그려도 여인의 순수한 육체를 탐닉하듯 흐르는 선명한 이미지 — 동물적 행위로서가 아니라 식물적 개화나 열매의 형상('수밀도 같은 젖가슴'), 혹은 순수한 단색의 강렬함('백설기빛 허벅지 속살') — 로 채색된다. 이 이미지는 시간의 흐름을 보이는 것이 아니라 '정지된 순간'으로 현시된다. 일정한 흐름 속에서 특정한 순간을 포착한 것이기는 하지만 그 자체가 정지된 공간성을 갖는다. '장엄' '황홀' '절정' 등으로 지칭되는 시어가 그것이다. 그런데 이때 시적 화자는 특정 대상을 바라보는, 단순히 바라보는 정도가 아니라 넋을 놓고 바라볼 정도로 도취의 관음자(觀音者)이거나, 이미 지나가 버린 과거 속의 한 시절을 회한으로 바라보는 거리 속에 놓여 있다. 이런 대상과 화자의 거리감이야말로 이 시집을 구성하는 한 축이다. 그리고 거기서 나는 40대의 한 자화상을 배경으로, 그림자로 보는 것이다. 그리고 이러한 시 속의 그림자야말로 삶 자체를 그림자로 보았던 성서를 굳이 거론치 않더라도, 인간 삶의 유한성, 즉 세월의 생물학적 기미를 내비치는 것이다.

거기 막 탐스런 포도송이를
두 손 모아 받쳐드는
저 포도처럼 온 연인들의 호동그래진 눈동자라니!

그들 이내 포도알 하나씩 입에 따 넣고

아흐흐 아흐흐, 퍼지지 않고는 못 배기는 단내와
젖지 않고는 못 배기는 가슴들
　　　　　　　　　　—「새말 언덕에 원두막 한 채를 치다」 부분

　　때로 감탄의 형태로까지 치솟는 '젊은 육체'에 대한 시인의 간
절한 눈은 이처럼 절정을 온전히 갖지 못하고 이제 그곳으로 회귀
할 수 없는 현재의 자아, 그렇기 때문에 과거의 회환으로 맞이할
수밖에 없는 데서 나오고 있다. "홍역을 앓듯 / 홍역을 앓듯 / 목놓
아 울지도 못하던 / 刺靑의 밤"(「청춘」)으로 형상화된 그 자신의 젊
음도 동백꽃 송이가 빨갛게 탐나게 피어나는 절정감에 대비되어
사무치게 그려진다. 그뿐인가, 「정자나무 그늘 아래」·「화엄」·「상
강 이야기」 등에서 보여지는 청춘남녀의 팽팽한 육체성이나 한쌍
의 나비가 허공에서 벌이는 교접을 탐미하듯 그린 「이중무의 꿈」
에서처럼 그것을 연상하는 자연계의 현상에 대해 지나칠 정도로
탐미하는 듯한 자세도 그와 연관된다고 보여진다. 이런 외적 황홀
감의 배후에서 나는 그것을 바라보는 한 사내, 바로 육체의 노(老)
를 이제 실감한 40대가 뒤늦게 발하는 청춘송가를 듣는다. 그러므
로 이것은 그 자신이 살아왔던 청춘시절을 근본적으로 회의하고
자기 비판하는 반성의 시가 아니다. "인생의 5월은 다만 한 번 꽃
필 뿐 또다시 피는 일이 없다"(쉴러)라는 사실을 깨달아야만 하는,
그래서 "아아, 청춘~~ 사람은 그것을 일시적으로 소유할 뿐이고,
나머지 시간은 그것을 추억하는 것이다"라는 지드의 말을 실감하
는 시적 영혼이 유영하고 있는 시들인 것이다. 그러므로 이때의
'늙음'이란 삶의 종착으로 곧장 죽음과 연결되지는 않는다. 이제
젊음과 결별했다는 삶의 한 고비를 넘으며 문득 뒤를 돌아보며 자

기 몸을 들여다보는 통과제의와 같다 할 것이다.

　이 점은 시인 자신을 시적 화자로 직접 표출하는 시편에서 자기 마음의 색깔을 알게 모르게 드러내놓고 형상화가 이루어지는 것과 무관치 않다.

　　아, 아득해져서
　　너와 나 고개 들어 바라보는 산은
　　반야봉이던가 왕시루봉 줄기던가
　　　　　　　　　　　　　　　　　　　—「은어 떼가 돌아올 때」 부분

　　느티나무 수만 이파리들이 손사래 치는
　　느티나무 그늘 소쇄한 정자에
　　애진 마음이 다 되어 앉아본 적이 있느냐
　　　　　　　　　　　　　　　　　　　—「정자나무 그늘 아래」 부분

　눈에 잡히는 대로 고른 시편인데 위에서 보듯 '아득'이나 '애진' 등 이미 마음의 무늬를 직접 드러낸 시들이 많다. 가령 「달밤에 숨어」는 그런 시인 자신의 정직한 현재적 반영으로 다가온다.

　　외로운 자는 소리에 민감하다
　　저 미끈한 능선 위의
　　쟁명한 달이 불러 강변에 서니,
　　강물 속의 잉어 한 마리도
　　쑤욱 치솟아 오르며
　　갈대숲 위로 은방울들 튀기는가.
　　난 나도 몰래 한숨 터지고,
　　그 갈대숲에 자던 재개비 떼는
　　화다닥 놀라 또 저리 튀면

풀섶의 풀 끝마다에
이슬농사를 한 태산씩이나 짓던
풀여치들이 뚝, 그치고
난 나도 차마 숨죽이다간
풀여치들도 내 외진 서러움도
다시금 자지러진다. 그 소리에
또또 저물싸린가 여뀌꽃인가
수천 수만 눈뜨는 것이니
보라, 외로운 것들 서로를 이끌면
강물도 더는 못 참고 서걱서걱
온갖 보석을 체질해대곤
난 나도 무엇도 마냥 젖어선
이렇게는 못 견디는 밤,
외로운 것들 외로움을 일 삼아
저마다 보름달 하나씩 껴안고
생생생생 發光하며
아, 씨알을 익히고 익히며
저마다 제 능선을 넘고 넘는가.
외로운 자는 제 무명의 빛으로
혹간은 우주의 쓸쓸함을 빛내리.

　　자연이라고 하면 흔히 정적인 것을 연상하나 이 시는 정적인
가운데 동적인 것, 개별적 고립이 아니라 공생하는 동거의 자연살
이가 섬세하게 포착되어 있다. '밤'이라고 하는 어떤 끝자락에서,
그러나 '달밤'이라는 어둠 속의 밝은 상태에서 개개의 물(物)이 제
각기이면서 서로와 교감하며 펼쳐내는 하나의 우주가 거기 숨쉬
고 있다. 그리고 시적 화자는 그런 자연 현상의 미세한 움직임에
이끌려 그것이 부르는 대로 자기 감정의 율동을 자연스럽게 드러

낸다. 하지만 자세히 보면 자연이 '나'에 의해 감정을 부여받고 있다. "외로운 자는 소리에 민감하다"는 자기 감정에 따라 자연이 움직이고 있음은 "잉어 한 마리도 (…중략…) 튀기는가"라는 서두에서부터 드러난다. 말하자면 시 중간 중간 '난 나도 몰래 한숨 터지고' '난 나도 차마 숨죽이다간' 등 자기 내부의 미묘한 정서적 변화에 호응하며 '나와 자연'이 일치되면서 모든 것이 '저마다 제 능선을 넘고 넘는가'라는 '무명'의 우주론으로 귀결된다. 이처럼 '외로운' '외진' 등의 마음의 형용이나 '숨죽이다간' '젖어선'이라는 화자의 심적 상태가 시적 세계의 파문을 일으키는 진원지인 것이다. 그런 만큼 '쓸쓸함'으로 지칭되는 생의 유한성을 짙게 깔고 이를 자연의 움직임 속에 조용히 자리잡게 한 것이 이 시의 표정이다. 이 점은 「길 끝의 둥근 원」에서도 쉽사리 드러난다. '공의 길, 윤회의 원'이라 하여 불교적 세계관을 내보이지만 '진지하거나 사소한 일'이라는 대립되는 속성을 병렬하여 그 속에서 삶의 무게와 질량이 무화되고 하나로 귀일되니 이는 체념에 가까운 허무감이라 할 만하다. 결국 육체성이라는 생물학적 삶의 유한성을 근본에 깔고 있음을 이 시 역시 보여주고 있는 것이다.

그 점에서 이 시집은 가히 40대 육체성에서 출발하여 인생의 한 고비를 넘으며 맞이한 삶의 본질을 슬프면서도 아름답게 미학화한 언어의 살풀이라 할 만하다.

2.

물론 이 시집의 전체적인 성격을 논하자면 그런 배경 속에 외화되어 나오는 전경화된 세계를 주목하지 않을 수 없다. 그 세계는 한마디로 자연과 인간이 혼용된 세계이다. 아니 시인의 눈으로 재발견하는 감동적인 자연의 세계이다. 그런 만큼 요즘의 유행이라 할 수 있는 '생태적 경향'과 궤를 같이하는 시집이라 할 수 있다. 그러나 이미 "'생태적'이라는 접두사가 붙은 것들의 일시적 유행이 뿜어내는 악취가 도처에서 진동한다"라는 머리 북친의 말대로 손쉬운 소재주의적 접근만으로는 오히려 시인의 시적 개성이 무시되기 쉽다. 시인은 한 시에서 "아, 우린 너무 감동을 모르고 살아왔느니"(「나무 속에 물관이 있다」)라고 단호하게 말한다. 앞서 이야기하는 '청춘성'에 상응하는, 아니 그것과 미묘하게 함께 합주되는 '자연성'에 대한 재발견이야말로 이 시집의 원천이다.

> 이제 시인은 숲으로 가지 못한다지만
> 아직도 숲속 골짜기에는
> 산 절로 물 절로 하는 호수들이 있긴 있는
> 것이다. 마을 뒷산 속에 있는
> 그 중 하나를 나는 황혼 무렵이면 찾는데
> 늘 산영이 잠겨 푸르게 물들어버린
> 호수 위로 우선 밀잠자리며 실잠자리들
> 편대 지어 날아오르고
> 아무런 욕심이 없어야만 열릴 것 같은
> 깊고 그윽하고 투명한 숲속의 호수는

물 위에서 제 몸을 잽싸게 튀기는
소금쟁이로 잔물결 가득 일으킨다.

　　　　　　　　　—「여름 다 저녁 때의 초록 호수」부분

　여기서 시인이 '숲으로 가지 못한다'(도정일)는 함의는 분명 정당한 인식이다. 생태계의 전면적 위기란 자연의 파괴뿐만 아니라 자연과 함께 형성된 정신의 파괴까지 초래하기에, 말하자면 비 자체가 산성비가 됨으로써 '물'이 가진 상징의 의미까지 변모될 수밖에 없다. 그러나 파괴가 일종의 '과정'이라면, 더구나 생태계의 문제가 원래의 상태로 되돌리려는 '오래된 미래'의 보존적 속성을 지니고 있다면 현존하는 자연세계 속에 남아 있는 원형의 지속, 그리고 그것의 본질 또한 섣불리 무화될 수 없다. '아직도 …… 있긴 있는 것이다'라는 말이 의미하는 바는 다름 아닌 그것을 지칭하는 것이 아닐까.

　알다시피 고재종 시인은 농민시의 한 상징이자 말 그대로 농촌의 시인이었다. 뒤집어 이야기하면 다른 어떤 시인보다도 자연과 가까이, 아니 자연과 더불어 삶을 일구어 온 시인이었다. 그런 그가 지금 우리에게 살아 있는 자연을 다시 보라고 말한다. 추상화되거나 관념화된, 혹은 단순한 자연예찬이나 자연부정이 아니라 지금 우리 앞에 살아 숨쉬는 자연의 운행과 그것이 펼쳐내는 풍광이 여전히 보여주는 감동을 직접 대면하라는 것이다.

　그렇다면 그가 보여주려 한 감동의 질과 성격은 무엇일까. 어느 글에선가 나는 풍경이나 풍광이란 말의 본 의미를 다시금 생각할 때라고 한 적이 있었다. 흔히 이해하듯 멀리 한눈에 보이는 산·

강·바다 등의 자연의 모습이나 도시·시골 등의 넓은 지역의 모습으로서 경치가 아니라 그 글자 본래의 의미, 즉 '빛과 바람'이라는 만물 생성의 근원과 형성으로서 그것을 현상 속에서 함께 보자는 뜻이다. 특히 '유행'이라 부를 정도로 소재주의화되는 경우 그에 대한 접근이 단순 찬양이나 단순 비판으로 흐르기 쉽다는 점을 감안하면, 문명비판을 전제로 한 생태시는 더더욱 그럴 위험성이 높다. 새삼 이렇게 단서를 다는 것은 이 시집을 언뜻 훑으면 자연 예찬이나 자연미화의 '낭만성'으로 쉽사리 비판할 가능성이 높기 때문이다.

그런 점에서 막연한 자연으로 섣불리 일반화할 것 아니라 먼저 시에 등장하는 개별적인 물(物)이 어떻게 하나의 집합체를 형성하는가를 자세히 살펴볼 필요가 있다. 그럴 때 쉽게 눈에 잡히는 것이 '교감'과 '공생'이다.

> 머루빛 어둠을 지우는 동살이여
> 왕머루가 덩굴손으로 더듬자
> 허공이 목을 긁적이며 눈뜨네요
> 골안개가 허리 아래를 흐르자
> 산이 발을 떼어 산책에 나서네요
> 까치가 흰무늬 날개를 펴고
> 또 하루치의 윤무를 시작하면
> 혼곤한 마음이 남빛 하늘로 열리고
> 밤꽃이 정액 냄새를 내뿜자
> 바람도 벌써부터 단내를 내뿜네요
> 동살 끝 부챗살로 퍼지는 햇귀여
> 보이지 않는 길의 눈물들이
> 아침 풀 끝에 이슬 알알로 빛나고

보이는 길의 메마름을 적시네요
— 「신생의 노래」 전문

읽어보면 한 눈에 들어오듯 이 시는 '~자' '~네요'나 '~하면' '~고'로 이어지는 동시성 혹은 연결식 문장으로 이루어져 있다. 이른바 자연적 현상끼리 상호호응하며 화답하는 '교감'과 '공생'의 형식으로 직조되어 있다. 이 시집 도처에서 마주할 수 있는 시적 형식이 바로 이것이다. 인간의 틈입이 허용되지 않는, 그 점에서 인간중심주의가 아닌 말 그대로 '스스로 그러한'(自然) 세계를 가만히 펼쳐 보인다. 따라서 고재종의 이번 시집은 요즘식의 '생태시'와 구별되는, 오히려 과거 옛선인들이 보여주었던 전통적 '자연시'에 가깝다. 자연, 아니 자연이라 우리가 일컫고 있는 세계의 구성물들이 서로 어울려 펼쳐내는 화음(和音)과 화색(和色)이다.

> 나락밭에 순금이 일면
> 하늘은 더 청때깔나고
> 양광이야 벌써부터 맑아져선
> 강아지풀 이삭마다에 등불을 켜댄다.
> 나락밭에 순금 일수록
> 바람은 한결 일렁이면
> 뒷산 노루막이도 우뚝하게 씻고는
> 제 능선 위로 기러기의 길을 트고,
> 창공을 덮은 고추잠자리 떼로
> 세상은 또 어린 경이에 닿는구나

— 「나락밭에 순금이 일면」 부분

자연을 바라보는 일은 적지 않지만 사실인즉 자연과 더불어 사는 일은 오늘의 우리들에게 너무 적다. 그런 만큼 실재하는 세계에 대한 인간의 의식 자체가 여전히 인간 본위이기 쉽다. 분명 인간은 자연에 대한 예속으로부터 자연에 대한 지배의 단계로 이행하였다. 그 결과 자연은 차츰 그 신성(神性)을 잃고 점점 인간적 형태를 띠게 되었다. 생태주의라는 이름하에 이에 대한 많은 비판이 전개되고 있지만, 현실적으로 보면 이러한 고도의 단계에 있어서도 인간의 행동은 전체적으로 여전히 직접적인 필요의 횡포에 대한 단순한 복종에 지나지 않는다. 인간이 자연에 의해서 들볶이고 있는 것이 아니라 인간이 자연을 들볶고 있다는 사실을 아직도 우리는 놓치고 있는 것이다. 자연은 일체의 철학과 관계없이 실재한다고 라포르트는 말했다. 이 점에서 고재종은 『채근담』의 "꽃이 화분 속에 있으면 생기가 없고 새가 조롱 속에 들면 천연의 묘취(妙趣)가 없다. 산 속의 꽃과 새는 여러 가지로 어울려 아름다운 문채(文彩)를 짜내고 마음대로 날아다니나니 한없는 묘미를 깨닫는다"를 실감케 해준다. 더구나 시인이 펼쳐 보인 자연계의 미묘한 생기(生氣)나 그것이 야기하는 흥취는 자연적 인간으로서의 보기 드문 한 면모를 보여줌으로써 중국의 왕국유(王國維)가 말한 시인상을 떠올리게 한다.

시인은 우주와 인생을 대함에 모름지기 그 안으로 들어가야 하며 또한 모름지기 그 밖으로 나와야 한다. 그 안으로 들어가므로, 능히 묘사할 수 있는 것이다. 그 밖으로 나오므로, 능히 볼 수 있는 것이다. 그 안으로 들어가므로 생기(生氣)가 있게 되고, 그 밖으로 나오므로 높은 흥취(興趣)가 있게 되는 것이다.

—『인간사화(人間詞話)』

그렇기 때문에 고재종은 기본적으로 '자연 대 인간'의 문제가 아니라 '자연 속의 인간'을 포함한 자연계 자체를 문제삼고 있다 할 것이다. 다만 이때의 인간이 오늘의 산 현실로부터 적잖이 이탈해버리는 경향이 있다는 점을 지적하지 않을 수 없다. 이 점은 자연의 존재형식이 '생존경쟁'이라는 또 하나의 존재방식을 배제해버리는 데 있다. 더구나 현실세계, 즉 인간세계의 핵심이 여기에 있다는 사실을 주의한다면, 그리고 그것이 또 인간에 의한 생태계 파괴라는 데까지 치닫고 있다면 여기에 대한 시적 응전이 있어야 한다. 그런데 오늘의 구체적 현실이 배제되거나 아니면 다소 비현실적이라고 여겨질 정도로 인간사가 풍경화의 한 요소로 추상화되기도 한다. 가령 위의 「나락밭에 순금이 일면」에서도 "이런 땐, 아랫마을에 혼사라도 있어서 / 먼 징소리조차 세상을 넓히니 / 네 그리움은 어느 처음에 닿겠느냐"라고 한 것이나, 앞서 보았던 「정자나무 그늘 아래」도 그런 예가 될 것이다. 석남화와 묘음조(妙音鳥)라는 신비한 꽃과 새를 소재로 한 「이승꽃의 향기에 저승새가 취해서」나, 「보름달, 그 어둡고 환한 월광곡」 등의 시는 아예 신화와 전설의 세계로 과거화되고 만다.

이런 당대성의 위축 내지 현실성의 배제는 「감골 차씨네의 등불들」 같은 시를 만나면 현재의 세계에 대한 시인의 지향이 어디에 있는가를 새삼 생각케 만든다. 말하자면 그가 찾아드는 집 자체가 '계곡 상류'이다. 거기서 그는 "여기까지 확성기 달고 온 개장수 / 개나 염소나 팔라고 소리 질러댄다, 허나 / 계곡에 붙은 몇몇 산막들은 신척 않으니 / 산까치들조차 깍깍 질러 그를 내쫓는다"며 '확성기의 세속'을 모조리 밀어내 버린다. 그리고 나서 차씨네 집

주변 감밭을 '주황색 등'을 켠 '장엄세상' '등불 형형한 화엄 나라'
라 부르며 '산사람의 후손' 차씨에게서 '무슨 웃질의 신선'을 본다.
이러한 면모는 이 시집 속에서 드문 경향이지만, 농민의 실제적
삶과 역사를 감동적으로 형상화한 명편 「상처에 대하여」와 만나
면 또 다른 느낌을 불러일으킨다.

> 솔가지 꺾던 낫날에 왼손 집게손가락을 날렸다지요. 두엄자리 뒤던 쇠스랑
> 날로 오른쪽 발등을 찍었다지요. 거친 밥 독한 소주에 가슴앓이 이십 수년,
> 복부의 수술자리는 시방도 애린다지요. 좋은 일은 다 잊었는데 몸의 상처론
> 환히 열리는 서러움들, 참으로 야릇하다고, 이게 다 몸으로 살아온 탓 아니겠
> 느냐고 활짝 웃는 얼굴의 주름살. 그건 그대로 논밭고랑이네요 마치 앞강 잉
> 어들의 비늘무늬가 그들이 늘 헤살치는 물결을 닮았듯이, 봄날 당신이 잘 갈
> 아논 밭을 닮았네요 여기에 무얼 심을 거냐고 했더니 이제 복숭아를 심겠다
> 네요 암종으로 먼저 간 아내가 그토록이나 좋아하던 복숭아라네요 복숭아
> 같은 아내의 젖가슴을 첫, 처음으로 움켜쥐던 비밀도 이 손이 기억하고 있다
> 고, 무심코 입술에 가져다 대는 아, 없는 집게손가락! 그 뭉툭한 상처자리가
> 반질반질 윤을 내고야 말더라니.

박노해의 명편 「손무덤」을 연상케 하는 시인데, 「손무덤」이 강
력한 현실감과 함께 비장미를 느끼게 해준 데 비해 「상처에 대하
여」는 이상하게도 슬프면서도 아름답게 다가온다. 앞서 본 육체성
도 거기에 한 몫 하지만, 그것과 함께 힘든 농사일이 '복숭아'로
추억되는 사랑에 묻혀버림으로써 현실에 대한, 아니 자연에 대한
미학의 우위로 보여지기까지 한다. "자연은 그것이 동시에 예술로
보일 때 아름답다. 그리고 예술은, 우리가 그것이 예술이라는 것을
의식하면서도 우리에게 자연으로 보일 때에만, 아름답다고 말할
수 있다."(칸트, 『판단력 비판』)

3.

그러고 보니 시집 원고와 함께 부쳐온 시인의 편지가 생각난다. "건강악화로 이미 농사를 그만두고 시나 끄적거리자니 늘 괴롭고, 그러다 보니 또 삶의 경험적 진실에서 멀어진 점은 더욱 괴롭네. 내가 생명에 관심을 둔 것도 어쩌면 늘 건강치 못한 몸에서 비롯된 것임을 밝힐 수밖에 없다네."

그의 말마따나 이 시집은 그 자신의 육신과 함께 새로운 인생고개를 이제 다시 오르려고 하는 듯하다. 그렇게 보면 '장엄'·'황홀'·'절정'은 어떤 정점에서 빚어낸 것은 아니다. 말하자면 높은 데서 내려다보며 피워낸 꽃이 아니라 낮은 데서 되올려다 보며 구애하는 미감이다. 뒤를 돌아보며 이제 회한이라 부를 만한 삶의 결핍이 스스로 빚어낸 순정한 마음의 결정체다. 무언가로부터 이제 결별했다는 단절의 감각적 통증 속에서 지난 세월, 자신이 놓쳐버렸던 것들을 시인은 언어로 아름답게 갈무리하려 했던 것이다. 아마도 통증과 아름다움이라는 극단의 거리감에 대해 독자가 어떻게 접근하느냐에 따라 이 시집의 매력은 달라질 듯 보인다. 가령 이전 시기를 지배했던 '노동'의 측면 대신 '자연'이 상대적으로 부각된 것도 자연을 노동의 측면에서 바라보았을 때 불가피하게 나타나는 인간이기적 측면에 대한 반성과 연결될 법하나 이 시집에서 그런 면모는 찾아보기 힘들다. 더구나 문제적 영역으로서 생태시가 아닌 순수 자연시로서 성취에 대한 긍정적 평가에도 불구하고, 그것이 어떤 방식으로든 오늘의 구체적 삶과 자연파괴의 비생태적 현장과 치열하게 결부되지 못한 점은 다소 현란해진 시풍과 함께 고답적이라는 비판을 받을 여지가 없지 않다. 전체적으로 한자어를 많이 사용하기도 하고, 문장 구조 또한 그러해서인지 때로 번역된 한시를 보는 듯한 느낌을 주기도 한다. 형용사나 감탄사의 빈번한 사용 등 언어나 형상 자체가 전반적으로 화려하다는 사실까지 감안하면 이 시집에서 보여지는 현실과 자연에 대한 심미화의 강한 자장력은 지금까지의 시세계와 구별되는 미적 특징이자 하나의 갈림길을 분명하게 예고하는 것이기도 한다.

어쨌든 연속적인 세월을 분명한 단절로 인식할 때 통과의례는 불가피하게 불연속적인 어떤 면으로 다소 과도하게 집중되게 마련이다. 내가 이 시집에서 40대란 연배를 특별히 주목한 것도 그 때문이다. 문제는 그렇게 갈무리한 보석을 다시 살아 있는 현실 속에 온전히 결합해내어 과거와 현재와 미래의 경계를 지워나가며 지속적인 흐름을 만들어내는, 누구 말마따나 쉽게 멸망할 수 없는 '혼이 들어 있는 청춘'을 구가하도록 삶을 끌어올리는 일일 것이다. 시간에는 그 경과를 표시하는 구분이 본질적으로 없다. 그리고 그것이야말로 삶의 유한성을 오히려 지족(知足)의 경지로 끌어올려 삶 자체를 자유롭게 자연으로 만드는 일일 터이니까.

제 4 부

세계사적 전환기에 민족문학론은 유효한가 | 317

20세기 한국과 리얼리즘론의 공과 | 342

1990년대 소설의 환상적 · 신비적 경향 | 364

1980년대 민족문학 논쟁 | 380

세계사적 전환기에 민족문학론은 유효한가

1. 들어가는 말 – 위기와 이행

'위기'의 목소리가 갈수록 커지고 있다. 경제의 위기·성장의 위기·복지의 위기·민주주의의 위기·환경의 위기·에너지의 위기 등등 참으로 다양한 위기의 진단들이 도처에 출몰한다. 인류사에서 유례를 찾을 수 없는 전쟁과 살상, 억압과 풍요 속에서 괴물처럼 성장한 20세기 자본주의 체제 앞에서 죽어 가는 신음소리, 죽음을 목도했다는 이야기 또한 요란하다. 문학이라고 예외는 아니어서 민족문학의 위기, 아니 아예 문학의 위기란 말도 이제 공공연해진 지 오래고, 나아가 작품의 죽음이니 작가의 죽음이니 하는 말도 들려온다.

새로운 것의 탄생을 알리는 목소리 또한 없지 않으나, 솔직히 탄생과 축복의 햇살보다는 위기와 죽음의 먹구름이 지구 위를 짙게 덮고 있다. "우리는 지난 2~3세기를 지배해온 자본주의 발전의 거대한 경제적·과학기술적 작용에 의해서 장악되고 뿌리가 뽑히고 변화된 세계에 살고 있다. 우리는 그러한 발전이 무한정 계속될 수 없다는 것을 알고 있으며 적어도 그렇게 가정하는 것이 합리적이다. 미래는 과거의 연속일 수 없다. 또한 이제 역사적 위기의 시점에 이르렀다는 징후들이 외적으로 그리고 말하자면 내적으로도 발견된다. 과학기술적 경제가 낳은 힘들은 오늘날 환경을, 즉 인류생활의 물질적 토대를 파괴할 정도로 커졌다. 인간사회의 구조 자체—자본주의 경제의 사회적 토대들 가운데 일부까지 포함해서—가 인류의 과거로부터 물려받은 것의 잠식을 통해서 이제 막 파괴되려 하고 있다. 우리의 세계는 외적 폭발과 내적 폭발 둘 다의 위험에 처해 있다."

홉스봄(E. Hobsbawm)의 저서 『극단의 시대—20세기 역사』(Age of Extremes : The Short Twentieth Century, 1914~1991)의 대미를 장식하는 발언이다. 그리고 그는 이 단락의 마지막 말을 "세계는 바뀌어야만 한다"라고 적고, 단락을 바꾸어 첫마디를 "우리는 우리가 어디로 가고 있는지를 모른다"고 쓰고 있다.

정녕 지금 우리는 어디로 가고 있는가.

자본주의 자체는 단 한치의 시간이나 공간도 남김없이 먹어치우며 살찌고 있는데, 역설적으로 물질적 토대와 인류적 삶의 기반은 파괴되어 마치 늙은 나무의 썩어 가는 밑동처럼 불안한 전조를 숨길 수 없다. 하지만 우리 시대를 후기 자본주의라 일컫든지, 아니면 탈산업사회라 일컫든지 지금 우리가 자본주의 체제의 가장 적나라한 모습 앞에 서 있다는 점은 분명할 것이다. 그래서 이런저런 위기담론에도 불구하고 그것은 '겨울'이 아닌 '가을'에나 비유될 법하다. 자본주의의 실패가 아닌 성공 때문에 붕괴의 균열이 일어나고 있다는 것, "이 토대라는 식물은 만개한 후에, 그리고 만개의 결과로 시든다"(『강요』)라는 마르크스의 말을 다시 생각해보아야 할 것이다.

적어도 이 점에서 진정한 '이행'과 '대안'을 생각하지 않는 '위기' 담론은 허무주의나 주관적인 낭만주의의 나락에 떨어지고 말 것이다. 더구나 자본주의에 대항한 무수한 대안의 모색과 실천이 있었다는 것이다. 그러나 엄청난 인류의 희생과 노력, 그리고 부분적인 성공에도 불구하고 거의 모두 실패로 판명되고 있다는 것 역시 잊어서는 안될 20세기의 역사적 경험이라는 점에서 짐은 더욱 무겁다.

이 글이 '세계사적 전환기'와 '민족문학론'을 내건 것도 이런 시대적 정황을 의식한 탓이다. 하나의 대안운동으로 출발하여 그간의 일부 시행착오에도 불구하고 진행 도정에 있는 우리의 민족문학운동이 이런 20세기의 경험과 현단계의 성격에 비추어 '과연 유효한가'를 '민족문학론' 속에서 탐색해보자는 것이다.

2. 80년대 민족문학론의 깊은 뿌리 하나

70년대 이후 남한의 민족문학운동은 그동안 다기한 모습과 함께 때로 착종된 진행과정을 보여주기도 했지만, 그것의 본류는 "맹목적 근대추종과 낭만적 근대부정을 넘어서, 자본주의와 일국 사회주의를 넘어서, 근대성의 쟁취와 근대의 철폐를 자기 안에 통일할 것을 모색"[1]한 것으로 정리될 수 있을 것이다. 그러나 그 내부를 들여다보면 하나의 진행과정·지속과정으로서 이 운동을 받아들이면서도, 아울러 최근에 갱신·쇄신되어야 한다는 문제 의식 또한 공유하면서도, 현재의 상황에 대해서는 다양한 시각이 공존한다.

일례로 최근의 논의 중 몇 가지를 살펴보자.

① '민족문학 위기론'이라는 최근의 관용적인 어법은 '조건의 위기'를 '내적인 위기'와 등치 시키는 오류를 범하고 있는 것 같다.[2]

② 자본주의 이외의 대안적 삶에 대한 전망이 불투명해지고, 국내외적으로 이를 넘어설 집단적 힘이 쇠퇴하고 있는 현상은, 반자본주의적이고 민중적인 전망을 꿈꾸는 문학의 자리를 위태롭게 하는 근본원인이기도 하다.[3]

③ 기존의 민족문학론이 모종의 한계상황에 직면해 있음을 전제

---

1) 최원식, 「한국문학의 근대성을 다시 생각한다」, 『창작과비평』, 1994년 겨울호, 30~31면.
2) 진정석, 「민족문학과 모더니즘」, 『민족문학사연구』 11호, 1997, 26면.
3) 윤지관, 「민족문학에 떠도는 모더니즘의 유령」, 『창작과비평』, 1997년 가을호, 255면.

한다. 90년대 들어 사회현실에 변화의 징후가 감지되면서, 그때까지 전개된 민족문학론 역시 새로운 검증의 자리에 놓여야 했다.[4]

언뜻 유사한 것 같으면서도 '위기'를 보는 시각에는 미묘한 차이가 있다. ①의 진정석(陳正石)은 다 같은 상황변화에도 '자유주의─모더니즘 문학의 활력이 상대적으로 부각되면서, 민족문학─리얼리즘이 이론과 창작의 양 측면에서 공히 심각한 위상저하'를 겪고 있다고 보고, ②의 윤지관(尹志寬)은 예시한 대로 냉전 체제의 해소와 자본주의가 본격적으로 세계체제로서 완성되어 가는 상황이 야기하는 위기 의식에서 민족문학에 대한 갱신의 근거를 찾는다. ③의 신승엽도 윤지관처럼 상황변화를 민족문학 위기의 근본원인으로 제시하지만, 그와 함께 기존 민족문학론 역시 새로운 갱신이 필요함을 강조한다. 이 점에서 윤지관은 기존 민족문학론을 완강하게 고수하는 편이고, 진정석과 신승엽은 서로 다른 입장이지만 기존 민족문학론을 비판하면서 새로운 입론을 모색한 셈이다.

이처럼 민족문학론의 갱신을 다같이 이야기하면서도 왜 그 구체적 내용은 다른가? 그러나 내용의 차이 이전에, 의외로 이들 논의에서 나타나는 80년대 소장파 민족문학론(그리고 그와 연관된 리얼리즘론)에 대한 끈질긴 집착을 눈여겨보아야 한다. 현재 그것에 대한 비판적 태도 표명과 상관없이 그것을 기존 문학론의 주류지대로 상정하여 그것의 형이상학적 전제들에 물들지 않았는가 하는 점이다. 가령 신승엽은 민족문학론의 갱신을 주창하면서 80년대적 담론을 의식한 '새로운 민중문학'을 대안으로 제시하는데, 과거처

---

4) 신승엽, 「민족문학론의 방향조정을 위하여」, 『민족문학사연구』 11호, 6면.

럼 명료하게는 아니지만 여전히 변혁주체의 위계화를 주요과제로 내건다.[5] 이는 신승엽이 말한 사회현실의 변화 속에 운동에 대한 사유 역시 전세계적으로 새로이 구성되고 있음을 간과한 채 여전히 낡은 틀에 속박되어 있음을 말해준다. 즉 그 자신이 강조하기도 한 민족적인 것과 국제적인 것의 구별이 약화됨과 동시에, 주체 구성의 위계론적 사고로부터 탈피하고, 또한 운동들 간의 상호관계에서도 위계화를 벗어나 수평적 연계를 추구하는 등 새로운 방향성에 대한 탐색을 주목할 필요가 있다. 따라서 '전복적' 사고라는 말은 하지만 그 말에 값하는 진정한 자기비판과 갱신이 없다는 비판을 피할 길이 없다. 또한 윤지관에게서는 직접적으로 자신이 수행했던, 혹은 80년대 소장파 민족문학론 자체에 대한 자기비판을 찾아보기 힘들다.[6] 그리고 이들 논의에서 온갖 시행착오를

---

5) "그러나 이제 주체는 자명하게 주어진 것으로 존재하지 않으며, 그래서 실재하는 분화와 차이를 인정할 수밖에 없지만서도, 다른 한편 끊임없이 구성(1930년식 용어로 하자면 '재건')되어가야 하는 것이 아닐까 한다. (……) 더 나아가이 주체의 구성이 결국 자본주의의 전복으로 지향되지 않으면 안된다고 할 때, 기존의 사회주의 내지 맑스주의 이론과 정신은 특히 새로운 민중문학의 창조에 있어 불가결한 자양분이 되어야 하리라 본다."(신승엽, 앞의 글, 21~22면) 또한 그의 '새로운 민중문학' 제창은 그것과 함께 백낙청의 분단 체제론에 대해 분석하면서 하나의 문제로 예시한 '민중의 생활현실'의 상대적 독자성("민중의 구체적인 삶에서 나오는 문제를 모두 분단 체제의 극복으로 수렴하는 것은 다른 것이다")과도 연관된다.

6) 90년대 이후 윤지관이 쓴 글을 시대순으로 읽다 보면 혹시 변화의 양상을 발견할지도 모르겠지만 외견상 자기비판을 생략함으로써 과거의 입장을 여전히 고수한 것으로 보인다. 아주 사소한 예일지 모르지만 '민족문학과 리얼리즘 대 자유주의와 모더니즘'이란 틀에 대해서 "민중론자들 가운데서도 이 구도를 그대로 인정하여 문제를 확대시킨 경우도 없지 않았다"(윤지관, 앞의 글, 265면)라고 했는데, 자신이 참여한 잡지에서 이 구도로 두 번의 특집을 만들지 않았던가. 말이 나온 김에 덧붙이자면, '자유주의=모더니즘' 도식도 폐기되어야

거치며 그 속에 착실히 누적된 성취에 대한 공유가 없는 것도 이와 무관치 않을 것이다. 가령 진정석의 경우 80년대 소장파뿐만 아니라 백낙청의 논의까지 포괄적으로 거론하여 비판하고 있지만, 정과리·성민엽·이광호 등으로 이어지는 낯익은 틀에 기초하여 '대외적인 배타성' '자기동일성의 원리'라는 식의 비판을 민족문학론 전체에 과도하게 적용한다.

그러나 80년대의 악령이 아직도 끈질기게 이 세대를 휘감고 있다면, 아울러 미래의 세대를 위한 매개로서라도 80년대에 대한 발본적인 자기비판 역시 갱신을 위한 하나의 수순일 수 있을 것이다. 사실 지금 그때를 되돌아보면 당시의 세계사 인식이 얼마나 낙후하고 허술한 것이었던가. 화려했던 비평의 광장도 기실 현실과 동떨어진 채 마르크스주의와 주체사상의 팸플릿을 두고 벌인 밀실의 난상토론은 아니었던가. 바로 그 점에서도 알 수 있듯이 이른바 NL·PD적 운동들이 19세기적 관점에 이끌렸다는 사실을 지적하지 않을 수 없다. 1945년 이후 미국헤게모니 시기부터 시작된 새로운 근대성에 대한 도전이 아니라 19세기 영국헤게모니하의 산업적 근대성에 기초한 낡은 저항의 형식을 모방하였던 것이다.[7] 노동자계급에 대한 일국적 이해 문제, 국가권력 쟁취에 모든

할 대상이다. 이른바 '민족문학=리얼리즘' 도식과 짝을 이루는 이것은 보이지 않는 이분법적 도식의 무의식적 반영에 가깝다. 가령 '민족문학=이념, 리얼리즘=방법' 식의 무분별한 적용이다. 또한 이것은 '세계관과 방법' 틀의 기계적 확장이기도 하다. 아울러 자유주의의 대립항이 사회주의라는 점에서 '민족문학=사회주의=리얼리즘'을 암묵적으로 전제한 도식화이기도 하다.

7) 피터 테일러, 「세계 헤게모니에 대한 반체제적 대응들」, 『창작과비평』, 1998년 봄호 참조. 여기서 그는 월러스틴의 세계 체제론에 기초하여 헤게모니와 근대적이라는 것 사이에는 훨씬 더 깊은 문화적 연관이 있음을 설파한다. 예를

것을 귀결시킨 전략의 문제, 예정조화설을 방불한 진보관의 문제 등이 그 손쉬운 예이다. 문학에 국한하더라도 일제하 프로문학의 계승이니 복원이니 하는 사소한 발언에서부터, 이른바 제3전선적 투쟁방식에 입각한 운동방식(러시아혁명을 모델로 정치혁명·경제혁명에 뒤이은 문화혁명식의 사고)과 그에 필연적으로 동반된 과도한 정치편향주의(선전·선동이나 그 일환으로 강조된 대중화, 전위주의나 대중추수주의를 둘러싼 논란 역시 이 점에서 한 몸이다), 관념적 실체론에서 벗어날 길이 없는 반영론에의 집착, 신판 '후꾸모또(福本)주의'적 성격8) 등을 보라.

그런데 세계적 차원에서 80년대 민족문학운동을 좀더 거시적으로 들여다보면 문제는 더욱 심각하다. 특히 대안적 운동사에서 1968년 혁명 이후의 흐름이 보여준 문제 의식과 견줄 때 지금이야말로 그것을 경험 삼아 발본적인 쇄신과 근본에 대한 재인식의 시급성을 새삼 깨닫게 된다. 첫째로 일국적 차원의 국가권력 쟁취와 경제성장이라는 2단계 전략에 대한 회의감의 확산이다. 이는 현실 사회주의권이나 민족해방운동에 성공한 국가들, 그리고 정권획득에 성공한 일부 서방 세계의 사회민주주의까지 어느 하나 만족할 만한 성과를 보여주지 못한 데에 대한 환멸감이다. 둘째로 자본과 노동의 투쟁이 근본적이고 유일한 투쟁이라는 개념에 대한 회의이다. 이는 궁극적으로 2차 대전 이전의 주요한 이론적 근거가 되

들어 사회주의는 대영제국이 건설한 '산업적' 근대성에 대한 저항으로, 환경론은 미국이 건설한 '소비주의적' 근대성에 대한 저항으로 해석한다.
8) 최원식, 「80년대 문학운동의 비판적 점검」, 『생산적 대화를 위하여』, 창작과비평사, 1997, 53면.

었던 마르크스―레닌주의에 기초함으로써 1945년 이후 비약적인 경제성장과 엄청난 사회변화에 조응하지 못한 채 낡은 방식을 여전히 고집하였다는 것이다. 셋째로 생태학, 삶의 질, 그리고 결과적으로 수반되는 모든 것의 상품화라는 관점에서 생산주의의 결과에 대한 기대가 우려로 바뀌어왔다. 넷째로 유토피아 건설의 초석으로서 과학에 대한 신앙이 사라지고 진보가 더 이상 자명하지 않다는 사고가 확산되었다.[9]

적어도 이 점에서 우리의 80년대는 확실히 거꾸로 도는 시계 속에 서 있었던 셈이다. 그리고 우리가 여전히 이런 상태로부터 자유롭지 못한 채 낡은 틀과 사유방식 속에서 허우적거리고 있다면 이는 분명 민족문학론의 위기이자 그 유효성까지도 의심받을 만한 것이다.

3. 90년대의 문제적 징후 두 가지

1990년대도 막바지에 접어든 시점에서 되돌아보면 90년대 문학은 이전의 어떤 시대보다도 양적으로 풍요하다. 특히 어느 때보다도 많은 신진작가들이 등장하여 빠르게 작단의 주류를 형성하였다. 그러나 질적으로 그만한 성과가 뒤따르지 않은, 오히려 그 반

---

9) 이에 대해서는 월러스틴, 『자유주의 이후』(당대 1996)의 제11장 '전략으로서의 혁명과 변혁의 전술' 참조

대의 빈곤과 혼란상태를 노정하였다는 것이 솔직한 진단이다. 무엇보다도 '새로운[新]' 목소리를 높이 올린 젊은 작가들의 작품들에서 이런 부조리가 연출된 것이다.

어쨌든 이러한 상황일수록 작품들이 보여주는 동일성과 유사성의 이면에 놓여 있는 차이를 구별하고, 또 반대로 차별성의 이면에 놓여 있는 본질적인 통일성을 발견해내는 일은 중요하다. 현재를 그 내부로부터 파악하는 일이 쉽지는 않겠지만, 현실변화와 가장 밀착된 이들 신세대문학10)을 통해 내일을 예감해보는 것도 민족문학론의 유효성을 가늠하는 하나의 기준이 될 것이다. 보들레르가 날카롭게 간파한 변동과 변화(순간성·분절성)가 근대생활의 물적 토대를 이룬다면, 그와 연결시켜 '젊음은 근대성의 본질이자 상징적인 중심성'임을 좀더 예각화해 보자는 것이다.

먼저 이들 작품 자체가 보여주는 미학적 질이 예전과는 다르다는 판단에 대부분 동의하리라 본다. 90년대 서두부터 '신세대문학'이란 이름하에 80년대 민족문학을 주된 과녁으로 차별화가 시도되었다. 혼성모방 등 이른바 포스트모더니즘의 일부 현상을 등에 업고 나타났기에 아류 포스트모더니즘으로 쉽사리 치부되고 말았지만, 실제로 이후의 전개과정은 개별 작가가 포스트모더니즘에 대해서 어떤 태도를 취하든, 그리고 구체적 작품내용에서는 다소 차이가 있더라도, 기성문학에 대한 비판과 포스트모더니즘적 성향

---

10) '신세대문학'이란 용어가 여기서 말하고자 하는 의미의 문학을 엄밀히 보장하는 개념은 아니지만, 하나의 관행적인 용어로서 이른바 포스트모더니즘적 성격, 달리 말해 후기 자본주의의 문화논리에 부합하는 문학이란 뜻으로 사용한다.

으로의 전면적 진전이라 할 만한 것들이었다. 그래서 선배세대로 서는 신세대문학에 대해 비교적 우호적인 김병익(金炳翼)의 다음과 같은 분석은 분석 자체로서는 대체로 수긍할 만하다. "인간과 인간 간의 총체적인 대면, 세계에 대한 통찰, 운명에 대한 정열, 무거운 실존에 대한 고뇌가 줄어들고, 타인과의 부분적인 관계 맺음, 즉흥적인 태도 선택, 책임에 대한 회피, 경쾌한 즐거움의 추구, 반성 없는 사유, 솔직한 감수성 등등이 지배적인 성향으로 발전하리라는 것이 그것이고, 바로 그 점들이 전시대의 가치관과 작가들의 비난의 대상이 되는 것이다."11)

그런데 김병익은 단순한 신구 대립을 넘어서 이들 문학을 적극 옹호하는 입장을 취한다.12) 그 역시 기성문학 전반에 대한 폐기를 주장하지는 않지만 이들 문학에 대한 '폭넓은 검토와 대담한 수용의 태도' 없이는 미래의 문학이 불가능함을 확신한다. 이러한 인식에 따르면 민족문학론은 이미 시효가 지난 것으로 규정될 수밖에 없다. 실제로 그는 민족문학의 현재 상황에 대해서 이미 위기론조차 거론되지 않는 상태라며, 위기 극복은커녕 발언할 기력마

---

11) 김병익, 「신세대와 새로운 삶의 양식, 그리고 문학」, 『새로운 글쓰기와 문학의 진정성』, 문학과지성사, 1997, 29면.

12) 그의 입장을 간단히 요약하면 다음과 같다. ① '신세대'의 삶의 양식과 그들의 정서구조는 기성의 그것과 현저하게 다르다. 그것들은 그들 방식의 문학을 창출해낼 것이다. ② 문학사는 끈질기게 자신의 전통에 대한 도전을 스크린하면서 다른 한편으로 그것들을 끌어안아 옴으로써 그 자신의 생명을 키워내고 그 내용을 풍요하게 만들어왔다. ③ 우리는 이 시대의 이러한 변화들을 지금은 '신세대'라는 다분히 야유적인 의미로 접근하고 있지만, 그것이 단순히 '세기말적인' 일회적 현상인지 '새로운 세기'의 문학적 혹은 문화적 대비인지를, 더 나아가 그것들이 일종의 패러다임의 전환으로서의 가능성을 가진 것인지를 살펴보아야 한다. 같은 글, 35~36면 참조.

저 쇠진되고 문학적 쟁점으로서의 문제성도 효력을 상실했다고 진단한다. 한마디로 우리 사회가 바뀌고 있고 우리 독자들이 변화하고 있으며, 우리 문학이 옮겨가고 있다는 것이다.

사태가 정말 그러하다면 민족문학론은 유효성을 묻기 전에 90년대를 거치면서 이미 사망선고가 내려진 상황이 아닌가.

1980년대적 소장파 민족문학론이 갱신에 값할 만큼의 이론적 실천이 없었다는 점은 이미 지적한 바 있지만, 현단계 인식 역시 철저하지 않다는 것이 필자의 소견이다. 대다수의 논자들이 현실사회주의권의 몰락과 자본주의의 전지구적 확대, 그리고 그에 따른 현실변화를 현단계 인식의 공통소로 지적하지만, 구체적 내용에서는 역시 상당한 편차가 있다. 첫째로 윤지관처럼 민족위기의 인식에서 출발한 민족문학론에 이러한 상황이 더 불리한 조건을 형성하고 있다는 입장이 있다.13) 그러나 90년대의 상황변화가 '얼결에 조성된 민족존망의 위기' 정도에 불과한 것일까. 둘째로 신승엽처럼 실질적인 변화를 강조하는 입장이 있다. 그는 민중의 현실을 문제삼으면서, 자본주의의 전지구화와 더불어 그것이 일상적인 삶까지 침투한 결과 민중의 현실에까지 나타난 '개인의 단자화'를 주목한다. 그러나 이 역시 변화의 특정 일면만을 지나치게 일반화한 것은 아닌가. 적어도 두 입장을 놓고 보면 말로는 현실

---

13) "사실 최근의 국제적인 일련의 사태변화는 단순히 국가간 무역구조의 재조정에 머무는 것이 아니라, 크게는 세계질서의 재편과 작게는 민족단위 사회구성원들의 생활양식에 대한 변화까지 요구하고 있는 듯 보인다. 이처럼 얼결에 조성된 '민족존망의 위기'에 처하여 평소 민족위기의 인식에서 출발해야 함을 누누이 역설해온 민족문학의 대응이 없을 수 없겠다." 윤지관, 「상품인가 물건인가」, 『리얼리즘의 옹호』, 실천문학사 1996, 35면.

변화에 능동적으로 대처하지 못함을 비판하면서도 그 자신들 역시 동일한 처지임을 자인하는 셈이다. 좀더 솔직하자면 아직도 80년대 사고틀에 속박되어 그만큼 현실변화에 둔감한, 그러면서 결과적으로 안이한 현실론에 안주하는 것은 아닌가 하는 의심을 품게 한다.

1990년대를 거치면서 우리 자신들에게 정작 필요한 인식은 기록된 역사에서 가장 크고 가장 급속한 변동의 시기를 지금 막 통과하고 있다는 자각은 아닐까. 이른바 후기자본주의이자 순수한 자본주의라 일컬을 정도인 자본주의의 한 정점을 우리가 지금 살고 있는 것, 다른 어떤 나라보다도 짧은 시간에 이루어진 '압축성장'으로 상징되는 급격한 사회문화적 변동이기에 그 변화의 본질을 움켜쥐기가 더욱 힘들다는 것을 바로 90년대만큼 실감나게 보여준 시기는 없으리라. 실제 이론의 정합성을 제대로 따질 겨를도 없이 이론 자체에 대한 무관심과 불신이 이처럼 확연하게 눈에 드러난 것도, 사회 전체와의 맥락과 연결 속에서 성장해왔던 각종 지식분야가 각자의 영역 안에서 자족적인 시장으로 급격히 분할되는 사태도, 그리하여 비평의 사회적 소외가 이처럼 순식간에 확산된 것도 일찍이 볼 수 없었던 현상이다.

이 점에서 적어도 홉스봄이 표현한 '황금시대'(1947~73년)가 낳은 경제적·사회적·문화적 변동의 엄청난 규모와 충격을 간과할 수 없다. "세 번째 천년기에 20세기를 다룰 역사가들은 아마도 20세기가 역사에 미친 주된 영향을 바로 이 놀랄 만한 시기의 영향으로 볼 것이다. 왜냐하면 그 영향으로 인한 전세계의 인간생활의 변화는 뒤집을 수 없을 만큼 깊었기 때문이다."14) 기록된 역사에서 가장 크고 가장 급속하고 가장 근본적인 변동이기에 '자본주의'와 '공산주의'의 대결의 역사는 긴 안목으로 보자면 16~17세기 종교전쟁이나 십자군에 비견될 정도로 역사적 중요성이 덜할 것이라고 홉스봄은 단언한다. 바로 이러한 특징이 우리의 경우 90년대에 전면화되고 있는 것은 아닐까.

근년에 활발히 논의되었던 주제 가운데 하나가 '근대성'에 관한 것이었다. 그러나 시간이 흐를수록 진부해지고 오히려 관념화된 경향이 농후해진 듯하다. 아마도 앤더슨(P. Anderson)이 경계한 함정, 즉 근대성이란 개념이 지나치게 포괄적이기에 희석되거나 진부한 것이 되기 쉬운 위험으로부터 스스로를 건져내지 못했기 때문일 것이다.15) 지금 이 시기에 중요한 것은 새로운 현실변화에 걸맞은 새로운 근대성의 범주와 내용을 찾아내는 일이다. 곧 근대적 산업과 생산양식을 넘어서서 후기자본주의의 소비문화와 인간의 존재방식에 대한 재인식을 뜻하는, 산업적 근대성이 아닌 소비주의에 기반한 새로운 근대성에 대한 엄정한 이해이다.

두 번째로 지적하고 싶은 사항은 이전 시대와는 다른 세대 문제이다. 앞 문제와 상호연관되는 것이지만, 사실 우리 시대의 가장 섬뜩한 현상들 중의 하나는 물질적 불평등과 그 한계점 못지 않게

---

14) 홉스봄, 『극단의 시대―20세기의 역사』(상), 까치, 1997, 23면.
15) "만약 근대적인 것이 단순히 새로운 것을 의미한다거나 시간이 지나면 근대적인 전진이 보장된다면, 최근이나 현재의 모든 경험은 동등하게 유효하거나 의미 있게 된다. 그러면 도처에 깊은 수동성과 순응주의만이 도사리게 되고, 우리가 죽은 현실이라 부를 수 있는 것에 대한 무기력한 집착만이 남는다." 페리 앤더슨, 「근대성과 혁명」, 『마르크스와 포스트모더니즘』, 이론과실천, 1993, 175면.

과거의 파괴, 다시 말해서 한 사람의 당대 경험을 이전 세대들의
경험과 연결시키는 사회적 메커니즘이 파괴되고 있다는 사실이다.
이 점에서 특별히 세대 문제를 진지하게 거론하지 않을 수 없는
상황에 이르렀다. 도시화와 고등교육의 확산에 따른 대학생들의
폭발적 증가가 야기한 여러 현상들(학생운동, 청년문화, 세대간의 차이)
은 사회문화의 변동과 깊은 연관이 있다. 흔히 청년문화의 특징으
로 거론되는 두 가지 측면, 즉 민중적 측면과 도덕률 폐기론적 측
면이 우리의 경우에도 80년대와 90년대에 급작스레 교체되어 나타
났다. 후자에서 드러나는 철저히 자기중심적인 개인주의 가치관은
지금 시대의 비공식적인 실질적 지배이데올로기라고까지 말할 수
있을 것이다. 이러한 상황이 극단적인 자유시장·자유주의·포스
트모더니즘 등 다양한 이론들을 통해서 이데올로기적으로 표현되
고, 이들은 판단과 가치의 문제를 전적으로 회피한 채 개인의 무
제한적 자유를 유일한 공통요소로 하여 상호 의기투합한다.

90년대의 젊은 작가들 작품의 주류적 경향도 이와 무관하지 않
다. 90년대 화제작의 하나인 장정일(蔣正一)의 『너희가 재즈를 믿느
냐』도 이 점에서 마르쿠제(H. Marcuse)가 말한 '억압적 탈승화'의 측
면에서 바라볼 만하다. 즉 소비 중심적인 고도 산업사회에서는 리
비도의 억압적 변용인 '승화'보다는 거꾸로 욕구충족을 내놓고 부
추기는 '탈승화'가 핵심적인 억압기제라는 사실을 역설적으로 보
여준다. 이른바 '재즈적 글쓰기'라 명명된 글쓰기 방식에 내재된,
기억이 과거를 되살릴 때 시간과 공간이 힘을 잃는 이러한 시간과
공간의 패배는 궁극적으로 현실에 대한 패배이며, 다만 일시적인
눈속임에 불과한, 비유컨대 문학영역에서만 자유를 얻어 제멋대로

뛰어다니는 장난은 아닌가.

더구나 자본주의의 진전과 더불어 전자영상매체·정보매체의 일상화가 삶에 가하는 변형의 문제, 즉 '시공간 압축현상'이 젊은 세대로 내려갈수록 심화되고 있다는 사실도 유의할 필요가 있다. 하비(D. Harvey)의 표현에 따르면 "공간과 시간의 객관적 성질들이 아주 급격하게 변화하여 우리가 세상을 표현하는 방법을 바꾸어야 하는(때로는 완전히 근본적으로) 과정을 가리킨다."16) 일종의 구체적인 장소감과 시간성이 결핍된 환상 속의 시공간을 선호하고 그에 따라 서사보다는 시각적 감수성과 심미적 이미지 위주의 기술성이 노골화됨으로써 '재현의 위기'가 초래된다는 것이다. 말하자면 개별 인간의 몸이 스스로의 위치를 찾고, 가까운 주변을 제대로 체계화하고 또 그 위치를 외부 세계 속에서 인지할 수 있게끔 지도로 그려내는 능력을 고갈시키고 있다.17)

사실 위에 지적한 두 가지 주요한 변모양상을 유념한다면 지금 우리는 근대의 새로운 역사적 국면 앞에 매우 혼란된 상태로 떠밀려 들어가고 있는 셈이다. 자본주의가 놀라운 속도로 경계를 지우며 시간과 공간을 잠식하는 상황에서, 지극히 개인적이면서 동시

---

16) 데이비드 하비, 『포스트모더니티의 조건』, 한울, 1995, 294면.

17) 이 점에서 다음과 같은 발언은 이들 세대의 정직한 고백록이다. "이번에 독자들께 내보이는 저의 소설은 종합잡지와 같은 '읽을거리'에 지나지 않습니다. 저는 저의 '서사부대'가 번번이 '정보부대'에 패하고 마는 것을 느꼈습니다. 저의 '서사'를 지키기 위해서는 '서사' 속으로 마구잡이로 유입되어 들어오는 '정보'를 차단해야 하는데, 그것을 막아줄 '경험부대'와 '사유부대'는 애초에 전멸해버리고 말았습니다. '경험'과 '사유'의 전멸. 그것이 우리들 신세대문학의 경박한 특징이고 약점이자 한계입니다."(장정일, 「작가 후기」, 『너에게 나를 보낸다』, 미학사, 1992)

에 인류적인 아이로 착각하는 세대에게 '민족문학론'의 자리가 쉽사리 주어질 리 없다. 민족문학을 단순한 민족주의 문학으로 곡해하는 기이한 현상, 민족주의나 민족 자체를 아예 터부시하는 맹목성이 앵무새처럼 되풀이되는 것도 이와 무관치 않을 것이다. 이런 세대 문제와 관련하여 아직 그렇지 않은 세대가 많다는 데 희망을 가질지 모른다. 그러나 자본주의의 놀라운 파괴력과 그것의 잠식력을 우리가 수긍한다면 민족문학론은 분명 중대한 위기에 처해 있는 것이고, 이는 곧 민족문학론의 유효성을 충분히 의심해봄직하다는 것을 말한다.

4. 민족문학론의 미래와 전망

민족문학론의 위기를 넘어서 그 유효성까지 의심하는 주장이 제1의 조건으로 내세우는 것은 현실의 변화이다. 현실의 변화에 따라 아예 민족문학이 설 자리가 없게 되었다는 것이다. 앞에서 살펴본 신세대문학과 그것의 역사적 필연성과 정당성을 믿는다면 정말 그럴 수밖에 없을 것이다. 그러나 신세대문학이 포스트모더니즘적 성향을 보이고, 이것이 전세계적으로 보편화된 징후이자 현존 자본주의 체제의 문화논리이고, 그 결과 인류와 역사를 파괴하는 위기의 징후라면, 하나의 대안운동으로서 출발한 민족문학운동의 존재 의미는 그것이 위협당하는 만큼이나 커진다. 따라서 현재의 전지구적 자본주의 체제가 과연 온당한가, 그리고 그것의 문화적 논리로 작동하는 포스트모더니즘을 일방적으로 수용할 수 있는가에 대한 태도표명이 선행되어야 한다.

그런데 민족문학 사멸론과 관련하여(혹은 위기론에서도) 흔히 제시하는 물증 하나가 작품이 없다거나 작품의 질이 예전보다 떨어진다는 진단이다. 여기서 이 문제를 거론할 여가는 없지만, 만족할 만한 성취는 아니더라도 적지 않은 성취가 있다는 것이 나의 견해이다. 그러나 설혹 그 이전에 비해서 질적인 약화가 있더라도 이 자체가 결정적인 잣대인가 하는 점이 의문이다. 오히려 그런 식의 사고야말로 우리 시대의 악당사전에 올라 있는 '진화론적 진보관'의 노골적인 투영이 아니겠는가.

그렇다면 결국 현재까지의 민족문학론이 현단계의 역사적 성격과 현실 변화에 걸맞은 내용을 갖추었는가가 관건일 것이다. 앞서 민족문학론의 자기성취에 대한 기본적인 공유가 부족함은 잠깐 지적한 바 있지만, 80년대에 대한 냉정한 자기비판만큼이나 중요한 인식은 70년대부터 지속되어 온 민족문학운동 속에 세계사의 흐름과 긴밀히 조응하면서 이루어진 정당한 자기갱신의 노력에 대한 엄정한 가치부여일 것이다. 가령 고은(高銀)은 1993년의 한 대담에서 "이제 90년대도 중반기를 향하는 마당인데 문학적 사고의 언저리는 여전히 80년대에 예속된 상태"라 진단하고, "세월에 맡겨 침전할 것은 침전하게 되고 남아서 꽃피울 것은 남아서 자라날 것"이라는 견지하에 민족문학의 '제2기 진입'을 말하면서 단편적이나마 여러 가지 모색을 내놓기도 했다.18) 어쨌든 이 지점에서 소장파들도 자인하는 백낙청(白樂晴)의 선도적인 갱신작업은 민족문학론의 유효성을 세계사적 시각 속에서 환기시켜주는 바 크다.

따라서 이 문제를 다루는 데서도 그간의 상투화된 '주류' 개념으로 접근하는 방식에서 탈피해야 한다. 이를테면 80년대의 주류였던 소장평론가들과 90년대의 주류로 재차 떠오른 중견평론가들이라는 식의 접근이 그런 예가 될 것이다.[19] 사실 백낙청의 초기 글부터가 68년 이후 세계사의 흐름과 긴밀히 맞물려 있음을 쉽게 포착할 수 있다. 그는 현재의 자본주의 체제뿐만 아니라 현실 사회주의권에 대해서도 비판적인 입장에 서서 주체적인 제3세계의 시각을 지속적으로 개진해왔으며, 적어도 자본과 노동의 투쟁이 근본적이고 유일한 투쟁이라는 방식에도 비판적인 입장을 취했다. 또한 (그 자신의 리얼리즘론과도 연결되는) 과학에 대한 신앙 및 당연시되었던 진보에 대한 관념에 관해서도 80년대 소장파와는 달리 일찍부터 문제삼으면서 '형이상학'의 극복과 관련시켜 진리 문제에의 인식을 계속 진전시켜 왔다. 이러한 것들은 80년대 소장파 민족문학론의 발본적 비판과 맞물린 문제이며, 동시에 그것의 주류성 해소를 촉구하는 실제적인 계기들이고, 또한 이런 폭넓은 수준에서 민족문학론의 갱신작업이 이루어져야 함을 의미하는 것

---

18) 고은·백낙청 대담, 「미래를 여는 우리의 시각을 찾아」, 『창작과비평』, 1993년 봄호, 51~52면 참조.

19) 가령 진정석은 "90년대에 이루어진 리얼리즘론의 '심화'와 '내실화'는 일종의 '세대 논쟁'을 통해 이루어졌다. 80년대 후반부터 90년대 초반까지 민족문학-리얼리즘 논쟁을 주도한 소장평론가들의 급진적 리얼리즘론이 노출한 한계들, 이들에 의해 이른바 '소시민적 민족문학자'로 매도되었던 중견평론가들이 극복해가는 과정이 90년대 주류적 리얼리즘론의 성립사라고 할 수 있기 때문이다"(앞의 글, 29면)라고 하면서 백낙청을 중심으로 염무웅·구중서를 포함시켜 유례 없는 '역세대 교체' 현상이라 명명한다.

이기도 하다.

다만 전지구적 자본주의화와 일국적 차원의 운동에 대한 한계 및 그런 실례의 하나인 민족해방운동(국가권력 쟁취 후 경제발전이라는 2단계 전략)의 실패와 관련해서, 민족문학론과 직결되는 분단이란 특수한 상황에 처해 있기에 민족 문제의 해결이 아직도 미완의 과제이자 당면 과제가 될 수밖에 없는 우리의 경우를 다시금 되돌아보는 일은 필요하다.[20]

그런데 민족문학론의 갱신과 관련하여 가장 도발적인 문제제기의 하나가 백낙청으로부터 제출된 바 있다. 즉 "분단된 한쪽만의 국민문학이 아닌 민족 전체의 민족문학이기를 지향하는 자세를 고수하면서도, 지금 이곳의 남한사회에서 대중성을 확보하고 남한사회의 상대적 독자성에 부응한다는 의미에서의 '남한의 국민문학'도 겸하기 위한 좀더 적극적인 노력을 벌일 단계에 왔다"는 것이다.[21] 그 자신 "곡예라면 곡예"라고 표현한 대로, 민족문학론이 그간 타기해 왔던 '분단을 수용하는 문학'이란 적(敵)을 끌어안은 듯한 모양새를 취한 것이다. 물론 예시된 대로 그것은 아니지만 남한사회의 상대적 독자성과 정통성에 대한 환기는 진지하게 사

---

20) 이에 대해 백낙청은 민족과 국가를 결합하는 이상적인 형태로서의 국민국가가 현재의 지구화시대에 더 이상의 권위를 누리지 못한다는 점을 지적하면서, 동시에 전지구적 자본주의화가 계속 진전되더라도 열국 체제가 필수요소인 한, 민족들과 국민국가들(혹은 그 잔재들)이 엄연한 현실의 일부요 우리의 지속적인 관심사가 될 것임을 강조한다. 또한 분단 체제의 바람직한 극복이 민족국가의 고정관념에 따른 것이 아닌 지구화시대 다수 민중의 현실적 요구에 부응하는 국가구조의 창안을 이끌어내는 통일을 지향하는 것이라면, 이 또한 위기를 기회로 전환하는 노력의 하나가 되리라고 전망한다. 백낙청, 「지구화시대의 민족과 문학」, 『내일을 여는 작가』 1997년 1~2월호.
21) 백낙청, 「지구시대의 민족문학」, 『창작과비평』 1993년 가을호, 121면.

고될 필요가 있다. 벌써 반세기를 넘은 분단상태(더군다나 우리의 근대가 이제 한 세기를 막 지난 상태임을 감안하면)에서 비록 강요된 분단으로 시작되었지만 서로 다른 국가적 성격과 그에 따른 각기 다른 내적 변화와 과제의 차이는 무시할 수 없는 상태이며, 남북은 각기 다른 국민감정의 존재를 충분히 상정할 수 있을 만큼 이질화된 단계에까지 왔다고 해야 할 것이다. 또한 분단 체제가 전세계적 냉전 체제와 맞물려 일종의 밀회적인 평형상태에서 그것의 붕괴와 함께 차츰 불균형상태로 돌입하고 있는 현실 역시 국민문학적 성격을 강화시키는 한 요인이다.

적어도 이 점에서 소장파의 1980년대 민중·민족문학운동이 보여준 반국적 시각의 일면에는, 지금의 생각이지만 이러한 국민문학적 시각이 강하게 담겨 있다고 보아야 하며, 동시에 세대가 내려갈수록 그러한 면모가 더욱 강해지리라 예상할 수 있다. 북한을 인도적 대상으로 바라보는 시각 속에는 보이지 않게 남한만의 자족적 분위기 또한 이미 배태되고 있다 할 것이다. 그러므로 이런 단계에서 일방적 차별화가 아닌, 북한과는 다른 남한만의 독특한 역사적 경험과 정서, 생활양식을 통일의 창조적 밑거름으로 삼기 위한 남한 고유의 체험에도 각별한 분별력과 정통성을 갖추어야 겠다는 것이다.

한편 민족문학론은 그동안 농민문학론·노동문학론·제3세계문학론 등 다양한 층위와 교섭하면서 심화·발전되었듯이 이 시대가 요청하는 다양한 운동과의 연계도 필요하다. 페미니즘문학론이나 생태주의문학론 등이 그런 예에 해당될 것인데, 그 과정에서 민족문학론은 이제 다양한 층위에서 스스로 해체되기도 하고 또

재결합도 하는 하나의 목소리, 하나의 움직임으로 작동되어야 할 것이다. 이른바 민족운동으로 통합되는 여러 속성을 과학적 인식에 근거하여 체계화했던 기존의 방식과는 구별되는 연계를 모색해야 한다는 의미이다. 더구나 일국주의 운동의 한계가 분명해진 상황에서, 나아가 국제적 혹은 지역적 차원의 다양한 운동네트워크가 활발해진 상황에서 이 모든 것을 민족문학론으로만 수렴하는 일은 경계되어야 한다.

독점과 불평등에 대한 다양한 싸움이 하나이면서 동일한 투쟁이라는 평등주의적 관점, 즉 모든 차원에서 인간 아래 인간이 존재함을 용납치 않는 철저한 관점을 다양한 수준에서 다양한 방식으로 실천하는 일이야말로 중요하다. 오히려 그 점에서 민족문학론은 상이한 저항 핵심들 사이의 민주적 소통을 모색하는 방향으로 나아갈 필요는 없을까. 최근 멕시코의 사빠띠스따(Zapatista) 운동의 실천전략이 그러한 좋은 예로 보이는데, 이런저런 저항을 직접적인 통일된 형태로 위계화하는 대신, 투쟁들 사이에 공통적인 것을 표현하고 그것의 동시적 실천을 위한 계기를 찾아내는 일이 바로 그것이다. 가령 그들이 제창한 '존엄성'·'희망'·'삶'은 민족문학론으로서도, 나아가 문학 본연의 정신과도 상통하는 바 커서 흥미롭다.22) 이 점에서 과거와 같은 '민족문학 진영' 개념은 해체되어야 하며, 차이를 존중하는 다전선전략에 근거한 다양한 자아실현과 민주주의의 지향을 포용해야 한다.

그런데 무엇보다 자본주의 세계 체제가 자신의 이익을 위해 문

---

22) 해리 클리버, 『사빠띠스따』, 갈무리, 1998, 426면.

화에까지 상품논리를 전면화하는 단계에서 굳이 어떤 이념형이나 운동성, 가령 민족문학론을 내세우기 전에 인류가 어렵게 획득한 문학 자체의 본성을 사수하는, 근원적 위협에 맞선 근원적 방어가 우선적으로 급무인 단계에 왔는지도 모른다.[23) 따라서 민족문학론에서 설정된 과제의 이론적 실천만큼이나 중요한 일은 문학과 인간의 근원적인 동력과 활력을 되찾기 위한 작업일 것이다. 그동안 민족문학론의 자기 당위성을 확보하는 방식 중의 하나가 착취와 빈곤, 그리고 불행이라는 민족적·민중적 삶의 조건에서 출발하여 특정한 과제를 제기하는 방식이었다. 그 결과 일종의 전위적 계획에 따라 이해된 과제가 민중 희망의 실현으로 제시됨으로써 민중은 보이지 않게 대상화되어 버렸다. 그러나 어떠한 조건에도 불구하고 민중들이 스스로 희망을 가질 수 있고, 스스로 통치할 수 있으며, 자신들의 필요를 충족시키기 위해 무엇을 할 것인가를 물을 수 있는 존엄한 주체적 인간임을 잊어서는 안될 것이다. 인간이 자본에 의해 일방적으로 정의될 수만은 없다. 많은 경우 삶의 공

---

23) 이 점에서 문학 본연의 창조성에 대한 탐구는 앞으로 더욱 중요한 가치를 지닐 것이다. 따라서 하이데거가 꿈꾸었던 철학을 의미하는 형이상학보다 더 근본적으로 사유하는 '지혜의 사랑' 같은, 동양적 의미에서 그때그때 끊임없이 물으며 걸어가야 할 도(道)와 같은 그런 근원을 찾으려는 사유법의 문제도 중요하다. 최근의 '형이상학' 극복에 대한 관심도 이런 문제 의식과 결합되어야만 온전한 성과를 거둘 것이다. 그런데 백낙청의 이에 대한 관심을 문학 자체의 보편적·초역사적 본질론에 가까운 것으로 규정하면서 근대성의 미적 범주와 연결되기 어렵고, 리얼리즘론과 민족문학론과의 관계도 그다지 선명하지 못하다는 비판(진정석, 앞의 글, 41면)은 우리 자신이 여전히 근대의 형이상학적 전제들에 붙들려 있음을 보여준다. 방민호 역시 그 지점에서 '반영'을 둘러싼 논의의 혼돈을 보여준다(「리얼리즘의 비판적 인식」, 『창작과비평』, 1997년 겨울호). 그 외에도 유심론이라든가 초월론이라는 백낙청 비판의 한 집결체가 이곳에 있다.

간은 자본의 외부에 있다. 자본이 비록 삶의 다양성에 접근하여 그것을 동질화하거나 위계화하지만 삶의 에너지가 자본으로만 환원되거나 그것에 일방적으로 소유당하지는 않는다. 자기 가치화하는 삶의 힘이 우리에게 있다는 사실, 그리고 그러한 역사적 선택을 매순간 우리가 하고 있다는 것, 희망을 근거로 한 인간의 존엄한 삶이야말로 모든 변혁적 힘의 원천임을 신뢰하는 것이 결코 무대책은 아닐 것이다.

그러나 '위기와 이행의 시대'라는 오늘의 특수한 역사적 국면에서 이런 문제 의식은 새로운 문명에 대한 모색으로까지 진전되어야 할 법하다. 우리 앞에 놓여진 과제가 역사의 진보에 대한 목적론적 설정이 아닌 역사적 선택이라 한다면 문명론의 모색은 필수적이다. 새로운 생산양식 속에서 일상생활의 모습, 인간의 감정이나 정서의 문제, 인간과 우주, 인간과 자연과의 관계 등의 모든 것이 지금부터 어떻게 변하는 게 바람직한가를 끊임없이 묻고 가능한 한 구체적으로 상상해보려는 자세가 그것이다. 특히 동아시아 문명권 속에서 살아온 민족으로서 우리의 문명적 자산을 어떻게 세계사적인 문제 해결에 동원할 수 있을 것인가. 이것은 대안적 생산양식을 모색하는 과정에서도 중요하게 고려되어야 할 뿐만 아니라 실제로 개개인의 존재양식과 무관한 것이 아니다. 더구나 시간이 흐를수록 역사적 경험의 단절이 심화되어 가는 상황이기에 더욱 화급한 문제이기도 하다.

그 어느 때보다도 현재의 자본주의 세계 체제는 민족문학론에 적대적이다. 그렇다면 민족문학론은 과연 앞으로도 계속 유효할 것인가. 이제껏 발언한 바에 따르면 당연히 그렇다고 해야 할 것이다. 위기를 먹고 자라온 지금까지의 역사가 그러하거니와, 상식적으로라도 현체제에 대한 굴복이 아니라면 대안운동으로서의 역사를 지금 끝낼 수는 없는 일이다. 그러나 많은 것들이 무너지고, 비록 정당하더라도 그 값어치를 쉽게 인정받을 수 없는 혼미한 시대이기에 '그렇다'라고 성급히 말하는 것만이 능사는 아닐 것이다. 오히려 예전보다 훨씬 힘든 상황에 훨씬 많은 과제가 부과된 상황이기에—그렇기 때문에 꼭 '민족문학론'이란 이름만으로 해결될 것은 아니지만—그것은 스스로 제기한 문제 의식의 정당성과 함께 구체적으로 실행하는 과정에서 지속적으로 되물어져야 할 질문이다. 민족문학론의 운명도 다른 어떤 것과 마찬가지로 그 구체적 성취 속에서 자신의 이름에 값할 것이며, 또 그만큼의 무게로 자연스럽게 불릴 것이다. 그런 점에서 이 말을 하나의 '간판'처럼 지나치게 남용하는 일은 가능한 한 피하는 게 좋다. 이미 충분한 자기 역사를 가졌다고 자부한다면, 말없는 외유내강의 느긋하면서도 단호한 실천이야말로 민족문학론 자체를 튼실하게 하는 하나의 바람직한 길이기도 할 것이다.

20세기 한국과 리얼리즘론의 공과

1.

거대한 하나의 시간대가 이제 끝나가고 이제 새로운 시간대가 우리 앞에 그야말로 바짝 다가왔다. 아마도 천 년과 한 세기가 동시에 접착되어 있기에 그 체감은 더욱 큰 듯하다. 물론 나날의 삶을 따르다 보면 그것은 단순한 숫자의 변환에 불과하다. 그래서 실제의 실감은 마치 축제날을 기다리는 듯한 약간의 흥분기를 동반한 심리적 상태가 아닐까. 그러나 오늘 발을 딛고 있는 현실과 지나온 역사를 조금만 되새기면 그 변환은 자못 의미심장하게 다가온다. 사실 천 년이란 실감보다는 한 세기, 즉 20세기가 끝났다는 사실이 우리에겐 각별한 것이다. 우리의 경우 '근대'란 것이 20

세기와 톱니바퀴처럼 맞물려 돌아갔기 때문이다. 그것은 문학분야에서도 마찬가지이다. 더구나 90년대 들어서 그런 근대에 대항한 '탈·이후(Post)' 논의까지 부분적으로, 그러나 왕성하게 제기된 상황이기에 숫자의 구획이 내용의 구획까지 어느 추동하고 있다. 알게 모르게 실제 역사가 오늘 이 시간에 어떤 매듭을 요구하고 있는 것이다. 덧붙여 이전의 비평 논의에 비하여 최근의 모습은 명백한 답보상태 내지는 극도의 단자화된 분열상태를 보여주는 현실도 그런 자세를 우리에게 강박한다.

아마도 오늘 이 자리도 그런 의도에서 준비된 것으로 생각한다. 말하자면 이런 거대 시기에 스스로 의미망을 구축하며 하나의 역사적 생명체를 형성한 문학담론에 대해서 거대 시기만큼의 무게로 되돌아보자는 의도일 것이다.

2.

리얼리즘론은 보기 드물게 근대 문학이 자리잡음과 동시에 지금에 이르기까지 우리 문학사 전체를 꿰뚫고 지나가는 거대한 이론적 산맥의 하나이다. 저 1920~30년대를 가로질러, 다시 해방 직후, 그리고 70년대 이후 오늘에 이르기까지 누구도 부인할 수 없는 명백한 형체로 이어져 왔다. 그 점에서 우리 근대문학사에서 리얼리즘론만큼 하나의 독자적 담론으로서 강력한 생명력을 가진 것은 없다 할 것이다. 그렇기 때문에 그것은 우리가 문학사에서 흔히 접하게 되는 하나의 예술유파나 사조 개념과 구별되는 지속적인 흐름을 보여준다. 실제로 리얼리즘론은 그와 짝을 이루는 또 다른 문학담론과 함께 일종의 운동적 역사를 구성한다. '프로문학' '민족문학' 등 문학이념, 때로 문학진영이라 일컬어지기도 하는 것이 바로 그것이다. 그러나 이 양자의 관계에서도 오히려 문학이념이나 진영의 변화에도 불구하고 리얼리즘론은 문학 자체의 토양에서 발원하여 하나의 문학이념과 진영을 뒷받침해주는 바로미터 역할을 해왔다.

물론 그때그때의 리얼리즘론이 동일한 이론의 단순반복은 아니었다. 그 담론을 둘러싸고 안팎으로 여러 논전과 논의가 끊임없이 전개되어왔고, 그에 따라 담론의 구성 역시 변화되어 갔다. 리얼리즘론 역시 그 추이를 살펴보면 단절의 시기가 있다. 1950년대가 바로 그것으로, 이 시기는 남북 분단의 고착화로 특징된다. 이에 따라 문학 주체들이 남북으로 양분되면서 남한에서도 일종의 공백상태·단층상태가 나타난 것이다. 일제시대부터 해방직후까지의 리얼리즘론이 분명한 연속선상을 이루고 자기전개를 이루어왔다면, 70년대 이후 본격화된 지금의 리얼리즘론 역시 60년대 이후의 새로운 문학적 실천 속에서 싹터 나와 지금에 이르고 있는 것이다. 더구나 1950년대가 자연적인 자기 단층이 아니라 인위적인 차단과 분리의 시대였다는 점에서 70년대 이후 리얼리즘론은 앞선 시대의 것을 의식적으로든 무의식적으로든 염두에 두고 자기 발전해왔던 점을 무시할 수 없다.

3.

　원래 발제자에게 주어진 주제는 리얼리즘'론'이 아닌 '논쟁'이었다. 물론 논쟁사의 측면에서도 리얼리즘 논쟁은 능히 그 선두에 설만큼 뚜렷한 싸움의 역사를 가지고 있다. 그러나 발제자는 이 자리에서 좀더 다른 각도로 이 문제를 이끌 생각이다. 우선 짧은 시간과 지면에 가장 치열했고 양적으로 풍요로웠던 이 논쟁을 요령 있게 정리하는 일조차도 능력에 부칠 뿐더러, 그보다는 논쟁 자체가 문학사를 이해하는데 과연 얼마나 타당한 것인가 하는 의문을 지울 수 없기 때문이다. 특정 문학적 시대를 체계화할 때 우리에게 익숙한 방식중의 하나가 논쟁 중심의 서술이었다. 실제로 근대문학 초창기의 '내용―형식 논쟁'부터 시작하여 우리 비평은 논쟁을 통해 비평의 독자적 영역을 형성시켜 왔다고 해도 과언이 아닐 것이다. 또한 당대 관심의 전투적 노출로서 그 성격을 분명히 했던 논쟁일수록 그 토대에 현실인식, 문학적 입장, 세계관의 차이가 가로놓여 있어서 자연 해당시대의 문학경향과 거기에 따라 때로 구체적인 진영의 모습까지 보여주기도 했다. 리얼리즘 논쟁 역시 그런 부류의 것이었다. 그러나 논쟁 위주의 사고는 문제 또한 적잖이 안고 있다. 왜냐하면 "협소한 신문 지면에서의 옥신각신이 실천하는 것은 대개 말꼬리 싸움이거나 센세이셔널리즘이다. 논쟁 참여자의 이름을 친숙하게 해 주기는 하겠지만 논의되는 쟁점에 대한 성실한 모색과 조명은 찾아지지 않는다. 비평사 기술에서는 논쟁 궤적을 추적하는 것은 역사적 공정에 대한 반칙이라

하지 않을 수 없"[1]기 때문이다. 이러한 일례가 일종의 주류론적 접근이다. 80년대 리얼리즘 논쟁에서 볼 수 있듯이 논쟁참여자 중심의 접근을 통해 이른바 '소외'와 '배제'의 논리가 은연중 작동하면서 '역사적 공정'으로부터 멀어질 확률이 높고, 그에 따라 단순한 현상적 추이의 기술로 떨어지기 십상이다. 그렇기 때문에 오늘의 시점이 요구하는 거대한 안목의 접근에서 논쟁 중심의 사고는 필요한 만큼의 의의야 가지겠지만 논쟁 자체의 쟁점에 구속당함으로써 근본적인 사고를 제약하기 쉽다.

이런 이유로 발제자는 개별 논쟁의 세세한 추이나 논쟁자간의 쟁점에 대해서는 그냥 지나칠 생각이다. 그보다는 지금까지 전개된 리얼리즘론의 전체적 양상을 살펴보면서 그 공과(功過)를 짚어보고 앞으로 어디에다 어떤 출구를 마련해야 하는가를 중심으로 간략히, 단편 단편 이야기해보자 한다.

4.

근대문학의 기점을 어디로 잡느냐는 문제와는 별도로, 적어도 근대문학이 본격화된 시기는 3·1 운동 전후라는 것은 누구나 인정하는 사실이다. 이 시기를 전후하여 '작가' '문단'이라는 근대적

1) 유종호, 「비평 40년」, 『한국현대문학 50년』, 민음사, 1995, 251면.

집단과 사회가 형성되고, 그러한 집단과 사회를 유지, 발전시키기 위한 각종 매체와 담론들이 활발히 양산되기 시작했다. 그리고 아주 짧은 시기임에도 아주 다양한 문학적 경향이 속출했다. 다소 혼란스러울 정도로 다양한 경향, 이것은 작가별뿐만 아니라 한 작가의 작품 내에서도 발견되는 특징이다. 그리고 그 속에서 매우 팽팽한 긴장이 작가간에 형성되고 있음을 주목할 필요가 있다. 이광수와 김동인, 김동인과 염상섭 등 20년대 초반을 주도한 인물들 간에 보여준 긴장은 이후 신경향파문학의 등장과 함께 점차 집단적 대결양상을 보여준다. 아울러 그러한 단순화는 단순화된 만큼의 근원적이고 확연한 전선을 형성한다. 그리고 그때 리얼리즘론이 신경향파문학의 자기발전, 즉 프로문학으로의 진전 속에서 제기되었다.

그런데 그런 대립 속에서도 '개인'과 '자유'란 용어가 모든 담론의 주된 기반이 되는 핵심 개념으로 자리잡고 있음을 눈여겨볼 수 있다. 적어도 근대문학을 문제삼을 때, 전제하지 않을 수 없는 사항이 바로 이 문제이다. 근대가 그 이전 시기와 변별되는 가장 본질적인 특징은 헤겔이 근대의 고유한 성취로 평가한 '자기 자신을 인식하는 개인성'일 것이며, 그 힘은 '자유'라는 것으로 표현되었다. 아마도 이 점은 스스로 '신문학의 개척자'라 자칭했던 김동인의 다음과 같은 회고에서 쉽사리 발견할 수 있다.

처음에는 우리들 새에는 아까의 집회(3·1 운동의 한 진원지인 동경유학생 모임—인용자)의 사괴어졌다. 그 집회에서는 서춘이 우리(요한과 나)에게 독립선언문을 기초할 것을 부탁했지만, 우리는 그 임(任)이 아니라고 사퇴(뒤에 그것을 춘원이 담당했다)했었는데, 사퇴는 하였지만 내 하숙에서 마주 앉아서는 처음은 자연 화제가 그리로 뻗었었다. 처음에는 화제가 그 방면으로 배회하였지만 요한과 내가 마주 앉으면 언제든, 이야기의 종국은 '문학담'으로 되어 버렸다.

"정치운동은 그 방면 사람에게 맡기고 우리는 문학으로……"[2]

사실 문학 내적으로 리얼리즘이 하나의 깃발로 내세워져 집단적 흐름을 강력히 요구하게 된 배경 속에는 '예술의 자율성'과 '심미주의'에 대한 반발이 자리잡고 있다. 예술의 자율성과 심미주의는 진리와 아름다움의 차이 혹은 분리 안에서 지탱되고 있다. 말하자면 진(이론)·선(실천)·미(예술)가 상호 독립적 영역을 이루면서 분화되고, 이 분화를 바탕으로 각각의 영역이 자율적 원리 위에 기초지어지는 시대에 분명하게 들어선 것이다. 김동인이 '인형조종술'을 내건 것도 바로 그 때문이다.

그런데 근대의 일반적 성격에서 볼 때 '자기 자신을 인식하는 개인성' '자유'의 성취와 함께 그 성취가 또 한편으로 '개인과 역사적 현실 혹은 개인과 공동체 사이의 분열'을 만들었다는 사실이다. 그러나 우리와 같은 식민지 근대화 속에서 이것은 성취 속에서 서서히 드러나는 그늘이 아니라 그 성취마저 제한하는 원천적인 결손('부재하는 님')으로 현전(現前)된 탓에 김동인적 흐름은 큰 반향을 얻지 못하고 금세 주변화되어 버린다. 20년대 이후 우리 문학이 말 그대로 사실주의와 자연주의적 경향이 주조음을 이루면서 다른 한편으로 낭만주의적 경향이 나타난 것은 이런 역사적 정황과 깊은 관련이 있다. 그래서 임화가 문학사 서술 속에서 이 양

---

2) 김동인, 「문단 30년의 자취」, 『김동인평론전집』, 삼영사, 1984, 422면.

자를 20년대 전반 문학의 특징으로 내걸고 이의 종합이 신경향파 문학, 프로문학의 길이라고 이야기한 것도 이 점에서 주목할 필요가 있다. 이것의 사실 여부는 뒤로 미루더라도 이처럼 리얼리즘론의 제창 배경에는 당대 현실이 요구하는 두 측면, 즉 '모순적 현실의 인식과 그 극복'이 자리하고 있으며, 그만큼 문학의 현실연관성을 강력히 요청하는 현실이 있었고 그에 근거하여 자연스럽게 리얼리즘론이 제창되었던 것이다. 실제로 이들이 바깥을 향해 현실이탈과 초월적 경향, 관념적 경향에 비판의 화살을 겨누고, 다른 한편으로 현실인식상의 문제를 주공격대상으로 삼은 것도 그 때문이다. 오히려 이 점에서 일제하 시기 리얼리즘론은 그 자체의 이론적 성과보다도 그것이 야기한—직접적이라고 단언할 수는 없을지라도—광범위한 영향력을 주목할 필요가 있다. 가령 채만식 등 동반자작가라든가, 염상섭을 두고 흔히 말하는 동정자문학 등은 어느 정도 직접적인 연관을 말해준다. 말하자면 프로문학 자체의 이론적 추동은 가파른 벼랑을 깎듯 꼭대기로 줄달음쳤는데, 그런 극단적 형상이 그 배면에 마치 넓고도 깊은 산자락을 키워왔다는 사실이다. 이 점은 가령 30년대에 프로문학의 대항으로서 출발한 구인회 작가들이 차차 프로문학과의 통합적인 모색에 힘을 기울임으로써 급기야는 해방 직후 문학조직활동을 함께 한 것에서 잘 드러난다.[3] 말하자면 리얼리즘 원리의 근본 중에서 근본인

---

3) 사실 구인회를 프로문학에 대한 문학사적 반동으로 규정하여 부정하거나 그 때문에 순수문학의 화신으로 찬미하는 기존의 평가도 의문이다. 구인회의 예술파적 성격은 사회성으로부터 거의 완벽하게 결별한 서구의 예술 지상주의와는 거리가 있다. 구인회의 이런 성격에 대해서는 최원식의 「한국문학의 근대성을 다시 생각한다」(『생산적 대화를 위하여』, 창작과비평사, 1997)를 참조

현실연관성 문제가 우리의 경우 태생적으로 현실 자체에서 요구하고 있었던 셈이다.

5.

이 점은 70년대 이후 리얼리즘도 마찬가지이다. 단일한 민족국가를 형성하지 못하고 분단국가로 양분되면서 결손의 문제가 여전히 이어진 현실 상황 자체가 리얼리즘을 부르기 시작한다.[4] 우리는 흔히 최근까지 이어지고 있는 리얼리즘론이 70년대부터 시작되었다고 이야기한다. 그러나 엄밀히 말하면 그 시원은 4·19 혁명이다. 4·19 혁명이 보여주었던 현실모순과 그로부터 표출된 변혁적 현실운동에 대응하려는 내적 욕구에서 일어난 움직임이다. 1950년대 말부터 1960년대 전기간에 걸쳐 몇 갈래의 흐름을 이루며 지속되어온 '참여문학 논쟁'의 발전적 단계의 산물이다. 실제로 「4·19와 한국문학」(『사상계』, 1970년 4월호)이란 좌담이 논쟁으로 발화시킨 계기가 되었지만, 이미 1960년대부터 이철범의 「민중의 저

---

4) 그러나 앞 시기에 비해 상대적으로 분단된 국가이지만, 시간이 갈수록 남한만의 독자적 국가에 갇힘으로써 일반적으로 나타나는 근대성의 면모가 더욱 노골화되는 추세 또한 강했다. 즉 민족 등 공동체적 결속보다는 개인성을 강조하는 자율화와 파편화의 경향이 급속히 확산되었다. 이 점에서 일제하 리얼리즘론이 주로 자체 논쟁으로 진행된 데 비해서 70년대 리얼리즘론이 주로 바깥과의 논쟁으로 전개된 것도 이와 연관이 있을 것이다.

항정신」, 임중빈의 「사회소설론 서설」, 백낙청의 「한국소설과 리얼리즘의 전망」과 「시민문학론」 등에서 리얼리즘론의 씨앗은 발아되기 시작했다. 가령 4·19와 함께 모더니즘 속에서 모더니즘을 넘어서는 역정을 보임으로써 문학사의 새로운 장을 개척한 김수영을 상기해보자. 그는 '거짓말이 없는 시'라는 최소한의 요구는 곧바로 거짓없이 오늘을 사는 '현대시'에의 요구로, 이는 다시 지금 이곳의 낙후된 현실을 거짓없이 사는 결코 낙후되지 않은 '참여시'에의 요구, '죽음의 보증'을 통과한 진정한 참여시라는 최대한의 요구로 나아간다고 했다.[5]

어쨌든 이 시기 리얼리즘론은 염무웅이 말한 바 "발자크와 톨스토이는 물론이고 조이스와 카프카와 브레히트를 포함하는 리얼리즘이란, 예술의 세부적 규칙들에 이리저리 구애되는 소심한 완벽형의 추구나 심미주의적 실험이 아니라 인간의 참된 삶이 있어야 할 구체적 방식을 밝히려는 끝없이 뜨거운 정열과 용기가 순간순간 변모하는 상황에 대처하여 예술 속에 자신의 불가피한 모습을 드러낼 때 우리가 부르는 이름인 것이다"[6]에서 보듯 과거 시기와는 다른 문학 본연의 접근을 통해 이루어졌다.[7] 말하자면 문학성과 사회성의 통일에 기반하여 문학의 본령을 지키려는 노력과,

---

5) 백낙청, 「살아 있는 김수영」, 『민족문학의 새 단계』, 창작과비평사, 1990, 279면.
6) 염무웅, 「리얼리즘의 심화시대」, 『월간중앙』, 1970년 12월호.
7) 일제하 시기 리얼리즘론은 다분히 프로문학의 진지를 공고하기 구축하기 위한 문학 내적 탐색이었다. 그러나 진행과정은 다분히 전략·전술적 양상으로 치달았다. 그러한 양상은 일종의 리얼리즘 자체를 스스로 지시하면서 제한하는 형용어에서도 알 수 있다. 변증법적 리얼리즘, 프롤레타리아 리얼리즘, 유물변증법적 창작방법, 사회주의(적) 리얼리즘이 바로 그것이다.

외국추수를 경계하여 자본주의와 현존 사회주의를 동시에 넘어서고자 하는 대안의 추구로서 그 움직임이 표출되었는데, 이 점은 당의 외곽에서 문학의 정치적 종속으로 치달았던 일제하, 해방 직후 시기와 확연히 구별된다. 실제로 이 시기에 일제하 시기의 작가와 작품에 대한 폭넓은 리얼리즘적 재평가작업이 활발하게 전개되어 발제자가 앞서 이야기한 방식의 성취를 내보였다.

그러나 김현이 「한국소설의 가능성」(『문학과지성』, 1970년 가을호)에서 서구의 여러 모더니즘이론을 끌어들여 반리얼리즘적 이론을 개진하면서, 미학보다 공리성 쪽으로 기울어진 리얼리즘이 사회소설의 대두와 함께 사회주의 리얼리즘에 귀착되어 예술과 상상력을 말살한 정치의 도구로 변모되었다는 사실을 예로 들어 반리얼리즘적 입장을 표명하자 70년대 상당기간 동안 사회주의 리얼리즘과의 연관성이 논쟁의 핵심에 자리잡게 되었다. 자연 사태가 이렇게 전개되자 리얼리즘 논의는 당시의 이데올로기 지형 속에서 냉전적 사고의 제약에 휩싸이게 되면서 다소간 본질로부터 비껴나게 된다.[8] 이른바 리얼리즘론을 옹호하는 측에서도 '비판적 리얼리즘' '민족적 리얼리즘', 나아가 '제3세계 리얼리즘' 등 다분히 수세적인 수식어를 동반한 리얼리즘론으로 제시되어 갔던 것이다. 이런 측면에서 80년대에 새로이 등장한 리얼리즘론이 사회주의 리얼리즘에 기초하여 국내적 현실과의 연관 속에서 민중적 리얼리즘이니 노동해방적 리얼리즘이니 하는 방식으로 제창된 이면에

---

8) 대략적인 전개과정에서는 졸고 「70년대 이후 사실주의」(『한국근현대문학연구입문』, 한길사, 1990)와 김용락의 『민족문학논쟁사 연구』(실천문학사, 1997) 중 제4장을 참조

는 이런 냉전적 사고에 대한 싸움, 70년대의 수세적 대응을 오히려 반전시켜 공세적인 대응으로 치달아갔던 면이 없지 않다. 실제로 80년대 중·후반의 새로운 리얼리즘론을 주창한 진영에서는 이를 두고 '과거 진보적 문학운동의 복원'이라 명명하기도 했다. 그러나 89년 현존 사회주의의 붕괴와 더불어 사회주의 리얼리즘론에 기반한 리얼리즘 논의는 현격하게 약화되었다.9)

6.

실제로 우리 역사의 재평가작업에서 빠뜨려서는 안될 접근 하나가 바로 냉전적 사고로부터 발본적으로 벗어나는 일이다. 냉전적 사고틀은 그 틀 안에 사고를 가둠으로써 그 자체가 이미 제약에 결박당한 채 마치 시계추의 진동처럼 사고하기 십상이고, 또 이것을 의식하는 한 창조적 사고력은 이미 검열을 의식한 부자유한 사고로 나아가기 쉽다. 하나의 문학이론이란 분명 문학이 작품이란 이름으로 현실적으로 존재한다는 전제 위에 서 있다. 그러나 이것만이 이론을 뒷받침하는 유일한 전제는 아니다. 이론은 문학

---

9) 그래서 이들 80년대적 새로운 흐름을 두고 필자는 '급격한 고조와 급속한 퇴조를 보여주는, 마치 밑변이 아주 작은 예리한 이등변 삼각형과도 같은 구조'(졸고, 「1980년대 민족문학논쟁」, 『한국문학 50년』, 문학사상사, 1995, 414면)라고 이름 붙이기도 했다.

작품이 현실적으로 존재할 뿐만 아니라 그 자체로서 어떤 한정된 영역, 고정된 의미를 지닌다는 전제 위에서 성립한다. 이론이 하는 모든 일들, 가령 문학을 정의하고 분류하며 위계화·조직화하는 일들은 그런 조건 위에서 이루어진다. 거기에는 필경 이론 외적인 신념과 편견, 이데올로기, 제도적 관념이 개입하기 마련이다. 따라서 이론 외적 요소를 무조건 배제하거나 특정 이념을 애초부터 족쇄로 채우거나 동일시하는 오류를 경계해야 한다.

현실적으로 리얼리즘론의 부침을 역사적으로 볼 때도 몇 가지 현실과 항상 동행하였음을 볼 수 있다. 우선 정치·사회운동 등 실제 삶 속의 사람들의 움직임과 항상 결부되어 왔다. 이미 리얼리즘론 자체가 3·1, 4·19에서 발원하고 있다는 사실 자체도 그러하거니와 민중운동, 계급운동 등 실제적 삶의 싸움과 함께 하며 성장했고, 거기에는 특정한 신념과 이데올로기와의 유대가 항상 있었다. 그렇기 때문에 리얼리즘론의 부침 역시 그런 외적 요인들의 결과에 아주 민감하게 반응하였다. 따라서 리얼리즘론에 대한 평가 역시 그런 외적 요인들에 대한 평가와 맞물릴 수밖에 없다. 가령 마르크스주의 미학에 기반한 80년대 리얼리즘론 역시 예외가 아니다. 발제자는 80년대 논의가 보여준 시대적 낙후성에 대해 이렇게 말한 적이 있다. "그런데 세계적 차원에서 80년대 민족문학운동을 좀더 거시적으로 들여다보면 문제는 더욱 심각하다. 특히 대안적 운동사에서 1968년 혁명 이후의 흐름이 보여준 문제의식과 견줄 때 지금이야말로 그것을 경험 삼아 발본적인 쇄신과 근본에 대한 재인식의 시급성을 새삼 깨닫게 된다. 첫째로 일국적 차원의 국가권력 쟁취와 경제성장이라는 2단계 전략에 대한 회의

감의 확산이다. 이는 현실사회주의권이나 민족해방운동에 성공한 국가들, 그리고 정권획득에 성공한 일부 서방세계의 사회민주주의까지 어느 하나 만족할 만한 성과를 보여주지 못한 데에 대한 환멸감이다. 둘째로 자본과 노동의 투쟁이 근본적이고 유일한 투쟁이라는 개념에 대한 회의이다. 이는 궁극적으로 2차 대전 이전의 주요한 이론적 근거가 되었던 마르크스-레닌주의에 기초함으로써 1945년 이후 비약적인 경제성장과 엄청난 사회변화에 조응하지 못한 채 낡은 방식을 여전히 고집하였다는 것이다. 셋째로 생태학, 삶의 질, 그리고 결과적으로 수반되는 모든 것의 상품화라는 관점에서 생산주의의 결과에 대한 기대가 우려로 바뀌어왔다. 넷째로 유토피아 건설의 초석으로서 과학에 대한 신앙이 사라지고 진보가 더이상 자명하지 않다는 사고가 확산되었다. 적어도 이 점에서 우리의 80년대는 확실히 거꾸로 도는 시계 속에 서 있었던 셈이다."10)

물론 이런 비판에도 불구하고 리얼리즘의 성취면에서 우리가 결코 간과해서는 안될 측면이 바로 정치성이다. 어떤 의미에서 현재 우리 사회의 민주화는 이런 이론과 함께 병행된 실제적 싸움 속에서 성취된 산물이다. 특히 이론적 측면에서 정치성의 문제는 향후에도 하나의 핵심적 요인으로 작동할 것이다. 왜냐하면 인간적 삶이 지속되는 한 인간의 삶을 사회적으로 어떻든 규정하기 마련인 정치와 절연될 수 없고, 또한 인간적 삶 자체가 넓은 의미의

---

10) 『창작과비평』 100호 기념 학술대토론회에서 발제자가 발표한 「세계사적 전환기에 민족문학론은 과연 유효한가」. 이 발제문은 『창작과비평』, 1998년 여름호에 실려 있다.

정치적 삶이기도 하기에 리얼리즘론은 바로 그런 측면에서, 말하자면 역사적 현실을 조형하는 주도적 위치를 다툰다는 의미에서 고도의 정치적 싸움을 배제할 수 없기 때문이다.[11)

그러나 어쨌든 80년대 리얼리즘에 대한 이런 식의 비판은 사실 그동안 상당수 리얼리즘론을 근본적으로 허무는 셈이다. 그리고 그만큼 근본적으로 갱신되어야 함을 의미하는 것이기도 하다. 가장 최근에 전개된 '리얼리즘과 모더니즘'을 둘러싼 논란[12) 역시 그런 문제의식에서 발원한 것이기는 하다. 그러나 문제제기 자체가 리얼리즘을 확대된 광의의 모더니즘 속에서 해결할 수 있는가 하는 것으로 치달았기 때문에 실질적인 극복방안을 찾기는 어려웠다. 이미 모더니즘이란 말 자체가 근대의 바깥을 사유할 수 없게 만들기 쉬울 뿐더러 그런 만큼 근대에 투항하기 십상이기 때문이다. 그렇기 때문에 리얼리즘론에 대한 발본적 비판이 곧바로 다른 여타 문예이론에 면죄부를 주는 것은 아니다. 그들 역시 이런 비판적 화살을 피할 도리는 없다. 어쨌든 우리는 현실의 혼돈과 실패 속에 모두 던져진 셈이다.

---

11) 니체마저도 이런 발언을 했다. "그러나 진정한 철학자는 명령하는 자이며 법칙을 부여하는 자이다. 그들은 '이렇게 되어야만 한다!'라고 말하고 인간이 가야 할 방향과 목적을 규정한다. …… 그들의 '인식'은 '창조'이고, 그들의 창조는 입법이며, 그들의 진리에의 의지는 '힘에의 의지'이다."(F. Nietzsche, Jenseits von Gut und Boese, K. G. W. 판 전집 VI-2권(Berlin : W.de Gruyter, 1968), 204 · 211절)

12) 1996년 민족문학작가회의와 민족문학사연구소가 공동 주최한 심포지엄 '민족문학론의 갱신을 위하여'에서 발표된 진정석의 발제에서 촉발되어 김명환 · 윤지관 · 방민호 등의 반론과 토론으로 이어진 리얼리즘 · 모더니즘 논쟁을 말한다.

7.

리얼리즘론의 갱신은 과거적 오류뿐만 아니라 자체의 속성으로 담지한 현실 자체의 변화에서도 주어진다. 오늘의 현실을 어떻게 보느냐도 시각에 따라 천차만별이겠지만, 적어도 문학분야만을 보더라도 인간이 피곤해져버린 상태를 보여준다. 창조보다는 '혼성모방'이니 '모방', '복사' 등의 낱말이 유행하고 있듯이 창조성이 고갈된 듯한 상태이다. 마치 기술에 모든 것을 내맡겨버리고 망각의 현실 위로 부유하고 있는 상태와 흡사하다. 아마도 이런 모습은 역사의 변함 없는 바탕으로 항존하리라고 생각했던, 그래서 그만큼 무시해왔던 자연이 어느 사이 피곤해져버린 상태를 연상케 한다. 그리하여 역사 자체도 이제 피곤한 상태가 아닌가. 피로가 누적되어 가고 있음에도 그때그때 인공적인 약과 기술로 근근히 연명하다 이제 어찌할 도리 없이 파국에 마주선 느낌이다. 잔인한 기억으로 점철된 20세기 근대를 훌쩍 뛰어넘었다고 'Post' 구호를 아무리 힘차게 외쳐도 그것은 가상공간 속의 화려한 이미지에 지나지 않는 것 같다.

그 점에서 실제 창작계가 이론과 실천에 대하여 어느 시대보다도 노골적인 무관심성을 표시하고 있는 상황도 주목할 필요가 있다. 어떤 공통의 이론적 척도가 급격히 와해되면서 작가와 작가 사이의 고립이 심화될 뿐 아니라, 문학과 비문학의 경계도 모호해지고 있다. 분명 작가의 견지에서 보자면 다른 어떤 시기보다도 자유의 범위가 넓혀졌는데도, 문학작품의 성립 요건을 규칙화하기란 점점 더 어려워지고 있다. 문학의 정체성이 자명성을 잃고, 이런저런 입장을 떠나 위대한 걸작품의 시대는 다시 올 것 같지 않은 불안한 예감에 누구든 휩싸여 있다. 솔직히 제멋대로의 장난이 작품으로 통용되는 시대가, 어느 사이, 바로 오늘이 되어 버린 것이다.

그렇기 때문에 리얼리즘론 역시 그 자체의 역사 속에서 새로운 출구를 모색하기보다는 더욱더 근원적인 고민에 다다라 있는 듯이 보인다. 가령 80년대에는 감히 상상할 수 없었던, 그리하여 관념론적 편향으로 쉽게 몰아 부쳤던 이런 사고를 이제는 자연스럽게 영접하고 있는 듯한 분위기이다. 말하자면 예술에는 어떤 통상적인 의미의 '방법'도 적용할 수 없다는 견지에서, "어디까지나 창조성이 먼저고 실사구시·지공무사가 먼저이며 '재현'은 그에 따라오는— 각 분야마다 다른 방식과 비중으로 따라오는— 성과임을 거리낌없이 인정하는 리얼리즘론"13)이 그것이다. 사실 이런 발상은, 백낙청 그 자신에게서는 70년대부터 지속되어 온 것이지만 80년대를 거쳐 90년대에 이르는 현실적 맥락을 고려할 때 매우 충격적인 것이다. '창작방법론으로서의 리얼리즘론'이야말로 일제하 시기부터 지금에 이르기까지 외관상 드러나는 가장 전형적인 리얼리즘론이었기 때문이다. 즉 리얼리즘을 작가가 현실을 그리는 방식 내지 양식으로 이해한 것이다. 그리고 그것을 좀더 구체화하기 위한 방편으로 자연 동원할 수밖에 없는 것이 '세계관'으로, 일제하·해방 직후·80년대에까지 '세계관과 방법의 결합'을 기본구

---

13) 백낙청, 「로렌스 소설의 전형성 재론」, 『창작과비평』, 1992년 여름호, 91면.

도로 하여 리얼리즘론을 구성하였던 것이다. 뒤집어보면 과학적 엄밀성이란 이름아래 스스로의 영역을 옥죄이게 한 틀 자체 하나가 바로 '창작방법으로서의 리얼리즘론'에 있다. 이러한 '방법적 도구'로서 규정하는 논리 속에는 다음과 같은 논리적 분석의 특성을 갖기 마련이다. 전체를 더 이상 나누어지지 않는 요소들로 분해하고, 그렇게 주어진 단위 요소들을 결합하여 전체를 재구성하는 것이다. 이런 분해와 구성의 절차는 사물의 생성 과정을 반복하고, 그에 따라 사물을 제작할 수 있다는 관점에까지 이른다. 그때의 논리적 분석은 이른바 '방법'이란 이름하에 제작과 조립의 관점에서 대상을 바라보고 계몽하고 때로 직접 지도까지 한다.[14] 이러한 사태를 80년대 리얼리즘론은 여실히 보여주었다. 말하자면 이론비평이 일종의 이론 신앙을 방불할 정도로 과학에 근접한 포즈 속에서 일종의 규칙의 사례로 귀결됨으로써 일종의 역사적 범례주의의 길을 걸어갔던 것이다.

아울러 이런 '방법' 개념에 대한 비판은 자연 그동안 문학의 본질 규정으로 정립된 반영론에 대한 비판으로도 이어진다. 말하자면 문학의 본질에 충실한 작품의 한 특징으로 '현실의 정확한 반영'은 빠질 수 없지만, 그 자체를 문학의 본질로 절대화할 수 없다는 것이다. 그렇기 때문에 백낙청의 논지는 반영 문제의 위상을 단순히 격하시킨 것이 아니라 그것의 역할과 위치에 대해 재사고할 것을 요구한 셈이다.[15] 실제로 그는 작품의 예술성 또는 그에

---

14) 논리적 분석의 특징과 한계에 대해서는 김상환의 『예술가를 위한 형이상학』 (민음사, 1999) 속의 「철학이 동쪽으로 간 까닭은」을 참조.
15) 이와 관련해서는 백낙청의 「민족문학론과 리얼리즘론」(『한국근대문학사의

맞먹는 창조성은 객관적 현실인식을 필연적으로 요구한다는 점을 강조한다. 그것은 현실세계에 대한 지식을 결하고서 창조적일 수 있는 여지가 점점 줄어들 수밖에 없다는 사실이다. 그러므로 과학적인 사실인식 그 자체가 문학일 수 없지만, "문학은 실제로 일어났기보다 일어남직한 일을 말해준다"는 아리스토텔레스의 고전적 명제를 다시금 상기하는 일의 중요성을 강조한다. 말하자면 일어남직한 일을 알기 위해서라도 실제로 일어났던 일, 일어나고 있는 일, 일어날 수밖에 없거나 일어나야 마땅한 일 들에 대한 사실적 인식의 중요성을 강조한 것이다.

물론 오늘의 현실은 이런 과학적인 사실인식에 매우 적대적인 환경으로 치닫고 있다. 전지구적 자본주의, 세계화라는 말이 의미하듯이 교통 통신 수단과 정보 처리 기술, 그리고 자본의 축적방식의 변화가 야기한 공간 시간 경험의 급속한 변화 및 새로운 문화적 경험(하비가 명명한 '시공간압축 현상') 속에서 시공간은 기술적으로나 문화적으로나 서로의 구별점을 잃어버림에 따라 그동안 시공간과 문화의 좌표에 따라 자기 이해와 표현을 해온 우리의 사고 체계 또한 혼란을 겪고 있다. 과학적 판단과 도덕적 판단 사이의 결합에 대한 확신도 무너졌고, 사회적 지적 관심도 윤리학 대신 미학, 인식론 대신 존재론, 서사보다는 이미지가 지배하는 상황에 놓여 있다. 더구나 어떤 포괄적인 해석 체계도 부정하려는 경향이 확산되고 있어서 그동안 리얼리즘론의 기반을 이루었던 것들이 커다란 위협을 받고 있는 상황이다.

쟁점』, 창작과비평사, 1990)을 참조.

8.

사태가 이러하기에 진정한 '리얼리즘론'의 갱생을 위해서 이제
는 일종의 진영적 사고처럼 뭉뚱그려 비판하는 방식은 마땅히 경
계되어야 한다. 아직까지 리얼리즘 하면 소박실재로 근거한 사실
주의·자연주의 유파(사조) 개념으로 단정하거나, '현실'이라는 물
건을 따로 상정하여 이를 '객관적으로 전달'만 하면 재현이 된다
는 소박한 모사론을 여전히 견지하거나, 좀더 복잡한 전유의 과정
을 상정한다 하더라도 그 방법이 사전에 확립될 수 있다는 이러
저런 리얼리즘론을 아직도 주장하거나, 그것과는 좀더 다른 차원
에서 '현실을 선입견을 가지지 않고 현실의 있는 그대로를 그리려
고 하는 태도가 리얼리즘이요, 현실에 선입견을 가지고 임하여 그
것으로서 현실을 재단하려는 창작태도가 즉 아이디얼리즘'이라는
항구적 이분법에 의해 접근하거나 하는 등을 정확히 분별·변별
하여 갱생의 새로운 터를 단단히 다지는 것이 무엇보다 중요하다.
하나의 지속되는 역사적 싸움으로서의 리얼리즘운동은 '넓게는 진
리의 구현과 고전의 창출에 과학적 사실인식이 남다른 의미를 갖
게 되는 근대와 더불어 시작된 싸움이요, 좁게는 르네상스 이래의
그러한 창조적 노력이 자본주의의 난숙으로 위협받게 되면서 절
박해진 모더니즘, 포스트모더니즘 시대의 싸움'(백낙청)이다. 물론
그동안 진행된 논의과정 속에서 내용상의 오류뿐만 아니라 리얼
리즘 개념 자체부터의 난맥상 등등을 생각할 때, 또 최근 들어 과
학적 분석력에 대한 회의감, 창조성에 대한 새로운 인식 등 새로

이 해결해야 할 과제들이 우후죽순처럼 분출되는 것을 보고 '리얼리즘'('모더니즘'도 함께)이 어느덧 '제 아무리 갈고 닦아도 구원의 가망이 없는 용어'가 되어버린 것이 아니냐는 심각한 회의론도 나오고 있는 실정이다.16)

그러나 진정한 이론은 언제 어디서건 허허발판에 홀로 핀, 우뚝 솟아나는 단일한 순종만의 천국이 아니라 수많은 가시덤불과 잡초더미의 오류 속에서 그것과 경쟁하면서 함께 공존하는 연옥의 세계를 보여주었다. 그러므로 우리가 현실에 무작정 굴복하거나 순응하지 않으려면, 아니 현실을 인간의 것으로 참되게 창조하고자 한다면 참된 것을 향한 항해를 멈출 수는 없다. 더구나 이론이 항상 함께 짝해야 할 문학작품의 성취가 아직 멈추지 않았다면 리얼리즘을 '죽은 시체'의 유물관으로 손쉽게 내몰 수는 없는 일이다.17)

다소 맥빠질 결론일지 모르지만 결론 삼아 '풍경(風景)' '풍광(風光)'이란 말을 떠올리고 싶다. 지금의 사전적 의미에서 이 말은 산

---

16) 최원식, 「'리얼리즘'과 '모더니즘'의 회통」, 대산문화재단 주최 '현대한국문학 1백년' 기념 심포지엄 발제문, 1999.11.

17) 이 문제와 관련해서 오해하기 쉬운 것들이 있다. 우선 진영 개념이다. 사실 작품을 만드는 일과 그것을 어떤 척도로 평가하느냐는 문제는 별개의 범주이며, 또 그것을 표방하고 추구하는 것과 실제 작품이 얼마나 그에 합당하느냐는 문제 역시 별개의 일이다. 그동안 리얼리즘론을 중심적으로 이끌어왔던 민족문학운동의 견지에서 보자면 반독재투쟁을 수행하고 민족문학, 민중문학의 이념을 전파하는 데 급급했고, 때로 그것을 둘러싼 내부소용돌이에 상당한 역량을 소진했다. 그리고 그런 측면이 이른바 민족문학 자체의 영역을 협소하게 만들면서 때로 극단적으로 치닫게도 하였다. 그 결과 조직의 참여나 이념에 대한 동조 여부에 따라 손쉬운 재단이 내려지기도 했다. 그러나 그런 사고를 다소간 강박하는 '진영'이란 틀은 이제 사라졌다고 해도 과언이 아니다.

과 물 따위의 자연계의 아름다운 현상을 가리키는 '경치'란 말로 통한다. 그러나 원래 이 말은 글자 자체의 뜻대로 바람과 빛, 즉 만져지는 듯하면서도 만져지지 않고 보이는 듯하면서도 보이지 않는, 아름다운 현상계를 낳는 생성의 창조과정 전체를 포괄하는 말이다. 그렇다면 리얼리즘론 역시 진정한 문학작품의 비밀스런 생성의 형성과정을 다시금 근본적으로 사유하여 위기에 처한 인간적·민족적 삶을 위한 그러한 의미의 풍경이 되어줄 것을 우리에게 촉구하고 있는 것은 아닐까. 작가와 작품과 더불어 생성해 가는 창조적 사유, 생성의 사유로서 리얼리즘론, 그 바람과 빛을……

[1990년대 소설의 환상적 · 신비적 경향]

1.

한국의 현대시에 대한 나의 대답은 한마디로 말해서 '모르겠다!'이다. (김수영)

모르겠다!

요즘 소설을 읽다보면, 오히려 갈수록 늘어만 가는 수많은 문학잡지에 실린 중·단편과, 매일매일 쏟아져 나오는 장편들을 마주하다 보면 한마디로 '모르겠다!'라는 말이 나도 모르게 흘러나온다. '소설의 죽음'을 알리는 진단서가 심심찮게 나도는 와중에 '풍요 속의 빈곤'을 어쩔 수 없이 실감하는 심정이 자못 심란하기만

하다. 그러나 사실 언제는 그렇지 않았으랴는 마음도 없지 않다. 지금 막 김수영의 산문집을 다시 읽고 나니 더 그런 생각이 든다. 솔직히 그가 사심 없이 토해낸 30년 전의 질타를 고스란히 지금 이 자리에다 다시 토하고 싶다. 가령, "핀다로스나 다스케마이네나 알렉산더 포우프를 인용하고 '동위수치(同位數値)'를 운운하면서 멋 쟁이 제목을 붙이는 것도 좋지만 그보다도 몇 천 배나 더 중요한 것은 생명을 가려내는 일이다"는 지적이나, "시를 쓰는 사람, 문학 을 하는 사람의 처지로서는 '이만하면'이란 말은 있을 수 없다. 적 어도 언론자유에 있어서는 '이만하면'이란 중간사는 도저히 있을 수 없다. 그들에게는 언론자유가 있느냐 없느냐의 둘 중의 하나가 있을 뿐 '이만하면 언론자유가 있다고' 본다는 것은, 쉽게 말하면 그 자신이 시인도 문학자도 아니라는 말밖에는 아니 된다. 그런데 이런 사고방식을 가진 소설가, 평론가, 시인이 내가 접한 한도 내 에서만도 우리나라에 적지않이 있다. 이것은 우리나라의 문학의 후진성 운운의 문제를 넘어서 더 큰 근본문제이다"라거나, "무서 운 것은 구공탄중독보다도 나의 정신 속에 얼마만큼 구공탄개스 가 스며있는지를 모르고 있다는 것이 더 무섭다. 그것은 웬만큼 정신을 차리고 경계를 해도 더욱 알 수 없을 것 같으니 더욱 무섭 다"라는 발언들.

그래서인지 이른바 현상 속에 파묻혀 거기 무더기로 피어있는 유형화된 경향성을 끄집어내어 이야기하는 것이 한마디로 싫어졌 다. 그것이 누구도 못 말릴 자본주의 상품논리의 박수부대인 유행 성과 문득 닮아 있다 생각하니 얼굴을 마주하기 싫어진 것이다. 그래 이렇게 편집자의 요구에 반역하며 뜬금 없는 이야기로 말머리를 시작한다.

사람은 가끔 반발하고 싶을 때가 있다. 이런저런 주변의 세태에 대해서, 유행과 매너리즘, 타성화된 관습에 대해서, 그리고 끝내 자기 자신에까지 반발하고 싶을 때가 있다. 그런 경우 대부분 무모한 일회성의 상처입기로 끝나기 십상이지만, 최근의 소설 속에 언제부턴가 발목이 빠지고 어느 사이 온 몸이 빠졌다는 느낌이 드는 순간, 혼란 속에도 자기반발의 근질거림을 피할 수 없다. 그래서 이 분석은 다분히 냉소적인 반발에다 기실 내 몸을 빼내기 위한 자기 위안의 모순적인 글쓰기가 될지 모르겠다.

사실 문학에서 그때그때 두드러지게 나타나는 특정 경향성을 일반 상품논리의 유행성으로 마구 재단하는 것은 잘못이다. 그러나 잘못임을 알고도 최근의 특정 경향성을 상품의 포장술과 같은 유행으로 진단하고 싶은 마음이다. 필자가 맡은 주제인 90년대 소설의 환상적·신비적 경향에 대해서 더더욱 그런 생각이다. 그런 점에서 이 글은 분명한 편견으로부터 시작한다. 김수영이 비평의 핵심적 기준으로 제시한 '생명을 가려내는 일'에 대해 나는 배반한다. 왜냐하면 솔직히 "스타일도 현대적이고 말솜씨도 그럴듯한데 가장 중요한 생명이 없다. 그러니까 작품을 읽고나면 우선 불쾌감이 앞선다. 또 사기를 당했구나 하는 불쾌감이다"라는 김수영의 옛글을 오늘의 글로 재생하고 싶은 내 감정에 일단 충실하고 싶어서이다.

2.

우리는 사실을 떠난다. 그리고 그것으로 돌아온다. 우리가 그랬으면 하는 사실로 돌아온다. 그것은 그전의 사실도 아니고, 너무나 자주 그래 왔던 사실도 아니다. (월래스 스티븐스)

이른바 90년대 들어, 아니 최근에 가까울수록 더욱 양산되는 환상적 · 신비적 경향의 작품 목록을 작성하는 일로부터 논의를 시작해야 하겠지만, 필자는 이를 포기한다. 또 그 나름의 뚜렷한 개성을 가진 작품을 선별할 수도 있겠지만(해서 모든 작품을 무조건 싸잡아 비판했다고 오해하지 않기를 바란다), '여직까지 없었던 세계가 펼쳐지는 충격'(김수영)이 없는 이상 전체적인 경향성으로 눈을 돌려 그것의 토대를 이모저모 뜯적거리려는 것이 이 글의 탐사법이다. 그런 만큼 이 글은 특정 작품만을 겨냥한 것도 아니며, 반대로 모든 작품에 두루 통용되는 일반적인 것도 아니다. 그저 바람직한 문학적 개화를 위한 우려와 기대의 부스러기를 채집하는 일에 가깝다 할 것이다. 따라서 필자 역시 이런 경향성을 문학창조에 애당초 어울리지 않는 불청객으로 받아들이는 것은 아니다. 미리 이야기해 두자면 환상적 · 신비적 경향을 대두케 한 문제의식에 대해서는 필자 역시 전폭 공감이다. 꼭 이 길만이 유일하다고는 결코 생각하지 않지만, 사전적 의미의 '불가사의'에 직접 교접하려는 일이야말로 갈 길 몰라 방황하는 세기말의 오늘, 더욱이 지난날의 과도한 '과학성' · '합리성'이 야기한 한계가 은밀히 욕망하는 비방(祕方)일 수도 있기 때문이다. 따라서 그 한계의 성격을 감안하면

이 경향은 다른 어떤 문학적 노력과도 견줄 수 없는 '무지(無知)와의 거대한 싸움'이다. 사실 그동안 우리 문학의 양적인 주류성이 소박한 모사론에 근거해 있었음은 분명하다. 마치 하나의 사물화된 물건처럼 현실을 대상화시켜 이를 '객관적으로 전달'만 하면 된다는 인식이 아직까지도 만연해 있는 것도 사실이다. 환상문학이나 신비주의를 이야기하면서 이런 '소박 모사론'에 대해 집중 공격하는 입장을 필자가 일단 수긍하는 것도 그 때문이다.

근래 재현의 문제 등 인식론의 갱신 못지 않게, 상상력의 힘과 창조성에 대한 재인식이 알게 모르게 이 시대의 핵심적인 문학의 과제로 자연스럽게 떠오르는 것도 이런 맥락에서 주시할 필요가 있다. 가령, "문학은 설득력이 있어야 리얼리즘도 성취할 수 있는데요. 문학의 설득력은 오로지 진실을 그리는 힘에서 나오는 것이고, 진실이란 충분히 철저한 과학적 태도, 즉 아인슈타인이 말하는 신비적 경험을 수용하는 바탕 위에서 가능한 것이라고 생각합니다"라는 김종철의 발언이나, "어디까지나 창조성이 먼저고 실사구시(實事求是) · 지공무사(至公無私)가 먼저이며, '재현'은 그에 따라오는—각 분야마다 다른 방식과 비중으로 따라오는— 성과임을 거리낌없이 인정하는 리얼리즘론"을 이야기하는 백낙청의 발언 등이 이에 해당할 것이다.

그런데 이런 갱신의 차원을 훌쩍 넘어서 혁명적 차원의 새로움이 나타났으니, 바로 환상문학이란 형태가 포스트모더니즘의 논리를 등에 업고 어느새 성공한 혁명군인양 포즈를 취하고 있다.

환상은 모든 문학의 시작이었고 근원이었다. 다만 그러한 사실이 오랫동안 망각되고 간과되어 오다가, 최근 포스트모더니즘의 등장으로 인해 다시금 재인식되고 재평가되기 시작했을 뿐이다. 전자매체와의 경쟁, 관습적인 소설양식의 고갈, 그리고 가변적이고 불가시적인 리얼리티의 재현 불가능성으로 인해 '작가의 벽'에 부딪친 오늘날의 스토리텔러들은 새로운 상상력과 새로운 가능성을 찾아 다시 문학의 근원으로 돌아갔고, 거기에서 환상문학의 중요성을 발견하게 되었다. 그래서 환상문학은 적어도 당분간, 그리고 어쩌면 앞으로도 오랫동안 글쓰기에 대해 고뇌하는 이 시대의 작가들에게 필요한 새로운 상상력을 제공해주게 될 것이다.

　　— 김성곤, 「미국 포스트모던 소설과 환상문학」, 『상상』, 1996년 가을호

심지어 같은 지면에서 김욱동은 "한국소설은 리얼리즘이 아니라 다름 아닌 환상성에 그 뿌리를 두고 있"다는 발언까지 서슴없이 하고 있으며, 장석주는 이념과 이성중심주의의 붕괴 이후 현실적 리얼리즘의 계보학이 박멸해온 반사실주의적 환상성을 눈부시게 부활시키고 있는 일련의 소설들을 '동아시아의 소설의 길'이라고까지 명명하려 한다.

3.

진정한 본질 탐구 대신에 관념론적 고전들의 본질 묘사와 똑같이 현실로부터 추상된 그런 종류의 피상적인 닮은꼴들을 추구하는 심심풀이가 들어선다. 이런 공허한 뼈대에다 자연주의적이고 인상적인 디테일을 걸어놓는다. 신비화된 '세계관'은 근본적으로 서로 다른 부분들을 그럴 듯한 통일 속에 결합시킨다. (루카치)

이왕 김수영의 말로부터 시작했으니 그의 말을 한마디 더 덧붙이고 또 시작하자. "'내용'은 언제나 밖에다 대고 '너무나 많은 자유가 없다'는 말을 해야 한다. 그래야만 '너무나 많은 자유가 있다'는 형식을 정복할 수 있고, 그때에 하나의 작품이 간신히 성립된다." 또 이런 말도 있다. "다만, 자유의 방종은 그 척도의 기준이 사랑에 있다는 것만을 말해두고 싶습니다. 사랑의 마음에서 나온 자유는 방종입니다."

사실 김수영의 이 말은 새로운 문학적 실험을 측량하고자 할 때 그 성취를 가늠할 수 있는 잣대라고 나는 생각한다. 그들의 문제의식이 현실 인식에 대한 불만, 그리고 현실의 결핍 상태에서 하나의 소망으로 발원했기에 자유의 방종마저, 요즘의 유행어인 '전복적 글쓰기'마저 혁명성으로 받아들일 여지가 있기 때문이다. 그러나 지금까지 산출된 대다수 작품들은 한 마디로 거꾸로 선 혁명이다. 혁명과는 거리가 먼 실패한 쿠데타에 가깝다. 서술의 편의를 위해 이 경향의 대표작으로 거론되는 몇몇 작품들을 예로 들어보자.

①『천년의 사랑』(양귀자) : 이 소설에서 새로움이란 고작 환상성을 새로이 서사적 기제로 삼았다는 사실뿐이다. 물론 이를 두고 동양의 전통적인 소설 양식을 복원했다고 하지만 그 역시 형식뿐이다. 고미숙이 이미 지적했듯이 "근대적 사유 너머에 있는 삶의 불가해성, 존재의 가없는 심연, 직설적 언어로 담을 수 없는 정서적 파토스 등을 담아내고자 하는 절실한 인식"을 찾을 수 없으며, "행간의 여백이나 사고작용이 거의 필요 없는 문체, 인물들의 추상성과 정적인 배치, 주인공을 중심으로 한 선악의 이분법의 구도" 등 오히려 통속소설의 전범으로 손색없는 형식화된 원리만이 매만져질 따름이다.

─「대중문학론의 위상과 '전통성'에 대한 비판적 접근」, 『문학동네』,
1996년 여름호

② 『너희가 재즈를 믿느냐』(장정일) : 이 소설의 새로움은 통사구조를 포함
하여 기존의 서사 전략을 전복 해체하는 데 있을 것이다. 그리고 그것을 통해
드러나는 것은 불확정적인 시공간 속에서 다원적이고 가변적인 인간 존재를
내보이는 데 있다. 그러나 그 새로움은 '겉' 새로움일 뿐이다. 스스로의 발언
을 보라. "내가 이해하고 있는 세계는, 진실보다 악의 없는 거짓말로 이루어
져 있는 곳이다. 세계가 그렇게 가변적일진대, 왜 소설에서는 주인공의 성격
과 생김새, 작중인물의 활동하는 시간과 공간이 일정하게 고정되어 있어야
하고 소설가가 쓰는 통사구조는 완벽해야 할까? 인간은 기계가 아니라 감정
을 가진 존재이기에, 동일한 인물이 그때그때의 감정에 따라 아름답게 보이
기도 하다가 추하게 보이기도 한다는 것을 우리는 알고 있다."(『너의가 재즈
를 믿느냐』, 뒷표지글) 그가 고작 한 일이란 이러한 사실을 기표로 재현하여
기호화했을 따름이다. 파편적이며 분절적인 이미지의 연속, 말하자면 그가 갖
고 있는 그야말로 소박한 인식을 기껏 상품의 포장술처럼 외화시켰을 따름이
다. 해서 새로운 자기 발견이 없는, '이행이되 떠나온 것으로 다시 돌아와 머
무르는 재귀적 이행이 없는', 고작 자기인식의 이모저모를 가상공간 속에서
흉내내기에 불과한 변형된 '소박 모사론'의 화려한 이미지 잔치가 벌어지고
있을 따름이다.

③ 『책』(송경아) : 이 소설의 일차적 새로움 역시 진부한 멜로드라마의 서사
골격에 인위적 충격을 가한 반현실적 환상성의 도입일 것이다. 죽은 어머니
가 제지공장을 거쳐 한 권의 책이 되어 집안의 서가로 돌아왔다는 것. 이미
예민한 독자들은 새로운 문화 정보와 문화 양식이 소설의 주된 골조를 이루
고 있음을 감지할 것이다. 아울러 그것을 통해서 우리는 객관적 실재가 존재
하지 않는다는 작가의 세계인식을 강요받게 된다. 그런데 이 모든 것들이 사
물화된 문자적 언어행위로 직설화되어 표면에 나타날 뿐이라는 사실이다. 바
로 이런 공격적, 신(新)도식의 문자행렬 때문에 순수한 문학적 즐거움과는 거
리가 먼 비평적 탁상공론의 좋은 음식거리가 되는 지도 모를 일이다.

과연 이들 소설은 '너무나 많은 자유가 없다'는 내용을 통해서 '너무나 많은 자유가 있다'는 형식을 정복한 것인가, 아니 온전한 융합을 성취했는가. 비대한 형식에 걸맞지 않는 내용, 사랑 없는 방종으로만 여겨진다. 아마도 김영하의 『나는 나를 파괴할 권리가 있다』에 나오는 작중화자의 다음과 같은 발언은 이러한 소설화 방식의 알몸을 솔직히 드러낸 예가 될 것이다. "가끔 허구는 실제 사건보다 더 쉽게 이해된다. 실제 사건들로 이야기를 풀어가다 보면 구차해질 때가 많다. 그때그때 필요한 예화들은 만들어 쓰는 게 편리하다는 것을 아주 어릴 적에 배웠다. 나는 이런 식으로 이야기를 만들어내는 일을 즐긴다. 어차피 허구로 가득 찬 세상이다."

나는 이러한 발언 밑에 이미 김우창 선생이 10년 전에 썼던 다음과 같은 대목을 깔아놓고 싶다.

주목해야 할 것은 우리가 일상생활의 압박으로부터 예술적 해방을 구한다고 할 때의 우리의 심리 속에 들어 있을 동기이다. 앞에서 말한 첫 번째의 경우(우리의 삶의 답답함과 다른 무엇이 아니라면, 예술을 찾을 이유가 있겠는가?—인용자), 우리가 찾고 있는 것은 따분한 인생에 대한 대치물이다. 바라는 것은 주어진 인생의 가열화, 고양화, 풍부화가 아니고, 그것을 잊어버리거나 무화하거나 대체하는 일이다. 예술을 도피라고도 보상행위라고도 하는 것은 이런 의미에서이다.

— 「예술과 삶」, 『법없는 길』, 민음사, 1993

이른바 이런 도피와 보상의 자료가 되는 예술을 '퇴폐 예술'이라 분명하게 규정한 김우창 선생은 계속해서 이렇게 말한다. "삶으로부터 벗어난다는 것은 백일몽이나 환상에 침잠한다는 것이 되겠지만, 정신분석이 이야기하여 주듯이, 백일몽이나 환상도 커다란 의미에서의 인간현실의 지배를 벗어나지 못한다. 그것은 자유로운 것인 듯하면서 오히려 우리의 자유로운 의식의 통제를 벗어나는 어두운 세력의 강박적 필연 속에서 움직이는 것이다." 말하자면 퇴폐예술의 영감도 다른 어떤 것보다도 현실원리의 지배를 더 받게 된다며, 그러나 불행히도 그것은 왜곡된 현실, 의식과 무의식의 불균형(삶의 부분과 전체의 불균형), 소외의 산물이라는 것이다. 선생은 이런 경향이 단순한 개인적 상황의 문제라기보다 사회적인 조건이라고 말한다.

그러므로 많은 경우 새롭기는 하나 한갓 피상적인 생활현상들을 반영하고 후미진 구석, 극히 예외적인 극단, 진정 새로운 것의 한 조각 등을 포착했을 따름이므로 생활내용의 진정한 변화들을 감당하지 못한다. 나아가 예비적인 예술적 작업에 대한 깊이 있는 탐색이 없으므로 모든 노력이 형식에 대한 거의 강박에 가까운 편애에 바쳐진다.

4.

우리가 해후하는 위대하고 아름답고 뜻깊은 것은 밖으로부터 기억될 필요가 없다. 말하자면 뒤져내어 잡아낼 필요가 없는 것이다. 당초부터 그것은 우리의 가장 깊은 자아 속에 쌓여 들어가고 그것과 하나가 되고 우리 가운데

보다 나은 새 자아를 만들어내고 우리 속에 창조적 힘으로 살아 있게 되어야 한다. 그리워할 수 있는 과거가 있는 것이 아니다. 과거의 커져 가는 요소로부터 영원히 새롭게 성장해 가는 일이 있을 뿐이다. 진정한 그리움은 언제나 생산적이며 새롭고 보다 나은 것을 창조할 수 있어야 한다. (괴테)

최근의 환상적·신비적 경향의 이론적 배후에는 분명 프로이트적 인식이 짙게 투영되어 있다. 금기로서 오랫동안 억압되었던 욕망이나 불안이 기괴한 사건을 통하여 표면에 떠오르는 현상을 일찍이 프로이트는 '억압된 것들의 복귀'라고 불렀다. 이러한 인식에 따르면 환상성은 계몽주의 세계관에 저항할 뿐 아니라 그것의 반영인 지배문화 자체에도 저항하는 성격을 가지게 된다는 것이다.

나아가 다른 어떤 경향보다도 이 경향은 현실의 환경과의 불일치와 부조화를 근본적으로 문제삼는다는 점에서 현실과 가장 적극적으로 싸움하는 문학이랄 수 있다. 실제로 그들에게도 의미의 일부를 형성하려는 보이지 않는 내적 갈구가 크기 마련이다. 그러나 불행히도 그들이 경멸해 마지않던 이데올로기적 단순화, 왜곡된 인간형상을 하나의 역상으로 그 그림자를 제시해줄 뿐이라는 데 문제가 있다. 그들은 원래의 출발지점으로부터 너무나 손쉽게, 너무나 빠르게 이탈해 나간다. 그리하여 결과적으로 타락한 환경의 현재에 타락한 방식으로 쉽사리 몸을 맡겨버린다. 가령 마르쿠제가 '억압적 역승화(repressive desublimation)'라 부른, 쾌락 추구의 표현이면서 동시에 깊은 의미에서 불행과 소외 및 억압의 증후인 알콜리즘·야성 예찬·도착적 성욕 충족 등이 노골화되고 있음을 보라. 조화로운 감각과 이성의 형성보다는 억압받는 특별한 감각과 욕망의 특별한 지위상승을 위해 일체의 다른 감각과 이성을 억압하는 내적 파시즘이 작동한다.

루카치는 일상생활을 거대한 강으로 가상하여 문학 및 기타 정
신적 산물과 일상생활의 관계를 비유한 바 있다. 여기서 그는 문
학이 강으로부터 갈라져 나와 자신의 고유한 목적들에 따라 발전
해 가는데, 먼저 사회생활의 필요에 의해 생긴 자기의 특성에 따
라서 자신의 순수한 형식을 획득하게 되며, 결국에 가서는 각자
인간생활에 대한 영향이란 방식으로 일상생활의 거대한 강에 다
시 합류하게 된다고 했다. 이 비유에 따르면 최근에 보여지는 신
비주의 경향은 강으로부터 떨어져 나와 가장 먼 곳까지 날아갔으
나 정작 돌아갈 곳을 잃은 미아의 처지와 흡사하다. 돌아갈 고향
도 잃고 스스로 현재에 온전히 삶의 거처를 마련할 수 없는 떠돌
이. 그들에게 남는 것이란 이른바 본능과 무의식이라는 극히 개인
적인, 사회적 저항의 형식을 취하다 자기반란에 강박된 상처 입은
심미적 영혼이 있을 뿐이다. 이 영혼이 과연 "변이하는 20세기 사
회의 제현상을 포함 내지 망총(網總)할 수 있는 영혼"(김수영)일 수
있는가.

사실 이런 문학경향을 대지 위에 끄집어내 놓고 햇빛을 쪼이면
인공물의 증가와 그것에 의한 자연의 후퇴라는 사회상황에 전면
적으로 상응하고 있으며, 또 식물처럼 자연스러운 '성장'(리얼리즘의
기본적인 시간문법도 여기에 근거해 있다) 대신에 인위적 도시계획과 건
축물처럼 제멋대로 축조되는 이미지 위주의 공간성만이 난무한다
(최근의 젊은 소설들이 우리 눈앞에 중요한 현실로 명명백백하게 떠오른 문제
와 어느 정도 멀리 떨어져 있으며, 또 무관해지고 있는지 한 번 생각해 보라).
이런 공간성이란 확실히 상품의 포장과 닮아 있다. 실질과 구별되

는 포장미학처럼 의미와 분리된 기호, 기의와 분리된 기표들만의 세계이다. 알게 모르게 상업주의와 이들 경향이 서로 상간(相姦)하는 것도 이런 내적 맥락의 자연스러운 귀결이다. 최근의 산업에서 기술주의와 심미주의가 서로 짝패를 이루어 욕망충족을 극대화해 나가고 있는데, 바로 이 시점에서 포스트모더니즘과 신비주의적 경향의 문학이 급부상하게 된 것도 이와 결코 무관치 않을 것이다. 특히 시간에 대한 관념, 그리고 그와 연관된 진보의 문제에 대하여 아예 등을 돌려버렸기 때문에 현실뿐만 아니라 역사(과거·현재·미래) 자체도 무화되어 최근 소설의 해체를 선언하면서 이야기로의 회귀라는, 근대의 극복이 아닌 근대로부터의 후퇴라는 퇴각을 자초한다.

고공비행과 무덤 속! 가장 높이 난 듯하면서도 기실 무덤에 갇힌 형국이라고나 할까. 사실 최근의 작품들에 대한 일부 불만은 정신병동에 갇혀 정신을 잃고 나도 허우적거리는 듯한 착란 때문이다. 워낙 인간소외가 자심하다보니 우리를 정신병동으로 안내하는 대목까지는, 아니 그 속에서 이런저런 병리학적 실존경험을 환상적이든 초월적이든 겪는 것까지는 받아들이겠는데, 문제는 그다음이 없다는 것이다. 날개도 없이 허공에서 허우적거림이란 얼마나 회화적인가. '인식'과 '생성', 바로 서사의 꿈을 버리고 존재의 이미지만을 쪼는 날개 없는 새. 그러니 형식은 고공비행인데 영혼은 시간을 잃은 채 무덤 속에 웅크려 앉아 검은 의식만을 헤집는, 마치 '귀신'이 귀신으로 그저 음습하게 서 있다 어둠 속으로 사라지듯 영상화면 속의 순간적인 이미지의 흐름과 흡사하다. 그것이 진정 살아 있다면 마음 속 깊은 사랑과 생명욕의 봄 햇살을 받아 꽃이 피어나듯, 평범한 인간의 눈에 쉽게 포착되지 않는 거대한 '무'와 '어둠'의 세계가 언어의 빛 속에서 스스로 제 몸체를 드러낼 것이다.

사실 남미쪽에서 이루어진 환상문학이나 신비주의적 문학경향은 그 나름의 설득력과 함께 진실을 보여준다. 필자의 역량부족으로 제대로 분석을 할 수 없지만, 신비주의가 아닌 삶과 세계의 신비가 주는 감동이 있다. 또한 구미와는 다른 정치적, 문화적 집단무의식과 체험, 역사적 바탕 위에서 생성된 중남미적인 특성을 쉽사리 감지할 수 있다. 말하자면 환상성이나 신비주의적 요소가 자연스럽게 생활과 결합되어 있는 듯해서 타락한 근대에 맞선 또 다른 생동감과 생명력을 느끼게 해준다. 이 점에서 아르헨티나의 철학자 마르틴의 말은 그들의 인식의 한 단면과 우리 자신에 대한 반성의 한 물꼬가 될 것이다. "물질주의는 인간에게 공간의 부자가 되라고 권했다. 그리하여, 인간은 본연의 과업, 즉 시간을 축적하는 그의 고귀한 과업을 망각했다. 그것은 인간이 눈에 보이는 것들, 즉 인간과 영토의 정복에 전념했다는 것을 의미한다. 진보주의의 오류는 그렇게 하여 생겨났다. (…중략…) 인간의 삶에 본래의 3차원을 복원시키고, 그것을 심화시켜야 한다. (…중략…) 인간은 마일을 축적하는 것이 아니라 세기를 축적해야 한다는 말이다. 인간의 삶이 넓어지는 대신 깊어져야 한다는 말이다." 물론 이 점에서 우리도 상당한 전통적 자산을 가지고 있다.『금오신화』·『구운몽』등 몽유록계 소설뿐만 아니라『심청전』등 환상요소의 차용등 수많은 정신문화적 자산을 가지고 있다. 그러나 우리는 유물로 간직했을 뿐 실제 근대의 역사는 이것의 파괴 위에 이루어졌다.

나는 1910년대, 그 절대절명의 근대적 기로에서 고독한 혁명처럼 홀로 서 있는 신채호의 「꿈하늘」 같은 작품의 운명을 떠올리지 않을 수 없다. 적어도 전통의 창조적 변용이 병행의 방식으로라도 지속되었더라면 어떻게 되었을까. 그러나 불행히도 우리는 이 노선과 단절했고, 오로지 서구적 근대화의 길만으로 일로 매진하였다. 이 단절을 고려치 않는 무작정의 복원이란 박제화된 육체만을 빌려 입은 꼴이다. 앞서 필자가 예술적인 예비 작업이 필요하다는 것도 그 한 측면이다.

물론 환상적·신비적 요소의 문학적 수용방식은 다양하다. 지난 호 『작가』지 대담에서 김종철이 이야기한 바, "독재체제 기간 동안 야만적인 폭력 앞에서 너무나 다급한 싸움을 해오다보니 영성적인 체험을 등한히 해온" 반성으로 이른바 영성체험을 문학 내 현실로 받아들이는 경향도 없지 않다. 그리고 이 경우 불교에서 말하는 현상세계를 넘어서 스스로 보아 깨닫는 각(覺) 혹은 견성(見性)의 상태이거나, 신비의 힘에 의하여 눈을 뜨고 참을 보는 계시와 흡사한 실감을 감당할 만한 내적 필연성이 확보되어 있을 때 비교적 성공작이 되었던 예도 목도할 수 있었다. 오히려 이때 일종의 영매술처럼 영혼·유령·환상·몽유 상태가 신들린 사람의 표현으로 허깨비가 아닌 하나의 생명체로 생생하게 다가오는 것이다. 이럴 때 현실과 환상은 적대적 대립물로 고정화된 것이 아니라 더 큰 현실로 승화·융합된다. 따라서 모든 환상이 리얼(사실)일 수는 없으며, 그것은 더 큰 현실로 나아가느냐 못 가느냐에 따라서 판단되어질 성격의 것이다.

김상환이 김우창의 사상체계를 요령 있게 정리한 글에서 초월적 사유가 갖는 진정한 핵심을 문학적 상상력과 연관시켜 설명한 다음 대목은 이 경향성에 대한 이해에 매우 요긴한 시각을 제공해 준다.

"예술 속에서 성취되는 '이상화 또는 환상화는 아무리 사실로부터 유리되어 있는 듯이 보이더라도 사실과의 관계에서 그 의의를 얻게 된다'. 예술적 상상력은 사실로부터의 이탈을 포함하지만, 이 이탈은 되돌아오는 외출이고 자명성을 제시하는 초월이어야 한다. 그 외출의 거리는 사실 내재적 진리가 탈은폐되어 밝은 가운데 얼굴을 드러내는 외면화의 거리이다. 그런 한에서 상상력이란 '사실의 가능성에 대한 계시 능력'과 더불어 다시 부분적 경험으로 돌아오는 재귀적 초월이고, 이 초월은 그 계시력을 통하여 타인과 공유할 수 있는 공간을 창출한다. 그렇게 창출된 공간은 이론적 진리가 숨쉬는 장소일 뿐만 아니라 궁극에 이르러 '자연스러운 균형 속에 있는 삶'으로서의 '도덕적 삶'이 투사되는 장소이다. 초월적 사유는 그러므로 의미의 장(場)을 낳고 확장해 가는 공간 정립의 능력을 말한다. 초월의 본질은 어떤 동질적 공간을 조성하고 측량하는 건축술에 있다. 예술적 상상력 역시 그런 의미의 초월적 사유에 속한다."
— 「심미적 이성의 귀향―김우창의 초월론 소고」, 『포에티카』,
민음사, 1997년 봄호.

결국 환상적·신비적 경향이 새로운 문학적 모색이 닫힌 출구를 열며 지금의 문학에 생기와 활력을 줄 수 있기 위해서는 지금까지 위대한 문학이 보여준 바 진리의 빛을 발할 수 있는 영육(靈肉)의 발광체를 스스로 온전히 구비해야 한다. 그럴 때 놀라운 기적과 비약이 이루어질 수 있을 것이다. '우연'이니 '가상'이니 '도피'니 하는 통상적 판단어법의 거추장스런 껍질도 후련히 벗어 던지면서 그 자체가 하나의 문학적 자연, 우주로 우뚝 서게 될 것이다.

[1980년대 민족문학 논쟁]

80년대 민족문학이라 하면 아마도 많은 사람들은 소시민적 민족문학, 민중적 민족문학, 민주주의 민족문학, 민족해방문학, 노동해방문학 등등의 깃발을 먼저 떠올릴 것이다. 이른바 문학 이념 논쟁이라고 불려지는 이 깃발들의 나부낌을 두고 한편에서는 비평의 권력 시대라고 비아냥거리기도 했지만, 우리 문학사의 전개에서 볼 때 일제 시대의 프로 문학운동, 해방 직후 문학운동에 버금가는 하나의 문학사적 격투이자 화려한 비평의 잔치였음은 분명하다. 마치 일제시대 프로문학의 등장으로 민족주의 문학이니 절충주의 문학이니 하는 것이 태동했듯, 80년대 민족문학 운동(따지고 보면 이른바 순수·참여 논쟁 이후 계속 지속, 발전되어 온 과정이지만)도 지진의 진앙지처럼 주위의 모든 문학 실천에 크든 작든 충격을 주고 영향을 미쳤다.

혼히들 이 논쟁을 두고 민족문학 진영의 내부 싸움으로 간주하는 경향이 많지만, 딱히 논쟁으로 불붙지 않았더라도 수많은 비판의 화살이 진영 바깥에서 안으로 쏘아지기도 했다. 더구나 90년대로 접어들어 아이러니컬하게도 이에 비판적인 입장을 가진 사람들도 80년대를 정치의 시대로 규정하면서 민족문학을 중심에 놓고 이야기하는 경우가 하나의 상식이 되다시피 했다(물론 여기엔 90년대를 80년대와 변별시켜 새로운 90년대적 문학 담론을 만들고자 한 고의적 의도가 깔려 있다. 왜냐하면 당시에 명백히 비판적 입장을 취하고 다른 경향의 문학을 주창한 사람도 90년대적 신이론을 구축하기 위한 비판 대상으로 민족문학이 도마 위에 올려놓을 절호의 물건감으로 선택되었기 때문이다).

1. 80년대 민족문학 운동과 이등변 삼각형 구조

그러나 어쨌든 80년대는 정치의 시대, 비평의 시대라고 해도 큰 무리가 없을 정도로 특수한 지형도를 보여준 것만은 사실이다. 문학 속에 내포된 정치적 측면을 극대화한 결과, 외형적 모습은 마치 '민족문학'이란 이념적 큰산을 목표로 하여 각기 전투 대오를 형성, 누가 빨리 정상을 정복하느냐며 경쟁하듯 이 능선 저 능선을 타고 "돌격, 앞으로!" 하는 격렬한 몸 동작이었기 때문이다. 그러나 지금의 형상은 숨가쁘게 뛰어오른 어느 순간 갑자기 안개가 자욱히 끼어 시야가 흐려져 길을 잃고 헤매는 양상을 보여주고 있다. 어느 글에서 필자는 그러한 풍경을 시간 체험에 비추어 이렇게 비유한 바 있다.

80년대를, 굴곡 많은 계곡을 쏜살같이 내달리던 물길의 시간으로 기억하는 사람이라면, 90년대는 아마도 잔잔한 바다 위에 떠 있는 선상의 시간처럼 답답하게 느껴질 것이다. 물밑 현실은 거대한 속도로 빠르게 변해 가는데 속도에 둔감한 이율 배반처럼 말이다. 과연 한때 시간을 앞질러 가며 80년대의 가장 가파른 암벽을 타던 젊은 문학의 유격대들은 지금 어디에 있는가.[1]

사실 지금 이 시점에서 80년대, 그것도 당시 젊은 문학 유격대들이 전개한 민족문학 논쟁을 사적으로 정리한다는 것은 결코 쉬운 일이 아니다. 특히 필자와 같이 80년대의 그런 급류에 발을 담갔던 사람으로서는 더욱 그러하다. 아직 시간적으로나 주관 체험의 객관화에서나 객관적 거리가 충분히 확보되었다고 생각되지는 않는다. 특히 90년대로 접어들어 상황이 급변해 버린 탓으로 격절감은 더욱 크기만 하다.

80년대 민족문학론을 추동하던 이념과 이론적 밑그림, 계몽주의 기획의 거대 담론들이 현실 사회주의권의 몰락과 함께 심각한 자중지란을 겪게 되고, 동시에 문학 운동의 살아 있는 뿌리 역할을 하던 민중·민족 운동도 급격히 위축되었다. 더구나 자본주의의 전지구적 확대, 과학 기술의 비약적 발전과 영상·전자 매체의 확산, 문화산업의 융성, 생활양식의 변화, 문민정권의 등장 등 일종의 대전환기로 간주되는 새로운 국내외 상황은 마치 긴 터널을 지나 마주한 전혀 낯선 풍경처럼 다가왔다.

---

1) 임규찬, 「90년대 '젊은 민족문학'의 현실」, 『창작과비평』, 1994.

물론 이 논쟁을 독립시켜 발생부터 시작하여 어느 지점까지 종지부를 찍어 그 흐름을 현상적으로 정리하는 일이라면 별문제가 없을 것이다. 또한 민족문학을 단순히 80년대의 특수한 상황의 산물이라고 손쉽게 치부하면 그 또한 큰 문제가 될 수 없다. 그러나 민족문학이 애초부터 근대의 공적과 근대성의 상존하는 위력을 충분히 인정하면서도 올바른 탈근대를 지향하는 인식과 실천이었음을 감안하면, 그것은 80년대라는 시대적 울타리를 쳐놓은, 이미 전투가 끝나고 세월의 퇴적물이 그 위에 덧씌워진 폐허의 사적지로서가 아니라 현재진행형으로 계속되는 기나긴 여정 속에서 어느 한 지점 마주치고 넘어야 했던 하나의 고비길로 다가온다.

　그런 점에서 여기서의 '80년대'는 일차적으로 하나의 길 위에서 어느 지점부터 어느 지점까지를 지칭하는 산술적 개념으로부터 출발한다. 다만 평면도가 아닌 입체도 선상의 어느 지점, 굴곡 많고 가팔랐던 어느 고비길을 지칭하는 것이다. 그것은 곧 90년대 오늘에도 연장되는 현재의 전사(前史)로서 살아 있는 시간대로 마주하는 일이다.

　그런데 이 80년대 급경사의 단면도를 좀더 세밀히 살펴보면 급격한 고조와 급속한 퇴조를 보여주는, 마치 밑변이 아주 작은 예리한 이등변 삼각형과도 같은 구조다. 특히 80년대 민족문학 운동이 80년대 중·후반부터 최고조를 향해 치달았다는 사실에 유념하면 더욱 그러하다. 따라서 짧은 시간대에 펄럭이던 다채로운 깃발에만 눈길을 주면 그 실체를 온전히 포착하기 힘들다. 이제 80년대는 그런 의미에서라도 넓은 역사의 맥락 속에 자리잡을 필요가 있다. 그것은 현상의 다채로움에 빠져 허우적거리는 것이 아니라 그로부터 빠져 나와 오히려 그것을 한 다발로 묶어서 길고도 넓은 눈으로 그 정체를 밝히는 일이다. 실제로 민족문학 '운동'을 포함한 '민족 문학'의 성과는 조직적 문학 운동의 실천, 그 이론의 실천과 모색으로서 비평적 울타리를 넘어서는 일이다.

아주 단순화하여 구호를 외치는 것과 창작성과는 구별된다. 창작 성과까지 포함하여 문학 실천 전반을 대상으로 한다면, 현상적인 논쟁의 흐름에 따라 쉽사리 방죽을 쌓기보다는 발원지로부터 시작하여 그때그때 물길을 짚어 장강대하(長江大河)의 굽이굽이를 긴 눈으로 측량하는 감식안과 체계적 분석이 무엇보다 필요하다. 더구나 현실 사회주의권의 몰락 이후 대안적 체제론의 위기와 계몽주의 기획 자체에 대한 회의가 팽배해졌고, 동시에 자본주의의 전지구적 확산이 이루어짐으로써 민족문학론 또한 새로운 위기적 상황 조건에 직면한 이상 과거와는 발본적으로 다른 방식으로 그것을 해체하여 재건축해 볼 필요가 있다.

다만 논의를 이론적인 비평에 초점을 맞춘 논쟁에 집중한다면, 논쟁 자체의 추이와 대상이 되는 이론들의 객관성을 따지는 일에 일차적으로 주목해야 할 것이다. 그런 점에서 먼저 논쟁의 추이를 대강이나마 정리해 둘 필요는 있겠다.

2. 논쟁의 출발로서의 채광석의 민족문학론

현상적인 흐름을 좇다 보면 우리는 70년대에 민족문학론을 내건 이후 50년대에도 지속적으로 이를 심화시켜 온 백낙청 중심의 민족문학론과, 80년대 초반 채광석 등 새로운 젊은 세대를 중심으로 한 민중문학론이 서서히 대두되다 1987년을 기점으로 김명인이 채광석의 입장을 이어받고 내건 민중적 민족문학론, 조정환 중심의 민주주의 민족문학론과 노동해방문학론, 그리고 백진기 등의 민족해방문학론 등 80년대 후반기에 이르러 비교적 뚜렷해진 문학 정파와 조직들을 손쉽게 만나게 된다.

그런 점에서 80년대 민족문학 논쟁의 본격적인 불 지피기는 채광석의 손에 의해 이루어진다. 그는 「소시민적 민족문학에서 민중적 민족문학으로」라는 글에서 기존의 민족문학을 민중지향적이지만 소시민적 한계를 벗어나지 못했다고 비판하면서 민중적 입장에서 삶과 실천을 통일시킬 것을 주창하였다.

> 민중적 민족운동의 매개 아래 민중의 삶과 실천에 대한 통일적 인식을 제고시키고 이 인식을 토대로 민중적 리얼리즘의 원리와 방법을 확립하고 이에 따라 공동의 주제에 공동으로 접근해 나가는 문학공동체는 소시민적 자유주의, 개인주의에 입각한 일체의 문학 행위에 대해 일정한 민중적 규율을 가하면서 민중적 민족문학의 길로 나아가게 하는 중요한 역할을 담당할 수도 있을 것이다.2)

---

2) 채광석, 『민중적 민족문학론』, 풀빛, 1989.

채광석의 이러한 입장은 물론 80년대 초반, 새로운 문학적 흐름에 대한 점검 속에 이루어진 것이다. 우선 무엇보다도 생산 현장에서 일하는 근로 대중들이 수기·일기·생활 글·시·소설 등을 발표함으로써 기층 민중의 문학적 자기 표현이 대두한 것을 매우 중시하였다. 또한 그 자신도 참여한 동인지 운동에 대한 비판적 대안이자 새로운 확산과 집중을 위한 조직적 모색의 산물이었다.

80년대는 10·26부터 1980년의 짧은 봄, 그리고 광주 5월 항쟁과 이를 전면적으로 뒤엎은 신군부 독재정권의 등장으로 시작되었다. 이로 인해 70년대 문학운동을 주도해 왔던『창작과비평』·『문학과지성』등 계간지가 폐간되고, 대신 새로운 세대의 소집단들이 등장하여 동인지 시대를 새로이 개척한다(이를 두고 어떤 이는 게릴라 부대라고 하기도 했다. 어쨌든 동인지 시대는『시와경제』·『오월시』·『분단시대』등의 이름에서 알 수 있듯이 80년대 문학운동의 풍향계 역할을 했다). 또한 다른 한편으로 사회적으로는 학생운동을 중심으로 조직적 사회운동 세력이 확장되고 있었고, 변혁론에 대한 다양한 모색도 이루어지기 시작했다(이들의 입론에 경제학자 박현채의『문학과 경제』가 큰 몫을 했다는 것과, 이후 사회구성체 논쟁과 직접 연관되면서 민족문학 논쟁이 본격적으로 불붙기 시작했음을 주목할 필요가 있다). 그리하여 전체 변혁운동의 일익으로 문학운동을 위치 지우고 실제로 이를 구체화하여 1984년 '민중문화운동협의회'가 결성되기도 했다.

채광석의 이러한 입장을 더욱 구체화한 것은 김명인의「지식인 문학의 위기와 새로운 민족문학의 구상」이었다. 김명인은 이 글에서 민중적 민족문학론을 제창하면서 계급적 시각을 본격적으로 동원하였다. 이전까지의 민족문학 운동을 소시민 계급운동으로 파악하고, 새로이 선택해야 할 준거 집단으로 '노동하는 생산 대중'을 들고 나왔다.

여기서 그는 역사적으로 의미 있는 계급으로서의 '소시민'은 사실상 소멸되었다며, "지금 소시민 계급의 몰락과 함께 위기에 다다른 지식인 문학인들이 새롭게 선택해야 할 준거 집단은 노동하는 생산 대중이다. 노동하는 생산 대중의 세계관을 받아들여 그 전망 아래 세계 인식의 질서를 재편성해야 한다"3)고 주장하였다. 사실상 이 발언은 백낙청을 중심으로 70년대 이후 전개되어온 민족문학론을 소시민적 민족문학론으로 규정한 것으로, 이와의 명백한 결별이자 새로운 민중문학론으로의 재편을 촉구한 것이다. 그는 여기서 "대중이 창작하고 대중 스스로 비평하며 대중이 형성해나가는 문학을 건설하는 것이 문학운동의 목표"4)라 하여 문학의 주체는 지식인이 아니라 대중이라고 선언했다.

여기서부터 당시에 '민족문학 주체 논쟁'이라 일컬어지는 논쟁이 전개된다. 그러나 사실 '민족문학 주체 논쟁'이란 기본적으로 잘못된 명칭으로, 그것은 아주 소략한 이분법적 발상에 근거한 것이다. 이에 따르면 이른바 '소시민 계급(전문 문인) 대 노동자 계급(대중 문인)'이라는 이분법에 근거하여 누가 썼느냐는 창작자의 신분에 따라 우열을 미리 판가름함으로써 작품이 구현하는 문학적·사상적 가치는 배제해 버린다(그러므로 지식인 작가에 대해서는 결과적으로 노동자 계급으로의 전이라는 존재론적 결단을 요구한 것이다). 또

---

3) 김명인, 「지식인 문학의 위기와 새로운 민족문학의 구상」, 『희망의 문학』, 풀빛, 1970, 51면.
4) 김명인, 앞의 글, 53면.

한 민중문학론 혹은 노동문학론의 형태로 제출되더라도 이는 진정한 의미에서 노동계급의 주도성 확립이라는 과제와도 거리가 먼 일종의 노동자주의적 편향을 드러낸 것이라는 비판을 받게 되었다.

한편 김명인과 거의 때를 같이하여 조정환은 「80년대 문학운동의 새로운 전망」을 발표하여 그와 구별되는 본격적인 계급문학 대열을 추동한다. 80년대 초반·중반의 일련의 흐름들을 계급적 관점에서 철저히 비판하면서 "우리의 문학운동도 가장 철저한 민주주의 계급의 전망 속에서 자신의 세계관적·미학적·조직적 제문제를 통일적으로 정립"5)해야 한다며, 노동계급적 당파성을 중심축으로 하는 민주주의 민족문학론을 제창하였다. 이때를 전후하여 사실상 사회주의 리얼리즘론에 입각한 문학 논의가 본격화된다.

뒤이어 그는 이 민주주의 민족문학론에 대해서도 자기 비판하여, 노동자계급 당파성을 사상적으로 선취했으면서도 실천에 있어서는 민주주의 민족문학에 머물렀다며 이의 통일물로서 노동해방문학론을 제시하였다.

> 노동해방문학은 무계급적 민족문학과 다를 뿐만 아니라 무당파적 노동문학과도 달라야 한다. 노동해방문학은 노동문학의 최고 형태로서 민중문학의 구심이 되고 영도자가 되어야 한다. 이러한 노동해방문학은 무엇보다도 노동자계급 당파성을 분명히 하고 노동해방 사상을 견지하며 노동자계급 현실주의의 방법에 의거하지 않으면 안 된다.6)

---

5) 조정환, 「80년대 문학운동의 새로운 전망」, 『민주주의 민족문학론과 자기 비판』, 연구사, 1989, 41면.
6) 조정환, 「민주주의 민족문학론에 대한 자기 비판과 '노동해방문학론'의 제창」, 『노동해방문학의 논리』, 노동문학사, 1990, 44면.

이 지점에 이르러 김명인에게서 단초적으로 보이던 사회구성체 논쟁이 이제 문학 진영에서도 관건이 되는 사안으로 떠올랐으며 더 나아가 변혁운동론, 변혁운동 조직과의 연계, 마르크시즘 미학과 사회주의문학론이 직접적으로 우리네 문학 실천에 영향력을 미치기 시작했다.

그러나 백낙청의 비판대로 그때그때의 정세가 요구하는 만큼의 문예적 독자성을 실현하려는 끊임없는 노력 자체가 역사 속에서 노동자 계급의 자기 인식과 자기 형성, 그리고 전체 민중의 지혜로워짐을 이룩하는 과정의 유기적 일부인 것이지 노동자계급 개념의 규정과 그 당파성의 실상이 먼저 확정되고 나서 '독자성'에 대한 답이 순차적으로 나올 수는 없는 것이다.[7] 그런 점에서 민중적 민족문학론자를 향해 노동해방문학론자는 경험주의나 대중추수주의라고, 또 노동해방문학론자를 향해 민중적 민족문학론자는 소아병적 전위주의라고 상호 공박했는데, 이들 상호간의 비판 자체가 사실상 그 이론의 본질적 측면을 지적한 셈이었다.

다른 한편으로 민중적 민족문학론에 동의를 표하며 활동하던 백진기 등에 의해 주체미학에 근거한 민족해방문학론이 제창된다. 이를 대변하는 대표적 글이 「민족해방문학의 성격과 임무」인데, 이 글에서 그는 "현실 세계의 지배자, 개조자로서의 인간을 주인의 자리에 놓고 현실 세계의 본질과 그 변화 발전의 합법칙성을 밝혀 주는 철학적 세계관(모든 것의 주인으로서의 인간, 자기 운명의 주인으로서의 인간, 모든 것을 결정하는 요인으로서의 인간)에 기초"[8]할 것

---

7) 백낙청, 「지혜의 시대를 위하여」, 『민족문학의 새 단계』, 창작과비평사, 1990, 148면.

을 강조함으로써 주체사상에 사상적 기반을 둘 것을 공식적으로 천명하였다. 동시에 이들 문학론의 기본 목표는 자주·민주·통일의 문제를 형상화하는 데 있었다(이를 우리 시대의 최대 강령이라고 명시한다). 그러나 이들은 기본적으로 당면한 실천 과제와 이데올로기 차원의 의식성 문제를 변별하지 못함으로써 일종의 대중추수주의·소재주의·민족주의라는 공격을 받았다.

3. 한계 드러낸 특정 현실의 추상적 논리

이렇게 보았을 때 전체적으로 당시 변혁운동의 주요 형태에 민감히 반응하며, 그와 보조를 맞춰서 조직적인 문학 실천을 도모, 매체를 중심으로 조직적으로 실천하려 했던 것이 가장 먼저 눈에 띄는 특징이다.

김명인 등의 민중적 민족문학론이『사상문예운동』, 조정환의 노동해방문학론이『노동해방문학』, 백진기의 민족해방문학론이『녹두꽃』·『노돗돌』등을 중심으로 이루어졌다. 더 나아가 이들 입장이 전체적 성격에 있어서 "80년대 중반부터 소설 창작은 문학평론을 추수하고, 문학평론은 사회구성체론을 추수하고, 사회구성체론은 운동론을 추수하는 관계가, 다른 말로 하자면 일종의 추수의

---

8) 백진기, 「민족 해방 문학의 성격과 임무」,『녹두꽃 2』, 녹두, 1989, 23면.

서열화 현상"9)을 보여준 것은 분명하다.

실제 창작과 문학이론과와 관계, 문학과 사회과학의 관계, 나아가 사회과학과 운동론과의 관계에 대한 진지한 고려 없이, 말하자면 상대적 독자성과 특수성에 대한 엄밀한 고려 없이, 무매개적으로 침입해 들어간 양상을 보여주었다. 결국 변혁운동 이론에 성급하게 문학적 의상을 입힌 형태였다.

그러나 비록 그 이론이 다소간 조잡스런 기계 조립품일지라도 일도양단식으로 쉽게 재단할 수 없는 다양한 계기와 현실적인 요소들이 거기엔 숨쉬고 있다. 주창된 문학론이나 혹은 논쟁을 통해 이루어지는 주요 영역들만 해도 앞서 부분적으로 언급했던 한국 사회의 성격에 대한 이해 문제와 그에 기반하여 도출된 변혁론 외에도 리얼리즘론, 대중화론, 문예조직론 등 매우 다양하다. 그 중에서도 각기 나름의 리얼리즘론을 개진한 것은 문학적 특수성 속에서 구체적 활로를 찾기 위한 문학적 디딤돌로서 생산적인 단초 역할을 했다.

실제로 이와 연관되면서 생산적인 논쟁이 일구어지기도 했는데, 가령 김명인과 조정환 사이에 전개된 리얼리즘 논쟁도 그 하나의 예다. 민중적 민족문학론은 그 미학적 기초가 '체험의 유물론적 기초'를 다지는 일이며, 그 핵심은 올바른 전형의 창조에 있음을 강조하였다. 그런데 당대 사회적 상황과 결부시켜 '대표적 전형', '선취된 전형'을 둘러싼 논쟁으로 단순화되면서 논쟁이 본 궤도에서 이탈해 버렸다. 김명인 스스로도 자칫하면 이러한 사고가 '계

---

9) 정인, 「특집 좌담」, 『오늘의소설』, 현암사, 1990년 여름호.

급 현실에 대한 구조주의적·정태적 파악'이 전제된 '기계적 창작 방법론'으로 전락하거나 특정한 전술 목표 아래 문학을 질식시키는 결과를 가져올지도 모른다고 한 것처럼, 자연주의적 예술 인식 태도와 경험주의 미학에 기초한 것이어서 문제가 많았다.

하지만 이것이 계기가 되어 전형성과 당파성, 총체성에 대한 다양한 미학적 논의가 제기되고, 때로 구체적 작품이 대상이 되어 박노해 시와 김영현 소설을 둘러싼 논쟁이 이루어지기도 했다. 또한 90년대로 접어들어 이른바 사회구성체론과 연관된 민족문학 논쟁이 일시에 수그러들었음에도 불구하고, 리얼리즘 논의(『실천문학』을 중심으로 한 「다시 문제는 리얼리즘이다」 제하의 일련의 논의들, 시에서의 리얼리즘 문제 등)는 나름대로 지속되었고 80년대와는 다른, 80년대보다는 덜 논쟁적이지만 더욱 깊이 있는 문학 논의가 산발적으로 이루어지고 있다.

어쨌든 80년대 민족문학을 둘러싼 논쟁은 그 자체로 본다면 짧은 시간에 모든 것을 한꺼번에 쏟아 부어놓아 일종의 과부하가 걸린 불구적 형상으로 우리 앞에 놓여 있다. 왜냐하면 시작이 있으면 끝이 있게 마련인데 사실 끝마무리가 극히 부실한 채 종지부 없이 흐지부지 이어지고 있는 형태이기 때문이다. 그런 만큼 오히려 더 섬세한 뒤추스르기가 필요할지도 모를 일이다.

이미 완결되었거나 정점을 향해 치달았다가 기진맥진 해버린 논쟁으로 바라보기보다는, 독재정권의 질곡 속에서 반공이데올로기라는 오랜 억눌림 끝에 그것에 맞서 터져 나온, 그리하여 상대적 극단으로 치달아 오른 반동력의 속성을 중시하자는 것이다(사실 이들은 공통적으로 과거 일제시대 프로문학 운동의 사실상 복원임을 이구동성으로 강조하였다). 구체적 현실의 복잡성과 정서, 심지어 무의식까지를 포용하는 넓은 현실 속에 스스로 자라난 것이 아니라 선택된 특정 현실을 추상화된 논리로 단단하게 옭아매서 논리의 상승 작용을 불러일으킨 것이긴 하지만, 중요한 것은 오히려 그 극단 속에 포진하고 있는 풍부한, 그렇지만 경색된 이론적 자산들에 새로이 생명력을 불어넣는 일이다. 억지로 맨 끈들을 자유롭게 풀어서 쇠붙이처럼 차가운 성분들이 스스로 현실 속에서 생명력을 갖도록 현실 속으로 용해시켜야 한다.

80년대 민족문학 논쟁이 원론 논쟁이었다느니 교과서적이었다느니 하는 비판도 이와 무관치가 않다. 그만큼 계산이 끝난 이론으로 쉽사리 현실을 재단하는 역방향의 성격이 강했다. 그런 점에서 가령 이 시기 논쟁에서 가장 말썽 많은 개념으로 입에 오르내렸던 '당파성'에 대해 염무웅이 행한 다음과 같은 발언은 시사하는 바가 많다.

> 리얼리즘은 시와 산문의 통일이 창작 활동 속에서 수행되는 순간의 어떤 경지에 대한 명명이다. 그것은 요즘 잘 쓰이는 말로 하면 이른바 '당파성'이 창작과 독서, 이론과 실천의 행위 속에서 구현되는 절정적 상황의 찬란함에 대한 일컬음일 것이다. 필자 개인으로는 이 '당파성'이라는 낱말에 찍힌 우리 시대의 배타적 전투적 낙인을 좋아하기 힘들다. 그러나 최근의 백낙청 씨가 찾아낸 표현인 '지공무사', 인류의 존경받는 스승들이 아주 단순한 낱말로 요약한 '사랑'이니 '자비심'이니 하는 것, 또 위대한 예술가의 반열에 드는 사람이라면 으레 그들의 충만된 창조의 시간에 무심코 토해 내곤 했던 발언들을 이 험난한 계급투쟁 시대의 언어로 번역하자면 결국 '당파성'이 안 될 수도 없을 것이다.10)

4. 현실에의 진지한 응전과 이론의 자기 발전 과정

그렇다면 왜 이러한 현상이 나타난 것일까?

문제를 더 넓은 맥락에서 근본적으르 탐색해 들어가면 80년의 짧은 봄과 광주의 비극, 뒤이어 나타난 정치의 전면적인 역행이 오히려 대항의 극단적 대응 양상을 산출하는 계기가 되었음을 감지할 수 있다. 한 논자의 표현대로 "조금 냉정히 얘기한다면 80년대에 혁명 문학이 왕성해진 것은 혁명의 고양이라기보다는 10 · 26에서 5 · 18에 이르는 혁명의 좌절 때문이 아니었을까? 80년대 내내 지식인들을 사로잡았던, 광주항쟁에 대한 부채의식이 오히려 혁명 문학의 번성을 촉진했던 것인데, 그 때문에 그 혁명성이란 기실 이론이 현실을 돌아보지 아니하고 가속이 붙은 채 자기 운동을 계속함으로써 도달한 매우 추상적인 선취"[11]였다. 이 점에서 이들 문학론이 동시에 갑자기 분출하게 된 배경에는 1987년 6월 항쟁과 7~8월 대파업투쟁이라는 상대적 고양기가 놓여 있다. 한 예로 노동해방문학론은 그 이론적 출발의 현실적 토대로, 7~8월 대파업투쟁을 통해 노동운동의 현실에서 이미 당파성이 발현되고 있다고 주장하였다. 그만큼 이들의 입장은 지나치리만큼 당대 현실을 과대 평가하거나 과소 평가한 것이었다. 결국 이들은 스스로

---

10) 염무웅, 「'시와 리얼리즘'에 대하여」, 『혼돈의 시대에 구상하는 문학의 논리』, 창작과비평사, 1995, 428~429면.

11) 최원식, 「80년대의 문학운동과 오늘의 문학」(민족문학사 연구소 제2회 심포지엄 발제문), 『민족문학사 연구소 회보』 통권 61호, 1995, 22면.

결별하고자 했던 소시민성을 더욱 극단화함으로써 오히려 소시민
적 급진주의를 보여주었고, 이 점에서 80년대 젊은 세대에 의해
일방적으로 소시민적 민족문학론으로 공격당했던 백낙청의 민족
문학론이 재평가될 필요성이 대두된다. 사실 백낙청의 민족문학론
을 소시민적 민족문학론이라고 명명하는 것은 당자보다 비판자의
주장을 일방적으로 수용한 것으로 그 자체에 이미 문제가 있으며,
설사 그렇더라도 이후의 주장과 관련하여 이 문제에 대해 백낙청
스스로 다음과 같이 지적한 사항은 결과적으로 그의 주장이 타당
했다는 것을 입증해준다.

　　대부분 소시민적 지식계층 출신인 논자들의 출신 성분을 거론하는 것이 무
　의미한 일은 아니나 그것으로 그들 입론의 소시민성을 규정할 수는 없는 일
　이며, 70년대 한국 사회는 소시민계급이 주도했는데 80년대에는 이 계급이
　몰락 내지 거의 소멸했다는 사회사적 진단도 근거가 박약하다고 본다. 또한
　이제까지 전문 문인들이 이룩한 구체적 성과에 대한 비판에 경청할 점이 많
　다고 하더라도 이것이 기존의 민족문학론을 뒤엎지는 못한다. 민족문학론은
　처음부터 동시대 문인들의 성과를 비판하면서 다음 단계의 성취를 내다보고
　자 하는 논의였기 때문이다. 그러므로 좀더 결정적인 쟁점은 민족문학의 새
　단계가 이미 다가왔는데도 기존의 논자들이 이를 제대로 알아보지 못하고 있
　느냐는 물음이다. 이에 대해 나 자신은, 7월 항쟁 이후의 새 국면에 큰 기대
　를 걸고 있는 터이지만, 2년 전의 시점에서 우리 문학은 아직 그러한 새 단계
　에 제대로 올라서지는 못했고 바로 그 목전에까지 이르렀다는 판단을 대체로
　견지하고 있다.[12]

실제로 80년대 이후 제출된 그의 평론들을 면밀히 살펴보면 끊

<hr />

12) 백낙청, 「민족문학론과 분단 문제」, 『민족문학의 새 단계』, 창작과비평사,
　　1990, 157~158면.

임없이 당대 현실의 변화에 진지하게 응전하면서 이론의 자기 발전 과정을 밟아 온 것을 알 수 있다. 오히려 '각성한 노동자의 눈'이라든가 '당파성'에 대한 치밀한 사고를 통해 젊은 세대들의 뼈다귀만의 원론적 되풀이에 오히려 현실적인 육체를 부여하기도 했다. 특히 사회구성체 논쟁이 이제는 철 지난 유물처럼 간주되는 오늘의 상황에서도 분단체제론을 내세우며 이것을 계속 심화시켜 가고 있다는 점을 주목할 필요가 있다.

그런데 젊은 세대들에게는 그 이론의 직접적 원천이 되는 사회구성체론이나 변혁이론 자체부터가 문제가 많았다. 이 점과 관련하여 미리 한마디 덧붙이자면 변혁이론 자체를 문학론이 문제삼았다는 사실까지 부정해서는 안된다. 인간과 삶의 총체성을 문제삼는 문학이라면 인간과 삶의 구체적 토대와 변화의 방향을 문제삼는 것은 너무나 당연한 일이며, 그런 의미에서 더욱 치밀해질 필요가 있다.

다만 80년대 문학론에서 나타났던 문제로는 우선 이론과 현실의 괴리가 너무 컸다는 사실이다. 이른바 사회구성체 논쟁을 통해 개진되었던, 그리고 민족문학론과 직접 결부되었던 식민지 국가독점 자본주의론이나 식민지 반봉건 사회론, 또한 변혁론으로 제시되었던 인민 민주주의 혁명론이나 민족해방론, 민족민주 변혁론 모두가 그 내용에서는 서로 대립되었지만 실제 현실과 대비해 볼 때 당면 변혁을 위해 과잉 결정된 이론임이 지금 이 시점에서 다소간 분명해졌다.

우리 사회의 자본주의적 성격에 너무 안이하게 접근하여 쉽게 평가 절하하였고(이것이 당시 이론들이 비판했던 중진 자본주의론이나 아류 제국주의론을 긍정하자는 입장에서 나온 이야기는 아니다), 또한 현실 사회주의권의 논리(이른바 스탈린주의와 그것의 미학적 표현인 관변 사회주의 리얼리즘론)에 적잖이 이끌려 들어가 삶의 구체적 실상과 멀어짐으로써, 결국 현실 사회주의권의 몰락과 함께 실체적 현실로부터 이론이 보복당한 형국을 보여주게 되었다.

그리고 이 문제를 더 확대한다면 87년대 중반부터 말까지 폭발적으로 이루어진 마르크스—레닌주의나 주체 사상의 열풍이 상당수 스탈린주의의 변종들이었던 셈이다. 이른바 '정통' 혹은 '주체적'이란 열병 속에서 무비판적·교조주의적 수용 자세를 가지게 되었다. 즉 그 수용이 소위 '정통적 노선'인 마르크스—레닌주의를 주로 소련·동구권이나 북한의 교과서적 틀을 통해 받아들이는 방식이었다. 한국 현실에 대한 구체적 분석이 미비한 상황이라 자연 그에 대한 비판도 제대로 이루어지지 못하고 관념적 비현실성과 교조적 경직성을 노출하였으며, 이것이 다른 한편으로 주체사상의 수용으로 이월되어 나타나기도 한 것이다(추수주의 문제는 비단 여기에만 해당되는 것은 아니다. 여타 문예 이론도 마찬가지며, 작금의 상황도 가령 포스트모더니즘 논의에서 보듯 이로부터 크게 벗어나지 않는다) 그렇기 때문에 지금까지 통상적으로 받아들여졌던 방식, 예컨대 소시민적 민족문학론을 지나간 시대의 것으로 차별화하면서 80년대 민족문학론을 민중적 민족문학론, 노동해방문학론(민주주의 민족문학론), 민족해방문학론으로 유형화하는 것은 이제 전면적으로 재조정될 필요가 있다.

사실 그러한 접근 방식도 특정한 시대 상황(여기서는 광주항쟁)을 계기로 세대론적 차별화 전략을 구사한, 손쉬운 이항식 구분법의 성격이 강했다. 민족문학론이 70년대부터 이전의 참여문학론, 시민문학론, 농민문학론, 민중문학론, 리얼리즘문학론 등 다양한 이름으로 벌여져 온 문학적 현실 참여의 논의를 수렴한 것이므로, 80년대 민족문학론도 이에 근거한 자기 발전과정으로 조명할 필요가 있다. 그리고 민족문학론이 당면한 민족 현실을 중시하고 이를 민중의 입장에서 대하려고 하는 것이라면, 80년대 여러 민족문학론도 이러한 측면에서 구체적으로 가늠할 필요가 있다. 그럴 때만이 단순히 그때 존재했었다는 현상의 존재 형태를, 그리하여 유물 전시관의 진열처럼 배열하는 차원을 넘어서 민족문학론의 본줄기를 찾기 위한 올바른 과정으로 현재화할 수 있다. 이 글은 그런 점에서 80년대 민족문학 논쟁의 진정한 본질을 찾기 위한 하나의 문제 제기로 받아들여주면 좋겠다.

3